中野重治と戦後文化運動

デモクラシーのために

竹内栄美子
Takeuchi Emiko

論創社

中野重治と戦後文化運動——デモクラシーのために　目次

第Ⅰ部　プロレタリア文学を再読する

第Ⅱ部　ジェンダー・階級・民衆

第Ⅲ部　中野重治と戦後文化運動

中野重治と戦後文化運動——デモクラシーのために

凡例

○ 中野重治の著作の引用は『中野重治全集』全二十八巻別巻一（筑摩書房、一九九八年）、『敗戦前日記』（中央公論社、一九九四年）、『愛しき者へ』上下巻（中央公論社、一九八四年）、『中野重治書簡集』（平凡社、二〇一二年）により、適宜単行本を参照した。

○ 作品名・単行本名には『　』を、雑誌名・新聞名には「　」を用いた。

○ 文中、原則として敬称は省略した。

○ 資料の引用にあたっては、漢字の旧字体は原則として新字体に改めた。また、用字は『中野重治全集』に従って「芸」の字は「藝」とした。

第Ⅰ部　プロレタリア文学を再読する

第一章　二律背反の構図――プロレタリア文学を再読するために

1「経済の侍女」の汚名を返上する

一九三〇年八月二十五日発行の『プロレタリア文藝辞典』（山田清三郎・川口浩編、白揚社）には「経済学」の項目があり、次のように解説されている。「国民経済学ともいふ。この学問は奇妙な学問である。といふのは、この学問の対象は何であるかといふ最も初歩的な問題で、早くもブルジョア学者の間に、無数の意見の相違が現はれるからである。だが、プロレタリア社会科学の立場から見れば、経済学の任務と対象は無秩序的資本主義生産様式の発生、発展、拡張の法則を発見し、説明すると共に、更に、その必然的結論として、資本主義没落の法則をも発見し説明することにあるのである。前者の任務は、革命的ブルジョアジーの理論的武器である古典経済学（スミス、リカルド等）がこれを果たした。だが、後者の任務はブルジョア学者のなす能はざる所である。かくて、マルクス・エンゲルスの科学的社会主義が、古典経済学の正当なる発展として生れたのである。資本主義没落期に生息するブルジョア経済学者が、経済学の定義を明かとしえないのは、彼等の階級的地位がしからしめるのである」。また「経済的構造」の項目にはこのように書かれている。「生産方法、生産様式、経済関係、下層建築、下部構造等、いろ〳〵な言葉でも云ひ表はされる。生産諸関係の総和の謂である。生産関係といふと、その項でも述べた通り、主として人的な関係をさすのであるが、この関係は見方によつては物質的な関係となつて現はれる。即ちそれは空間に於ける人員の配置に還元されるのである。諸々の生産関係に立つてゐる人間は、同時に亦、労働場に於て、一定の労働位置についてゐる。この関係は、恰も時計仕掛けの諸部分の関係の如く、一つの物質的な関係を構成する。それは社会の人間的労働機構であり、社会の物質的基礎である。これこそ社会の経済的構造と称せられるものであつて、それは社会の形態を規定すると共に、その上に全上層建築を負つてゐる所の、社会の『真実の土台』である」。

いまとなっては「無秩序的資本主義生産様式の発生、発展、拡張」の「必然的結論として、資本主義没落の法則」を見出すという八〇年前のこの解説は、ひとめぐりして現代の世界経済の核心をついた説明だとも言えそうである。二〇〇八年秋、金融工学を駆使したマネー資本主義の暴走によるサブプライム・ローン問題がリーマン・ショックを引き起こし、世界的な不況をもたらしたことは記憶に新しい。資本主義の進展にともなって実体のないマネー資本主義のバブルがはじけたあとには、百年に一度といわれる深刻な世界的不況が待っていた。さかのぼれば、右の辞典が刊行された、日本ではちょうどプロレタリア文学の盛んであった一九二〇年代後半から一九三〇年代前半にかけての時代も、一九二九年のアメリカ・ウォール街の株価大暴落に端を発する世界恐慌によって今日の状況と同じような様相を呈していたと想像される。

ただし、「没落」というのは正確な言い方ではないだろう。ワクチンを投与してウィルスを撲滅しようとしてもそのワクチンが効かなくなる耐性ウィルスが発生してしまうように、人間の欲望が枯渇しないかぎり、あるいは枯渇したとしても新たな欲望をさらにいっそう生み出す仕組みをつくりながら、資本主義はかたちを変えて生き残るからである。

経済的構造が社会の形態を規定し下部構造をなす「真実の土台」であると、右の辞典では述べているが、社会構造の分析には何よりも経済が欠かせない指標であることを端的に指摘したこの解説には、次のような分析とある意味で共通の認識が見られるのではないか。戦後の歴史は「生産力を高め得た国や体制が影響力を増すという形で、唯物史観の正当性を実証した」、「唯物史観は実践において敗れることによって、認識として勝利した。すなわち、悲しき唯物史観である」(1)とする馬場宏二の議論を引用しながら、井上達夫『現代の貧困』(2)では、このように論じられている。

現在の問題状況の特質は、この「変革」の主体性の貧困が「経済の優位」と不可分に結合していることである。マルクスがプルードンの『貧困の哲学』を批判して『哲学の貧困』を書いたとき、経済現象や経済問題を哲学的思弁で解明し解決する試みの不毛を突くことが意図されていた。マルクスがいま生きていたら、革命家としての彼は絶望したかもしれないが、理論家としての彼はほくそ笑んだのではないか。彼のプルードン批判の悪意に満ちた不公平性は別として、またマルクシズムの脱哲学化志向が、ポストモダンの脱構築を先取りするものか否かという問題も棚上げして言えば、哲学的社会批判の無力を宣告する「哲学の貧困」論は、時代の支配精神になっているように見える。社会の秩序形成を指導するのは哲学的原理ではなく、経済のダイナミズムである――この史的唯物論の公理が、いま大手を振って歩いている。(「序〈哲学の貧困〉から〈貧困の哲学〉へ」)

プルードン批判においてのみマルクスを理解するのは慎むべきであろうし、マルクス主義が「脱哲学化志向」であるか否かについても十分な検討が必要であろう(この点については最後に述べる)。そのことは別としても、現在は、さきの辞典で確認したような経済的構造が社会の「真実の土台」であること以上に、経済のダイナミズムこそが「社会の秩序形成を指導する」事態になっている、というわけである。もちろん、ここでの論点は、そのような事態を容認するのではなく、人間の思考や理念を支える哲学が無力なものとなってしまい、経済的指標によってのみ、ものごとの価値がはかられている経済至上主義的な現状への根底的な批判にある。すなわち「私たちの生を貧困化させるような経済の優位の価値依存性・政治依存性を暴き、それを克服する政治哲学構築の必要性」(同書二五〇頁)ということが言われているのである。

私たちは「経済の侍女」では決してないということを改めて認識することが大切だということだろう。むろん、人間は食わねばならないから金銭取得のための経済活動を切り捨てることはできない。だが、市場経済にすべてをゆだね、人間の生活を貧しくするような「経済の侍女」の汚名は返上しなければならない。哲学の恢復、文学の恢復、人間の恢復と言い換えてもいいこの認識は、およそ八〇年前においても共通の内容を示していた。なぜなら、社会構造の分析を小説というかたちによってひとびとに知らせたプロレタリア文学は、社会批判を根底に据えながら人間としての尊厳を重視し、何よりも人間らしく生きるとはどういうことか、ということを描いていたからである。

2　消費する欲望の時代、文章を売ること

一九二三年の関東大震災のあと、一九二〇年代後半から一九三〇年代前半にかけての時代には、大正期後半に台頭した新中間層が大衆として登場し新しい文化の享受者となっていった。世界的にもモダニズム文化が隆盛を見せ、モダニズム文学だけでなくプロレタリア文学も多数の読者を得た。かつて文化藝術が裕福な庇護者によって支えられていた、パトロネージによる藝術の時代は遠く過ぎ去り、新たにそれを支える存在として大衆が出現する。このとき、文化藝術は、一握りの特権者だけでなく、多くのひとびとに享受されることになるが、それは一面で文化藝術

が消費の対象になることも意味していた。この時代、エロ・グロ・ナンセンスの流行は、その典型とみてよいだろう。もはや藝術は少数の富裕者によるパトロネージの制度によって支えられるのではなくて、大衆の欲望にもとづいた消費構造のなかに組み込まれる。ベンヤミンふうに言えば「アウラ」の消えた複製藝術が量産されるということであり、それを大衆が消費するというわけだ。

そのような大衆文化が成立した当時の出版事情を考えるとき、円本ブームについて触れないわけにはいかない。永嶺重敏『モダン都市の読書空間』(3)は、広告のキャッチコピー「文学の普選来る！」「普選の実施は政治を大衆化した　世界美術全集は美術を大衆化する」などを示しながら、大衆化という観点から円本と普通選挙との類似点に注目している。都会では電車のなかで円本を読むことが流行現象となり、読書習慣のなかった田舎でさえ広く行き渡るようになるくらい円本が多くの人々の手に渡ったという。円本は、文化藝術あるいは教養を簡便に獲得できるものとして大衆の欲望を刺激したのである。教養への渇望が円本の普及を倍加させた。すなわち「古典性・体系性」を指向し「体系的な古典的教養への人々の憧れを「全集」という装置が刺激した。円本によってかき立てられたのは、一冊二冊の断片的な知識ではない体系的知識への欲求であった」(4)ということだ。教養への憧れという現象自体、現在からすればはるか遠い過去のこととして映るが、大正教養主義の時代を経て多くのひとびとが「体系的な古典的教養」を自分も身につけたいと願う、その欲求に応答したのがほかでもない円本であったということだろう。ただし、留意しなければならないのは、ここでの教養は消費の対象になったということである。同時にまた、一部の人間しか享受できなかった教養が万民に開かれたということでもあった。このような大衆の欲望をリアルに把握し、それに確実に応答することが利益につながるのだから出版社はこぞって円本を刊行する。そのなかには、新興文学、プロレタリア文学の作品もあった。

よく知られた改造社の『現代日本文学全集』では、『新興文学集』第五十篇（一九二九年七月）に、前田河広一郎、岸田国士、横光利一、葉山嘉樹、片岡鉄兵らの作品が収録されている。「総序」には「前田河、葉山、片岡の三氏は、周知の如くプロレタリア文藝陣の第一線に立つて前衛的創作行動をつゞけつゝある作家である」「岸田、横光の二氏はイデオロギーから云つて明らかに前三者とは反蹠の点にある。且つ、岸田横光の二氏の間にも大して共通した要素は発見され得ない」とある。しかし「是等新興五作家」の作品を読むとき「既成文壇人の諸作に求め得られざる「新しき興奮」」を感じるという。ここでの「新興文学」という言葉は、プロレタリア文学のみならずモダニズム文学も含めた総称として使用された事例だが、平凡社の『新興文学全集』（日本編一九二八〜一九三〇年、海外編一九二八〜一九三一年）はアナキズム文学およびプロレタリア文学の作家たちを収録した社会派文学作品集であった。山田清三郎が編集発行人となった雑誌「新興文学」（一九二二年十一月〜一九二三年八月、全九冊）もアナキズム派およびプロレタリア派の雑誌として知られている。いずれにしても「新興文学」という言葉は、モダニズム、アナキズム、プロレタリアと、それぞれの文学が運動の進展にともなって峻別されていく以前の呼称であり、当時新しく興ってきた文学の総称として使用された。

栗原幸夫「大衆化とプロレタリア大衆文学」[5]によれば、蔵原惟人による「プロレタリア藝術確立のための運動」と「大衆の直接的アジ・プロのための藝術運動」という二分法は、「大正アヴァンギャルドが切り開こうとした地平――送り手と受け手の一方向的な関係をいかに相互主体的な関係に変革するか――からの全面的な後退にほかならなかった」と言われている。「大衆」は運動の側が働きかける対象であり、その中身は運動の変化とともに「労働者・農民」に限定され、さらに「革命的プロレタリアート」へと「純化」されていったという。だとすれば「新興文学」という名称は、そのような「後退」に至る以前の、もっと可能性に富んだ名称であったということだろう。

さらに注目したいのは雑誌「新興文学」創刊号に記された次のような言葉である。「わが文壇が、これまで浮薄なる出版業者のために、どれだけ健全な発達を妨げられて来たことか。彼等は、真によき藝術を世に供給しようとはせず徒らに煽り立てた有名その者を売物にして金儲けをしようとするのだ」「我々の目的は腐爛せる既成文壇の崩壊にある新時代に対する新興藝術の創造にある」「全誌面に亘つて横溢せる所謂新興気分は、ブルジョア商人雑誌を気死せしむるに足るだらう」(「編集後記」)。新興藝術が文字通り既成文壇に対する新しい藝術であることとともに、「金儲け」「ブルジョア商人雑誌」が敵視されていることに留意したい。この筆者は山田清三郎である。冒頭、引用した『プロレタリア文藝辞典』の編者のひとりも山田清三郎であった。新しい藝術は、既成文壇に結びついた金よりも別の価値によってはかられるべきというこの山田の考えについては、のちに改めて確認したい。

さて、もうひとつ『新興文学集』とは別の『現代日本文学全集』第六十二篇『プロレタリア文学集』（一九三一年二月）を見てみよう。こちらのほうには、林房雄、小林多喜二、武田麟太郎、藤澤桓夫、村山知義、中野重治、貴司山治、徳永直、落合三郎らの作品が収録されている。江口渙および貴司山治の序文では、「一九三〇年に、日本プロレタリア作家同盟は数人の同志を、支配階級の手にうばはれた」、収録された九人のうち四人までが逮捕された「犠牲者」となっているために「これらの同志及びその家族をわれ〱はできるだけ救《たす》けねばならない。幸ひにこの出版はさういふ目的をも果してくれるので、われ〱の側からいへばこれは、第一にわれ〱同志の救護慰安のための出版となる」、「諸君はわれ〱のこの「プロレタリア文学集」を手にすることによつて、われわれを富ませる代りに、われ〱の困難な文学運動に加勢し、うばはれてゐるわれ〱の先進同志を援助することをさへしてくれるのだ」と言われている。

円本ブームのこの時期、食えなかった多くの作家たちが食えるようになり、それどころか多額の収入を得て海外旅行に行ったり軽井沢に別荘を建てたりしたことはよく知られている[6]。そのような現象とはまるで異なって、右の記述によれば、ここでの収入は同志およびその家族の救護のために充当されることになっていたらしい。作家同盟のメンバーは、自作の出版物を個人の裁量ですべて処理するわけではなかったということだろう。このことは、たとえば中野重治が堀辰雄に宛てた手紙（一九三二年九月七日付、『中野重治全集』第二十七巻所収）のなかで、詩集とアンデルセン自伝の出版に話題が及んださい「僕らは出版をする時に同盟の許可を得ねばならぬのだが、これは森山啓という友人に頼んでおいたからうまく行つてると思うが、何か用事があつたら彼に会つてくれ給え」と書いているところからもうかがえる。むろんプロレタリア作家も出版ビジネスから免れてはいない。ただし、このような相互扶助の協同的性格があったということは留意されていいことだ。

ところで、いま『現代日本文学全集』の『新興文学集』『プロレタリア文学集』の事例を確認したが、円本ブームのこの時期、プロレタリア文学はどのような読者によって支えられていたのだろうか。前掲栗原論文が分析している山田清三郎「プロレタリア文学と読者の問題」(7)には、「ある篤志家（多田野一氏）」によって「工場労働者の読書傾向」を知るために「印刷関係の職工男女一〇〇（右翼ではあるが、その大部分は組合に組織されてゐる）」についてなされた調査結果が記載されている。この調査は、前掲永嶺本にも引用されている、よく知られたものだ。その結果として『現代日本文学全集』の予約者は一八でトップ、ついで『大衆文学全集』が一一、『現代長篇全集』と『世界文学全集』がともに七（以下略）という具合であった。改造社の円本は二割近くの職工が予約していたわけだが、月刊雑誌については「キング」がトップで一二、ついで「富士」が六、「映画時代」と「改造」が三でならぶ（以下略）という数字である。山田清三郎は、これらの数字を示しながら「従来、プロレタリア文学が、彼等のその明白な読書慾にも拘らず、いかに労働者の間に、その読者をもつてゐなかつたか」と述べているが、もっともな考察であろう。調査時期がおそらく一九二八年春であろうと推定されているので、一九二八年五月創刊の「戦旗」はこのリストに入っていない。しかし、「キング」「富士」が好まれていたことを見れば、その読書傾向がどのようなものであったかは容易に推し量られる。

山田前掲文では、プロレタリア文学が多数の読者を得るために、プロレタリア作家はその生活の基礎を労働者や農民のなかに置かなければならないということが言われ、同時に「ブルジョア・ジャーナリズム」との関係についても言及されている。ただし「ブルジョア・ジャーナリズム」は「畢竟、売らんかな主義以外のものではない」と特筆され、利益至上主義のものとして批判の的となっていた。「金儲け」「ブルジョア商人雑誌」を敵視していた、雑誌「新興文学」の「編集後記」も筆者は山田清三郎だったが、そこでの内容と同じことがここでも繰り返されている。金持ちを敵視し階級対立を言うだけでは浅薄な結果しかもたらさない。その意味で、金銭と藝術の関係に踏み込んだ言説として、中野重治が『素樸ということ』(「新潮」一九二八年十月号)で次のように書いていたことが想起される。

藝術家は誰でも、人を喜ばせるためには藝術上の制作に従うほか彼にとって道がないからこそ藝術家になるのであり、もし彼が、藝術上の制作以外の仕事で人心をさらに美しく激しく高揚させうることがわかつたときには、さつさと筆を折つてその方へ行くだろうということと、したがつて彼に藝術上の制作ができなくなつたり、彼が藝術的才能を持たないことがわかつたりした場合には、彼はすぐにほかの仕事に取りかかるものであつて、けつしてそのやくざな「彼の」藝術に未練を残していないだろうということ、藝術家は誰でも、彼の制作とそれを贈られる多くの人びととの関係をこんなふうに考えなければなるまいということは動かない真実であろう。したがつて藝術家は、彼の作品が永遠に残ることなぞを目当てるべきでなく、彼の作品なぞを必要としないような美しい生活が人間の世界に来ることを、そしてそのことのために彼の作品がその絶頂の力で役立つことを願うべきであろう。作家のすべては彼の制作を一つのブルジョア的範疇である貨幣に換算して評価するべきでなく、この貨幣のいつそう賤しい変身に過ぎない世評によつて評価するべきでなく、じつに右のような剛毅な態度で評価するべきであろう。(『素樸ということ』、『中野重治全集』第九巻、一七六〜一七七頁)

中野はここで金銭(貨幣)を「ブルジョア的範疇」と言い、藝術の評価はこの「ブルジョア的範疇」である金によってなされるべきではないと断言している。経済よりも別の価値として提示されるのは「人を喜ばせる」「人心をさらに美しく激しく高揚させうる」「美しい生活が人間の世界に来る」ということだ。『いわゆる藝術の大衆化論の誤りについて』(「戦旗」一九二八年六月号)のなかで、大衆が求める藝術はヒマラヤであって愛宕山ではないと論じていたこととも連動する考えであろう。もうひとつ、当時の中野の文章『文章を売ることその他』(「新潮」一九二九年九月号)を参照すると、ここでは「毒にも薬にもならない」仁丹になぞらえた「仁丹的文章」が話題になっていた。この皮肉な命名はおそらく中野によるもので、「毒にも薬にもならない」「仁丹的文章」は、口当たりがよいのでよく売れるけれども真実からは遠いものであり「自分でこの仁丹的文章を書くとなると実に苦しい」と言うのである。「仁丹的文章」でないとなかなか売れない、しかし「仁丹的文章」は真実から遠いから書きたくないというわけだ。もちろん、中野にしても文筆家である以上、文章を売らなければならない。その葛藤が語られていて、文章を書く人としての矜持がうかがえる文である。

一方、当時としてはこのような考え方もあった。山田清三郎や中野重治と対照的に中村武羅夫は「第九章　金銭について」(8)のなかでこう述べている。「金銭を恥じる気持はわれわれの誤りでなければならない。現代においては、生活するということは、すなわち金である。生きるということは、すなわち金である。金を度外においては、生活が成り立たないのである。金銭は、人間生活の根底を成している」。「金銭を賤しむことをもって、一種の見得とする文学者たちはあるいは言うかもしれない。金のために、小説は書かない、と。それでは、何のために書くのか? と反問せずにはいられなくなる。私なら、原稿料のない原稿なんか、一行だって書くのはいやだ」。原稿料によって生計を立てている立場から、まことに正直な感想を披露している。金銭について語ることを恥とする文化、金銭を卑しいとする見方を退け、徹底した現実主義をあらわにしたモダニティのかたちをここに見ることができるだろう。現在、マーケティングと結びついた制作によってフィギュアなどのアート作品が億単位の値段で取引され、作家の側もそれを意識して作成しているという状況がある。中村の言説は、藝術もビジネスとして捉えられるようになった二十一世紀のアート観を先取りしたものとも言えるのである。

つまり、冒頭引用した井上文の趣旨に戻れば、「経済の優位」を体現しているのは、山田清三郎や中野重治よりも中村武羅夫ということになるのだろう。しかし、井上文の言うように経済優位の価値依存性が人間の生を貧困化させてしまうのであれば、モダニティの合理性は整合性を失ってしまう。その場合、むしろ文章を売ることについて中野重治が見せていた葛藤が参照されるのではないだろうか。文章を売ること自体が否定されてはいないことから、金銭が「ブルジョア的範疇」に結びつくという見方には一定の留保が必要であるには違いない。だが、金銭所有の不平等に根ざした階級の問題以外に、それは何よりも藝術の本質の問題として捉えられていたのだった。さきに確認したように、円本ブームの一環として刊行された『プロレタリア文学集』は相互扶助のための協同的性格を持っていた。また、同じく同書の序によれば「われ〳〵は亦われ〳〵の文学を通じて諸君にこの世の最も真実なるものを語ることを以て酬《むく》いよう」とあるように、「仁丹的文章」と相容れない「真実なるもの」が強調されてもいた。大衆の欲望と連動する消費構造に組み込まれつつあった教養や文化を消費に終わらせないようにすること、そのための価値提示が目指されていたということだ。これは見逃せないことだろう。ただし、藝術の本質は金銭では測定できないという確固とした考えがある一方で、見てきたように、山田前掲文に掲載された調査で人気があったのは「キング」や「富士」であり、その事実からするとプロレタリア文学における送り手と受け手とのあいだには認識のギャップが確かにあった。このことは、残念ながら否めない。

3 覚醒、共感、内在的批判

ところで、円本ブームの時期、改造社からは一九三〇年から三一年にかけて『新鋭文学叢書』が刊行されている。一冊三〇銭のこの叢書は、林芙美子の『放浪記』が収録されベストセラーとなり続編が出たこと、堀辰雄『不器用な天使』、龍胆寺雄『放浪時代』、小林多喜二『東倶知安行』、中野重治『夜明け前のさよなら』など、その作家の代表作が収録されたことによって知られている。これらのなかに佐多稲子（窪川いね子）の『研究会挿話』もあった。

『研究会挿話』にはいくつかの短編小説が収録されている。なかでも取り上げたいのは、「女人藝術」一九二九年十月号に発表された『街頭の一歩』(9)という四つの小話からなるオムニバス形式の作品である。佐多稲子のプロレタリア小説については、『煙草工女』と『わかれ』を取り上げて谷口絹枝「無産階級者というアイデンティティと女性身体」(10)が「「階級」と「性」の二重の抑圧を受けた女性たちの労働とその生活に一貫して目を向けている」と論じている。プロレタリア文学の女性作家たちが、階級の問題のみならずジェンダーの問題をも焦点化していたことは重視されねばならないだろう。同時に、プロレタリア小説の成し遂げた功績には、さきの円本の一冊『プロレタリア文学集』にも収録されていた小林多喜二の『蟹工船』に書かれていたように、戦争の本質が実は経済問題であることの明示をはじめとした、いくつもの論点をあげることができる。冒頭の文藝辞典の解説に戻れば、社会構造の分析には経済問題が欠かせないことが言われていたが、それを文学の領域において広くひとびとに知らせたことがプロレタリア文学のひとつの大きな功績であった。それらを踏まえたうえで『街頭の一歩』を検討すると、まず社会批判の観点があげられるだろう。

　主人公のひろ子は、ほかの佐多作品でも描かれているように佐多稲子その人を思わせるような女性である。父の失業で小学校さえも終えないころから働いていたひろ子は、いま、争議のための寄付金募集の帰りぎわ、郊外の駅のプラットフォームで泣きたいような気持ちになっている。貧乏と多忙に脅かされていた過去、口述筆記や原稿清書でやっと糊口をしのいでいる現在、それらのことを考えながらベンチのひろ子は暗い顔で沈み込んでいる。だが「ひろ子は自分の心の中に、幾分誇張的にわざと叫ぶやうに言つた。「さうだわ。今の社会は、私たちの生活から、陽の光まで奪つてゐるんだ」そして涙の一杯溜まつてゐる眼を、涙を払ひ落す様にわざと大きく見開いて元気に歩き出したのであつた」。

　一転して短調から長調に変化した展開のかなめにあるのは「今の社会は、私たちの生活から、陽の光まで奪つてゐる」という社会批判の認識である。直感的なものに過ぎないつぶやきであるにせよ、自己責任としてではなく社会構造の問題として捉えられていることが重要だ。社会批判は社会正義と言い換えてもよいだろう。この点に関して、いま比較として提示するのは唐突かもしれないが、たとえば森鷗外『高瀬舟』のなかで、遠島となり二百文をふところにした喜助が次のように語っていることに注目したい。

「お恥かしい事を申しあげなくてはなりませぬが、わたくしは今日まで二百文と云ふお足を、かうして懐に入れて持つてゐたことはございませぬ。どこかで為事に取り附きたいと思つて、為事を尋ねて歩きまして、それが見附かり次第、骨を惜まずに働きました。そして貰つた銭は、いつも右から左へ人手に渡さなくてはなりませなんだ。それも現金で物が買つて食べられる時は、わたくしの工面の好い時で、大抵は借りたものを返して、又跡を借りたのでございます。それがお牢に這入つてからは、為事をせずに食べさせて戴きます。わたくしはそればかりでも、お上に対して済まない事をいたしてゐるやうでなりませぬ。」（『鷗外全集』第十六巻、二二七頁、岩波書店）

ひろ子と対照的に、喜助はいわば「お上ごもっとも」の考えがこびりついている人間である。遠島が悲しいのは「世間で楽をしてゐた人たち」であり、京都はよい土地だが「これまでわたくしのいたして参つたやうな苦みは、どこへ参つてもなからうと存じます」と言う。「骨を惜まずに働きました」という実態があるにもかかわらず貧困から抜け出せないのは、織場の喜助らを搾取する社会制度の不備以外の何ものでもない。貧困は喜助自身の責任ではない。けれども喜助はそうは考えず、牢屋に入ってから仕事をせずに食べさせてもらえることはありがたいと、「お上に対して済まない事をいたしてゐるやうでなりませぬ」と言うのである。このような喜助を立派な心がけだとするのは、羽田庄兵衛をはじめとした「お上」の側の都合のよさに過ぎないだろう。すなわち、貧困を強いられているにもかかわらずお上を崇める喜助は、二重に剝奪されているのである。しかし喜助はこのことに気づいていない。二百文の「お足」すなわち金銭は「ブルジョア的範疇」どころか稼いでも稼いでも手元に残らず渇望されるものなのだった。

『高瀬舟』については、鈴木敏子「「高瀬舟」（森鷗外）私の読み」(11)が、さらにもう一歩踏み込んで、働けない喜助の弟は「国家・社会にとって無用である」こと、「兄の喜助もまた前述の国家意志に同意している」こと、「喜助は、弱者切り捨ての国家意志の共犯者であるとともにまた被害者でもある」ことを指摘している。もちろん、この作品が書かれた当時（一九一四年脱稿）、人権思想も成熟していず免れがたい時代の制約があったであろう。また『高瀬舟』は『翁草』を出典とするため、作品の時間が徳川時代に設定されていることも考慮しなければならないだろう。ただ『高瀬舟』のような作品と比較したとき、プロレタリア文学の新しさは、喜助が内面化していた理屈に対して根底的な疑問を突きつけ、自己責任ではなくむしろ社会構造の分析によって議論すべきだとした点にあった。二重に剝奪されていた多くの喜助たちがそのことを自覚すること、それを促したのがプロレタリア文学だった。その意味でひろ子の科白は、ひろ子自身の覚醒をも意味しプロレタリア小説として注目すべきものと言えるのである。

『街頭の一歩』では、さらに次のような小話も注目される。争議への応援資金調達のため市電交差点で「無産者新聞」を立ち売りしているひろ子は、行き交う人にじろじろと見られることを恥ずかしく思っている。いまは右翼の無産党幹部夫人になっているB夫人がぶっきらぼうな調子で五銭出して新聞を買っていったことに気後れを感じていた。そこに電車から降りた仕事帰りの朝鮮人労働者たちがやってくる。埃で汚れたような印半纏を着た彼らは日本の文字があまり読めないらしい。ひろ子は「住む国を奪はれ、そしてそれが故に思ふ存分に搾られる彼等」と思う。そのなかの背の高い朝鮮人労働者が五銭出して新聞を買ってくれた。「ひろ子は優しく微笑んで新聞を渡した」。

新聞を買ってくれる人との交渉に親しみを感じることを、ひろ子自身「感傷的な感じ方」と自覚してもいる。しかし、おなじ五銭の受け渡しでも、B夫人と朝鮮人労働者との違いは彼女にとって大きなものだ。ここでは、民族やジェンダーの違いよりも階級の違いが前景化されている。五銭は五銭の価値しかなく、それは新聞の対価に過ぎないが、ただ新聞が売れればいいということではなくて、朝鮮人労働者からひろ子が受け取ったものは五銭という金銭にとどまってはいない。朝鮮人労働者の差し出した五銭は、おなじ労働者階級としての共感や相互扶助の想いのつまった五銭なのであり、ひろ子にしても、植民地朝鮮から日本に連れて来られた朝鮮人労働者が苛酷な労働を強いられていることに想いを寄せているのだった。作中で朝鮮人労働者は語っていないのでその声は聞こえないものの、これは相互の意思疎通がわずか五銭という金銭を媒介としてなされる印象的な場面であろう。ここでの金銭は単なる媒介に過ぎない。だが、むしろ重要なのは相互の想いの深さである。プロレタリア小説が描いたのは、すでに見たように社会批判であり社会正義であった。しかし、それらにも増して人と人とのつながりや共感というヒューマニティを基盤としたものを描いたことはこの文学を考えるときに重要である。

そう考えると『街頭の一歩』の次の小話は、いっそう味読される挿話として読めるのではないだろうか。組合の使いで松江とあちこちを歩き回り、帰る途中のできごとである。その日は日曜で多くの女性たちが着飾って歩いていた。ひろ子はおしゃれしている女性たちを見てため息をつく。「私たちはやつぱりだめですねえ、プチブル根性が出て、綺麗な着物がやつぱり目につくんですよ。もつともこの頃では、それは、違つた世界のものとして見えるので、別に欲しいつていふやうな気じやあないんですけど、なんだかそんな気持を更めて考へると憂鬱になつてねえ」。こう言うひろ子に対して松江はさして気にとめるふうでもない。「だけど、考へますねえ」という松江の言葉を、自分勝手に解釈したひろ子は松江も同じ気持ちでいるのだろうと勘違いする。だが、あとに続く松江の言葉を聞いてはっとするのだ。「一体、あんな盛装して歩いてゐる人達は、どんな気持ちでゐるんでせうかねえ。何も考へないんでせうねえ」。

同性としての甘えを突き放され、おしゃれをしたいというひろ子の気持ちは宙に浮いてしまっている。乗合自動車の車掌を首になり工場の口を探しながら組合に働きにきている松江には「愛嬌といふ媚びた女の表情が、影だになかつた」と言われていた。松江の答えを聞いて狼狽し顔を赤らめるひろ子は、意識の高い松江を羨ましく思うのだ。

しかし、ひろ子の気持ちは、綺麗な着物を着たいという普通一般の女性たちと同じ気持ちだろう。こういう気持ちを忘れてしまった運動は、自分だけが正しいという独善的な隘路に陥ってしまいがちである。理論が先鋭化し運動自体が狭められていった背景には、大衆を置き去りにしたこのような独善性もあった。ちゃらちゃらした軽佻浮薄な女たちだと、盛装した女性たちを蔑む松江の様子は、「口元に薄笑ひを浮べた」と二度も描写されていることから、実は好意的には描かれていない。ここに読み取れるのは、運動を推進する大義（社会正義）のために個人の欲望や意志がねじ伏せられてしまう硬直性である。ひろ子は松江を羨ましく思うと語られてはいるものの、はからずも本文からはその硬直性への内在的批判を読み取ることができる。この点に注目したい。ひろ子の宙に浮いてしまった気持ちは誰にも届かないが、その宙に浮いた気持ちが書き留められたことは見過ごせないことなのである。

4　人間性の恢復のために——社会構造分析を基盤として

いま具体的な作品分析として『街頭の一歩』を検討したように、プロレタリア小説が提示したものには、個人の覚醒と社会批判や社会正義という理念、労働者階級の共感とヒューマニティを基盤とするテーマ、個人の欲望を圧殺する運動の硬直性に対する内在的批判などがあった。はじめの問題に戻れば、本稿は、経済のダイナミズムが「社会の秩序形成を指導する」事態になっている現在、プロレタリア小説を再読することはそのような事態を振り返り、人間の恢復を目指すオルタナティヴを模索するのに有効なことではないかと提起した。そのことは、近年、プロレタリア小説が再検討されていることから考えても、あながち見当外れのことではないだろう。[12]

ただし、注意しておかねばならないことがある。というのは、プロレタリア文学は、見てきたように社会批判や社会正義が前提としてあったが、その根拠になったのはマルクス主義を思想的基盤とした社会構造の分析という議論に基づいていた。冒頭引用した井上文におけるマルクスのプルードン批判を思い出してみると、それぞれの個人の主体を超えたところに存在する構造的なシステムとして、マルクスの言う「経済」（資本）があった。ということは、極論すれば、人間の主体（意識）以上に問題になるのは強固なシステムそのものなのであり、ここでは、ともすれば人間主体の意識の問題は二の次になりかねないということだ。たとえば『哲学の貧困』では、このように言われている。「消費者もまた、生産者と同様に自由ではない。彼の所見は、彼の諸手段と彼の欲望にもとづいて左右される。彼の手段と彼の欲望は彼の社会的地位によって決定される、この社会的地位そのものがまた、社会組織全体に依存する」[13]。「じゃがいもを買う労働者」も「レースを買う売笑婦」もそれぞれの考えに従って買い物をするのだが、それぞれの考えの違いは「社会的地位」の違いに従っているのであり、それぞれの「社会的地位」は「社会組織の産物」であるというわけだ。人間主体（意識）は「社会組織」に従ったものでしかない。

しかしながら、もう一方で、プロレタリア文学の主要テーマになっていたのは、個人の覚醒であり、人と人とのつながりや共感などのヒューマニティを基盤とするものでもあった。個人（人間）の欲望を圧殺するものへの内在的批判を思い出してもいいだろう。個人あるいは人間の主体（意識）は重視されねばならない。なぜならプロレタリア文学は、ほかでもない「文学」であるから。

そして加えて言うならば、次のようなことも振り返っておく必要がある。たとえば、中野重治がマルクスに引かれたのは、ユダヤ人に対する政治的解放を人間的解放へと転換させ「人間自身への還元」を説いていた『猶太人問題を論ず』（久留間鮫造・細川嘉六訳、同人社書店、一九二五年）などが基本としてあった。初期のマルクスが生き生きと論じた人間的解放が若い中野重治をとらえて離さなかったのは事実としてある。初期マルクスの人間的解放は、機械論的唯物論とは違ってすぐれて人間的なものであったはずだ。ただ、総体としてみたとき、プロレタリア文学が依拠した理論と「文学」との抜き差しならない関係は見逃せないことであろう。

プロレタリア文学においては、人間の主体を超えたシステム（経済）分析を基本とする思想に立脚しながらも、システムが蹂躙してしまう人間主体の恢復が目指されてもいた。この二律背反は、プロレタリア文学を再読するさいに重要である。従来議論されてきたような「政治と文学」の関係ももちろん重要であったがそれだけでなく、社会構造（システム）と人間主体の関係から眺めてみると、冒頭述べたとおり問題はいっそう明確になってくる。社会構造が変化し大衆が出現した時代に花開いたモダニズム文学も、おそらくは同じような構図で捉えることができるだろう。

見てきたように、プロレタリア文学の作家たちは、一九二〇年代から三〇年代にかけての、教養や文化藝術さえも消費してしまう欲望の時代に、利益至上主義に異議を唱え藝術の価値を重視し「仁丹的文章」として文章を売ることに葛藤を見せていた。この葛藤もいわば二律背反の状態でもがく様相を呈したものと言える。モダニティの合理性は、大衆の欲望を織り込みながらテクノロジーやビジネスが推進する輝かしい果実を保証してきた。しかし、その過程で生じる矛盾や排除、不平等に目をつぶるわけにはいかない。人間の主体が不問に付され置き去りにされてしまったポストモダンの饗宴のあと、これもひとめぐりして現在直面している歪みや軋みに共通するものが見られるのではないか。その構図に気がついたとき、プロレタリア文学を再読することは今まで以上に意味あることに違いない。

注

（1）馬場宏二「現代世界と日本会社主義」（東京大学社会科学研究所編『現代日本社会1　課題と視角』所収、東京大学出版会、一九九一年）

（2）井上達夫『現代の貧困』（岩波書店、二〇〇一年）

（3）永嶺重敏『モダン都市の読書空間』（日本エディタースクール出版部、二〇〇一年）

（4）前掲永嶺重敏『モダン都市の読書空間』一四九頁。

（5）栗原幸夫「大衆化とプロレタリア大衆文学」（池田浩士編『文学史を読みかえる2「大衆」の登場』所収、インパクト出版会、一九九八年）

（6）松浦総三編著『原稿料の研究』（みき書房、一九七八年）などによる。

（7）山田清三郎「プロレタリア文学と読者の問題」（『プロレタリア藝術教程』第二輯、世界社、一九二九年）

（8）前掲松浦総三編著『原稿料の研究』一八八～一八九頁。初出は「不同調」一九二九年二月号。

（9）原題『一歩』。ただし「女人藝術」一九二九年十月号掲載の本文と単行本『研究会挿話』所収の本文とでは、四つ目の小話が別の話になっている。ここでは、共通する三つの小話を取り上げた。

（10）「国文学解釈と鑑賞」二〇一〇年四月号「特集プロレタリア文学とプレカリアート文学のあいだ」所収。

（11）鈴木敏子「「高瀬舟」（森鷗外）私の読み」（『ある戦中派の軌跡』学文社、二〇〇六年）初出は

「日文協近代部会誌」二五八号、二〇〇五年十月。

(12) 拙稿「プロレタリア文学と現在——世界を分析し、オルタナティヴを模索する」(「日本近代文学」第79集、二〇〇八年十一月)を参照されたい。また、前掲「国文学解釈と鑑賞」二〇一〇年四月号の特集のほか、最近では「立命館文学」第六一四号(二〇〇九年十二月)が「特集〈プロレタリア文学〉」となっている。併せて参照されたい。

(13)『マルクス＝エンゲルス全集』第四巻(大月書店、一九六〇年)九二頁。

第二章　格差社会日本とプロレタリア文学の現在的意義

1　現代に召還されるプロレタリア文学

数年前、メディアを賑わせた話題として「タイガーマスク現象」と呼ばれるできごとがあった。二〇一〇年から翌年の二〇一一年にかけての年末年始に、「伊達直人」と名のる人物から群馬県の児童相談所にランドセルが十個届けられたことを契機として、その後、日本各地の児童養護施設に匿名によるさまざまな寄付がおこなわれたことをいう。「伊達直人」は、梶原一騎原作の漫画「タイガーマスク」の主人公名である。「ちびっこハウス」という孤児院で育ち、虎の仮面をつけたプロレスラーになって稼いだ金を、身元を隠して「ちびっこハウス」に寄付する人物で、アニメ番組「タイガーマスク」は私自身も子どものころによく見た、一九七〇年ごろの人気テレビ番組であった。

一九七〇年前後は、いまは使われなくなった「みなしご」「孤児院」という言葉がまだ使用されていた時代だったが、保護者のいない子どもたちや虐待を受ける子どもたちが養育される場として、現在、それは児童養護施設という名称で呼ばれている。年末年始に生じた、クリスマスプレゼントやお年玉のようなこの「タイガーマスク現象」は、児童養護施設で暮らしている親のいない子どもたちにさしのべられた善意のかたちのひとつであった。最初にランドセルを寄付した「伊達直人」だけでなく「困っている人のために自分も何かしたい」と考えている人がこれほど多くいたのだということを、この現象は示している。

「タイガーマスク現象」の背景には、ここ数年、ネオリベラリズムによるマーケット至上主義の台頭により非正規雇用が増大したことをはじめとして、未婚率の上昇、終身雇用の低下、家族の崩壊、不安定な生活など貧困や格差社会の深刻な問題がメディアで頻繁に取り上げられたということがあったに違いない。湯浅誠らによる、失業者に対する二〇〇八年末の「年越し派遣村」開設、二〇〇六年からNHKが報道してきた「ワーキングプア」[1]や「無縁社会」[2]などは、その一例である。湯浅の著作『反貧困』（岩波新書、二〇〇八年）や岩田正美『現代の貧困』（ちくま新書、二〇〇七年）は、現代における貧困問題の実態を分析し、自己責任論ではなく社会の問題として捉え直した傾聴すべき議論だった。あるいは、雑誌「世界」二〇一一年二月号（岩波書店）が特集する「家族崩壊という現実――児童虐待が問うもの」では、貧困が児童虐待の大きな原因であることが論じられている。社会の過酷な状況は一番弱い存在にしわ寄せされるということなのだろう、二〇一〇年には、児童相談所が対応した児童虐待件数は五万件を超えたという。[3]ほかにも、小林多喜二の『蟹工船』が「ワーキングプアの聖典」として話題になり、読書エッセーコンテストの開催や人気俳優による映画化ということがあった。[4]さらに、論壇でも大きく取り上げられた赤木智弘の「『丸山眞男』をひっぱたきたい　31歳フリーター。希望は、戦争」[5]が提示した、不況の時代における戦争待望論も見落とせない。

学会でも、たとえば日本社会文学会が二〇〇六年の春季大会で「〈働くこと〉と〈戦争すること〉――表現のあるべき方向を考える」を全体テーマとし、学会誌「社会文学」第二五号（二〇〇七年二月、日本社会文学会）にその成果が反映された。日本社会文学会は、もともと文学と社会・歴史・思想などが交錯する場に生じる問題を追究する学会で、これまでも労働や戦争の問題に言及してきたが、同誌に掲載された鎌田慧「三〇年後の絶望工場」や梁石日「身体と労働の欠落にあらがう文学」は、非正規労働が増加した雇用実態と労働が人間を疎外していく現場について、かつてよりもいっそう悪化している状況を語っている。また、日本近代文学会でも二〇〇九年の春季大会で「〈貧困〉の文学・〈文学〉の貧困」を特集とした。「日本近代文学」第八一集（二〇〇九年一一月、日本近代文学会）に、桐野夏生作品を論じた種田和加子「略奪の構図――桐野夏生作品から考察する」などが掲載されている。あるいは、雑誌「国文学解釈と鑑賞」二〇一〇年四月号は特集「プロレタリア文学とプレカリアート文学のあいだ」として、八〇年前のプロレタリア文学と現在のプレカリアート文学を並列して扱い、貧困、階級、労働、ジェンダーの問題を浮き彫りにした。現代文学の小説作品はもちろんのこと、[6]研究の場面でも貧困や格差は取り上げるべき問題として扱われるようになったということだろう。

さて、日本における貧困と格差をめぐるここ数年の実態はそれとして、注意しなければならないのは、メディアで大きく取り上げられ刊行物も増加したこれらの問題が、はなばなしい流行の一過性のものとして扱われること、売れ筋のテーマとして消費されることは決してあってはならないということである。ひところ、この現象を揶揄して「貧困本がよく売れる」という言い方がされた。貧困現象につけこんで金儲けする「貧困ビジネス」の弊害については前掲湯浅誠『反貧困』でも詳しく報告されている。ジャーナリズムやメディアの領域で、貧困や格差が儲け話のビジネスとして一過性のブームのように扱われていないかどうか、注意深く見守る必要がある。それは研究の領域においても同様であろう。文学研究の場面では、やや強い言い方をすれば、長い間プロレタリア文学は見向きもされない状況が続いた。中野重治、佐多稲子、小林多喜二、葉山嘉樹など個別の作家研究は継続してなされてきたものの、総じてプロレタリア文学の研究は、とりわけポストモダン的価値が喧伝されテクスト論が盛んであった、ちょうどバブル経済の絶頂期に向かう一九八〇年代から一九九〇年ごろは取り上げられることがほとんどなかった。しかし、現在、上記のように研究の場面でもプロレタリア文学が見直されている状況にある。が、このことは、実は必ずしも歓迎すべき喜ばしいことではなく、むしろ、日本社会におけるバブル経済崩壊後「失われた二〇年」の厳しい実態のあかしとして受け止めるべきなのかもしれない。(7)さらに、社会背景を考慮するとともに研究主体の問題もある。このようなテーマを扱うさい、研究主体はみずからを透明な位置に置くことはできず、理念や道義が問われることになる。貧困や格差を飯の種あるいは論文の種とすること、あるいは単なる知的好奇心を満たすための研究対象とすること、トレンドとして貧困を研究すること、これらの姿勢は慎まなければならないだろう。

プロレタリア文学が提起する問題は、ヘザー・ボーウェン＝ストライク氏が提起するように[8]、何よりも現在のアクチュアルな問題に通底する重要なものばかりである。ネオリベラリズムの台頭のもと、マーケットを至上のものとして人々を激しい競争に駆り立てるグローバリゼイションや資本主義との関係、ジェンダー・スタディーズとの関係、サバルタン・スタディーズとの関係などにおいて、一九二〇年代から一九三〇年代に盛んであったプロレタリア文学が本質的で有益な観点を供与していることは間違いない。現在も有効な思想資源であるプロレタリア文学を再読することによって、格差社会などの困難な事態におけるオルタナティヴのヒントが得られるのではないかと考えるのである[9]。

2　見えなくされているものをあぶり出す——世界の読み解き方

私たちの周りには、見えなくされているものがずいぶんある。未曾有の被害であった東日本大震災が生じた二〇一一年三月一一日以降、福島第一原子力発電所の事故によりこれまでの原子力行政の見えなかった部分が報じられた。原子炉で生成されるプルトニウムの処理や健康に害が及ぶ原発労働の実態を少しでも考えれば、原発が危険きわまりないことは分かるはずなのに、それとは逆に、バラ色の明るい未来を保証するもののように思い込まされていたのである。たとえば、原発銀座と呼ばれる若狭地方を舞台として、農閑期に原発下請労働者として働く男を描いた水上勉『金槌の話』(「海燕」一九八二年一月号)という小説がある。三・一一以降、たびたび言及され再読された小説のひとつだが、顔の右頬にナスビくらいの大きなかさぶたがある工藤良作は、語り手の遠縁にあたり、語り手は彼からさまざまな話を聞くというかたちになっている。素封家の嫡男で、もとは村一番の貴公子のようだった良作がどうしてかさぶたのある魁偉な容貌になったのか、それは説明されていない。良作は、原発の炉心近くで二時間ばかり働いていると、胸ポケットに入れた万年筆のような測定器がピイピイと鳴ること、そうすると外に出て急いで作業着を脱ぎ新しい作業着に着替えてまた炉心に入っていくこと、ある日海岸道路に吐瀉物が七つもあったこと、むささびが森を逃れて巣移りしたことなど、具体的な原発作業や村での不思議なできごとをのんきな調子で語る。批判がましい言い方ではなく、決して声高ではないが、原発の恐ろしさを暗示させる小説である。だが、実際には『金槌の話』のようなエピソードはあまり知られず、むしろオール電化の生活がいかにスマートでクールであるか、人気俳優によるテレビの映像が繰り返し流され、それを受容する私たちは原発プロパガンダの巧妙な手口に搦め捕られていた。見えなくされていたのは、原発の危険性だけではないだろう。現実のこの世界をどのように読み解いていくか、およそ八〇年前のプロレタリア文学は、世界の読み解き方をそれまでの概念とはまったく違ったやり方で人々に示し、マスター・ナラティヴとは異なる語り方を提示してみせたのである。世界を読み解くリテラシーを、知識人に対してではなく、大衆に広く易しく供与したのがプロレタリア文学だった。

たとえば、小林多喜二の『蟹工船』（「戦旗」一九二九年五〜六月号）では、近代日本における戦争の原因がごく一部の支配層によって引き起こされた帝国主義戦争であったことを、最下層の船室でストーブを囲みながら会話する乗員たちに語らせている。むろんそこには専門的な社会科学用語は出てこないし、乗員たちは学問的訓練を受けていないから自分の言葉でたどたどしく話すしかない。けれども、なぜ海軍に警備されながら過酷な条件下でロシア領に侵入してまで操業しなければならないのかということを次のように明瞭に語っている。

「金がそのまゝゴロゴロころがっているようなカムサツカや北樺太など、この辺一帯を、行く行くはどうしても日本のものにするそうだ。日本のアレは支那や満洲ばかりでなしに、こっちの方面も大切だって云うんだ。それにはこゝの会社が三菱などゝと一緒になって、政府をウマクつっついているらしい。今度社長が代議士にでもなれば、もっとそれをドンドンやるようだど」「今迄の日本のどの戦争でも、本当は――底の底を割ってみれば、みんな二人か三人の金持の（そのかわり大金持の）指図で、動機だけは色々にこじつけて起したもんだとよ。何んしろ見込のある場所を手に入れたくて、手に入れたくてパタパタしてるんだそうだからな、そいつ等は」[10]。

このような断片的に続けられるだけの乗員たちの会話を、論拠のない感覚的な言語使用に過ぎないと一蹴することはできない。帝国主義国家の植民地支配、財閥と政府との癒着など、その本質を突いているからである。ここで言われている戦争の本質については、現在でも同様の議論を見出すことができるだろう。二〇〇一年の九一一同時多発テロ事件のあと、二〇〇三年にアメリカが引き起こしたイラク戦争は二〇一〇年八月にようやく終結したが、開戦理由として提示されていたイラクの大量破壊兵器は結局のところ見つからなかった。大量破壊兵器やイラクの民主化など公式の開戦理由とは別に、多くのメディアで取り上げられたのは、イラクの石油に対する利権問題だった。ブッシュ元大統領時代のチェイニー副大統領は、アメリカの石油掘削機販売会社ハリバートン社の経営に参加した経歴を持ち同社の大株主でもあったが、この会社はイラク戦争で巨額の利益を得たと言われている。イラク戦争では、このチェイニー元副大統領が関係したハリバートン社だけでなく「国家と緊密な関係にある五つの企業が、巨大なケーキを分けあうことになった」[11]と言われ、ロナルド・レーガン大統領時代のジョージ・シュルツ国務長官が経営陣のひとりであるベクテル・グループ（合衆国で最も大きな公共土木建設企業）などの会社名があがっている。このイラク戦争を仕掛けたブッシュ政権の野望に関しては、惨事便乗型資本主義複合体を鋭利に分析したナオミ・クライン『ショック・ドクトリン』（岩波書店、二〇一一年）においても詳述されている。イラクの混迷で最大の利益を得たのがハリバートンであり、イラク戦争は新しいモデル経済を誕生させたというのだ。「破壊と再建の両方におけるありとあらゆる任務が外部に委託され、民営化された結果、攻撃を開始しても、停止しても、そしてまた爆撃を再開しても、あらゆる局面で経済が活性化することになる」。ハリバートンやカーライル・グループなどは、同じ会社のなかに破壊事業と復興事業の二つの部門が併設されているという。そして、イラク占領からしばらくしてアメリカ国務省は、新たに復興安定化調整官室を設置し、将来、アメリカ主導による攻撃を受ける可能性のある二十五カ国について、その復興計画を民間事業者に発注するというのである。惨事が起きたらビジネスにつながる。戦争の再建の民営化モデルが明確になったのがイラク戦争だった。[12] このように戦争の背後には、企業と政府の癒着による経済問題が隠されている仕組みがあり、『蟹工船』は早くに小説のかたちで人々に示したのである。

また、貧困を自己責任ではなく社会の問題として捉えることについても指摘しておきたい。佐多稲子の『街頭の一歩』(「女人藝術」一九二九年一〇月号、原題『一歩』)には、主人公のひろ子が寄付金集めにくたびれて駅のホームで沈み込んでいるとき、これまでの自分の貧しい境遇を思い出しながら「さうだわ。今の社会は、私たちの生活から、陽の光まで奪つてゐるんだ」と考える場面がある。糊口をしのぐ苦しい生活の原因を、自己責任論ではなく社会の問題として捉えている点が注目されるだろう。

貧しい暮らし、極貧の生活ということでは、唐突な比較かもしれないが、たとえば森鷗外『高瀬舟』の喜助も同様だった。喜助は、骨身を惜しまず真面目に働いた。にもかかわらず、貧乏から脱することはできなかった。弟殺しの罪に問われて遠島になる喜助は、いまふところにお上から支給された二百文を所持している。働かなくても牢にいながらにして食べさせてもらえることと、遠島になるさい二百文ももらえること(これまで喜助は一度としてこのような金額を所持したことはなかった)、これらをありがたく思う喜助は、お上に感謝こそすれ、不満を述べ立てることはない。貧困は喜助の責任ではない。真面目に働く喜助のような人物が貧困のどん底で満足に暮らしていけない社会構造こそ問われねばならないのに、この小説では喜助の心がけのよさが「知足」という概念できれいにまとめられている。高瀬舟に乗って付き添っている同心の羽田庄兵衛が喜助を立派な心がけの人間だと思うこと自体、欺瞞以外のなにものでもなく、従順で真面目な喜助は統治に利用されている存在に過ぎないのである。そして、喜助自身もお上を崇拝し、権威を維持するための道徳を疑うことなく内面化している。名作『高瀬舟』の限界は、江戸時代の典拠によるためでもあるが、執筆された時代の限界でもあった[13]。

『街頭の一歩』と『高瀬舟』を読みくらべてみると、一九二〇年代から一九三〇年代にかけて盛んであったプロレタリア文学は、一九一六年に発表されたこの『高瀬舟』のような思想を乗り越えていくところに、その新しさがあったと言えるだろう。むろんプロレタリア文学の台頭以前、どんな権威も戴かず自分が自分の主人となるべきだと主張した大杉栄らのアナキズム思想も見逃せないが、ここでひろ子は「お上ごもっとも」と考える、権威に従順な喜助には決して見ることができなかった局面を敏感に感じ取っている。「今の社会」が不備であると考え、貧困を自己責任ではなく社会構造の問題として認識しているのである。プロレタリア文学は、マルクス主義を思想的基盤としていたから、経済的指標に基づいた社会構造の分析が前提としてあった。社会に目を向けるひろ子の造形は、このような前提から導かれている。

『街頭の一歩』に描かれたこのような認識は、現在言われている次のような議論にも通じているだろう。前掲の岩田正美『現代の貧困』では、社会のなかで貧困などの「あってはならない状態」をどのように測定するかについて、「他者に対する配慮や公正さについての異議申し立てがたえずなされるような」社会、あるいは「社会を構成するメンバーの連帯や社会統合に焦点が当てられるような」社会では、「あってはならない状態」の範囲が広くなり、貧困が見出されやすいという。つまり、同じ社会のメンバーとして特定の人たちが排除されていないかどうか、見捨てられていないかどうか、他者への配慮が問われているということである。同書では「貧困問題を社会の責務として進んで引き受けようとする社会の成熟度による違い」とも言われている。[14] 貧困が自己責任ではなく社会の問題であるということは、前掲の湯浅誠『反貧困』でも論じられていた。『街頭の一歩』のひろ子が感じていたことは、このような現代の貧困問題の議論と共通する内容を持っている。

3　ジェンダー・イシューの観点から

ところで、プロレタリア文学は明治大正期に比べて多くの女性作家を輩出し、描かれた題材も女性の視点からのものが多かった。『街頭の一歩』と同じく、新鋭文学叢書『研究会挿話』（改造社、一九三〇年七月）に収録された佐多稲子の初期短編である『レストラン洛陽』（「文藝春秋」

一九二九年九月号）や『怒り』（発表誌未詳、一九二九年一月）では、カフェーの女給を視点人物にしている。そのほかにもよく知られた『キャラメル工場から』（「プロレタリア藝術」一九二八年二月号）や『煙草工女』（「戦旗」一九二九年二月号）、あるいは『幹部女工の涙』（「改造」一九三一年一月号）などでは女子工員を描いている。

長谷川啓氏は、小学校を中退し満足な学校教育を受けることのできなかった佐多稲子がさまざまな労働経験を積み、そのことによって女給や女工のほか、小間使い、座敷女中、女店員、バスガールなど女性労働の多様な現実を描出できたのだと論じ、さらに、従来、低く評価されがちだった『幹部女工の涙』をはじめとする女工もの五部作は、小林多喜二の『蟹工船』に匹敵するものと高く評価している。(15)また、谷口絹枝氏は「あらためて佐多のプロレタリア文学期の小説を読み返してみると、「階級」と「性」の二重の抑圧を受けた女性たちの労働とその生活に一貫して目を向けていることが、今更ながらわかってくる」と再評価している。(16)多様な女性労働の現実を描きつつ、そこに見られるのは階級の問題のみならずセクシュアリティあるいはジェンダーの問題が刻印されているという指摘は、とりわけ女給を描いた『怒り』や『レストラン洛陽』にも当てはまる。ともに新鋭作家叢書『研究会挿話』（改造社、一九三〇年七月）に収録されたこの二作品は、女給という職業が男性の性的な欲望に満ちたまなざしによって規定され、侮蔑の対象であったことが如実にうかがえるものである。そこには、自らの労働に支えられた自立の思想とともに、女性労働の苛酷な実態と差別的な言辞にさらされる厳しい現実が描かれていた。階級の問題もここには当然含まれる。センチメンタリズムを排し「女給を徹頭徹尾生活者として描いた」ことで徳田秋声にも通じると[17]評される『怒り』、ついで『レストラン洛陽』を見てみよう。

　夫と別れて四人の子どもと母親を養っていかなければならないお篠は、二十人以上いる若い女給たちのなかで最も年かさだった。夫は、お篠が八百屋の店員と少し長く話していたからといって髪の毛をつかんで引きずり倒すような、異常な嫉妬心の持ち主だった。こんな男とは別れてよかったと思うが、お篠は自分の働きで子どもたちを食べさせていかねばならない。昨年生まれた末の子の世話を母親に頼んで、一張羅のお召の着物を持ってカフェー勤めに出ることにした。はじめのころは、張ってくる乳を便所のなかで搾り捨てて、床に飛び散った乳は草履で踏み消したという。若い女給たちに混じって、人知れぬ苦労をしながらお篠は遠慮がちに働いている。そして客が来れば、年齢が高いために若い女たちの脇役に徹することを自分に課していた。料理場の男たちとのやりとりにしても丁々発止、闊達に言い合ったりすることができない。つまり、お篠はこのカフェーではかなり浮き上がった存在なのである。同僚たちからすれば、お荷物的な厄介者といってもいいかもしれない。丁寧な言葉遣いは、むしろ同僚とのあいだに打ち解けない垣根を作ってもいただろう。娘のころは、カフェーのなかでも一流の格式あるカフェーLで働いたことがあって、それを誇りに思っていた。だからといって、ベテラン風を吹かせて若い女給たちを束ねるわけでもない。引け目を感じているのか、いつも丁寧な物腰と言葉遣いで、そうすることが自分の役回りでもあるかのように、客の機嫌をとるようにして同僚たちに対していた。私生活の苦労に重ねて、無意識のうちに同僚たちの抑圧を受けていたようにも見受けられる。

その日、お篠は端番《はなばん》だったのに風呂に行っていて遅刻してしまう。別の組の端番はもう店に出て働いている。急いだほうがいいと若い同僚に忠告されても、お篠はきちんと化粧をしないと気が済まない几帳面な性格で、またそうする「ずるさ」も持ち合わせていた。気兼ねしながらも、鈍感で図太い側面があったということだ。いっそう時間を食って仕事が滞っているなか、調理場の若い見習いコックとのやりとりで険悪な雰囲気になり、男から「女給さんは儲かるんだろ」「妾してやがるくせに」と悪しざまに言われて激昂する。一瞬、顔がこわばり、子どものことを思い出したお篠は「ちく生！」と叫んで、バターの皿を投げつけた。そして、男にしがみつきぐんぐん引っ張って「交番へ来い。交番へ来い」と、息をはずませながら「彼女の片手は一生懸命エプロンの紐の結び目を解いてそれをはづさうとしてゐた」[18]。

四人の子どもを抱えて苦労して働いているにもかかわらず「妾」と罵倒されて激昂するのは、お篠がもちろん「妾」などではないからだ。彼女がすぐさま思うのは子どものことで、ほかの場面でも子どもについての述懐が見られる。子どもはお篠を支えている存在である。男性の庇護のもとで暮らしていけるのならば、こんな苦労をすることはない。毒づいた男を引っ張って交番へ突きだそうとするお篠は、かなり興奮していて、いわゆるヒステリー状態にあるのだろう。男の不正をお上に罰してもらおうとし、自分の側にこそ正義があるという激しい思いで交番へ行こうとしたのに違いない。お篠にしてみれば、離婚して自分ひとりで家族を養わねばならないこと、若い女たちに混じって遠慮しながら働いていることなど、日々の歪められたストレスが蓄積していてそれが男の一言によって爆発したということだろう。彼女は少し鈍感でちょっとしたずるさを持ち合わせてはいるけれども、決して莫連女でもあばずれでもなく、ふだんは丁寧な物腰と言葉遣いの上品な女性だった。激昂して取り乱しながらも、交番へ行くのになんとかしてエプロンをはずそうとしているのが、女性として身だしなみを整えようとしているようで哀れである。

事件はおさまったらしく、場面が変わって、女給部屋の壁ぎわできちんと座っているお篠は、はずしたエプロンを顔に当てて泣いていた。興奮が鎮まって冷静さを取り戻したようだった。同僚たちが、自分の順番を抜かさずに客からのチップを持ってきてくれたことに恐縮し感謝するお篠は、いつものように丁寧な言葉つきに戻っている。ただ「こんな所にゐればこそ、小僧っ子にまで馬鹿にされる」とも感じていた。彼女は学校へ行き始めた子どもに対して、水商売をしていることに引け目がある。「妾」と罵倒される女給仕事のいやさかげんを感じているお篠は、できればこの境遇「こんな所」から抜け出したいと思っていた。堅気の女になりたいのだ。

このように、女給という職業が性的な欲望に満ちたまなざしで捉えられ、精神的負荷を与えられる似たような場面は『レストラン洛陽』でも見ることができる。レストラン洛陽は関東大震災後にできた店で、復興する東京で次々に増えていったカフェーのひとつだった。最後には、脳梅毒になって死ぬお芳や、脱走兵の情夫と山中で心中するお千枝など、洛陽そのものが落陽のように不景気でたそがれていくなか、女給たちも破滅の道を進んでいく。ある日、華族の息子である道楽者の徳則が客としてやってきた。徳則は、洛陽に勤めている女給夏江のパトロンである。いつも取り巻き数人を引き連れて店にやってくるが、その日、取り巻きのひとりから夏江は「淫売女」と侮辱される。女給部屋に駆け込んできた夏江は怒りがおさまらない。同僚のお葉も夏江の怒りに共感してこのように言う。「あの人なんか、何なの？　親の脛齧《すねかじ》つて毎日のらくらカフェー歩きしてるんぢやありませんか。馬鹿にしてるわ。淫売だらうと何だらうと余けいなお世話だつて言つてやればい丶ぢやありませんか。あんな人なんかにそんなこと言はれる訳はないつて、私はちやんと病気で寝たつきりの亭主と子供を養つてゐるんだから、あんたみたいな脛齧りの道楽息子とは違ふんだからつて、さう言つてやればい丶ぢやありませんか」。お葉の言葉を受けて夏江も「え、私言つてやつたわ、あんな奴にそんなこと言はれる訳は無い、私だつて病人や子供がなけりやこんなことこんなこと……」と言って泣くのである。

ここでは「妾」どころか「淫売」とまで言われている。一般に「性の商品化」には、性産業に限定されず女優やモデル、ＯＬまでもが含まれると言われるように[19]、周りの男たちからは、女給が女給にとどまらず「淫売」「妾」といったマイナスの符牒を付与されてしまう。むろんお篠も夏江も、また夏江の同僚のお葉も、そのような好奇のまなざし、侮蔑のまなざしにさらされることに我慢できない。道楽息子にくらべて、淫売だろうが何だろうが、自分で稼いで自分で食っている自負心が彼女たちにはある。いわば自立の思想に裏打ちされている。誰にも文句は言わせない。ただし、夏江のせりふには「私だつて病人や子供がなけりやこんなことこんなこと……」

と、『怒り』のお篠と同じように現在の境遇から抜け出て堅気になりたい思いが埋め込まれているのが注目されるだろう。たとえば、溝口健二監督の著名な映画『赤線地帯』（大映、一九五六年公開）がそうであったように、娼婦になった女たちが病弱な夫や子どもを養っている構図は、女性が主《あるじ》となって家族を養う労働が男性のそれ以上に困難であったことを示唆している。彼女たちは、気弱な男たちに対して、むしろエネルギッシュな女丈夫を思わせもし、最後にはちゃっかり堅気の女店主に成り上がる者もいるにはいたが、しかしその労働の実態は、「お前たちのためを思って」と、調子のいい雇い主が言うほど恵まれたものでは決してなかった。もちろん彼女たちは誇りをもって自活している。だが、世間、とりわけ男たちの目はそうは見ていなかった。時代も違うし対象も違うから軽々に比較はできないけれども、同じことが『怒り』『レストラン洛陽』にも言える。

毒づく男たちでも、遊び歩いている道楽者の臑囓りとカフェーの見習いコックとでは、身分も階級もまるで違っている。しかし彼らは同様に女給をさげすむ差別的言辞を発していた。同じ職場だからといって、見習いコックとお篠とが理解し合えるわけではない。男たちから下層の女たちへの侮蔑の視線、性的欲望の対象であり自分以外の男の所有となる女への侮蔑の視線を彼らは共有している。ここには、階級とジェンダーの問題を含んだ、一種のミソジニーとでもいうべき現象がある。金銭と交換可能なモノとして女性を見る男の傲慢な視線は、何よりもジェンダーの非対称を明瞭に物語っていた。そして同時に、彼女たちの一家を支えるための労働は、誰にも後ろ指をさせはしないという自立の誇りと裏腹に、「妾」「淫売」という烙印を押されて打ちのめされるのだ。そして、お篠も夏江も堅気になりたい、上昇したいと切望している。彼女たちは、決して女給という仕事を、男のような傲慢な視線でながめていたわけではないだろう。だが、階層や序列が内面化されていて、そこから脱したいという気持ちは強い。もし、お篠や夏江が何不自由ない奥様であったなら女給という仕事をどう思っただろうか。

たとえば、スピヴァクは「サバルタンは語ることができるのか」という問いかけに対して「サバルタンは語ることができない」と言い、「もしあなたが貧乏人で、黒人で、そして女性であれば、あなたはサバルタンであるとの規程を三様のしかたで手に入れることになる」と述べている。(20) ここには従属的な被支配階級について階級、人種(肌の色)、ジェンダーの指標が提示されているが、第一世界のコンテクストからポストコロニアルのコンテクストに移された場合、「黒人」あるいは「有色」という要素は説得力を失うという。つまりいっそう階級とジェンダーの指標が浮上してくるというわけだ。佐多稲子が描いたようなプロレタリア小説のなかの女性たちは、サバルタン研究に見られるような階級とジェンダーの問題を一身に背負い、いわゆる「普遍的正義」とは異なる場所で生きている。帝国大学を卒業した知識人の男性作家によってではなく、佐多自身が小学校も終えないままにさまざまな労働現場に身を置いたことで夏江やお葉やお篠を描くことができたのだった。お篠の痛みを「普遍的正義」の観点から描くのではなく、寄り添いながらその声を引きだそうとするのである。リアルに、そして醒めた目で。なぜそのような描出が可能になったかといえば、実際に女給として働いていた佐多自身の声が反映されていたからに違いない。

女であるがゆえに受けねばならない侮辱を考えたとき、松田解子が『女性苦』（国際書院、一九三二年）のなかで、女性を「最後の奴隷」と位置づけ、その「最後の奴隷」を解放しようとした意図は容易に理解できる。[21] 階級闘争に関わるふたりの女性の苦悩が描かれた『女性苦』では、人間の平等を理念に掲げていたにもかかわらず、つねに男性優位の状況のもとで女性たちが抑圧されるという実態があった。「最後の奴隷」の解放がないかぎり、人間の解放はない。プロレタリア文学の女性作家が描いた作品には、階級の問題とあわせてジェンダーへの鋭い切り込みが見られる。ジェンダー・イシューは、プロレタリア文学のなかでもとりわけ重要な考察対象として取り上げるべきテーマだと言える。

4　表象の問題として——誰が語りの主体なのか

見てきたように、プロレタリア文学に描かれた諸相は現在も有効な分析対象だが、最後に主体構成の問題について触れておきたい。冒頭の「タイガーマスク現象」に戻ってみると、「世界」二〇一一年四月号掲載の桐野夏生と湯浅誠の対談『怒りをかたちにする回路を』で桐野夏生はこのように発言していた。「「かわいそうな子供にランドセル」というのは、どこか記号的な感じがして、どうかなと思ったのも事実です」。つまり、桐野は「タイガーマスク現象」に対して違和感を抱いているのである。

「タイガーマスク現象」は、確かに善意の人々の意志をすくい上げる効果があった。だが、桐野発言にも見られるように手放しで賞賛できるとも言いにくい。なぜなら、この現象には功罪としてふたつのことが考えられるからである。まずひとつめは、責任主体の問題である。困った人に手を差しのべる善意はむろんよいことに違いない。だが、そのことで社会構造の問題や行政の不備が不問に付されてはならないだろう。たとえば、育児や介護を例に挙げて考えてみると、従来この大変な仕事を担っていたのは家庭の主婦たちだった。それぞれの個人家庭の女性労働力によって無償で育児や介護が担われてきたのである。もちろん、そこには喜びややりがいがあったに違いない。しかし、少子高齢化が進み、専業主婦の減少により個人家庭の能力が限界となったため、介護については広く介護保険料を徴収することで社会全体が介護を担うという制度設計がなされ、二〇〇〇年から介護保険料が徴収されるようになる。他者への思いやりといった個人の善意は当たり前のことだが、育児や介護の責任は、個人が狭い範囲でそのすべてを担うのではなく社会全体が担うという考え方である。「タイガーマスク現象」とこのことは必ずしも背反しないが、社会制度の問題意識を個人の善意で緩和させてはならないことを確認しておきたい。

もう一点は、与えられる側と与える側との不均衡である。ここには、さきのようなサバルタンが語ることのできない状況と似た構図を見ることができる。ランドセルを与えられる子どもたちは、自ら望んでそれを与えられるのではなく、また逆にランドセルではなく他のものを欲しがることも許されていない。善意の人から善意の品物が届くのを所与のものとして受け取るだけである。もちろん与える側は、子どもたちは何が欲しいのかを懸命に考えながらプレゼントを選ぶであろう。双方の思惑がうまくマッチした場合はよいが、そうでない場合は与えられる側としては迷惑な場合もあり得る。与えられる側の声は、与える側には届かない。「タイガーマスク現象」は善意の社会現象であったが、与える側は匿名であったし、与えられる側は児童養護施設の児童であったためにむろん氏名は伏せられていた。つまり、双方の直接の声はメディアでは報じられることなく、与える側の善意の行為だけが大きく報道されて美談となった現象だったのである。すなわち「タイガーマスク現象」では、与える側と与えられる側との圧倒的な不均衡あるいは非対称が指摘できるということだ。この不均衡もしくは非対称は健全ではない。階層の固定化にも通じてしまうような危険性さえはらんでいよう。

しかし、そのようなあり方ではなく、たとえば、育児放棄された子供たちが逞しく生活していく様子を描いた日本映画『誰も知らない』（是枝裕和監督、二〇〇四年公開）や、一九七〇年代のソウル近郊を舞台にして児童養護施設に預けられた少女ジニの心理をこまやかに描いた韓国・フランス映画『冬の小鳥』（ウニー・ルコント監督、二〇一〇年公開）は、ともに与えられる側の視点に立った注目すべき作品であった。いま映画の詳しい作品分析ができないが、ここには、与える側の、ともすれば一方的で権力的な位置に立ってしまいがちな視線はない。逆に、与えられる側であるにもかかわらず、子どもたちの自立した主体の強い眼差しを見ることができる（むろん『誰も知らない』で描かれた育児放棄はあってはならないことであり、映画でもその前提に立って子どもたちの主体性を描いている）。

プロレタリア文学で言えば、佐多稲子の『キャラメル工場から』（「プロレタリア藝術」一九二八年二月）も同じような構図の作品として考えることができるだろう。小学校を途中でやめてキャラメル工場で働かなければならないひろ子は、まだいたいけな少女であり、本来なら庇護されるべき子どもだが、失業した父の代わりに一家を背負って女工となる。この作品は子どもが主人公であることも大きな特徴だが、それだけではなく、ひろ子は子どもでありながらひとりの小さな労働者として自立してもいるのだった。そもそもプロレタリア文学では、抑圧され屈辱を受ける立場から描かれた作品が多いが、そのことだけにとどまらず、中野重治の『春さきの風』（「戦旗」一九二八年八月号）でも葉山嘉樹の『海に生くる人々』（改造社、一九二六年）でも優れたプロレタリア文学作品は、屈辱を受ける謂われのないこと、むしろ自立していること、自立した労働者の精神がいかなるものであるかということを克明に描いていた。労働者階級の解放を目指したプロレタリア文学は、貧しい労働者が気の毒でかわいそうという、そのような皮相的観点に立ってはいない。労働者は慈善の対象ではない。自立した精神を持つ、主体的な一個の人間なのである。

『キャラメル工場から』のひろ子も「かわいそうな少女」というセンチメンタルな意味を付与さ

れるだけに終わってはいない。もちろん、学校を途中でやめて女工として働かなければならないひろ子は気の毒であり、ひろ子自身も学校に行きたくて、最後の場面では先生からの手紙をこっそり便所で読んで泣くのだが、ここには与える側としての一方的で権力的な視線は見られない。『レストラン洛陽』や『怒り』と同じように、語り手はひろ子に寄り添いながら語っている。何よりも小さな労働者としてひろ子は自立しているのであり、このひろ子が成長した姿は、さきに見た『街頭の一歩』の「さうだわ。今の社会は、私たちの生活から、陽の光まで奪つてゐるんだ」と覚醒したひろ子に見ることができる。

「タイガーマスク現象」について桐野夏生とともに語っていた湯浅誠は、前掲書において「貧困が「あってはならない」のは、それが社会自身の弱体化の証だからに他ならない」「貧困が大量に生み出される社会は弱い。どれだけ大規模な軍事力を持っていようとも、どれだけ高いGDPを誇っていようとも、決定的に弱い。そのような社会では、人間が人間らしく再生産されていかないからである」(22)と述べていた。つまり「貧しい人がかわいそう」という個人の同情的理由ではなく、社会の公的問題なのだということを強調しているのである。同情を基盤とした非対称の眼差しは、どこかゆがみが生じるだろう。誰が語りの主体であるのか、語られる対象はどのように表象されているのか、そこに権力的な眼差しはないか、ということに留意したい。『キャラメル工場から』や『春さきの風』など優れたプロレタリア小説は、そのような交差する眼差しの意味を教えてくれる。

＊

格差社会日本を考えるにあたって、プロレタリア文学が提示してきた諸相について検討してきたが、文学が社会の諸現象を読み解くにあたって果たす役割は大きい。本稿では、プロレタリア文学の重要な要因のひとつである「運動」――それは人と人とをつなぎ結びつける――の側面について触れることができなかった。この「運動」の観点から現在を見直すこと――それはアナキズム思想の再考につながるであろう――も大事なことである。今後の課題としたい。

注

（1）働いても生活保護水準に満たない賃金しか得られない貧困層のことをいう。NHK総合テレビ「NHKスペシャル」で、二〇〇六年七月二三日、二〇〇六年一二月一〇日、二〇〇七年一二月一六日の三回にわたり放映され、大きな反響を呼んだ。その後、NHKスペシャル「ワーキングプア」取材班編『ワーキングプア　日本を蝕む病』（ポプラ社、二〇〇七年）および同『ワーキングプア　解決への道』（ポプラ社、二〇〇八年）など出版もされた。

（2）地域や家族とのつながりを断ち、身元不明のまま死んでいく人が増加している実態を取材した番組。NHK総合テレビ「NHKスペシャル」で、二〇一〇年一月三一日、二〇一一年二月一一日の二回にわたり放映された。NHK「無縁社会プロジェクト」取材班編『無縁社会　〝無縁死〟

三万二千人の衝撃』（文藝春秋、二〇一〇年）も出版された。しかし、「無縁社会」の孤独死などが取りざたされる一方、地縁血縁によるしがらみの強い地域社会を窮屈に感じて、自ら進んでそこから脱してきた背景もあることが指摘されている。

（3）「朝日新聞」二〇一一年七月二〇日夕刊記事による。なお、児童虐待については、二〇一〇年七月、当時、二三歳の離婚した若い母親の育児放棄のために、大阪市のマンションで三歳と一歳の幼児ふたりが部屋に閉じ込められ餓死した遺体で見つかるという悲惨な事件があり、大きなニュースとなった。

（4）『私たちはいかに「蟹工船」を読んだか』（白樺文学館多喜二ライブラリー、二〇〇八年）。映画『蟹工船』はSABU監督、松田龍平ほか出演、二〇〇九年公開。

（5）「論座」二〇〇七年一月号掲載。のちに赤木智弘『若者を見殺しにする国』（双風社、二〇〇七年）に収録された。現在の日本社会を、既得権を持つ中高年に手厚く、低賃金労働を強いられる若者には見向きもしない国として厳しく批判し、この不平等な閉塞状況を打破して社会に流動性を生み出すには戦争を起こすしかないと論じたもの。多くの反響があった。

（6）桐野夏生の作品だけでなく、近年では、たとえば四一歳で自殺した佐藤泰志の小説が再評価されていることも見逃せない。佐藤は、芥川賞や三島賞の候補になりながら結局受賞できなかった。函館市を舞台とした海炭市という寂れた町で働く人々を描いたオムニバス形式の小説『海炭市叙景』（小学館文庫、二〇一〇年）がベストセラーになり、映画化（熊切和嘉監督、加瀬亮ほか出演、二〇一〇年公開）もされた。文庫化に先立って刊行された『佐藤泰志作品集』（クレイン、二〇〇七年）もある。また、二〇一〇年度下半期の第一四四回芥川賞を受賞した西村賢太『苦役列車』は、港湾労働者の主人公の貧乏な暮らし、嫉妬深い性格をユーモラスに描いて話題になった。

（7）水月昭道『高学歴ワーキングプア「フリーター生産工場」としての大学院』（光文社新書、二〇〇七年）に、文部科学省の大学院重点計画のために大学院博士課程を修了しても研究職に就けず苦しい生活を強いられる若い研究者の実態が報告されている。ちょうどバブル経済崩壊後の就職氷河期に重なるかたちで「高学歴ワーキングプア」の問題も生じた。

（8）ヘザー・ボーウェン＝ストライク「プロレタリア文学――世界を見通すにあたって、それがなぜ大切なのか」（島村輝訳「日本近代文学」第76集、二〇〇七年五月、日本近代文学会）

（9）拙論「プロレタリア文学と現在――世界を分析し、オルタナティヴを模索する」（「日本近代文学」第79集、二〇〇八年一一月、日本近代文学会）で論じた。

（10）『蟹工船・党生活者』（新潮文庫、二〇〇八年第一〇五刷）九七～九八頁。

（11）イグナシオ・ラモネ他『グローバリゼーション・新自由主義批判事典』（杉村昌昭他訳、作品社、二〇〇六年）による。

（12）ナオミ・クライン『ショック・ドクトリン』下巻（幾島幸子・村上由見子訳、岩波書店、二〇一一年）五五六～五五七頁。

（13）前章「二律背反の構図――プロレタリア文学を再読するために」で論じた。なお、『高瀬舟』は、現在、高等学校の国語教科書に掲載されている教材作品でもある。批判意識を持たずにお上を崇めるのが立派な人間であるという考え方を生徒が身につけるとしたら、それは問題であり、むしろ批判的読解力養成のための教材として取り上げるのが適切であろう。

（14）岩田正美『現代の貧困』（ちくま新書、二〇〇七年）四五頁。

（15）長谷川啓「プロレタリア文学とジェンダー　女性表現における〈労働〉の発見」（『国文学解釈と鑑賞』二〇一〇年四月号）

（16）谷口絹枝「無産階級者というアイデンティティと女性身体　佐多稲子「煙草工女」「別れ」をめぐって」（『国文学解釈と鑑賞』二〇一〇年四月号）

（17）長谷川啓「佐多稲子の感性―「怒り」「レストラン洛陽」から」（『くれない』第三号、一九七一年一〇月）

（18）佐多稲子『研究会挿話』（改造社、一九三〇年。引用は復刻版、ゆまに書房、一九九八年）六八頁。

（19）『岩波女性学事典』（岩波書店、二〇〇二年）などによる。

（20）ガヤトリ・C・スピヴァク『サバルタンは語ることができるか』（上村忠男訳、みすず書房、一九九八年）

（21）松田解子『女性苦』については、第Ⅱ部の「女性としての桎梏――松田解子『女性苦』に見る」で論じているので参照されたい。

（22）湯浅誠前掲書『反貧困』（岩波新書、二〇〇八年）二〇九頁。

付記　本稿は、二〇一一年一〇月一五日、ソウルの徳成女子大学校にて開催された「韓国日語日文学会二〇一一年秋季国際学術大会国際シンポジウム」での発表をもとにしたものである。

第三章　「プロレタリア文学史」を再編する——アナキズムとの接合から

1　寺島珠雄、岡本潤、中野重治

名著『南天堂　松岡虎王麿の大正・昭和』（皓星社、一九九九年）の著者である寺島珠雄は、中野重治が亡くなったとき、このように書いている。

二対〇と南海をリードしていた近鉄が二対三に逆転され、次の回に三対三の同点にして少し過ぎてからだった。ラジオが突然別の声でナカノシゲハルシ……と言った。それだけで、あ、いけないいと直感できた。こんな時刻こんな具合に「中野重治氏」の名がラジオに出てくるはずがないのである。どかーんと墜落したような気分になりながら小野さんに電話した。やはりまだ知らなかったので奥さんに放送のあったことを言った。午後に全詩集普及版のできあがった知らせをした小野さんと話をするのは避けた。

鈴木一子さんに電話すると、明日なるべく早く行くつもりとのこと。中野さんが病院へきてくれたときの父のうれしそうな顔を思うと今夜にも行きたいくらいとも言う。中野重治が富士見病院に見舞ったとき、岡本潤はただうれしそうな顔をしただけですでに会話できなかったそうである。岡本さんはその翌日一九七八年二月十六日に死んだのだ。（寺島珠雄『アナキズムのうちそとで』編集工房ノア、一九八三年、一一〇〜一一一頁）

これは、中野が亡くなった一九七九年八月二十四日のことで、「小野さん」は小野十三郎。立風書房からこの年の九月に『定本小野十三郎全詩集』が出ることになっていた。また、中野重治年譜によれば、板橋区の富士見病院に入院していた岡本潤を、中野がこの前年の二月十四日に見舞ったあと、岡本は翌々日の十六日に亡くなったという。寺島は、見舞いの日を一日違いで記憶していたようだが、旧知の中野が来てくれたことを喜ぶ岡本の「うれしそうな顔」に、ある感慨を覚えるのは私だけではないだろう。

寺島は、一〇代半ばに中野の『藝術に関する走り書的覚え書』を読んで、わからないままに中野の文章を好きになったと述べている。詩では「雨の降る品川駅」が一番好きらしいが、「真夜中の蟬」「あかるい娘ら」「しらなみ」なども好むらしい。何よりも詩人としての中野重治に傾倒していたことがうかがえて、それは、寺島はもとよりアナキストの詩人たち小野十三郎、岡本潤、さらに秋山清らと中野とのつながりを想起させるものであろう。中野重治は、彼らにとって何よりも詩人であった。晩年、中野の見舞いをことのほか喜んだという岡本潤は、戦争中、中野の様子を「とりとめない話をしてゐても、中野はやはり『山猫』的なものを失つてゐないのが感じられる。いゝ顔でいゝ眼を持つてゐる男だと、差向かひでコタツにあたりながら感じる」（寺島珠雄編『時代《とき》の底から　岡本潤戦中戦後日記』一九四四年三月十八日記事、風媒社、一九八三年）と書きとめていた。動物園の動物たちが藝当をしたりあてがい扶持に満足したりして野生を捨ててしまったなかで、山猫だけは金色の「かなつぼまなこ」を光らせて堕落せずにいるという中野の文章『山猫』を、中野その人に見いだしている。

　岡本潤は、一九〇一年七月生まれで中野と同い年（中野は一九〇二年一月の早生まれ）、アナキズム思想に親しみ、萩原恭次郎、壺井繁治、川崎長太郎、小野十三郎らとともに詩誌「赤と黒」で活躍した。岡本潤と中野重治とのつながりは、『中野重治書簡集』（平凡社、二〇一二年）に収録されている書簡からも多少はうかがえるが、岡本自身が『中野重治全集』月報14（筑摩書房、一九七七年）掲載の『不思議な因縁』という文章で回想している。小野十三郎とともに「ボルの仲間では、なんといつても中野がいちばん藝術家だな」と語り合っていたという岡本は、中野の詩論「詩に関する断片」に触れて「ぼくらの思いあがりを、ぴしやりと叩いたのが中野重治だつた」と言い、「これだけ決定的に批判されても腹は立たなかつたね。ぼくはボルぎらいだつたが、ぼくと同世代のこの若い詩人の発言には、むしろ首肯すべきものがあると敬服したんだ」と述べていた。晩年、闘病中の岡本潤が自分たちの若かりし日を思い出してこう語る中野の『詩に関する断片』（原題『詩に関する二、三の断片』）は、「驢馬」一九二六年六月号および一九二七年一月号に発表され、のちに『藝術に関する走り書的覚え書』（改造社、一九二九年）の「一〇　附録」の最初に置かれた文章だったが、岡本が着目したのは、次のような箇所だった。

私はいわば幻想詩派とも称すべきものをしばしば見せられている。それは常に皇子であり七つのお城でありギタルであり足の爪さきである。またそれはおぼろな物のかげであり幽かな物のにおいでありあえかな物の色あやである。そこに支配するものは思いあがつた夢である。

私はまたいわば回想詩派とも称すべきものをしばしば見せられている。それは常に嘆きであり東洋の神秘でありランプである。またそれは「過去にたいする不断のながし眼」である。

私はまたいわば叫喚詩派あるいは騒音詩派とも称すべきものをしばしば見せられている。それは常に街頭であり自動車であり首であり血みどろであり売淫であり爆弾であり革命でありやけくそであり、ドタン、バタン、クシヤツ、ギユウ等である。それはどうにも我慢のならぬ気持ちであり黒い虚無の颪あなである。

そしてこれらのいずれもが、それ自体には全然無産階級的でない。（『中野重治全集』第九巻、六頁）

中野は、ここで当時の詩を「幻想詩派」「回想詩派」「叫喚詩派あるいは騒音詩派」と分類し「これらのいずれもが、それ自体には全然無産階級的でない」としたうえでこう続ける。「私たちはここにいう幻想詩派を捨てるであろう。ここにいう回想詩派を捨てるであろう。けれども私たちはここにいう騒音詩派のみは必ずしも捨てないであろう。何となれば、「新しい形式への探究は実にあらゆる革命の本質的なダイナミズムにたいする偏愛からである」からである。そこには常に車輪を押しまわそうとする、前方へ押しまわそうとする熱意が些少なりとも見出せるからである」。

ここでの「叫喚詩派あるいは騒音詩派」が、岡本らの雑誌「赤と黒」（一九二三年一月創刊）や萩原恭次郎の『死刑宣告』（長隆舎書店、一九二五年）を指していることは言うまでもない。「日本近代詩に騒音を持ちこんだ一つの革命」（小野十三郎『「赤と黒」のながれ』）であった詩集『死刑宣告』や、「詩とは爆弾である！」と宣言して既成秩序を否定した「赤と黒」の新しい表現の可能性に着目した記述であるからだ。ここに言う新たな表現を追求する姿勢は、車輪を前方へ押しまわすという比喩で表現される進歩的発展的な熱意と努力に結びついている。そして「微小なるものへの関心が必要である」（傍点引用者）と述べて「事実すなわち物」が「真実の知識を与える」と続けているように、中野はセンチメンタルな詩情を排した唯物論の立場にたって「赤と黒」を評価していた。

当時の中野重治の論述が、若さゆえの清々しい不遜さと、理念を掲げた高邁さとを兼ね備えたものであったことは、『藝術に関する走り書的覚え書』に収録された諸編をみれば頷ける。唯物論は当時としての「現代思想」であり、その若き論客として中野重治は知られていた。寺島珠雄が惹かれたのもこのような意気高い青年中野であっただろう。

2 中野重治『詩に関する断片』と岡本潤『唯物的詩論』

ところで、中野のこの論調は、雑誌「日本詩人」一九二六年九月号(1)掲載の岡本潤『唯物的詩論』に対する批判にも表れている。岡本潤は『唯物的詩論』において、現実の醜悪さや凡庸を隠蔽する「華やかな五彩の網」としての詩の限界を述べつつ、他方で「灰黒色の物凄まじい物質的生活《マテリアルライフ》」を見るためにできるだけ「認識を物質の根までに深める」必要があると語っていた。そして、岡本の友人は、あまりにも「詩人」であるがゆえに、「現実の醜悪不正に直面して獅子の如く憤り、その崇高な良心の命ずるまゝに敢然として詩筆を折り、精悍な階級戦の闘士となつて、その肉弾を組織の鉄壁に叩きつけてゐる」という。漫然たる藝術家として生きるのではなく「痛烈直截な血を見る行動へと飛躍した」のは、彼があまりにも「詩人」であったためだというのである。岡本の言う「詩人」は、内部にたぎるような熱情を抱えて行動する正義の闘士のようである。藝術と運動とを結びつけるこのような岡本の議論に対して、中野は『詩に関する断片』のなかで、部分的に一致はするもののなお疑問があるとして、三つの疑問を投げかけていた。

まず一点目は、岡本の友人が階級戦に参加することについて「高邁な精神が何らかの形において必ず階級戦の戦線に戦わなければならない、ということは正しい。そしてそのことは強調されねばならない」としながらも、それを岡本が「行動的アナーキスト」としている点への疑問である。「行動的アナーキスト」について中野は、岡本の言葉を借りながらこのように続けている。「現実の不正に直面して、獅子の如く憤り」、「血のけの多い行動に飛躍して」、「その肉弾的行動の中に於て」、燦然《さんぜん》と輝く「詩人」的な人のこと、というのである。そうだとしたら、このあとさき顧みない激情に駆られたような一揆主義的「行動的アナーキスト」(2)に対して、合理的な科学的精神を重視していた中野には賛成しかねる気持ちがあったに違いない。

二点目は、岡本が繰り返す「物質的生活」の定義についてである。岡本のいう「物質的生活」は単なる「詩人も飯を食うことなしには生きえない」という意味なのか、タイトルの「唯物的」とどう関係するのか、という疑問である。そして三点目が、岡本の「僕みづからにはハムレットの懐疑を持ちながらも、かのドン・キホーテとして、此のまゝ押して行かうと思つてゐる」という結論は「唯心論的詩論」ではないかと疑義を呈している点である。すなわち、二点目と三点目は、岡本の唯物論理解が浅薄ではないかという疑問であった。

では、中野の主張する論点はどこにあったかというと、ハイネを引き合いに出し、ポアンカレを引用しながら述べる次のような点にあった。

すべては試されねばならない。綿密に選択されねばならない。そしていかに微小なる発見をもおろそかにしてはならない。それは事実に関するからであり、事実すなわち物こそ、そして物のみが、真実の知識を与えるからである。（『中野重治全集』第九巻、八頁）

合理性や科学性を重視しつつ、唯物論的な認識に立ったこの見解は、先にも引用した「微小なるものへの関心が必要である」（傍点引用者）というフレーズに響き合う。「豪宕《ごうとう》なる拍調と新鮮なる感覚とを持ち、その歴史的使命を自覚せる無産階級の意識によつて裏づけられたわれらの詩は、微小なるものへのこの関心をおそらくは必要とするであろう」。そして「事実すなわち物」のみが「真実の知識」を与えると言うのである。

「豪宕《ごうとう》なる拍調と新鮮なる感覚」への欲求は、豪毅な精神によって、ひよわでセンチメンタルな通俗性を排し、強く明晰で具体的であろうとすることを意味しているだろう。それは、よく知られた詩「歌」が「すべてのひよわなもの／すべてのうそうそとしたもの／すべてのものうげなものを撥き去れ／すべての風情を擯斥せよ」と言い、「たたかれることによつて弾ねかえる歌」「恥辱の底から勇気を汲みくる歌」を歌え、と詠まれていたことに通じている。花鳥風月としての風情や気弱な情緒を否定して、まっすぐに進もうとするこのプロテストソングは、何よりも中野自身が自らを鼓舞する「歌」であった。このような「歌」の示す方向性は、岡本潤の詩「夜から朝へ」に見られる「こんな天井の落ちて来さうな晩には／くろい空の見えるガラス窓から／ナマな星でも飛びこんで来て／一世一代の奇蹟を見せてはくれまいか／夜から朝へ！　／私の運命を刻む世界の時計を／こなごなに砕いてしまひたい！　／狂想が心臓を凍らせる」という破滅的な志向性とは根本的に異なっている。あるいは、詩「波止場」では「巴里へ淫売を買ひに行くんだつて――？」「此の船で大杉栄が日本へ帰つて来たんだぜ」という会話を交えて「別離と遠望の旗を振つてゐる」波止場の様子が「ザンク　ザンク　ツユーム」という擬音語とともに歌われているが、こういう世界とも「歌」は無縁であろう。

大岡信は、高橋新吉のダダ詩、「赤と黒」の岡本潤ら、平戸廉吉の未来派の詩、「情操としてのアナーキズム」の詩人草野心平の詩などに、多かれ少なかれすべて共通するものとしてニヒリズムをあげている(3)。この時代の知識青年に特有の感性的特質として「自己処罰的な暗さが、自我解体の意識に独特な陰翳を与えていた」と言うのである。すなわち「詩形の破壊と革新、情緒と韻律の変革、既成の秩序の否認否定といった課題をみずからに課しながら、一方では絶望感、虚無感、焦燥感を深め、感傷的な叫びを詩の中に吐露するという行き方は、自我解体の意識を詩的エネルギーとして書かれる詩の多くに共通のものとなった」としている。このような特質が「裸像」から出発し「驢馬」で広く詩人として知られるようになった中野重治に共有されていたかといえば、そんなことはなかった。「自己処罰的な暗さが、自我解体の意識に独特な陰翳を与えていた」という要素は、中野には見ることができない。「しらなみ」や「あかるい娘ら」などの抒情詩、「豪宕《ごうとう》なる拍調と新鮮なる感覚」への欲求、花鳥風月を否定して自らを鼓舞する「歌」などには、ニヒリズムや自我解体の要素は見られない。同じように、右に考察した中野と岡本との詩論『詩に関する断片』と『唯物的詩論』との比較検討によっても両者の違いは浮かび上がってくる。ただし、そのような違いがありながらも、そこには、基本的な構図として、既成秩序への否定、新しい表現への追求、階級戦への参加を評価する観点が両者には顕著であった。何よりも詩人であり藝術にたずさわる者として共有する心性があった。このような共通の基盤があったがゆえに、岡本潤の中野への信頼は篤かったのであろう。

3　秋山清の批判――「赤と黒」と「驢馬」

さて、秋山清によれば、「プロレタリア文学史」として書き残されているものは「労働者文学にはじまった大正初期の新興文学が、共産主義者、無政府主義者、社会民主主義者および自由主義者などの共同戦線時代を経て、しだいにマルクス主義者の文学に結集してゆく過程を正統としているものばかりである」という。(4)秋山は、この「正統」とされている「プロレタリア文学史」に批判的見解を持っているわけだが、「正統」の「プロレタリア文学史」を組み替えるには、たとえばアナキストの文学に注目するなど、マルクス主義者が主流を占める文学とは異なる可能性が模索されねばならないだろう。秋山は、日本のプロレタリア詩の二つの源流として「赤と黒」と「驢馬」の二誌をあげて、その対立と合流、違和と協力に注目すべきであると論じたことがあった。[5]そこでは、「赤と黒」は、自己否定の立場から藝術革命を目指してプロレタリア詩に反政治、反権力の民衆的活動力を持ち込んだとされている。一方、「驢馬」は、騒音的な「赤と黒」にくらべて静かで上品な雰囲気があり、自由主義的人道主義的で、内省的な抒情詩が多いと言われている。しかし「民衆としての人間性の内部をまで変革に向ける質的な端緒はどこにもない」ということで、ありきたりの抒情のなかに分かりやすく詠まれた古い感性の詩にすぎないと一刀両断された。そして一九二三年からのプロレタリア詩の歴史は「詩（文学）が政治に叩頭した歴史」として失敗であったと言われている。

確かに、自己否定の「赤と黒」と、室生犀星を師とした「驢馬」とを並べてみれば、このような対照性が明らかになるが、秋山の慧眼は何よりも数ある詩誌のなかで「赤と黒」「驢馬」をプロレタリア詩の源流とした点にあった。前節で岡本潤と中野重治を取り上げたのも、秋山にヒントを得てアナキズムとボルシェヴィキとの差異と共通性を確認したいと考えたからだが、これまでアナキズムとボルシェヴィキは互いに相容れない主張であるとみなされてきた。たとえば、一九二〇年代には労働運動や文藝の場面でアナ・ボル論争が展開したが、労働運動の組織問題に関しては、アナルコ・サディカリズムとボルシェヴィズムとの両派を大杉栄と山川均とがそれぞれ代表するかたちで論争がおこなわれ、[6]文藝のほうでは、アナキズム派とコミュニズム派（ボルシェヴィキ派）とが対立し、ともにボル派が優勢を占めるようになっていったことはよく知られている。

とりわけ文藝におけるアナ・ボル論争では、日本プロレタリア文藝連盟（プロ連）が、一九二六年十一月に第二回大会を開催したさい、日本プロレタリア藝術連盟（プロ藝）に改組・改称され、マルクス主義系が優勢を占めてアナキズム系が淘汰されてしまったという経緯があった。ちょうど山川イズムから福本イズムへの転換の時期であり、東大新人会メンバーを中心とした、林房雄、中野重治、鹿地亘らのマルクス主義藝術研究会がプロ藝に参加して、中野が中央委員に選ばれたころのことである。また、同じころ「文藝戦線」からは、村松正俊、中西伊之助、松本弘二の三人が脱退し、一九二六年十二月号の同誌には小牧近江の『三人を送る』という文章が掲載されて「文藝戦線」が漫然としたプロレタリア文学の雑誌ではなく、共産主義を鮮明に掲げた雑誌になる段階を迎えたのだと解説されていた。大きな影響力を持った青野季吉の論文『自然生長と目的意識』が掲載されたのはその少し前、「文藝戦線」九月号のことだった。

秋山清が言うように、新興文学として始まった多様な革命思想のアプローチが、結局はマルクス主義一辺倒になっていった経緯がちょうど一九二六年から二七年にかけてあり、その一辺倒にさせていった下手人のひとりが中野重治であった。前節で見た中野の『詩に関する断片』は、その文脈のなかに位置づけることができる。また「驢馬」第五号（一九二六年九月）に発表された中野の詩「無政府主義者」でも「まちがつた言葉と卑しげな弥次」をとばす「髪の毛の長い」「ごろつき」としてアナキストが表象されていて、これも同じ文脈において見ることができよう。この詩については、寺島珠雄がはっきりと「中野らしくない浅薄な詩と言うしかない」（『南天堂』）と言っている。

その一方で、アナキズム系の詩誌としては、いま代表的なものしかあげられないが、「銅鑼」「太平洋詩人」「バリケード」「詩戦行」「学校」「弾道」などがあり、一九二七年一月に創刊された「文藝解放」には、多くのアナキストが結集して、政治目的のために文学や藝術が利用されることへの強い批判が展開した。(7) この「文藝解放」は、一九二六年後半にアナキストたちが組織から排除されていったあとに作られたもので、当時の運動の動向を知るには重要なメディアである。実は、ここで展開された論点は、引き続いて、一九二八年におこなわれたナップ内での藝術大衆化論争や、一九三一年のコップ成立に関わる「藝術運動のボルシェヴィキ化」といった、マルクス主義陣営内でも議論されていた政治の優位性の問題に継続していくのである（それは戦後にまでも継続する）。このような観点から、一九二〇年代後半の藝術と政治との関係を再考することも「プロレタリア文学史」再編には有効かもしれない。

4　小野十三郎と中野重治

ところで、岡本潤とともに「赤と黒」で活躍した小野十三郎は、右の「文藝解放」の同人でもあった。「文藝解放」第三号に巻頭論文として『何が作品の価値を決定するか』を掲載し、青野季吉をはじめとする「文藝戦線」派の目的意識論を批判して「思想は藝術の指導原理たり得ず。

思想は藝術の価値批判の原理」であり、「一つの作品の価値を決定するものはマルキシズム又はアナルキズムの社会観の有無に非ず、実にマルキストであり、又はアナルキストであるところの彼自身の「姿」である」と主張した。秋山清と同様に、思想が「指導原理」として機能するあり方に厳しい批判をつきつけている。また、一九三三年刊行の『アナーキズムと民衆の文学』[8]は、「つねに党の指令や、政策的な幾多の煩雑な文学理論によつて動揺されてゐるマルクス主義者」とは距離をおいて、自分が考えている革命的藝術がどのようなものかを論じたものであるとし、「アナーキズムの文化は闘争の文化」であり「あらゆる政治的権力に対する革命的闘争」であると位置づけた。なお、本書の「五「大衆性」の概念」で展開される「大衆性」は、中野重治が藝術大衆化論争で主張したことと本質的に等しい内容となっている。

小野は、一九〇三年七月生まれで岡本潤や中野重治よりも二歳年下、中野『敗戦前日記』によれば、一九四一年四月に中野一家が淡路島洲本の知人青木政一宅に滞在したさい、中野は大阪に立ち寄って小野十三郎宅に一泊したことがあった。田木繁、藤沢桓夫、織田作之助らと同席したようだが、そのときのことは中川隆永の文章『中野に出逢った織田作之助の興奮』(「梨の花通信」第五号、一九九二年十一月)に書き留められている。中野は、その二年前、一九三九年七月三日「都新聞」で小野の詩集『大阪』の書評を書いていた。詩「明日」を引用しながら「大阪を中心とする重工業地帯は、一人の詩人をとおして、運河、埋立、風と葦とトンボ、低い骸炭の山の上に、ほとんどガラス細工のごとく透明にその戦時風景をまわしていることが注意せられていい」

と評している。小野十三郎といえば短歌的抒情の否定で知られているが、この書評でも「物」を「物」としてそのまま乾いた筆致で綴っている大阪の重工業地帯に着目し、それを「戦時風景」としている点が特徴的だろう。一般的に理解と共感を集めやすい「精神主義」が「詩の擬態」にすぎず、「物質」をそれに対置させる小野の認識（『詩論＋続詩論＋想像力』）を思い出したい。戦争中の小野の詩には、人間があまり出てこずに風景や「物」ばかりが出てきていた。それは、すでに見た中野の「物」が「真実の知識」を与えるという議論を想起させるものであり、『歌のわかれ』と短歌的抒情の否定との連動や、「物」への注視がこの両者には確かにあった。

　このようなつながりのあった小野と中野には、何よりも汽車を題材とする作品が多かった。子どものころから汽車が格別に好きだったという小野はＳＬマニア、今でいう鉄道オタクのようなもので、寺島珠雄『小野十三郎ノート別冊』（松本工房、一九九七年）も、小野がピカソのゲルニカとともに大写しの機関車の写真を長年枕頭に置いていたことを伝えている。晩年の小野は、それまでに書いた汽車の詩を集めて写真入りの詩集『蒸気機関車』（創樹社、一九七九年）を刊行したが、中野の作品では「機関車」「しらなみ」などの詩のほかに、『汽車の罐焚き』が忘れがたい小説だという（小野『しらべるということ「汽車の罐焚き」再読』）。よく知られた中野の詩「機関車」は、「彼は巨大な図体《ずうたい》を持ち／黒い千貫の重量を持つ／彼の身体《しんたい》の各部はことごとく測定されてあり／彼の導管と車輪と無数のねじとは隈なく磨かれてある」もので「かがやく軌道の上をまつたき統制のうちに驀進《ばくしん》するもの／その律儀者《りちぎもの》の大男のうしろ姿に／おれら今あつい手をあげる」とあって、ここで歌われている驀進する機関車には、ロシア革命を支えた近代的工業的な機械文明の象徴としてだけでなく、大衆を導く前衛としてのマルクス主義者、あるいは共産党のイメージが重ねられてきた。前衛や党のイメージは別としても、機械文明の象徴としての機関車は、小野の抒情を排した表現とも通じ合うだろう。中野の詩「機関車」はことさらにマルクス主義者としての表象に限らずとも、詩集『大阪』の物質主義に響き合うものを内包している。

さて、これら両者に共有される部分はそれとして、やはり検討しておかなければならないのは、小野が次のように論じている点である。民衆詩派の功績を認めつつも、そのモラル的な抒情性が次第に間延びした韻律に堕していった実情を鋭敏に察知したのが「赤と黒」であるとして、続けてこう述べている。

> 彼らは一応思想的にはアナーキズムの立場に立っていたが、第一次世界大戦後のドイツの表現派や、イタリヤ、フランスに勃興したダダイズムの影響を強く受けると共に、折柄の関東大震災後の政治的反動の中で、外部の一切のものを否定するばかりでなく、自分自身をさえ否定することに一種の熱情を見出し、それを詩的精神とすることによって出発した。即ち資本主義の重圧におしつぶされた小ブルジョアインテリゲンチャが労働階級との直接的なむすびつきによる再生をねがわず、むしろ自ら孤立したままで没落を観念している「絶望の歌」である。(『「赤と黒」のながれ』、「近代文学」一九五〇年八月号発表、『小野十三郎著作集』第三

巻、四一八頁）

「赤と黒」は、民衆詩派を否定するだけでなく、政治的反動のなかで外部の一切を否定し、さらにそれは自分自身さえも否定するところに進んでいったという。この自己否定による「絶望の歌」をどう捉えるべきか。それは、先に見た大岡信の「自己処罰的な暗さが、自我解体の意識に独特な陰翳を与えていた」という評価にも関係してくるし、秋山清が言った自己否定から出発したという「赤と黒」評価にもつながってくる。ただし、小野は必ずしも「絶望の歌」を全面的に評価しているわけではなく「精神自動の原理を生み、自分自身を否定するために「回転」することが彼の自意識のすべてとなる」と述べて、現実的な要求や運動とは切り離されたところで空転するだけのニヒリズムに、それは結びつくと言う。批評や理論としては高度なものであったにもかかわらず、現実の場面では、価値の転換も否定も遂行されなかったということであろう。むしろ逆に「反政治であり政治否定を標榜する人間が現実社会の政治には最も無抵抗であるということになった」というわけだ。批評や理論が現実とどう切り結び、そこにどう切り込んでいくか、これは「赤と黒」の時代だけでなく、どの時代においても重要な課題であるに違いない。小野は、「赤と黒」の同人が、あらゆる価値の否定によって新しい価値を創造するという矛盾をかかえて、心理的迷路に陥っていたところから脱出するには「ニヒリズムの超克」が必要であったと述べている。

その意味で、ニヒリズムの超克ということについては「赤と黒」は、時代的に云ってその直後に輩出した一群のプロレタリヤ詩人たちと共通の闘争目標を持っている。これがかなり長期にわたったアナーキズムとボルシェヴィズムの思想的対立にもかかわらずまた党派性の問題や、出身層などによる詩人的肌合いの著しい相違にもかかわらず、両者の感性の秩序と愛憎の方向は決定的に分離せず或情勢の下ではよく一丸となって共同の敵にあたり得た理由である。(『「赤と黒」のながれ』、『小野十三郎著作集』第三巻、四一九〜四二〇頁)

ニヒリズムの考察は、改めて行わねばならないが[9]、小野がここで述べている「共通の闘争目標」「共同の敵」に留意したい。アナキズムとボルシェヴィズムは思想的対立がありながら、何よりも革命思想として労働運動や政治運動と連動するかたちで進められたのである。プロレタリア詩の流れを見たとき、中野重治が「夜刈りの思い出」のような詩しか書けなくなり、次第に詩そのものが書けなくなっていったように、詩の言葉と理論の言葉が混同されて硬直したプロパガンダの隘路に進まざるを得なかったことを考えれば、一番の被害者はマルクス主義系の詩人であった。政治目的のために藝術が窒息してしまうことをアナキズムの詩人たちは、激しく嫌悪し、最も忌避していた。それを体現したのは、皮肉なことにアナキズム系の詩人ではなく、批判されていたほうのマルクス主義系の詩人だった。中野自身がそのことを『詩の仕事の研究』(「プロレタリア詩」一九三一年七月号)で苦々しく論じている。

硬直したプロパガンダによる藝術の窒息現象がありはしたものの、これまでの考察から、精神主義ではなく「物」への注視、センチメンタルな抒情の否定、新しい表現への追求、階級戦への参加など、革命思想を基盤とした共通点が両者にはたしかにあった。「ニヒリズムの超克」「共通の闘争目標」「共同の敵」。文藝におけるアナ・ボル論争は、ここに遡って考える余地がありそうである。

5　おわりに——アナキズム思想を再考する

以上述べてきたことは、「正統」とされる「プロレタリア文学史」を再編するには、詩論や詩の検討を通じてアナキズムの文学をどう組み入れていくかというささやかな試論にすぎない。中野重治、岡本潤、小野十三郎といった詩人たちの仕事は、その可能性を十分に内包しているし、ここに、秋山清や金子光晴、さらに小熊秀雄や山之口貘らを加えれば、その可能性はいっそう広がってくるであろう。

現在、アナキズムの思想は、世界的な規模で広がりを見せている。デヴィッド・グレーバーは、高祖岩三郎の質問に答えて「アナーキズムは、歴史的にマルクス主義の「いかがわしい《クィア》従兄弟《カズン》」[10]とみなされてきました。理論的には弱いが、行動では妙に頼りになる、と」と述べているが、高祖によれば、グレーバーはこの二大潮流の「二者択一の罠」から逃れ、「コモン（＝共通なるもの)」の領域と「アナーキストの基本原理」に則った社会的実践を探査してきた。アナキズムは「絶対平等を基盤とし、他人を傷つけず、他人に何ごとも強制しないことを原則とする」思想であり「自律」「自由連合」「自己組織化」「相互扶助」「直接民主主義」などを旨とするのである。また、チョムスキーは「権力には立証責任があり、それが果たせないのであれば廃絶されるべきであるという信念、これが、私のアナキズムの本質についての変わらぬ理解です」[11]と述べて、人間の自由の領域を広げるために、あらゆる権威やヒエラルキーは、それが正当でない限り、廃絶されるべきだとする。ともに、人間が根本的に自由な存在であり、それを阻むもの(権力)に対して闘争するという考えである。ただし、ここでの「自由」は新自由主義的なリバタリアンの「自由」ではなく、グローバル資本主義を批判する立場からの「自由」にほかならない。そのため、チョムスキーは自らの立場を「リバタリアン社会主義」と述べている。このような誰の支配も受けないという「自由」の問題は、大杉栄が雑誌「近代思想」で展開した思想にも通じてくるだろう。

二〇一〇年代になって「アラブの春」から、財政緊縮政策に反対するギリシャの民衆運動、スペインの「怒れる者たち」の運動、アメリカの「オキュパイ・ウォールストリート」運動、日本の反原発および反レイシズム運動、イスタンブールの都市開発反対運動、ブラジルの反ワールドカップ運動など、世界的な広がりのなかで国家や資本に対抗する社会運動が起こっているが、これらの民衆運動は、特定の組織や党派によらない市民によるものであり、その実践的な運動は

「新しいアナキズム」とされる。(12) すなわち、マルクス主義の退潮とうらはらに、その「いかがわしい従兄弟《クイア・カズン》」とみなされてきたアナキズムが民衆性を回復し、実践重視の運動を支える思想となっているということだ。

振り返って、「赤と黒」から出発したアナキスト詩人たちによる議論、すなわち政治目的のために藝術が利用されることへの強い批判、党組織によらない文学の自立性は、およそ九〇年前の文学運動で主張された。現在、右のような社会運動の領域において、特定の組織や党派によらない市民ひとりひとりの自主的な参加となっていることは、九〇年前のアナキストたちの主張を髣髴させる。(13)「新しいアナキズム」の現在から遡ってプロレタリア文学を再読すると、アナキスト詩人たちの主張が生き返ってくる。ニヒリズムを超克し、個人参加でありながらも「共に歩き」「共に働き」「共に歌い」「共に闘う」(14) あり方は今後ますます注視され、「プロレタリア文学史」再編に通じるものとなるだろう。

注

(1) 雑誌「日本詩人」はこの直後の十一月号で廃刊となる。それについて中野は、日本詩壇の面白い事件であり、問題はなお片づいていないが「新しい精神は古い精神とは共寝しえない」とコメントしている。

(2) この「行動的アナーキスト」については、黒川創『暗殺者たち』(新潮社、二〇一三年)および秋山清『ニヒルとテロル』（『秋山清著作集』第三巻、ぱる出版、二〇〇六年）に拠りながら改めて論じたい。

（3）大岡信「昭和詩の展開」（吉田熙生司会『シンポジウム日本文学20　現代詩』学生社、一九七八年）

（4）『ニヒルとテロル』（『秋山清著作集』第三巻所収、原文「酔峰・和田久太郎」は一九五七年四月号「俳句」発表）

（5）秋山清「『赤と黒』と『驢馬』について」正・続（「国文学」一九六五年九、十一月号）

（6）大杉栄・山川均著、大窪一志編『アナ・ボル論争』（同時代社、二〇〇五年）参照。

（7）雑誌「文藝解放」について、詳しくは和田博文監修『コレクション都市モダニズム詩誌　第2巻　アナーキズム』（ゆまに書房、二〇〇九年）掲載の拙論「アナーキズム」を参照されたい。

（8）高橋修編『コレクションモダン都市文化59　アナーキズム』（ゆまに書房、二〇一〇年）所収。原著は、一九三三年六月、解放文化聯盟出版部刊。本書については、編者の高橋修氏による解説が有益である。また、阿毛久芳氏が一九二〇年代後半から三〇年代初めにかけての小野の評論活動の集約としている（山田兼士・細見和之編『小野十三郎を読む』思潮社、二〇〇八年）。

（9）秋山清は『小野十三郎著作集』第一巻（筑摩書房、一九九〇年）の解説（もとは、一九七九年五月刊の集英社『日本の詩』第十三巻「萩原恭次郎／小野十三郎集」解説）で、小野十三郎の本質をニヒルであると論じているが、これについては改めて検討したい。

（10）デヴィッド・グレーバー著、高祖岩三郎訳『資本主義後の世界のために——新しいアナーキズムの視座』（以文社、二〇〇九年）

（11）ノーム・チョムスキー著、木下ちがや訳『チョムスキーの「アナキズム論」』（明石書店、二〇〇九年）

（12）木下ちがや「「新しいアナキズム」と3・11後の民衆運動」（『社会文学』第39号、二〇一四年二月）参照。「新しいアナキズム」は「グローバル・アナキズム」とも呼ばれている。田中ひかる・飛矢崎雅也・山中千春編『グローバル・アナーキズムの過去・現在・未来——現代日本の新しいアナーキズム』（関西アナーキズム研究会、二〇一四年）による。

（13）拙論「メディアのなかの『近代思想』」（『大杉栄と仲間たち「近代思想」創刊一〇〇年』ぱる出版、二〇一三年）で論じた。

（14）高祖岩三郎『新しいアナキズムの系譜学』（河出書房新社、二〇〇九年）

第Ⅱ部　ジェンダー・階級・民衆

第四章　女性であることの桎梏――松田解子『女性苦』に見る

1　階級闘争のなかの女性抑圧

「私達は手子《てご》だ」「私達は運搬婦、私達は坑内《しき》の娘だ」と、詩「坑内《しき》の娘」（「戦旗」一九二八年一〇月）をよんだ松田解子は、一九〇五年に秋田県荒川鉱山の鉱夫の子として生まれ、貧困の幼少時代を送った。作家となってからは、二〇〇四年に九十九歳で亡くなるまで、一貫して虐げられたものの側に立った作品を書き続けた。そのような松田の生涯と文学については、渡邊澄子氏による「松田解子――人と文学」（「大東文化大学紀要」第四五号、二〇〇七年三月）や、同じく渡邊氏による「秋田魁新報」土曜文化欄に連載（二〇〇七年一月六日～二〇〇八年三月二九日まで全六五回、のちに続編）された「気骨の作家松田解子　百年の軌跡」[1]が詳しい。この新聞連載では、荒川鉱山の当時の写真など貴重な資料も交えながら松田の半生を丁寧にたどり、その魅力を余すところなく伝えている。

松田解子といえば、荒川鉱山を舞台に母の生涯を描いた『おりん口伝』や花岡鉱山事件に取材した『地底の人々』が想起されよう。近年、講談社文藝文庫に『乳を売る　朝の霧』が収録され（二〇〇五年一〇月刊）、文庫本のかたちで初期作品が読めるようになったことは嬉しいことだった。さらに『松田解子自選集』全一〇巻（澤田出版）が二〇〇九年七月に完結したのも朗報だった。文藝文庫には高橋秀晴氏の解説「人間の尊厳を問う」と江崎淳氏による年譜が、『松田解子自選集』には江崎氏による解題と詳細な解説が収録されている。これらを参照すると、松田解子が初期から晩年にいたるまで取り組んださまざまなテーマがうかがえる。

そのなかでも小稿では、「秋田魁新報」に一九三二年一一月二六日から一九三三年五月一七日まで連載され、一九三三年一〇月に国際書院から単行本として刊行された『女性苦』を取り上げ、階級闘争のなかの女性をめぐる問題について考えたい。というのも、階級闘争においては人間の平等を理念に掲げているにもかかわらず、男性優位の状況のもとで女性たちが抑圧されるという実態があったからであり、『女性苦』にはその女性抑圧が産む性に重くのしかかるものとして克明に描かれているからである。

この階級闘争における女性抑圧は、記録映画『女たちの証言――労働運動のなかの先駆的女性たち』（羽田澄子監督、鈴木裕子監修、自由工房、一九九六年）によって広く知られるようになった。渡辺政之輔の妻丹野セツ、鍋山貞親の妻鍋山歌子、是枝恭二の妻福永操、橘直一の妻山内みなといった女性たちや、当時の運動を知る石堂清倫、大竹一灯子、聞き手としての澤地久枝らが登場した映画である。一九二〇年代の労働運動における先駆的役割を果たした女性活動家が女性であるがゆえに忍従を余儀なくされた実態が、本人たちの口から直接語られていた。

松田作品においても、階級の問題に加えてジェンダーの問題を顕著な特徴として見ることができる。先の渡邊氏の連載においても、松田が幼少期に母から聞かされた苦労話によって「意識化されてはいなかったとしても〈女の自立〉問題が根底の杭を固定する楔となったはずである」とされ（連載第九回。二〇〇七年三月三日「秋田さきがけ」）、『女性苦』については掘り下げが不十分とされているものの「産む性を持つ女の苦悩を主題にしている」と言われている（連載第五十六回。二〇〇八年一月二六日同紙）。このように、松田自身の問題意識として女性の自立というテーマがあり、小説では、通常のプロレタリア小説とはやや異なる、階級問題だけではない産む性としてのジェンダーの問題を指摘できる。プロレタリア音楽運動で著名であった関鑑子の妹関淑子をモデル（友子）とするこの『女性苦』では、ハルエを視点人物とする章、友子を視点人物とする章、また両者の視点が入り交じる章とがあるが、ふたりの女性を登場させるこの作品で女性抑圧はどのように描かれているのか。

2　ハルエの成長――内面化された「美徳」から脱皮する

全九章のタイトルは「乳房の鋲」「誓約書」「地鳴り」「兎は子供を愛したか」「揺るがぬ道」「闘争へ」「かくれた敵」「動揺」「母たち」である。徳永直『太陽のない街』（一九二九年）を思わせるような、章ごとに場面が転換され、省筆によるスピーディーな展開となっている。そのため、叙述を追っていっても分かりにくく理解しがたい部分もあるが、プロットを確認すれば次のようになろう。

ハルエが知り合った友子は、男性中心の会合でもはつらつと発言するような積極的な女性だった。しかし、からだの不調で北越のN市の実家で養生することになる。両親との葛藤があり地元の警察では転向を約束する誓約書を書かされるものの、恢復しないまま東京にもどり再び運動に従事。だが、夫の田島は、妊娠している友子に違法の堕胎をすすめる。子どもがいると運動に支障をきたすからだ。一方、ハルエは姿を消した友子を心配しつつも、夫の矢田が検束されてしまい、同志のカンパで生活している。矢田がようやく帰宅してきたのもつかの間、再び留守のあいだに、幼い娘を抱えながらひとりで二人目の子を出産する。そのようなエネルギッシュなハルエに、田島から堕胎の示唆を受けて迷う友子は何もかも打ち明け、堕胎を思いとどまる。しかし、子どもは結局死産であった。ハルエは、子どもを産もうが産むまいが、女性が思う存分に運動していくには託児所が必要だと痛感し、そのために奔走するのだった。

冒頭「乳房の餅」では、幼い娘を抱えもうじき二人目が生まれようとするハルエが、自宅でおこなわれる重要な会合の夜、夫に命じられるまま、子どもとともに「淋しい気持」で外に出る。子どもが自宅にいると会合の邪魔になるからだ。ハルエの淋しさは、重要な会議に自分が参加できないことによるものだった。つまり、自分の任務は会議の邪魔にならないよう子どもを遠ざけるというつまらないものに過ぎない、大事な仕事に従事できないという疎外感から発しているのである。運動経験の浅いらしいハルエは、夫から仕事の大事な内容を知らせてもらえない。一人前に扱われていないのである。そして、それは自分の経験不足が原因だと分かっている。同時に、子どもがいることが運動の足かせになることも察知していた。

何時でもそうだが、ハルエの夫は、自分のやっている仕事の要点だけはよくハルエにも知らせた。けれども仕事の具体的な部分、——例えば訪ねて来る人の名前だとか、会合の性質だとか、自分の行く先々の用件だとか場所だとかは、決して話さなかった。何故かなら、夫は、ハルエに対して、普通の、あるいは普通以上の信頼ある同志に対すると同じ程度の確信を持てなかったからである。

ハルエもそのことは知っていた。彼女の過去には、夫をそれほどに安心せしめるに足る強い証拠がなかった。彼女の現在はまた、両乳に子どもをぶら下げた母としての不便と、妊娠している女としての、「断固たる行為」に起ち難い状態に置かれていたから……ハルエはそういう事実をノメノメと製造している自分自身を責めると同時に、夫に対しても同じ責めを要求したい気持を内心に持っていた。が、口には出さなかった。（五頁。引用は『松田解子自選集』第四巻『女性苦』より。なお、テキストには伏字の復元部分に傍線が付されているが省略した。以下同じ。）

過去の実績がないために、夫が信頼ある同志のようにはハルエを信頼していないこと、また子を持つ不便さを痛感している場面だが、言うまでもなく、子どもの誕生は女だけではなされない。その養育も女親のみが責任を負うのではなく、男親にもむろん責任がある。「夫に対しても同じ責めを要求したい気持」だが、ハルエはそのことを夫に言えない。つまり、この夫婦には相互の平等がないのである。これは夫の側の狭さや都合よさだけでなく、実はハルエ自身も、運動経験の浅さというコンプレックスとない交ぜになった、控えめな女性としての「美徳」を内面化していることが原因となっている。夫の意識はもちろんのこと、このようなハルエの内なる「美徳」を克服していかない限り、ハルエ夫婦に真の平等は訪れないであろう。

ただし、この作品では途中からハルエ自身が変化していく様子もうかがえる。検束されていた矢田がもどり、二人目の子の出産を前にしてこのように思う場面がある。

——男は夕刊を読んでから机のそばに行って考えをまとめる——

女はすぐに台所で鍋の底を洗いおとす——よし、よし！

「今度こそ女故のヘマはやらないぞ！」（八四頁）

同じ運動に従事していても、女性は常に家事あるいは補助の役割を与えられ、知的なものから遠ざけられている。男女の性役割分担が固定的であり、ここからは、主人公が「自分の成長が女房的なものにどうしても掣肘されそうなの」と語る佐多稲子『くれない』（一九三六年）が想起されるだろう。夫が誰かと討論しているときには、妻として黙ってお茶を汲む。すすんでお茶を汲んでしまう。夫婦ともにどちらも成長することを願っているし、そう努めてもいるのだが、実際にはそうできず、ふたりでいるときには、どうしても女は女房だという意識になってしまうというわけだ。『くれない』の主人公明子が考えるように「女房的なもの」に囚われている限り、女性の成長はあり得ない。このように『くれない』と『女性苦』には同じようなテーマを見いだすことができるが、いまやハルエは「女故のヘマ」はやらないと前向きに考えている。重要な会合だからと夫に言われるまま、子どもを連れて悄然と家を出たときのハルエとは異なる姿勢を見せているのだ。つまり、この「女故のヘマ」とは、控えめな女性としての「美徳」を内面化していたことの限界に気づいたということであろう。ハルエがこのように変化したのは「働きさえすれば、活動さえすれば、張合があった」と思い、出産間際の大きな腹を「恥ずかしいことなんてあるもんか！　うんとつき出して歩いてやれ！」と感じるようになってからのことだった。

また、二人目の子を出産したあと、同志の兎公との会話でハルエは、夫の矢田に対して「ムッとしてた気持」をこのように言う。「あっけらかんと二人も子供をでかして――これはお互いさまだけど、その子供をわたしだけで背負いこんでる恰好に嫌らしい眼を向けるなんて間違いだよ。それだけに止っていていけなかったら、引き上げてやるための骨を折るのも、闘士としての夫のつとめだもの」（一一〇頁）。女の自分だけがわりを食っている状態、それだけでなく育児に追われる妻にうんざりした眼を向ける夫が間違っているとハルエは言う。夫に言われるがままに従っていたころと違って、はっきりと夫を批判できるようになったのである。ハルエの意識は、もはや「女房的なもの」を乗り越えている。

さらに、ハルエは託児所の設置に奔走するなかで、堕胎を迷う友子に「生むことこそ喜びではないか」と思わせる存在でもあった。「最後の奴隷といわれている婦人の中でも、プロレタリアの貧困に鍛えた体から新しいプロレタリアを生み、それを育てて行く最大の努力のなかに、新しい時代を孕んで行く者の姿がハルエのなかに生々とうかがわれた」(一一四頁)というのである。ここには、階級の問題に加えて産む性としてのジェンダーの問題が提示されている。この小説では、女性は「最後の奴隷」と言われているが、男性の補助的役割や子を産み育てることで遅れをとる女性存在への意識化が指摘できる。このような、子を持つことで強くなっていくハルエの存在によって、葛藤はありながらも運動を最優先に考えようとする友子は次第に認識を変えていく。

3　ハルエと友子――「最後の奴隷」を解放するために

さて、『女性苦』では、このようにハルエが成長する一方、友子も変化していくのだが、これらふたりの女性が主要人物として設定され相互の関係によって成長していく点が注目される。いま相互の関係と言ったが、実はもともと、ふたりの当初の位置関係はそうではなかった。当初、ハルエには友子に対する嫉妬や対抗心の混じり合った気持ちが見いだされたのだが、それは、たとえば、さきの佐多稲子『くれない』の主人公明子と滝井岸子との関係、あるいは山代巴『囚われの女たち』（一九八八年）の主人公光子と田中ウタとの関係を想起させるところがあった。すなわち、これらの作品には、自分よりも優れた素質を持ち運動に邁進する同性への憧れと嫉妬が複雑により合わさった、主人公たちの屈折する思いが共通しているのである。明子も光子もハルエも、複雑に屈折した思いを抱いている。理想像として仰ぎ見る女性への思いは、自分自身が不十分であることのコンプレックスとなって跳ね返ってきていた。「あいつは……俺たちよりも強者《つわもの》だし」と夫が褒める友子に対して、ハルエは、当初「この女は明るい」「メロンみたいだ」と打ち解けた思いを抱く一方、次のようにも思っていた。

ハルエは我知らず眼を細めて、彼女の豊かな顎の底を、胸のあたりに走る滑らかな黄色味を堪えた仄白い肌に見とれた。が、心の片隅から、頑として彼女の持つプチブルの過去を追及せずにはおかないような欲望をも燃やさざるを得なかった。

ハルエはそっと自分の後を振り返る気持だった。絶えず貧困の牙に追われて来た過去から見て、現在は実に弱々しい自分ではないのか、不用な（恐らくは不用な）悩みを余りにも多く背負いこんでいる自分ではないのか。（一一一〜一一二頁）

ハルエにとっては、友子の「プチブルの過去」と自分の「絶えず貧困の牙に追われて来た過去」とを比較せざるを得ない。また、ここではさらに自分自身の過去と現在とが比較されている。それは、言うまでもなく、友子の過去と現在との比較も含意していよう。「プチブルの過去」を持ちながらもそれを克服して、現在は男性からも一目置かれるほど運動に邁進しているまぶしいような友子。それに対して、貧困のなか、プロレタリアとしてがむしゃらに働いてきた充実の過去を持つにもかかわらず、現在の自分はくよくよと思い悩む弱い人間に成り下がっていると考えている。現在と過去における、ふたりの対照性が明らかにされ、ハルエは友子に打ち解けつつも反発を覚えていることがうかがえる。この反発には、子どもを連れて会合の邪魔にならないように配慮していたハルエ自身のコンプレックス――重要な任務は自分には与えられていないこと――が反映されているだろう。友子が仰ぎ見る存在であるからなおのこと、その反発が生じるのだろうと考えられる。

しかし、さきにも確認したように矢田が検束されたあと、娘を抱えてひとりで生活していかなければならないハルエは、間近に出産も控えていてくよくよ悩む暇はない。子どもがいても存分に働けるように託児所をつくろうと思う。そのようななさなか、友子の堕胎の悩みを聞くのである。

「まっすぐすぎる！」

ハルエは叫んだ。「あんたそんなことで死んでしまったらどうするの？　生みなさいよ、生みなさいよ。わたしがちゃんとわたしたちの託児所で育てて上げるから――そう！　たとえあんたが、死ぬまで牢屋にぶちこまれても心配ないようにね」

友子は笑った。

「だってそうじゃないの、あんたの言う通り、ほんとうこれは拷問ね。それに堪えられなければ負けるし、堪えられれば勝つ見込みはあるというような、――細い細い、つっ込んで行かなきゃならない道。その代り目安がつけばなんでもない、ぐんぐんあふれて出るもんじゃない？　生命よ、生命なのよ！」（二一五～二一六頁）

個人に重荷が課せられるのではなく社会が育児を担っていくという、当時のソ連などに見られた社会的な育児支援制度に通じる考え方が披露されている。同時に「生命なのよ！」と、子を持つ生活に裏打ちされたハルエの強さが発揮される場面でもある。しかし、このようなハルエに対して「生むにしても、生まないにしても、闘って行けるかどうかだわね、…あなたが羨ましい」と答える友子は、生命を優先するがむしゃらなハルエとは対照的に思弁的な位置を崩さない。友子にとって最も重要なのは、子どものことよりも闘っていけるかどうかなのだった。

この運動優先の論理は、田島との生活によって形成されたものであろう。健康（生命）を犠牲にしてまで任務を優先する発想は、現実遊離のファンダメンタリズムに通じるところがある。それを告発できるのは、犠牲となる女性以外にあり得ない。ハルエに相談する前、友子は、夫の田島とこのような会話を交わしていた。一度受けた堕胎手術が失敗したあとの会話である。


「……あのときにね、もう少しお金があったら、正式の手術ができたんだけど……」

「もう一度……」

友子は、熱い呼吸づきを頬に受けて、心臓は冷たくした。

「もう一度？　……あの、おそろしいことを」

「……そうだよ。おそろしいかね、自分の体を自分で支配することが？　産むこともいい――だが、いまは打ちこわすことの方がずっといいよ」

友子は、こめかみが、涙や狂おしさや、それにも増して何ものかに対する怒りで破れるような懊悩を、じっとこらえていた。

――あなたは知らない。おお、自分で、生命にかける拷問――（一〇六～一〇七頁）

田島は、「自分の体を自分で支配すること」は恐ろしいことではないと述べて、友子にもう一度堕胎手術を受けることを勧めているが、この田島の示唆は運動（仕事）を優先するためには子どもが邪魔だという考えに従ったものにすぎない。運動（仕事）を効率よく進めるには子どもは足かせになる。ただし、これは、作品前半のハルエが、子どもがいることで運動に加われない懊悩を抱えていたことが伏線となってもいるのである。実は、ハルエ自身も田島と同じように運動に支障あるものとして子どもをとらえていたのだった。また、ここでの田島には、ハルエの夫矢田の姿も映し出されている。運動（仕事）優先の論理が、女子どもを排除している点においてである。このような夫を持っている限り、ハルエも友子も、女性であることの桎梏から逃れることができない。彼女たちも、夫たちに引きずられて同様の認識を当初は持っていた。だが、ハルエがコンプレックスや女性としての「美徳」を克服することと、友子が生命よりも運動（仕事）を優先する考えを克服することとは、女性がその桎梏から免れ人間らしく生きていくためには必ず遂行されねばならないことなのだった。

4　おわりに

階級闘争においては、男性中心の運動論理であったから、女性は同じ運動仲間とはいっても、補助的役割を抜け出せない存在としてあった。あるいは、子を産む存在として友子のように堕胎を示唆され、産まれたあとにはハルエのようにひとりで養育を担わされるということがあった。理念としてあった人間の平等の、「人間」という範疇には、男性のみであって女性は含まれていないかのごとくであったと言っても過言ではないだろう。これは、一九二五年に治安維持法とセットで出された普通選挙法の対象者が、日本国内の成年男子のみであって、女性はもとより、男性についても台湾や朝鮮の植民地出身者は含まれていなかった実態と残念ながらパラレルなありようを示している。

以上のように、松田解子の『女性苦』は、ハルエと友子という対照的なふたりの女性を主要人物に据え、彼女たちが自ら置かれた位置を抜け出ていこうとすることによって、新たな認識を獲得していく過程が描かれた作品であった。「母性」への無条件の信頼は当時としては疑う余地がなかったのだろうが、階級の問題を扱った多くのプロレタリア小説にも増して、女性の問題を焦点化したところに松田作品の特色はある。階級闘争のなかの女性抑圧を考えるとき、あるいは、男女の性役割分担や託児所不足などを考えるとき、現在でも松田作品の提示する意味は大きい。それは、「最後の奴隷」を解放するための苦闘を描いたものであり、現在読んでも決して古びていない。ジェンダーの観点から再読が望まれる作品群であろう。

注

(1) 本連載は、続編(二〇〇九年七月四日〜二〇一〇年一二月二五日)と合わせて、秋田魁新報社より二〇一四年一一月に文庫本として刊行された。

第五章　「監獄の窓から見る空は何故青いか」——小林多喜二の獄中書簡

1　獄中書簡の位置

『小林多喜二全集』第七巻（新日本出版社、一九八三年一月）に収録された多喜二の書簡は、一九二三年八月二十五日付の伊藤忞宛書簡から一九三三年一月の田口タキ（瀧子）宛書簡まで、総数一六五通[1]、このうち、獄中からの書簡は四六通である。作家の書き残したもののうち、手紙や日記は特殊な本文として、小説などに比べ本人の肉声がそのまま響いているような印象を与える。そこから作家その人の私生活や交遊をむやみに詮索することは慎まなければならないが、その一方で作家個人の考えや感じ方、志向のありようまで手紙や日記は教えてくれる側面を持つ。もっとも、特定の相手を想定しながら書く手紙には受信者との相互関係によって、その記述に、ある枠組みが設けられもするだろう。とりわけ、獄中からの手紙の場合には、書いてよいことと書いてはいけないことを峻別しながら、最大の許容範囲を推測しつつ注意深く記していかなければならない。獄中書簡は、検閲という監視下の条件に従った制限つきの叙述であることを忘れてはならない。

けれども、制限つきであったために十全ではない展開だったとはいえ、その範囲内で記された手紙の内容が嘘であったとは言えないだろう。むしろ、獄中という外部と遮断された、非人間的な空間で記された手紙は、外部の者との交信によって、自分の位置を確認しつつ自分を鼓舞しその思考を練り上げようとするものだったと思われる。書くことで自分を確かめることができる。獄中書簡には、そのような重要な本質がある。多喜二の場合もそれは同様であった。

年譜によれば、小林多喜二は一九三〇年三月末に小樽から上京、まもなく五月中旬には「戦旗」防衛巡回講演で、江口渙、中野重治、貴司山治、片岡鉄兵、大宅壮一らと関西へ行き、五月二十三日に日本共産党への資金援助の疑いにより大阪で検挙された。上京してからおよそ二ヶ月後のことである。いったん釈放されたものの、帰京後の六月二十四日、再検挙され、八月には治安維持法違反容疑で起訴、豊多摩刑務所に収容された。翌一九三一年一月二十二日、保釈出所までのおよそ七ケ月間、多喜二は獄中生活を余儀なくされた。

獄中書簡に繰り返し書かれるのは、たとえば、飛行機が飛ぶ音が聞こえると窓にかけよって空を見上げる（書簡番号一一七　志賀直哉宛書簡など）という子どものような行為である。囚われの身は「監獄の窓から見る空は何故青いか」（書簡番号九一　斎藤次郎宛書簡）と思わざるを得なかった。空を行く飛行機は自由の象徴のように見えたであろう。監獄のレンガの赤色に空のブルーが映えるという色彩のコントラストだけでなく、青く広い自由な天空を渇望してもいたのだろう。監獄という人間性を蹂躙する空間、その「高い、区切られた、厚い赤煉瓦の窓」から見ると、通常は気づかなかった空の青さが、改めてしみじみと思われたのに違いない。治安維持法による収監は人権を侵害し、人の命さえも軽々しく扱った。

以下では、そのような苦難の位置に置かれた小林多喜二の獄中書簡を取り上げ、宛先の三つの分類に従って検討する。小樽時代からの友人や恋人、先達と仰ぐ著名な作家や評論家、同じプロレタリア文学運動の仲間、という三者に対して、多喜二はどのような心情を綴っていたか。監獄の強いる不自由さや非人間性は、多喜二の精神にどう作用したか。獄中の多喜二の思考の軌跡をみてみたい。

2　小樽時代からの友人・恋人——斎藤次郎と田口タキ

斎藤次郎は小樽商業学校時代からの友人で、多喜二は斎藤とともに学生時代から絵のサークルをつくり水彩画を描いたりする一方、回覧文集「素描」を創刊したりした。斎藤は一九二七年に上京して北海道銀行東京支店に勤務、画家を志していた青年である。全集収録の斎藤次郎宛書簡は二九通（この数は、多喜二にとって斎藤が信頼する友人であったことを意味していよう）、うち四通が獄中からのものであった。そのうちの最初の手紙、一九三〇年九月十八日付書簡（書簡番号八七）には次のような記述がある。「君も画はゆっくり描いてくれ。われわれはゆっくり描いて、ゆっくりし過ぎると云うことは無い。下らない場当りの画を急ぎ描いたとしても、心境から見て、（自分自身から見て、）その位不快な満足しない気持で過ごすことは無いだろうと考えるからだ。」

　斎藤に対して「下らない場当りの画」ではなく、よいものをゆっくり描くべきという忠告は、運動から遠ざけられた自分自身に言い聞かせている言葉であったとも受け取れる。同年十一月十八日付の手紙（書簡番号一〇八）にも、ホームランでなければ打たない、数は少ないけれどもそんなことはどうでもいいと、「ホームラン主義」という語句が見える。右の引用「ゆっくり描く」とは、囚われの多喜二自身への言葉であったが、むろん手紙は友人の画業を心配する心情にも溢れていた。それは「君が《ママ》今度二科会がどうかと心配している」と述べて、板垣鷹穂の「新しい絵画の模範は工場から」（『新しき藝術の獲得』）という一節を引用しながらの、工場や留置場を描いてみたらどうかというアドバイスにも表れている。板垣鷹穂のことはのちに触れるが、多喜二の言う、この絵の題材としての工場や留置場は、当時の新しい美術の傾向を含んでいた。

　絵画の題材としての工場や留置場は、プロレタリア美術のなかでたびたび取り上げられていたものである。岡本唐貴『プロレタリア美術とは何か』（アトリエ社、一九三〇年九月）や、やはり岡本唐貴『プロレタリア美術史』（造形社、一九七二年九月重版）には実作の写真版があり、どのような絵画が当時描かれていたのかがうかがえる。山上嘉吉の一九二九年の作品「後はしっかりやってくれ　一九二九・四・一六」は、四・一六事件で逮捕された同志を描いたもので、鉄格子のこちら側と向こう側とでそれぞれ人物が手をあげて応答しあっている様子が描かれている。工場を描いたものはいくつもあるが、同書では、労働の現場よりも、ストライキや争議団の様子を描いたものが多い。岡本唐貴「争議団の工場襲撃」（一九二九）、貴入蔵「ストライキ宣言」（同年）、竹本賢三「石川島」（同年）、木部正行「ビラを撒く」（同年）、寄本司麟「ストライキのデモ」（不明）などは、背景に大きな工場を鋭角的に描いて、その前面に多くの労働者が配置されている。留置場も工場もともに、被抑圧者と彼らの闘争を描くための題材であったが、そのようなテーマとは別に、構図としては自然を描いた風景画と大きく異なり、モダニズム的な人工物の直線による画面の構成という点が共通する。

前掲岡本『プロレタリア美術とは何か』所収論文『工場から出発しよう』には「我々の絵画は、いまや工場の中から、工場の大衆の闘争の中から、そして、広汎な工場労働者の闘争の経験が、意識的プロレタリアートの目的と思想に結びついた、そう云つた階層の発展性の中から成長して来なければならない」とある。ここでは、労働者の闘争の現場としての工場を描くことが、プロレタリア絵画の発展成長に結びついて捉えられている。一方、「新しい絵画の模範は工場から」と言った板垣鷹穂の別の著作『機械美の誕生』（『新藝術論システム　機械藝術論』所収、天人社、一九三〇年五月）[2]には「社会思想に自覚した藝術運動として――。新興階級としてのプロレタリアートが、その生活の環境として、及び、その運動の目標として、機械を藝術的表現に摂取しはじめた」とあるように、機械美を摂取する新興階級としてのプロレタリアートが提示されている。(3)板垣の述べるのは主にロシア・アヴァンギャルドのことで、メイエルホリドなどに言及しつつ革命直後のロシアにおける機械美を取り上げているが、モダニズム的な直線の構図は工場を描いた絵画と共通のものと言える。岡本や板垣の議論から分かるのは、階級闘争を担うプロレタリアートを描くこと、機械美とプロレタリアートの結びつきなどが、新しい藝術のかたちとして当時捉えられていたことである。多喜二の友人への助言は、このような背景のもとになされたものであった。

多喜二の斎藤宛書簡に戻れば、前掲の志賀宛書簡にも同様の記述が見られた飛行機に関する記述が目を引く。「此処から飛行機の飛んでいるのが見える。ぼくは子供のように、ムキに窓の下にかけ寄る。君がもし、飛行機を最もその美しいコムポジションにおいて描くことが出来るならば、それはキット新しい意味を君の絵に対して獲得するかも知れない」(書簡番号一〇八)。このような記述にも、窓枠で区切られた鋭角的構図における最新文明の飛行機という、速度を伴ったモダニズム的機械美の要素を認めることができるだろう。

このように、多喜二の斎藤次郎への書簡には、当時の新しい美術の動向を踏まえた内容が書かれており、多喜二自身の、時代の先端に呼応した関心のありどころがうかがえる。古くからの友人への依頼として、恋人田口タキのことや弟三吾のことをよろしく頼むとする内容のほかに、斎藤の画業を、最新の美術の動向と併せて考慮する点が注目でき、多喜二は獄中においてもそのような関心を失うことがなかったのである。

さて、斎藤への手紙でもたびたび触れられた田口タキに対しては、全二二通のうち五通が獄中からの書簡である。周知のように田口タキは貧家に生れ一家のために銘酒屋に売られたが、一九二四年、多喜二が小樽高商を卒業した年に知り合い、翌年二五年十二月ごろ、その不幸な境遇から救い出されたとされている。一九二五年三月二日付の手紙（書簡番号六）は、「闇があるから光がある」「闇から出てきた人こそ、一番ほんとうに光の有難さが分るんだ」という書き出しだが、闇の境遇に置かれていたタキにも光の生活が必ず来ることを示すこの手紙は、多喜二書簡のなかでも最も著名なものである。

多喜二と田口タキについては、前田角蔵「多喜二と田口タキ――その愛をめぐっての一試論」(4)において「多喜二は、自らの倫理主義的な愛によって作りあげたタキ原像から解放されることなく終った」と言われている。確かに、書簡を読む限りにおいて多喜二はタキを「教育」しようとし、その関係は「教育する者」と「教育される者」という関係で、対等でフラットなものではなかったように思われる。書簡という媒体自体、特定の相手へ向けたものとはいえ、双方向的というよりも一方的な書き手の思念が充塡されたものだから、多喜二のタキ像はいっそう美化された観念的なものに作られていった可能性は否定できない。

しかし、「それから、もう一つ従って貰わなければならない事がある。それは、瀧ちゃんが、決して、今後絶対に自分をつまらないものだとか教育がないものだとか、と思って卑下しない事。」（一九二七年二月、書簡番号一一）という文言、また「僕のことにこだわらずに、必要な重要なことがあったら、何時でも瀧ちゃん自身の自由意思で物事をきめて行って欲しいことです。この意味は分りますか。」（一九三〇年九月四日、書簡番号八四）という文言などは、「教育」的な物言いでありつつも、多喜二自身の人間性が表れた叙述と言えるだろう。あまりに境遇の異なるタキの遠慮を、多喜二はこのようにたしなめて同じ人間として向き合い、タキの意思を尊重している。タキの人間的成長をうながすアドバイスと配慮に満ちた手紙である。

にもかかわらず、文面に一種の亀裂が見えるのは運動との関わり方においてであった。多喜二への差入れを懸命にやっている中野鈴子に対して「小林の差入は瀧子がすべきだ」と斎藤次郎が鈴子に言ったらしく、そのことをタキに書き送っている（書簡番号九三および九五）。「――べきだ、と云われたので、すっかり打撃をうけたらしい。此処にいるので、よく分らないけれども、実に人の気持を考えない、勝手な無礼をあの人に与えたことになる」「瀧ちゃんもよくその辺のことを考えてみてくれなくてはならないと思う」と、鈴子への申し訳なさを述べつつ、タキに思慮深さを求めている。獄中への差入れなどの救援活動は運動の一環でもあったから、鈴子のほうが慣れていてタキが不案内であったのは当然のことだった。

タキの意思を尊重しつつも配慮を要求する多喜二は、むしがいいと言えるだろうか。そうではなくて、獄中の自分の存在が、結果として人を傷つけることになったり、行動を制限して迷惑をかけたりすることをいたたまれずに思っていた葛藤の表れと受け取れる。政治運動を中心に考えタキをそれに従わせようとする意図だったとは思えない。それならば、再三にわたってタキの新しい仕事を案じることはなかっただろう。田口タキへの書簡にはこのような多喜二の葛藤の表れとしての振幅と人間性が表出されており、多喜二獄中書簡の純粋な一面が表れたものと見ることができる。その意味で、タキ宛書簡の分析は、『党生活者』などと併せて多喜二の女性観の再考につながる要素を持っている。

3　板垣鷹穂への手紙

ところで、多喜二の先行者への傾倒としては、志賀直哉への傾倒がよく知られている。志賀宛書簡は、獄中のもの（書簡番号一一七）を含め全部で四通あるが、初期の一九二四年一月の手紙（書簡番号三）や一九二四年十一月二十一日付の阿部次郎への手紙（書簡番号五）は、先達として仰ぐ先行者たちに自作への指導や批評を求めるものとなっている。小樽高商を卒業し北海道拓殖銀行に就職したこの年、二十一歳になる多喜二は斎藤次郎ら友人たちと同人雑誌「クラルテ」を創刊した。銀行員の仕事だけでなく文学を続けるうえでの指導を志賀や阿部に求めていたと理解できるが、それらとはやや性質の異なる手紙が板垣鷹穂に宛てられた獄中からの書簡（一九三〇年十二月、書簡番号一二二）である。

板垣鷹穂は多喜二より九歳年長で、志賀や阿部ほど年輩の先達というわけではなかった。板垣の『美術史の根本問題』に対する率直な感想が書かれたこの板垣宛書簡については、小笠原克

「板垣鷹穂と小林多喜二――一通の書簡をめぐって」[5]が詳細な考察を行っている。多喜二虐殺後の、「新潮」一九三三年四月号に掲載された板垣鷹穂『古い手紙――小林多喜二のこと』を再掲しながら、同論文ではこのように言われている。「深夜に起き出て〈古い手紙〉を選び出し読み返し、手紙の文言そのままに、生ける小林多喜二と〈声を出して話して、会へるやうな気持〉になり、〈無量の感慨〉を誘われつつ、再び、幼童以来の肉親たちとの〈永別〉の追憶に耽ける板垣鷹穂の姿は、〈混乱時代〉のさなかで非命に果てた一藝術家を銘する、犯しがたい厳粛さに満ちている」。

板垣の小林に対する痛切な思いを汲み取っているこの記述には、藝術を媒介とした人間の姿が映し出されていて共感を禁じ得ない。板垣が直子[6]ともども夫婦で多喜二の弔問に訪れたのは、天命をまっとうできず非命に倒れた小林多喜二を深く悼む気持ちがあったからだろう。この虐殺より二年余り以前、多喜二は獄中から板垣に次のように書き送っていた。「こんな処から、始めてお便りを差上げます。二、三日前、此処の独房で、あなたの『美術史の根本問題』を、大変面白くよみ、急に、何か書きたくなったのです。ぼくたちが此処から便りを書くということは、それは外の人たちには分らない何か貪るような、又自由に歩きまわれている外の人たちと面と向いあって声を出して話して、会えるような気持にされます」。

この記述からは、外部の人間への発信が獄中に置かれた人間にとっていかに必要であったかが切々と伝わってくる。それは、渇き飢えた人間が何かを「貪るような」ものであった。板垣『美術史の根本問題』に関する多喜二の感想は、端的に抽出すれば「歴史学の問題、その方法論上の問題を見ると、ぼくには、あなたがマルクス主義を非常に公式的に、狭く解釈しているのではないかと考えました。」という批判的文章に尽きるであろう。どうしても自分の考えを著者に伝えたい。獄中で読了した書籍に啓発され、著者に手紙を書く。それは、単に感想を書き送ることではなく、決して譲ることのできない自己の思想の確認に他ならない。多喜二はこう書いている。「ぼくが、あなたに一番大きな不満を感じたことはマルクス主義の基礎である唯物弁証法を、その他の例えばリーグルやウエルフリンの「学派」と同列に、即ち相対的に理解していることです。それとこれとは、全然異なるものであり、（証明は省くが）マルクス主義が唯一つの客観的な方法であることが何より大切なことのようです。」

板垣『美術史の根本問題』は天人社より一九三〇年六月に刊行された。同書ではマルクス主義について「マルクス主義の歴史観では、主義の実現といふことが終局の要求として、始めから意識的に、かつ極めて濃厚に現れてゐる。この点が客観的な歴史観と根本的に相異する所である。」（二四八頁）と述べている。板垣に対し、多喜二は「何より大切なことのようです」と若干の遠慮を示した婉曲表現をとりつつ、しかし、マルクス主義は他の学派と同列に相対的に捉えるべきものではなく唯一の客観的方法であると強調している。歴史の理解には客観的方法論がなければならない、その唯一の理論がマルクス主義であるとする多喜二のこのような姿勢自体、現在から見れば大きな限界を示していると思われるものの、この時の多喜二には自分の存在をかけた思想の拠り所にほかならなかった。さきに見た、斎藤次郎宛書簡にあったように、板垣の文章を引きながら新しい美術の動向としてモダニズム的要素を認めながらも、マルクス主義に基づいた思想性は決して譲れないとする多喜二の考えがこの書簡にはうかがえる。

最後に書き添えた「監獄の内部の構築は、非常に興味あるもの、ようです。この次の便りで、そのことを書きましょう」という一節には、斎藤宛書簡に見られた、工場と並んで留置場を描くべきとした見解と同様の一部が垣間見られる。板垣に監獄内部を知らせたいと考えた多喜二には、モダニズムを包摂したマルクス主義藝術が念頭にあったのかもしれない。一九二〇年代から三〇年代にかけて、アヴァンギャルド藝術からプロレタリア美術への展開がモダニズム現象における重要な役割を担うという見解は通説とみてよいだろうが、この板垣宛書簡には、多喜二の信念としてのマルクス主義思想の開陳を見ることができ、斎藤宛書簡と照合してみると、多喜二における、モダニズムを包摂するマルクス主義の顕在が看取されるのである。

4　プロレタリア文学運動の仲間たち

さて、板垣宛書簡にも書かれた、獄中で多くの外国文学を読み自分の小説が「綴方」くらいでしかなかったことを知らされたという多喜二の省察は、他の書簡でも繰り返し書かれている。これは獄中での勉強の成果と言えようが、深刻で悲惨な一面もあった。十一月三日に蓄音機を聞かせてもらい、小さな饅頭と大福をもらったことで「ある平和な気分」になるということが度々書かれているのがそれである（書簡番号一〇二　田辺耕一郎宛書簡など）。

十一月三日がどういう日であるか書簡中に明記されてはいないが（マルクス主義やレーニン『帝国主義論』のことは書けても、天皇制に関することはタブーで明記できなかったのかもしれないが）、いうまでもなく明治天皇の誕生日の明治節である。明治節の恩恵に格別の違和感も表明されていないことを見ると、天皇制に対する根源的な批判意識は、これらの書簡を見る限り、特段にはなかったように思われる。もっとも、そのようには書けなかったという事情があった可能性のほうが大きい[7]。いずれにしても、お上から与えられる恩恵は、「罪人」たちに明治節の「ありがたい思し召し」を内面化するよう機能しただろう。蓄音機とお菓子を屈辱と感じるのではなく、「平和な気分」にしてくれるということは、天皇の「ありがたい思し召し」をすみずみにまで行き渡らせる効果をもたらしたに違いない。

このことに類似するのは、正月に蓄音機が聞けることについての記述である（書簡番号一二七　山田清三郎宛書簡など）。多喜二が感動する音楽は「チゴイネルワイゼン」や「ユーモレスク」ではなく、「早く起きねば遅くなる」[8]「蛍の光」「荒城の月」などであり、「ことに、早く起きねばおそくなるの歌をきいたとき、ぼくはまるでだらしなく涙を流してさえいた」という。唱歌に感動する多喜二の精神は、幼いころの聞き覚えのある歌で揺さぶられる。多喜二自身、「早く起きねば遅くなる」を聞いて涙を流したことを「此処はとにかく奇妙な処であるらしい」（書簡番号

一二九　村山籌子《かずこ》宛書簡）と述べて、心の動揺、精神の揺らぎを自覚していた。

これらは監獄という特殊な場所が強いるひとつの局面であり、それだけ、殺伐とした、隔絶された場所に閉じ込められていたということだろう。先述の「監獄の窓から見る空は何故青いか」と思わざるを得ない、そのような場所から運動仲間に発せられた痛切な思いは、次のように書かれていた。日本プロレタリア作家同盟事務所宛の手紙である（書簡番号一〇六）。「ぼくたちは此処へ来てから八十日になる。その間に、ぼくは六十本以上の封緘葉書を書いた。本当のことを言えば、此処にいてはそんなに書くことがある筈はないのだ。毎日大空の下を歩き廻って、目新しいことばかり突き当っている人でも、その位の間に、その位の便りを他人にかけるかどうかわからない。にも不拘、ぼくは何か知ら、何でもかんでもせっせとかいた。ぼくはそれでもって、とにかくも「生きている社会」につながりを持っていたいためと、それよりは、モット大きな理由は外の人から沢山の便りをもらいたかったからである。」

板垣への手紙にもあったような「貪るような」思いは、ここにも溢れている。繰り返しの話題が多いことは、「此処にいてはそんなに書くことがある筈はない」という箇所で、はっきりと認識されていたことが頷けよう。それでも、書かずにはいられなかった。「生きている社会」につながりを持つためと、「沢山の便りをもらいたかった」ためである。このような獄中者の期待に添うことが、手紙だけでなく差入れや面会の方法でなされ、それらは多く女性たちが担う役割だったことはよく知られている。多喜二に対して、前出の中野鈴子の他に原政野《まさの》（中野政野、原泉）や村山籌子らが果した役割は決して小さくない。彼女たちへの手紙は、連名のものも含めて鈴子宛が八通（うち二通は獄外から）、原政野宛が四通、村山籌子宛が七通である。彼女たちから送られた手紙の返事や差入れのお礼が、これだけの数となった。同じ運動仲間でも男性にはそれほど送られていない。一九三〇年九月九日付村山籌子宛書簡には、次のように書かれている。

「度々のお差入れを心から有難く思って居ります。このことは何時も感ずることですけれども、差入のある度に、その差入れして下すった人を通して、その背後に沢山の同志を感ずることが出来るのです。この気持は独りでいるものにとって何より心強いものです。外の人たちが想像出来る以上に遥かに嬉しい、こみ上げてくるような強さをもっているものです」。原政野や中野鈴子に対しても同じような文言が連ねられている。同志の存在を感じさせる度々の差入れがなければ、孤独の獄中者は脱落、転向へと至るだろう。女性たちの救援活動はそれを食い止めるためでもあった。

村山籌子の息子、亜土は『母と歩く時　童話作家・村山籌子の肖像』（ＪＵＬＡ出版局、二〇〇一年一月）のなかで、当時籌子が夫の村山知義をはじめ壺井繁治、窪川鶴次郎、中野重治、小野宮吉らへの差入れなどの救援活動に忙しかったことを書いている。「母は、実に筆まめであった。獄中の小林多喜二や中野重治のような作家たちへは、封緘葉書に細かい字でギッシリ書いた」という。一九三三年二月、豊多摩刑務所に村山知義の面会に行ったとき、亜土をうしろ抱きにした籌子は、ハンドバッグを亜土の胸に押しあてて知義に見せた。「それを見て、父の目がカッと大きくなり、宙を泳ぎ、暗く沈んだ。母はわざと、本や、下着や、弁当の差し入れについて早口に話していたが、ハンドバッグには白墨でこう書いてあったという。「タキジ　コロサレタ」」。原政野も中野重治に対しメモをとるふりをして手帳を見せることで、そこに書き付けた多喜二の死を伝えた。中野は、数日後、妻に宛てた手紙のなかでこのように述べている。「二十三日の面会の時、面会所にはいって来たのを一目見て――その直前、係り官がお前さんを呼びに行って、何か物を言っているらしく聞えた時からだったが――ただごとでなく感じたが、「死」の知らせであろうとは思わなかった。」（一九三三年三月四日付原政野宛書簡、中野重治『愛しき者へ』上巻所収）

多喜二は、およそ七ヶ月間の獄中生活ののち保釈出所、その約二年後の一九三三年二月二十日、築地署特高に逮捕され、同日、拷問を受けて虐殺された。このとき弔問に板垣鷹穂・直子夫妻が訪れたことは前記したとおりだが、右のように村山籌子は知義に、原政野は中野重治に、それぞれ多喜二の死を伝えている。女性たちは、獄中の夫に必要な情報を苦心して伝達していたが、多喜二が獄中にいたころにも面会に通い本を差入れして多喜二を支えた。

小林多喜二の獄中書簡は、時代の先端に呼応した関心や囚われの身の葛藤、譲ることのできない思想の表明を綴りつつ、孤独の位置から発信されたものであった。それは、外の生きた世界とつながりを持っていたいとする痛切な思いに満ちていた。見てきたような三者に宛てた手紙は、その貴重な記録である。

付記　文中、「書簡番号」としているのは『小林多喜二全集』第七巻所収の書簡番号である。

注

（1）なお、全集収録分のほかにも、たとえば大熊信行宛書簡二通と小牧近江宛書簡一通などが明らかになっている。大熊宛書簡は、『小林多喜二生誕100年・没後70周年記念シンポジウム記録集』（白樺文学館多喜二ライブラリー、二〇〇四年二月）に収録された、一九二六年三月（推定）のものと一九二七年二月六日のものである。小牧宛書簡は、秋田県立博物館所蔵のもので、『生誕100年記念小林多喜二国際シンポジウムPartII報告集』（白樺文学館多喜二ライブラリー、二〇〇四年十二月）に掲載された。

（2）参照したのは復刻版、ゆまに書房、一九九一年七月刊のもの。なお、この天人社『新藝術論システム』シリーズの一冊に小林多喜二も立野信之と共著で『プロレタリア文学論』を書いている。

（3）板垣鷹穂の機械美については、松畑強「機械美と古典主義、板垣鷹穂論」（「季刊思潮」第六号、一九八九年一〇月）、鈴木貴宇「板垣鷹穂と〈機械〉」（「日本近代文学」第六七集、二〇〇二年一〇月）などに詳しい。

（4）前田角蔵『虚構の中のアイデンティティ』（法政大学出版局、一九八九年九月）所収。

（5）小笠原克『小林多喜二とその周圏』（翰林書房、一九九八年一〇月）所収。

（6）なお、板垣直子は「女人藝術」一九三〇年四月号掲載の『小林多喜二氏の作品』のなかで『一九二八年三月一五日』『蟹工船』『不在地主』を取り上げ『不在地主』の欠点を指摘しつつも全体として高く評価している。

（7）同じ日について書いた中野重治の獄中書簡は次のとおり。一九三〇年一一月四日付原まさの宛。「今日はすばらしい青空だ。さっき昼飯を食っているとヒコーキの音がするので見てみると、二十七、八台ブンブンとんで行った。昨日の十一月三日は何か旗日で大福を一つとマンジュウを一つとくれたが今日は何だろう。考えても分からぬ。ここではヒコーキが毎日のように頭の上を通りすぎる。音だけきこえて姿の見えぬ時もある。窓が部屋のただ一方に小さく開いているぎりだから。」（『愛しき者へ』上巻、中央公論社、一九八三年五月）。ここでも明治節について「何か旗日」と述べて明言していない。一一月三日は、明治時代には天長節、一九二七（昭和二）年には明治節と制定され、明治神宮で盛大な式典がおこなわれた。多喜二も中野も明言していないのは、三年前に制定されたこの日のことを知らなかったのか、あるいは書けなかったのか。ちなみに中野の同年九月二五日付書簡には、前日の「秋季皇霊祭」（現在の秋分の日）に「免業日」ということで、いなりずしと湯の代わりに茶をくれたことが書かれている。

（8）「早く起きねば遅くなる」を、筆者が幼いころ、祖母が歌って聞かせてくれたのを記憶している。「カラスがかあかあ鳴いている／雀がちゅんちゅん鳴いている／障子が明るくなってきた／早く起きねば遅くなる（以下略）」という歌詞で、子供が朝の支度をして学校に行き勉強するという内容。鉄道唱歌のメロディで歌う。多喜二が涙するのは、幼いころに聞かされたことを思い出しているのか。獄中者に家族のことを想起させて心情を揺さぶるのは、刑務所における更生方法のひとつだった。

第六章　書くことを選ぶ娘たち——佐多稲子『機械のなかの青春』と一九五〇年代

1　一九五〇年代——サークル運動と「母の歴史」

佐多稲子の一九五〇年代を語るときに、日本共産党のいわゆる五〇年問題は欠くことのできない大きな要素として位置づけられるだろう。たとえば、婦人民主クラブに対して日本共産党臨時指導部が政治主導の干渉を強めてきたことに、発起人のひとりであった佐多は強く反対した。結果、そのことにより一九五一年三月、共産党から除名処分を受けるということがあった。[1]また、佐多の息子である窪川健造が友人たちとともに、一九五一年四月の東京都知事選において、分裂した共産党国際派が支援する出隆候補を応援する街頭演説のさいに「占領目的阻害行為」のかどで逮捕されアメリカの軍事裁判にかけられるということもあった。佐多は健造らの釈放運動のために奔走し、その顛末を『みどりの並木道』に書く。[2]主流派と国際派の分裂によって佐多自身が苦しんだことは短篇小説『夜の記憶』（「世界」一九五五年六月号）などに描かれ、分裂は新日本文学会内部にも混乱をきたしたために、一九五五年一月の第七回大会後には常任幹事を辞退する。

これらのことはのちに『渓流』（講談社、一九六四年一月）に書かれることになる。

コミンフォルムの批判によってもたらされた党分裂と混乱は、政治組織の問題のみならず文化運動にも大きな影響を与えた。いまとなっては、一九五〇年のこの問題は、前年の一九四九年に中華人民共和国が成立し、冷戦の枠組みが強化されつつあったこの時期、アメリカの占領状態を認めたままの平和革命路線がスターリンによって批判され、日本が西側諸国に組み込まれることを阻止する意図で生じたものだったのだろうと理解できる。すなわち、コミンフォルムの権威に従った日本共産党が冷戦構造の大きな枠組みのなかで翻弄されたできごとだったと言っても過言ではないだろう。

ただし、一方でこういうこともあった。戦後、とりわけ一九五〇年代は、戦前のプロレタリア文化運動の時代にくらべて格段の規模で文化サークルが職場や学校などで結成されていったから、文化運動に参加する青年男女の数は戦前とは比較にならないくらい多かった。彼ら彼女らが文学に希望を見出して自ら読み書くことを選んでいった具体例は、多くのサークル誌や詩集『祖国の砂』（筑摩書房、一九五二年八月）、『京浜の虹』（理論社、一九五二年九月）などに見ることができる(3)。近年、サークル運動についての研究がさかんになり、不二出版による復刻版として「サークル村」「詩集下丸子」「ヂンダレ」をはじめとする基礎的な資料も調えられてきた(4)。一九五〇年代のこのような動きのなかで、佐多稲子も例外ではなくサークルに積極的に関わっていく。当時は津田塾大生で、のちに作家になる大庭みな子なども参加していた新日本文学会北多摩班は、佐多を中心として雑誌「北多摩文学」を出していたし、小説『機械のなかの青春』（角川書店、一九五五年十月）を執筆するために一九五三年には厚木たかとともに長野県大町の呉羽紡績工場へたびたび調査に出かけている。呉羽紡績工場のサークルで作られた詩は、詩集『機械のなかの青春』（呉羽紡績労働組合文教部編、三一新書、一九五六年七月、初版は一九五三年刊でもとの表記は『機械の中の青春』）として刊行されていた。[5] それを受けて小説『機械のなかの青春』が執筆されたのである。右に確認したような五〇年問題の苦闘のなかにありながら、当時サークル運動がさかんであった、そのただ中に佐多稲子もいたのだった。

ところで、サークル運動とともに、この時代を理解するもうひとつの補助線として「母の歴史」をあげておきたい。広く知られた木下順二・鶴見和子編『母の歴史』（河出書房、一九五四年）に見られるように、娘たちが「母の歴史」を綴る試みが一九五〇年代には多くなされた。[6] これもサークル活動の一環だったが、小説『機械のなかの青春』でも、組合文藝班の雑誌「小鳩」の編集にたずさわっている兼松美代が母からの手紙を受け取って葛藤を見せていた。また、近年まとめられた『紡績女子工員生活記録集』第一巻『私の家・母の歴史』（日本図書センター、二〇〇二年六月）には、『母の歴史』のもとになった東亜紡織泊労働組合婦人部の発行した『私のお母さん』（一九五三年六月）や東亜紡織労働組合泊支部『母の歴史――働く娘が綴った母の生い立ち』（一九五三年一二月）などが収録されていて、工員の娘たちが農村の母をどのようにとらえていたかが生の声としてうかがえる。詩集『機械のなかの青春』にも農村の母のことをうたった詩がいくつも収録されている。佐多自身、平塚らいてう・櫛田ふき監修の『われら母なれば　平和を祈る母たちの手記』（青銅社、一九五一年一二月）に文章「若ものの意志と共に」を寄せていて、平和運動の一環としての母の活動を推進しようとしていた。この文章では、先に触れた息子健造の軍事裁判についても言及している。一九五五年六月には、第一回日本母親大会が開催され「子どもを守る」「婦人の権利」「平和」の三分科会が開催された。「女性＝母親＝平和主義者」を所与のものとして捉える構図には批判もあったが[7]、この時期の運動において母親が果たした役割は見逃せない。娘が語る母、母自身が語る平和と、語る主体はそれぞれ異なるものの、一九五〇年代は女性の語る機会が圧倒的に増えた時代でもあった。

呉羽紡績工場に調査に出かけて執筆した『機械のなかの青春』は、佐多自身が言うように現場の女子工員たちとの「共同製作」（あとがき）である。本稿では、この小説に見られる農村の母と工員の娘との葛藤を「母の歴史」およびジェンダーの視点から分析しつつ、兼松美代が文章にたずさわる「書く女性」として設定されている意味について考えたい。このことはまた、一九五〇年代の佐多稲子の位置を照らし出すことにもなるだろう。

2　『機械のなかの青春』——農村の母と工場の娘

小説『機械のなかの青春』は、三好さなえの恋愛や井関のり子の悲劇など、さまざまなサブストーリーを織り込みながら、兼松美代を中心とした女子工員たちの成長を物語る作品である。母から届いた手紙を決定的な契機として、組合活動にたずさわる兼松美代は自分が同室の井関のり子から見張られ会社に密告されていると知る。真面目であるがゆえに会社に忠実であった井関のり子は、密告し仲間を裏切っていたその重圧に耐えきれなくなって精神に変調をきたしてしまう。このり子の悲劇によって、美代たちは会社の過酷さをいっそう思い知らされるのだが、このような背景のもと、焦点となっているベースアップ闘争は、男子職員に最も高率で、ついで男子工員の順に昇給する妥結案となっていた。工場の主要な働き手である大多数の女子工員はほとんど昇給しないという明らかな男女差別、職制による差別にもとづいた妥結案であった。それに対して、紆余曲折ありながらも組合は全員がまとまる方向で、反対声明を出すことにする。[8] 仲間どうしのつながりを確認しながら、美代や草野は、自分たちの生活はこの工場にあると思うのだった。

いまあらすじを確認したが、この作品については、小林裕子「解題――再び闘う労働者を」（『佐多稲子全集』第六巻月報6　講談社、一九七八年五月）が、佐多稲子がプロレタリア文学時代に書いた『幹部女工の涙』をはじめとする五部作の戦後編と位置づけている。そして、五部作との違いについて、まず「プロレタリア文学の観念性に対する作者の反省」が見られること、その具体例として女工たちの日常生活が丹念に描かれていることが指摘されている。次に共産党などの政党の影響力が全く見られないことについて「ややおとぎ話的な印象を与える」とされ、全体の印象として「五部作と最も異なるのは、女工たちのエネルギーがあまり感じられず、可憐ではあるがやや線が細いこと」があげられている。

佐多自身「私には初期の頃の一九三一年に、東京モスリンの争議を書いた一連の作がある。もう一度、紡績労働者を描く、ということは私としては意味を持つようにおもえた」（「あとがき時と人と私のこと（6）」）と語っているが、二〇年を隔てて書かれた紡績女子工員たちの物語は、戦前の非合法時代と、戦後の合法時代とでは、状況も意識もまるで異なっていただろう。五部作の女子工員たちが闘争のなかで迷いながら進んでいくのにくらべて『機械のなかの青春』のほうは確かに「可憐ではあるがやや線が細い」。もとの詩集があったとはいえ、何よりもタイトル自体が甘やかな響きをともなっている。作中の記述に照らせば、三級の試験に合格し職員になった栗本は、会社の論理に従っていくことを工員仲間から冷ややかに見られるようになっていた。栗本の恋人である三好さなえはいたたまれない思いで感じ取っている。兼松美代とそのことを話題にする草野は「彼女、純真だからね。しかし紡績の恋愛なんて、社会じゃ、くだらんもんだぐらいにしか見ていないんだろうな。俺たち機械のなかの青春が、会社の職制の仕組みでこんな悩みを持つなんて、誰も知らんだろうな」と言う。栗本は、さなえとの将来を考えて職員になろうと努力し、みごと合格したのだが、そのことがかえってさなえとの間に溝をこしらえてしまった。職制の仕組みが、管理する者とされる者とを截然と分け、恋人たちを苦悩させる。紡績工場の機械のなかの青春は、揺るぎない会社の職制という構造によって翻弄されるのである。

すなわち「機械」が構造で「青春」は人間のメタファーのような、対立概念が併存したタイトルだが、重点はもちろん「青春」のほうにあり、作品全体からは若い工員たちの「青春」をいとおしむ作家の温かなまなざしが感じられる。それは、いわば慈母のようなまなざしであり、佐多自身「私があの時期に繊維の労働者を描きたかったのは、当時の組合活動の中でそれを通じて彼女たちの、いわば労働者としての自己形成をしてゆく姿であった。それも私が勝手にそう願ったのではなくて、彼女たちの見せたそんな活動が私をゆすったのである」(「あとがき　時と人と私のこと(6)」)と語っていたように、労働者として自己形成していく娘たちを見守り、その姿に励ましを得たようでもあった。

ただし、先の「おとぎ話的な印象」という指摘のとおり、苦難を克服したのちの連帯というまとめ上げは、型どおりのストーリーとして不十分に感じた読者もいたに違いない。「あとがき　時と人と私のこと(6)」によれば、この作品は、はじめから映画化の話が進んでいたというから、カタルシスの得られる分かりやすいストーリーが当初から望まれていた制約つきのものであったのだろう。もともとは、詩集『機械のなかの青春』を読んだ佐多がシナリオ作家の厚木たかに映画化を勧めたのだったらしい。厚木は賛成し、しかし、シナリオ化の前に原作を書けということで佐多がこの作品を書いたということだった。映画化は実現されなかったが、「生活舞台」(広渡常敏脚色)および「新協劇団」(寺島アキ子脚色)による舞台が上演されたという。映画化という前提はこの作品の出自として見落とせないことだ。このことについては、のちに触れる。

さて、作中の母と娘を見てみよう。「兼松美代も母の手紙の封を切った。ふっと彼女の眉根が寄っていっそう悲しげな表情になる。が、美代は黙ってそれを読みつづけ、読み終ると、そっとたたんだ。ものおもいをひそめて、眉根は寄ったまま」とある。美代は、同じ部屋の仲間うちでもリーダー格の娘である。しかし、いつも何かを我慢しているようなところがあり「眉根が悲しそうに寄って」いたことは「彼女の貧農の出だということを語るものだった」と言われている。美代は組合の評議員に選ばれたとき嬉しい気持ちで知らせてやったのだが、母の返事は逆の反応だった。美代と母とのディスコミュニケーションは、ふたりの価値観がまるで異なることによって生じている。

組合などに出てゆくと、赤だといわれる。赤だといわれると嫁にもらい手もなくなるし、村の中で一家の立場も困る、と書いてあった。村の中で一家の立場が困る、というところに、じいっと目を落して、美代は村のわが家の周囲をおもい描く。美代の村は山奥で全村が貧しい。その中でも彼女の家はいちばん貧乏だった。いつも外へ向って腰を低くしている母、農閑期には人夫稼ぎに町へ出る兄、この兄は一時自棄になって、どっかへ出稼ぎに出たまま帰って来ないこともあった。そこへ今はまた、美代と一緒にこの会社で働いていた妹が、この前の操短の時、臨休で帰されてから疲れが出て寝つき、病人はこの際退社してくれ、といわれて遂に会社もやめさせられている。そして未だに寝ついたままだった。（『佐多

稲子全集』第六巻、一五～一六頁）

貧しい農村を脱出して紡績会社の女子工員になることは、ひとつの「出世」であっただろう。美代だけではなくほとんどの娘たちが、実家の経済的な担い手となっている。美代の眉根が悲しげに寄ったままであったのは貧しさだけでなく、組合活動によって「赤」というレッテルを貼られ「村の中で一家の立場も困る」という事態を引き起こしていたからだった。母の手紙は美代を落胆させるが、返事を書いて組合の意義を分かってもらおうと考える。いわば、娘が母を教育するのだが、次に届いた嫂代筆の手紙にも、工場へ斡旋する募集人と派出所がいっしょに来たことを心配する母の嘆きが書かれていた。「アカ」は困るから美代を引き取れという募集人を前に母は、さぞ動揺したに違いない。美代は母の動揺を痛いほど感じ取っている。「美代などのような娘の、我が家に対する気持は切実なのだった」とあるように、美代にとって母は組合の意義を理解できないという困った一面はあるにせよ、なにものにも代え難い存在なのだった。

あるいは、同じ部屋の娘たちと「結婚」が話題にのぼったとき、美代は「工場で身につけたもの、農村へ持って帰って生かして欲しい」と考える反面「農家の嫁になりたくない気あるわね」と感じてもいる。美代自身、矛盾していることを自覚しているものの、貧しい農村を見棄てることはもちろんできない。仕送りについても「親がしぼる、というふうにはいいたくない」と思っている。「農村で娘が嫁《かた》づくなら、親は無理な借金までする」のだという。農村の向上や近代化を願う一方で、母のような生き方を娘の自分は繰り返したくない、それを克服することが、自分にとっても母にとっても幸福なのだと考えている。

ここには、何よりも貧困の問題があり近代化に取り残されている農村の困難がある。だが、問題はそれだけでなく母と娘の関係による問題も伏在している。通常、母と娘の関係では、母は娘の主体化を阻む存在として理解されているだろう。(9) 娘が自立するには「母殺し」がなされねばならない。そもそも女性ジェンダーそのものが、しとやかさや優しさを獲得するために、自己の主体化を捨て去らねばならないものとされているが、「母の歴史」を書いた女子工員たちは、主体化を果たすことによって自分は母の歴史を繰り返さないようにしようと考えていた。その点、『機械のなかの青春』で興味深いのは、兼松美代や三好さなえや井関のり子が向上心のある、ひたむきな女性として描かれているのと対照的に、親のいない石坂くにが女性ジェンダーから遠く描かれていることだ。男っぽい石坂くには常にぶっきらぼうな話し方しかしないが、本質をつかまえた発言で美代を支える役割である。このような石坂くには別としても、右のように母を否定的媒介としてとらえ前進しようとする女子工員たちにとって、それでも母はなにものにも代え難い重要な存在であった。母と娘という関係から浮かび上がる、このアンビヴァレンツな相互存在は見落とすことのできない要素である。

3 「母の歴史」——母と娘の葛藤

このように、小説からは、農村の母と工場の娘との葛藤を織り込みながら、兼松美代が寮生活や組合活動を通じて成長していく様子がうかがえるが、これに類する自己形成のありようは『母の歴史』にも見ることができる。たとえば、先に触れた『紡績女子工員生活記録集』第一巻『私の家・母の歴史』に収録されているガリ版刷りの『私のお母さん』のなかの、田中美智子「おかあさん」を見てみたい。これは、活版となった『母の歴史——働く娘が綴った母の生い立ち』では、優秀な作文だったためか巻頭に置かれてタイトルも「母の半生」と改題され、木下・鶴見編『母の歴史』にも採録されているものである。田中美智子は、西川祐子「「生活綴方」と「生活記録」の出会い——一九五二年八月、中津川」[10]が詳しく報告しているように、一九五二年八月一日から三日まで岐阜県中津川市南小学校で開催された第一回作文教育全国協議会に、澤井余志郎らとともに参加したという。彼女の文章「おかあさん」（改題「母の半生」）で注目されるのは、次のような部分である。

私が工場へ来る事には、お母さんもお父さんも反対だった。特にお母さんは〝紡績工場なんかへ行くと女はづくがなくなって困る。それに工場へ行くなんて、近所や親せきへの体面が悪い〟と物凄く反対した。だから、私もその気になってたゞお金の自由にあこがれて入社したのだった。お母さんの云ったような生活が半年つゞいた。だが、サークルへ入ってから私の生活は一変した。すべてが新しく、何もかもが張り合いが生れた。私の家の文集が出来て、家へ送ってやるとお母さんから感激の便りが来た。（『紡績女子工員生活記録集』第一巻、一八二頁）

自分の子供だけは、という考え方……私はそのお母さんを家へ帰る度にだんだん強く感じる。お母さん達が若い頃には、きっとい、母になり姑になりたいと思った事であろう。それがいつの間にか年をとりお祖母さんになっていく中に、いじの悪い姑さんになっているのである。自分の家の中だけにとじこもっているために、家族以外の人間を理解出来ず、それに考える事がないためにうわさ話や悪口を云うようになるのだろう。

私たちのように外へ出て働きながら、部屋で団体生活をし、又、サークルでは、なかま意識を育てるために自分の感情より先に、みんなの気持を考えるように努力している事は将来、きっとい、結果が得られると思う。お母さん達の時代にはなかった新しい事なのだ。もう二度と、お母さんとお父さんのような不幸な結婚をくり返さないように、親に左右されない意見をもった人間になりたいと思う。そのためにも、お茶やお花を習う時間を割いて、サークルや自治会の仕事をしているのだ。（『紡績女子工員生活記録集』第一巻、一八三頁）

前半の引用で言われている「づく」（「尽」）がなくなるというのは、『日本方言大辞典』（小学館）や『日本国語大辞典』（小学館）などによれば、我慢強く続ける精神力や骨惜しみせず精を出して働くことをしなくなるという意味である。女のくせに生意気なこと、余計なことを覚えて横着になるということであろう。「特にお母さんは」「物凄く反対した」とあることからすれば、母が娘に固定的な女性の性役割分担を強制していたということがうかがえる。田中美智子は現金収入を得る経済的理由によって紡績女工になったが、しかし、サークルに入って生活が一変した。母から「感激の便り」が来たということは、反対していた母親の理解も得られるようになったということだろうか。とりわけサークルが希望を与えたことは注目すべきことである。『機械のなかの青春』の兼松美代が迷いながら「小鳩」を編集して周囲の理解を得ていくのと同じように、田中美智子の場合もサークルによって「何もかもが張り合いが生れた」と語っているのは見逃せない。仲間との連帯と個人の自立が目指すものとして率直に語られ、それを可能にしたのがサークルだった。サークルは彼女たちにとっていわば「学校」であり自己形成の場所なのだった。

母が感激したという文集『私の家』に掲載された田中美智子の文章を確認すると、それは「家の人たち」というタイトルで祖父や母のことを綴ったものである。そこには、村の教師になった祖父が兄の死により農家を継ぐことになったものの、農業には向かず、書物を買い青年たちを集めて村の仕事をすることで、結局は家が没落してしまったという経緯、残った借金のために母が苦労したことなどが書かれている。家業が繁栄することよりも教育や文化に心を向かわせていた祖父のことは、母の苦労を思うと憎いけれども、その功績は尊敬すべきものとして綴られている。このような文化的な家庭の土壌があったために、文集に娘の文章が掲載されているのを見て母も感激したのであろう。

しかし、注意すべきは、娘を誇りに思う母の気持ちが「自分の子供だけは、という考え方」であると非難されていることだ。この娘から母への批判意識は、やはり一九五〇年代に山代巴が農村で展開した女性運動のテーマに通じるものを持っている(11)。山代は、広島県の農村文化運動を推進した中井正一にならって「あきらめ根性」「見てくれ根性」「抜け駆け根性」を克服すべきだと説き続けた。「自分の子供だけは、という考え方」は「抜け駆け根性」に通じるだろうし、ほかにも『母の歴史』に収録された志賀はるみの文章「母のこと」では、母を評するさいに「日本人のあきらめの気持」という言葉を用いていて、文字どおり「あきらめ根性」を想起させる。

あるいは、同じような「あきらめ」の気持ちは、詩集『機械のなかの青春』に収録されている中江のぶの詩「母」にもうかがえる。苦労に苦労を重ねてきたことで「かなしみをかくし母は笑った　あきらめ切った日本の女の声で……」という部分などはその典型である。「すすけた天井に／母の声はがらがらととび散ったのを／子供だった私は今もおぼえている／母　あなたじゃなかったかしら／祖母からきびしくこう云われたのは／〝世のことはみんな運命づけられているのだ／女の道は男と親に仕えることだ／他のことは女なんかにいらないのだ〟／と祖母のあの声は／女の子である私の胸を魂を／ビシッとたたきつけた痛さを／私はいまも感じてもがいているのだ」。祖母、母、自分と三代にわたって伝えられてきた固定的なジェンダーロール、「男と親に仕える」存在としての「女」、主体化を阻まれた「女」であることの負の遺産を「私」は痛烈に感じ取っている。母は「あきらめ切った日本の女の声で」笑うしかない。だが「私」は違う。負の遺産を前にして、そこから逃れようと「もがいている」。女として背負わされてきた負の遺産に対する母の態度と「私」の態度は決定的に違っている。それが、娘たちが「母の歴史」を繰り返さないと考えてきた根底にあるものだった。母は娘の主体化を阻み、娘はそのくびきから逃れ自身の主体化をはかろうとする。けれども娘は母を捨てることはできない。

右の志賀はるみの文章「母のこと」でも「私が小さいときの母についての思い出は、しかられたことの方が多い」とある。母についての思い出は、自分を叱責し抑圧する存在でしか浮上しないのだが、その一方で「古いかたまりのような母でも、いくら田舎ものでも私にとつて母は母なのです」とも言うのである。自分は高みにたって因襲に囚われた頑迷固陋な母を見下しているというのではなく、アンビヴァレンツな思いの込められた記述である。このような語りからは母に対する娘たちの葛藤が読み取れる。娘たちが母に対してなした批判は、農村の貧困や遅れに対する批判以外に、ジェンダーの観点からあるいは母と娘の抜き差しならない関係から見直すことで、いっそうくっきりと見えてくるのではないだろうか。

4 「共同制作」としての『機械のなかの青春』

以上、小説『機械のなかの青春』と紡績女子工員の生活記録や詩集から、母と娘との関係に注目して分析したが、もうひとつ問題が残っている。それは、書くことをめぐる問題である。成田龍一「当事者性と歴史叙述——一九五〇年代前半の経験から」[12]によれば、「一九五〇年代前半は歴史学と文学の領域において、出来事（しばしば、「事実」と表記される）の記述をめぐる議論が「書くこと」をめぐっての議論と重なるようなかたちでなされていた」という。ここでは、一九五〇年代の国民的歴史学運動における『石間をわるしぶき』と生活記録の実践としての『母の歴史』が、さらに佐多稲子の『機械のなかの青春』が取り上げられている。『母の歴史』については、「当事者として自らの生活を綴り始めた女工たちは、母のこと＝「母の歴史」を書くということによって記述者の位相に移行し、「歴史」の発見と歴史の記述の論点を共有することになった」とされ、当事者として書くことがどのような意味を持ちどう位相を変えてきたのか、『機械のなかの青春』についても「女工たちが当事者として綴った作品を素材として、小説家としての佐多が女工たちの生活を作品化するのだが、当事者の語りがいかなる語りへと変換／移行されているのか」ということが論じられている。

学生たちが農村に入っていって当地の歴史を書く。自分のことを綴っていた娘たちが母の歴史を書く。作家が紡績工場に取材に行って女子工員たちの生活を描く。成田論文でも論じられているように、この三者はそれぞれ微妙に位相が異なり、ひとくくりにはできない別種の要素もあるようだ。当事者でない者が記述することの困難は、いわゆるインテリである学生が農村部に入って書いた『石間をわるしぶき』にとりわけ見られたであろうと推測されるが、『機械のなかの青春』はどうであったのか。佐多稲子はなぜこの作品を書いたのか。

すでに確認したように、この小説について佐多は女子工員たちとの「共同製作」だと述べていた。それだけではなく、詩集『機械の中の青春』がまずあって、映画化の話があり、シナリオが書かれる前に原作が書かれたという経緯がこの小説の成り立ちだった。長野県大町の呉羽紡績工場への取材には、シナリオライターの厚木たかだけでなく独立プロダクション「新世紀映画社」の伊藤武郎も同道したことがあったという。伊藤武郎は一九四八年の東宝争議のさいに日本映画演劇労働組合委員長として会社と対立、東宝を退社したあとは独立プロダクションのプロデューサーとして活躍した人物である。伊藤が関わった一九五〇年代前半のおもな製作映画には、山本薩夫監督の『暴力の街』（一九五〇年）、今井正監督の『にごりえ』（一九五三年）『ひめゆりの塔』（一九五三年）、家城巳代治監督の『雲ながるる果てに』（一九五三年）などがあった。(13)

一九五〇年代は、映画の黄金期だったと言われている。右の監督たち以外でも黒澤明、溝口健二、小津安二郎など日本映画を代表する監督の作品が次々と作られた。ほかにもたとえば、『石間をわるしぶき』にならび、国民的歴史学運動の一環として知られている岡山県の月ノ輪古墳について、発掘と郷土史研究を記録した映画『月の輪古墳』（荒井英郎監督、一九五四年）が製作されている(14)。映画『機械のなかの青春』は実現されなかったけれども、実はこれも日本映画黄金期のリストに加わる可能性があったのだ。すなわち、この小説は作家個人の営為によって成立したオリジナルな作品というわけではなく、いわばメディアミックスのかたちでなされた、詩集、映画、シナリオ、小説というふうなクロスオーバーなジャンルによる「共同製作」であった。映画やシナリオが実現したかしなかったかということが問題ではなくて、製作過程での相互浸透が注目されるのである。女子工員たちとの「共同製作」だけにとどまらない多方面のジャンルに関わっていたことを確認しておきたい。

このことは、やはり二節で述べたように執筆のさいの制約でもあっただろう。しかしマイナス点だけとは考えられない。むろん、これは文化運動のなかの組合活動やサークル活動を基盤としたつながりであり、大きな枠から見れば当然の流れであったと言えるかもしれない。とはいえ、そのことがかえって作品を他領域へ開いていく可能性を含んでいたとも考えられる。新日本文学会を例に出すまでもなく戦後の文化運動では、文学、美術、映画、演劇などの領域で横断的な動きが見られた、その一例として『機械のなかの青春』も位置づけることができるのではないか。佐多稲子がこのような作品執筆に関与していたことは留意されるべきである。のちの花田清輝らの共同製作に類するようなものとして見ることもでき、また冒頭述べたように、一九五〇年代はサークル運動が盛んであり佐多自身もそのただなかにいた。佐多が『機械のなかの青春』を書くことは、まさに映画やサークルが盛んであった一九五〇年代という時代の動きと共振しそれを体現していたことを意味している。作中にもたびたび出てくる「仲間意識」は、政治闘争のための連帯という意味合いだけで解釈するのは不十分である。文藝班、人形劇班、合唱班などが書き込まれていたように、他ジャンルとの交通は自閉しない広がりにつながるのであって、それが一九五〇年代に盛んであった戦後文化運動の大きな可能性だったのだ。

このような、一九五〇年代における他領域との交通による広がりに加え、もう一点最後に確認しておきたいことは、兼松美代が関わっている「小鳩」のことである。これまで論じてきたように、美代は母の無理解を嘆いていたが、母の嘆きは彼女が「小鳩」の編集によって組合活動に従事しているからであった。このように美代が文章にたずさわる「書く女性」として設定されているのは、一九五〇年代、文化運動のなかの多くのサークルにおいて女性自身が語るようになった時代であったことを示している。文を書くことは自己表明であり、それは労働の現場や社会の実態と切り離すことはできない。「小鳩」には、激しいコスト引き下げのために女子工員たちの労働強化の実情（機械に取り組む女子工員にスケートをはかせて時間短縮する案もあった）を背景にした彼女たちの不満が出ることもあった。それは、賃金引き上げや再軍備反対などの主張だった。

「小鳩」に現われる再軍備反対は、組合の打ち出している線であり、彼女たちはそれをまだ幼くしか表現しない。しかし彼女たちは、特需で利益を上げた会社が、朝鮮戦争の停止されたとき、早速それを操短という労働者の犠牲で切り抜け、しかもそれがあとに残ったものの労働強化となったことを、生活の上で知っていた。戦争を口実にしては、彼女たちの労働条件がおびやかされる、その不安を、過去の経験の上に実感として知っていた。（中略）会社は、あくまでも彼女たちを、寄宿舎に囲った箱入娘にしておきたかった。農村から出て来て、靴をはくのが嬉しいだけの娘にしておきたかった。兼松美代の若い眉根にただよう悲哀の表情は、実にこのような中で、深い由来と意味とを持つものだったのである。（『佐多稲子全集』第六巻、九七頁）

美代の眉根の悲哀の表情は、彼女の実家が貧農であるという事情だけではなかった。戦争を口実にした労働強化の実態、組合活動に目をつける会社の実情なども大きな原因だった。会田てる子が「家に送金したいが思うように送れない、会社がそれだけ賃金をくれないから」と書いた「小鳩」の文章が問題視されるような状況のなかで彼女たちは働いている。井関のり子に命じて美代の動向を探らせていた会社は、女子工員たちがいつまでも「箱入娘」で何も知らず、労働者としての自覚や権利意識から遠いことを望んでいた。ここにも女性ジェンダーの刻印が指摘できる。しかし、田中美智子の文章にあったように、サークルによって生活が一変し意識が高まった女子工員たちは数多くいたはずだ。なぜならサークルは彼女たちの「学校」だったから。「小鳩」がその役割を担うべきことを美代はよく知っている。だから、寮全体で「小鳩」が「みんなのものにならねばならない」と思っているのである。

「小鳩」は、みんなが本当のことを言える「真実」の場でなければならないが、このごろの「啓蒙的な文書の流行り言葉」である「真実を真実としていえ」という言葉を繰り返し言うことを美代自身恥ずかしく感じてもいる。このように迷いながらも「書く女性」として設定されている兼松美代には、三節で見たような『母の歴史』や詩集『機械のなかの青春』を書いた女子工員たちの姿が投影されている。それは、佐多稲子が励ましを受けた「労働者としての自己形成をしてゆく姿」だった。

『機械のなかの青春』は、冒頭見たような日本共産党のいわゆる五〇年問題による佐多の苦闘を経たうえでまとめられた小説である。佐多自身がサークル運動や母親運動のただなかにいたことだけでなく、この作品は一九五〇年代における他領域との横断的な動きのなかに成立したものであった。母と娘の葛藤を織り込みながら娘たちが「自己形成」していく過程をすがすがしく描いた『機械のなかの青春』は、一九五〇年代文化運動のひとつの結実として受け取ることができる。

注

（1）佐多稲子は、このときのことを『佐多稲子全集』第六巻「あとがき　時と人と私のこと（6）」で語っている。臨時指導部の圧力に屈することなく婦人民主クラブ存続のためにクラブ員ひとりひとりが闘ったという自負の気持ちがあると言い「誇りのともなう意味ある経験」だったと述べている。除名処分は、一九五五年七月の六全協ののち共産党に復帰して解消した。

（2）『みどりの並木道』は「世界」「改造」「新日本文学」などの諸雑誌に一九五一年九月号から発表された。単行本は一九五五年に文藝新書として新評論社から出ている。この作品については、内藤由直「佐多稲子『みどりの並木道』論——国民文学の問題点」（「昭和文学研究」第54集、二〇〇七年三月）が、当時話題になった竹内好『近代主義と民族の問題』（「文学」一九五一年九月）などを取り上げ国民文学との関わりにおいて詳しく論じ、佐多稲子の一九五〇年代を考えるときに重要な観点を提供している。

（3）これらの問題については、拙著『戦後日本、中野重治という良心』（平凡社、二〇〇九年一〇月）を参照されたい。

（4）水溜真由美「「サークル運動」（「昭和文学研究」第61集、二〇一〇年九月）に近年の研究動向がまとめられている。

（5）詩集『機械の中の青春』については、菅原克己が「列島」第六号（一九五三年一〇月）に書評を書いている。「詩の言葉はそれ自体として、実に明るく透明」「勤労者の新しい詩の要素が生れつゝある」と評されている。

（6）「母の歴史」が多く書かれた背景には、石母田正「母についての手紙」（『歴史と民族の発見』（東京大学出版会、一九五二年三月）があった（ふるかわ・おさむ「『母の歴史』を書こう」、「歴史評論」四五号、一九五三年五月）。この「母」について、佐藤泉『戦後批評のメタヒストリー』（岩波書店、二〇〇五年八月）では「石母田の詩語「母」はこうして絶え間なく分割され、一語の同一性から解き放たれながら自らを繰り延べて行く」、「許南麒や魯迅によって逆にまなざし返される経験さえもが折り込まれた」もので「抵抗の体験を分有しながらインターナショナルな主体へと私たちを招待する」と論じられている。長らく軛であった「女」「母」を「靖国の母」「軍国の母」などの位置だけに押し込めずにその可能性を探っている。この時期、多くの娘たちが母を語った可能性にもそれは結びつくことだろう。なお「母の歴史」については、中谷いずみ『その「民衆」とは誰なのか』（青弓社、二〇一三年）にも詳しい分析がある。

（7）知られているように、母親大会に対しては「靖国精神」の繰り返しに過ぎないという谷川雁の鋭い批判があった。谷川雁『母親運動への直言』（「婦人公論」一九五九年一〇月号）による。母性が戦時中には「軍国の母」「英霊の母」として、戦後には「平和の母」として利用されたという実態を了解しておくべきであろう。

（8）小説『機械のなかの青春』の最後の場面では、東京の中央闘争委員会に出席する執行委員長をみんなが駅まで見送りに行って激励するところがある。小説のもとになった詩集『機械のなかの青春』には、大阪で開かれるベースアップの団交に出席する支斗長を駅で激励した神林すみのの詩「呉羽駅に支斗長を送る」が収められていて、小説の素材となったできごとが確認できる。

（9）たとえば、竹村和子「あなたを忘れない」（『愛について』岩波書店、二〇〇二年一〇月）では、自律性への一歩として母殺しが必要だが、娘にとってそれは自分を殺すことを意味すること、性の二分法を無自覚に受け入れている女性の姿勢が実は女性蔑視を内面化し、娘はそのような女性蔑視を母への応答として反復する場合があること、などが論じられている。ただし「現在の性の制度を「脱——再生産」する」ことで「母」「娘」という「女」の記号の境界を揺るがすことができるとも言われている。

(10) 西川祐子・杉本星子編『共同研究　戦後の生活記録にまなぶ』(日本図書センター、二〇〇九年二月) 所収。

(11) 山代巴の運動については、牧原憲夫氏による解説(『山代巴文庫』第二期全八巻、径書房、一九九六年) および『山代巴　模索の軌跡』(而立書房、二〇一五年四月)、小坂裕子『山代巴　中国山地に女の沈黙を破って』(家族社、二〇〇四年七月)、本書所収の拙稿「山代巴の文学/運動」などを参照されたい。

(12) 上村忠男ほか編『歴史を問う4　歴史はいかに書かれるか』(岩波書店、二〇〇四年六月) 所収。

(13) 伊藤武郎については、シナリオライターの山内久が伊藤にインタビューしている「独立プロデューサー」(『講座日本映画5　戦後映画の展開』岩波書店、一九八七年一月) を参照。

(14) 佐藤忠男『日本映画史』第二巻(岩波書店、一九九五年四月) による。

第七章　山代巴の文学／運動

1　報告の趣旨

山代巴の文学／運動を語るとき、いったいどのような視角からであれば最もいきいきとした像を結ぶのであろうか。かつて私は本書所収の拙論「戦後文化運動への一視角　山代巴・中井正一の実践と論理」において、戦後文化運動を開始するにあたって日本共産党が過去の事績を継続する意識のまま「無批判の継承」のうちに始めたことを批判的に取り上げ、その対極にあるものとして山代巴を論じたことがあった。戦後文化運動を強力に牽引した日本共産党の文化政策、サークル運動をはじめとする民衆の表現意識とその実践、そのような状況のなかでの中野重治の位置づけ、という問題意識を出発点として考察したのだったが、そこから山代巴が浮上してきたのである。中野重治の戦後文化運動についてはは第Ⅲ部で述べる。

敗戦直後、中井正一によって広島県尾道から始められた文化運動に参加した山代は、多くのひとびとを魅了した中井の講演にひきつけられ、中井のもとでたくさんのことを学んだ。山代自身は言及していないけれども、中井の論じた「ミッテルの媒介」すなわち「透明な媒介」ということをみずからに課し、農村の抑圧された女性たちの声をくみあげていった点をはじめとして、中井の論理を自身の実践のなかに活かしていく。

山代の最初の小説『蕗のとう』は、封建的な環境のなかで、ひとりの人間として人権どころか人格さえ認められない農村の女性たちのくぐもった声を聞き取り、それを誰が情報源であるか分からないような朦朧体的語りの方法で形象化した作品であった。長く日本の女性が置かれてきた苦難と忍従の立場に寄り添いながらその悲しみをこまやかに描いた小説である。山代の小説は、自分が情報源だと分かってしまえば、村八分にされてしまいかねない環境で生きる女性たちの声をていねいにすくいとり、そこにどのような根深い問題が伏在しているのかを明らかにしていった。声はひとりのものではなく、女性たちに共通するもので、抑圧された彼女の問題は、「私」の問題でもあり「あなた」の問題でもあるのだった。

『蕗のとう』について言えば、そこには、女性の問題のみならず、主人公の夫が出世のために巡査として赴任する朝鮮での植民地支配の問題も埋め込まれていた。巡査の夫がいかに朝鮮のひとびとを苦しめて財産をつくったかということが言われていて、女性の問題と同様、植民地問題もこの作品のかなめになるテーマである。

山代は言うまでもなく作家だけれども、通常イメージされるような書斎派の作家ではない。民衆とともにあり、つねに運動を推進しつつ、その運動のなかから書くべきことを見出して書き続けていった作家であった。しかしながら、残念なことに、文学史のうえで山代巴という作家はじゅうぶんな位置づけを与えられていないのも事実である。その見直しが必要だとかねがね考えてきたが、今回、機会を与えられてこの稀有な女性作家の魅力について語りたい。具体的には、「人民文学」に連載された松田解子との往復書簡『日本の女』を取り上げて分析する。

2　時系列に従った七つの局面——三つのテーマ

『日本の女』のテキスト分析に入る前に、山代巴のおもだった活動を七つの局面としてたどり、そこから抽出される三つのテーマについて確認しておこう。

（1）一九一二年に広島県芦品郡栗生村栗柄（現府中市栗柄町）に生まれた山代は、女子美術専門学校（現在の女子美術大学）に入学するため上京する。プロレタリア美術研究所や日本プロレタリア文化連盟での活動に従事し、一九三二年には日本共産党に入党した。一九三二年から三三年には地下活動にも参加したと言われている。女子美の同級生赤松俊子（のちの丸木俊）とは終生の友となり、山代の最初の小説『蕗のとう』の美しい挿絵も赤松俊子が描いたものである。山代は、女子美を中退したあと、絵の才能によって図案家（レタリングのデザイナー）として経済的に独立するが、商業主義に疑問をいだき職を辞すことになる。

（2）一九三七年、磐炭争議の指導者であった山代吉宗と結婚したのちは、京浜工業地帯に住み旭硝子に女工として勤め、職場の劣悪な環境を改善する契機となった「水鏡」の経験を得る。また、女工仲間、野口豊枝たちとのサークルに力を注ぎ、吉宗の書いた「星の世界」「太陽系の世界」「地球の歴史」などをテキストにして、女工たちの「学びたい」「勉強したい」という思いをくみあげていった。

（3）一九四〇年に治安維持法違反幇助で逮捕され、三次刑務所および和歌山刑務所で服役する。そこで出会った女性たち、たとえば前科二十二犯の窃盗犯イッチョメや看守の重森クラは、山代の人生観に大きな影響を与えた。和歌山刑務所では久津見房子との出会いもあった。この女囚刑務所での経験をもとに、最初の小説『蕗のとう』を書き、雑誌「大衆クラブ」一九四八年三月号に発表する。この小説にいちはやく注目し、高く評価したのが中野重治だった（『晴れたり曇ったり』「人間」一九四八年六月）。加筆された『蕗のとう』は単行本として暁明社から一九四九年七月に刊行、さらに『囚われの女たち』全十巻（径書房、一九八六年八月完結）にまで発展していく。この刑務所での経験は旭硝子での経験と並んで、女性の問題、人権の問題を考える契機となった。

（4）敗戦間際、仮釈放された山代は郷里にもどり敗戦を迎える。「あきらめ根性」「みてくれ根性」「抜け駆け根性」を克服しようと、ひとびとに届く分かりやすい言葉で語る中井正一の講演に感銘を受ける。中井に協力して進めていった文化運動は十三万人を擁する広島県労働文化協会へと発展していった。自ら意識革命をなし民主主義をつくろうと目指した農村文化運動の出発点だった。

（5）農村文化運動は、山代にとって生涯の仕事となる。なかでも次項の被爆者救援活動と並んで、農村女性解放運動は、抑圧されてきた農村女性の自己表現の道を探り生活改善にも結びつけていくというものだった。「人の秘密の訴えられる人間になること」を自らに課し女性たちの話を聞き取っていくが、それはセキ（日野イシがモデル）の一生を描いた『荷車の歌』（筑摩書房、一九五六年）に結実する。「たんぽぽの会」など女性サークルを育成し、生活記録「みちづれ」の発行に至る。

（6）農山村を歩く山代の目的は、女性解放問題だけでなく、もとは被爆者の聞き取りにあった。広島市平和都市宣言を受けて、文化運動や労働運動が高まりをみせるなか、被爆の実態調査に力を入れていったのである。被爆について語りたがらないひとびとのもとに通い、手記集『原爆に生きて』（三一書房、一九五三年）を刊行、さらに原水禁百万人署名運動をすすめ第一回原水爆禁止世界平和大会（一九五五年）の実現へと結びつく。

（7）戦前の運動にたずさわった女性運動家の事績をあとづける仕事も重要である。牧瀬菊枝との共編『丹野セツ――革命運動に生きる』（勁草書房、一九六九年）のほかに、牧瀬菊枝編『田中ウタ――ある無名戦士の墓標』（未来社、一九七五年）に収録された「黎明を歩んだ人」、大竹一燈子『母と私――久津見房子との日々』（築地書館、一九八四年）のなかの「久津見房子さんのこと」などの文章がある。これらの女性運動史研究を契機として、敗戦までの自己史を振り返って書かれた『囚われの女たち』は山代晩年の大作となった。

以上の七つの局面から抽出される三つのテーマのひとつめは、女性をめぐる諸問題である。とりわけ農村の主婦がおかれてきた問題は、戦後のアメリカにおけるフェミニズムが当初掲げた〝no name problem〟(ベティ・フリーダン)よりも深刻な問題を示していた。誰かの妻であり母である主婦は、妻として母として生きるのみで自分の名前を持たないという。裕福で教育もあり不自由な暮らしではないのに満たされないという主婦のアイデンティティ・クライシスをベティ・フリーダンは明らかにしたが、[1]それよりももっと深刻な問題を日本の農村の主婦たちは抱えていた。深刻さの根源には貧困がベースにあるということ、そして何よりも家父長制の犠牲者にほかならないという構造的な問題があった。その一方、当事者の女性の側にも、良妻賢母思想を内面化し、家父長制のなかで夫や義父母に従属することを美徳とする意識を拭いきれないという根深い問題があった。山代が問うたのは、そのような意識を自覚しそれを変革してどう主体形成していくか、自己の意識改革をどう遂げていくかということだった。

三つのテーマのふたつめは、農村に暮らすひとびとの自己確立の問題である。山代が師事した中井正一は、さきにも触れたように「あきらめ根性」「みてくれ根性」「抜け駆け根性」といった日本人の心性の根底にあるものを克服しないかぎり民主主義を実現することはできないと考えた。他者を貶めることによって自己存在を主張する「落とし合いの連鎖」（牧原憲夫）を断つこと、封建意識を克服し、民主主義をどう形成していくかが何よりも求められた。

三つのテーマの最後は、被爆者救済の問題である。山代は、原爆被害の実態を明らかにしなければならないと考え、奥深い山村を訪ねても容易に語ってくれないひとびとを前に、被爆による差別意識の根深さを痛感せざるを得なかった。また、原爆を問題にするにあたりGHQによる言論統制の壁にもぶつからざるを得なかった。連合軍総司令部広島支所からの呼び出しに応じて出かけていくと、二世らしい若い将校から「あなたのように平和と民主主義のために体罰を受けた人が、そういうことを言うのは進駐軍の妨げになる」、今後、原爆を悲惨だと言ったら「沖縄送りにする」と言われたという。このような二重の困難のなかで、被爆者救済の方法が模索された。

これら三つのテーマに共通して言えるのは、何よりも人間の尊厳を重視し、人権問題、平等思想、平和運動としての文学／運動であったということだ。ここに「女性」の問題がクロスしてくるのであって、出発点が女性の解放にあったというわけではなかった。たとえば駒尺喜美が「山代さんや小西さんらずっと運動をやってきた人は、女性問題を中心に運動したり、講演活動したり、グループづくりをしたのではないと思う。女の鬱憤とかを自分たちも感じているから話題にはするだろうけど、意識としては平和運動であったり教育運動だったりする」と述べている（座談会『女たちの山代論』、小坂裕子『山代巴　中国山地に女の沈黙を破って』所収）ように、山代の運動はフェミニズム思想から導かれたものではなく、人権問題や平等思想、平和運動から発したものであった。このことは、山代がもともとプロレタリア文化運動に関わり、父権的なものに守られていた実態と不可分のことであったと思われる。これについては、のちに述べる。いずれにしても、山代がこれらの三つのテーマを生涯にわたり追求した作家／運動家であったことは間違いない。山代の堅持したテーマは、なによりも人間の尊厳を重視する姿勢から導かれたものだった。

3　『日本の女』について（一）

さて、「人民文学」一九五三年三～六月号に連載された松田解子との往復書簡『日本の女』では、女性作家による視点からどのようなやりとりがなされているのだろうか。

まず、この時期の山代の活動を確認しておくと、山代は一九五三年七～九月号「世界」に小説『おかねさん』を連載している。農村の婚家先で苦労するおかねは、里帰りしたさい、天明一揆で活躍した祖先のことを祖父から聞く。祖先の行動を誇らしげに思う一方、分家の理不尽な叔父夫婦に苦しめられる実家の実情を知ると、婚家先の自分の愚痴は言えないと思うのだった。「女の道は人に従うにあり」と考えるおかねは忍従を内面化した女性である。『日本の女』往復書簡にもこの小説のことはたびたび引用されているが、山代はこのような忍従を内面化したおかねを、必ずしも否定的に描いてはいない。むしろ、そこから、おかねのような女性が現実に存在するというところから出発すべきであることを示唆している。このことは、山代の思想を考えるうえで重要なことだろう。

また、『日本の女』連載と同じころのできごととして、広島県教員組合のワークショップで講演したことがあげられる。山代は、その講演で「錐蛙・笊どじょう・樽蛇」の譬喩を用いて好評を得たという。広島に伝えられるたとえ話を事例にして分かりやすく聴衆に語りかける手法は、中井正一の手法に学んだものだった。この「錐蛙・笊どじょう・樽蛇」の譬喩は『日本の女』往復書簡でも触れられている。

さて、『日本の女』は、まず松田解子の手紙「山代巴さまへ」から始まる。松田が、知り合った中野区江古田の主婦たちにメーデー事件被告への見舞い状を書いてもらおうと依頼したところ、そのなかに夫を「テキ」と呼ぶ手紙があった。松田は、夫を「テキ」と呼ばざるを得ない根本原因として「この日本のすべての制度をつらぬいている封建制と搾取制」があると考えた。そして、その背景に「夫が工場でつくる品物は朝鮮の戦線で、つみもない朝鮮の人民をころすことにつかわれ、妻がたとえ一円でもと家で内職した造花は、アチラさんのキャバレーで靴底にふまれる、それでこちらの暮しは安定するかといえばますます不安定になり、その不安定をおさえてふたたびこの日本を戦争にまきこんでゆこうとするものがある、この文字どおりの悪循環」があると言うのだ。朝鮮戦争に荷担している日本の対米従属構造のもと、女性たちがどのような位置に置かれていたかを「婦人と封建制」という問題として提示した手紙だった。

それに対する山代の返信「松田解子さま（第一信）」は次のようなものである。松田の手紙がやや抽象的概念的であるのにくらべて、山代の手紙はエピソードをふんだんに盛り込んで具体的に語っている。この「第一信」での重要な三点を抽出してみよう。

まず、広島に伝わる伝承にもとづいたエピソードを積み重ねて自説を展開していることが注目される。広島は徳川幕府が毛利家のお目付役として浅野の殿様を置いたところだから「広島と言う所は、人を落し入れる気風の強い所だからね」「徳川のいうなりになる、馬鹿を育てなければならぬというので、錐蛙、笊どじょう、樽蛇の政策を用いたのだから、人が悪くならずには置かないよ」という発言を紹介して、蛙やドジョウや蛇の形象を用いて封建遺制を語っている。さきのワークショップの講演でも用いられたこれらの譬喩は、次のような意味を持つものだ。錐蛙は、頭に錐を刺されて飛べない蛙のことで、身動きできない状態にさせることである。笊どじょうは、笊に入れたたくさんのドジョウのうち大きなものが上に出てくるのでそれを捕まえて食べてしまうと大きなものはなくなってしまうことから、力のあるものや突出したものを育てないための方策だ。樽蛇は、樽のなかにたくさんの蛇を入れて蓋に小さな穴を開けておくと蛇たちがその穴から我先に出ようとすることから、よってたかって互いを落とし合うことをいう。これらの政策によって民を支配することで「徳川将軍は三百年の高枕で夢が結べた」というのである。

このことは、逆に、村の百姓たちが隣家よりも自家の仕事が進むことを喜び、隣家が落ち目になることを心底ではほくそ笑んでいる「抜け駆け根性」や「落とし合い」の実態にも通じるものので、それはひいては天皇制にも結びつくものだと山代は言う。農村に顕著な「抜け駆け根性」や「落とし合い」の気風がいやでたまらず故郷を出たものの、東京でも川崎でも「働く所にはみなこの悲しみ」があったと述べて、その根源を天皇制に見出している。中井の講演の手法に学びつつ、よく知られた伝承を用いて自分たちが抱える問題を明らかにしている点が注目される。

松田にあてた「第一信」で注目すべき二点目は、東京拘置所にいたころに受け取った父の手紙のことである。そのなかに「癇癪の杓では水が汲めぬ、理屈の靴は馬も穿かぬ」という諺があった。父からの諭しは「癇癪、つまり踏みにじられた人間の、くやしいと思う心も捨てよ、真理をさぐろうとする心も捨てよ、おかみのいはれるままになれば、刑を着ずに帰れるのだ」「筋道正しただけでは救はれず」ということだったが、これは端的に言えば転向の勧めにほかならない。しかし、山代はこの手紙に反発するのではなく、親の苦しみが身に応えたと述べている。そして、この諺の由来を尋ね、さらに父がそれに喜んで答えるというやりとりがあった。

ここから想起されるのは、中野重治の転向小説『村の家』(一九三四年)における父孫蔵の勉次にあてた手紙である。獄中の息子に対して、母ではなくて父が手紙を書く。孫蔵の手紙は、息子が検挙されたあとの母の不調を伝え、しかし自分は老いてはいても一家の家長としての役割を果たしているというものだった。山代の父の手紙も同じようなものであり、父という存在が彼らにどのような意味を持っていたかを考えざるを得ない。山代に関していえば、父のみならず夫山代吉宗の存在、あるいは郷里の恩師藤原覚一、戦後に師と仰いだ中井正一、栗原佑、武谷三男らとのつながりが思い出されよう。山代を積極的に起用した岩波書店「世界」編集長の吉野源三郎も加えていいかもしれない。ここに父権的なものに幾重にも守られている山代巴が浮上してくるが、このことは、先に確認した「女性」の問題が先行するのではなかった山代の思想性にもつながってくる。これを限界と見るか、プラス点と見るか、評価が分かれるが、リブ・フェミニズムの思想と重なりながらもそれは基点ではあり得なかった。しかし、そのことを凌駕する内実を山代の仕事が見せたことは事実であろう。

注意すべき三点目は、父の手紙で知ることになった、祖先が関わった天明七年の百姓一揆勝利のことである。天明期は、厳しい飢饉のために東北では人肉まで食したと伝えられ、一揆、打ち毀しが各地で広がった。一揆に勝利した天明七年（一七八七年）について山代はこのように述べている。「フイラデルフイヤでは合衆国憲法が創定され、翌々年一七八九年は仏国革命の年です、もし天明の一揆の頃、日本の総百姓が勝利していたら、日本は先進国であつたでせうに、そして又『痼癪の杓では水が汲めぬ、理屈の靴は馬も穿かぬ』等と言う、悲しい諺が農民の慰めとなるようなことはなかつた」「欽定憲法下の歴史では、私どもは自分の先祖の行つた、革命的行動については、思いも染めない位、何も知らされなかつたのです」。

「農民の中の革命的伝統」を掘り起こして受け継いでいくことが重要だと言うのだが、ここからやはり中野重治『梨の花』（一九五九年）のなかに点描された一揆「みのむし騒動」が思い出される。「みのむし騒動」は、中野の少年時代を思わせる主人公の良平がおばばから聞かされる昔話のひとつであり、その「みのむし騒動」によって祖父が獄につながれたというのだ。実際の「みのむし騒動」は、浄土真宗が盛んであった北陸の越前大野から広がった宗教一揆だったらしいが、『梨の花』に描かれ、また転向出獄後に書かれた『刑務所で読んだものから』（一九三四年）では「一揆」「大衆行動」とされている。この『刑務所で読んだものから』のなかには、本庄栄治郎『日本社会経済史』にもとづいて天明の打ち毀しでは江戸、京、伏見などに並んで広島も盛んな土地だったことが触れられている。

山代の言う天明の一揆にしろ『梨の花』の「みのむし騒動」にしろ、民衆の自主的行動が前景化されていることに留意したい。山代は天明の一揆を「革命的伝統」ととらえていた。つまり、民衆の「集団的意志」（グラムシ）[2]こそが歴史を変えていく可能性を持っているということであり、農民自身がなした偉業をまず知ることが大事だというのである。この往復書簡が書かれた一九五三年の前年、一九五二年には「民衆と女性の歴史」をつづった石母田正の『歴史と民族の発見』が刊行されていた。この『歴史と民族の発見』に接続するような「民衆」の観点を山代も共有していたのであり、一九五〇年代は、前衛の指導によるのではなく民衆の自主的行動により集団的意志および社会的意思をどう形成していくかということが大きなテーマであったと言えるだろう。これは中野重治のテーマでもあり、山代巴のテーマでもあった。

4　『日本の女』について（二）

山代『日本の女（第二信）』と『日本の女（第四信）』のあいだには、松田『日本の女（第三信）』があるが、これは江古田の主婦たちのその後について述べたもので割愛する。いずれ松田解子のことを取り上げて論じる機会を待って改めて考えてみたい。

松田のことはさておき、『日本の女（第二信）』では自作『おかねさん』のことが、『日本の女（第四信）』では松田の述べた夫を「テキ」と言う主婦のことがそれぞれ取り上げられている。なかでも『日本の女（第二信）』では、とりわけ次のような記述が眼を引く。山代はこう言っている。「ともすると進歩的女性の運動が、オカネのような姑を批難攻撃することによって、自らの民主性、又は進歩性を証明するかのような香を発散させていることには、私は嫌悪さえ感じます」。

エリート臭を感じさせるような「進歩的女性の運動」に対する嫌悪が表明されている記述である。すなわち、山代の立っているところは、「進歩的女性」による理念や観念で裁くことのできない実際の生活の現場であり、都市とはまったく別の論理で動いている農村の現場なのであった。そしてそれが当時の日本における大多数のひとびとの現実であった。山代が着目したのは、そのような当時の日本の大多数の現実だったのであり、そこから発する存在の重みを無視することはできなかったのである。むしろ、それをすくい取ることによって初めて改革、前進できると考えていたのであろう。さきに見た、民衆の自主的行動によって集団的意志および社会的意思を形成することを何よりも重視していたのだと考えられる。

ただし、その一方、このような山代に対する強烈な批判もあった。のちのことになるが『荷車の歌』に対して放った谷川雁の鋭い批判である。(3) 谷川の批判を簡約すれば、「九州に上野英信あり、中国に山代巴あり」さらに木下順二の「夕鶴」を加えてもよいがこれらが「究極的に現状維持の態度」を生み出しているというものだった。わかりやすい物語の「健康さと衰弱」の両面を指摘しつつ「感動しました、震えました、それで終わり」では何事も変わらないと言うのである。

山代の回想『戦中の職場体験から』(「未来」一九七二年八月号)によれば、谷川雁は「私の衿をつかまえてゆさぶらんばかりの情熱をこめて、私の作品『荷車の歌』の主人公セキが、体制側に都合のよい発想の持ち主であることをなじって、こんな主人公を描いているかぎり、家族からの解放もなければ、古い共同体へ風穴をあけることもできはしない、と激怒した口調で攻撃」したという。谷川の『荷車の歌』のセキへの批判は、むろん『おかねさん』のおかねを批判することにもなるだろう。おかねこそ忍従を内面化した女性であり、山代はそこから出発することを強調していたからである。しかし、山代は、谷川の強烈な批判に与することなく、当時を振り返ってこう述べている。「最も体制的に飼いならされた人々が、「よそにもわしによう似た人間がおるわい」とか、「うちのお祖母さんもこんな苦労をして来たんだろう」とか、「わしの方がセキよりもずっとずっと苦労して来たよ」とか、そんな胸襟を開く言葉の輪を作ってくれれば目的は達成されたものと思ってもいいものなのです」。

山代によれば「最も体制的に飼いならされた人々」が自分で気づくことが何よりも大切なのだった。山代は、あくまで古い共同体を足場にしてそこから出発する。筑豊を足場にして、そこから発信し続けた上野英信もそうだった。谷川の批判は、山代にしろ上野にしろ、谷川自身が強く意識せざるを得ない作家だったからこそなされたものだったのだが、目指すところは変わらなくてもそれぞれの手法がまるで異なるものだったということだろう。牧原憲夫「解説　身をさらす精神」(『山代巴文庫第二期　荷車の歌』)では、北風と太陽の譬喩を用いて、谷川を北風、山代を太陽と規定している。山代の太陽は、たとえば『日本の女(第四信)』のなかで、松田の第一信および第三信で語られた夫を「テキ」と呼ぶ主婦についてこう述べていることからもじゅうぶん理解できることである。

身動きできない袋のなかからどうしたら抜け出すことができるか、それは「自分を監視している家族の中のテキや隣人の中のテキと、自分との間に出来た思想上の溝を埋めて行く努力の中で得られるのだ」という。多くの文化的催しがある東京とは違って「都会から遠く離れてそれらのものに恵まれない人間は、いつまでも孤立していたら、知識は概念に変つて、はつらつさを失つてしまい、持つていた筈の民主的思想や感覚にかびがはえてしまう」。だから、「一人から二人へ、二人から三人四人と自分の理解者をふやして来なければならない。そのためにはどうしても、自分を取りまく無理解との間の溝をうずめて行くより他に道がない」と言うのである。

ここには、都市生活者とは異なる農村での生き方に立脚して、自分の理解者や賛同者を増やすこと、巻き込んでいくという戦略が語られている。谷川雁とは異なる戦略を山代自身が自覚して選び取っていたということだ。「溝」は相手とのあいだに一本あるだけではなく、場合によっては自分のまわりに堀のように何重にもつくられて厳しい孤立を強いられることもあったに違いない。理解者や賛同者を増やす、巻き込んでいく、この〝involve〟の戦略は、言うまでもなく、さきに確認した民衆の自主的行動による集団的意志および社会的意思の形成とも深く関わっている。山代の運動を振り返れば、旭硝子の女工たちとのサークルや刑務所での女囚や看守とのつながり、戦後の農村文化運動や原爆被害者救済運動など、すべての運動がひとびとの自主的行動をうながすものであったことに留意したい。ひとびとを〝involve〟していく、そのかなめに山代自身が「媒介」となって存在していたのである。

5　一九五〇年代女性運動への批判

ところで、このような山代巴の文学／運動は、一九五〇年代の農村における生活改善運動のひとつとして数えられるだろうが、これを含む一九五〇年代女性運動に対しては、谷川雁とは別の、やはり強い批判があった。たとえば、上野千鶴子「戦後女性運動の地政学──『平和』と『女性』のあいだ」[4]では、第一波フェミニズムと第二波フェミニズムのあいだに位置するふたつの女性運動として、戦時下の女性運動と一九五〇年代の女性運動をあげている。戦時下における大日本婦人会の戦争協力運動と並んで批判の対象になっているのは、全国的な平和運動、農村部における生活改善運動や農村合理化運動、都市部における消費者運動などを展開した一九五〇年代の女性運動であった。

たとえば、一九五五年、第一回母親大会宣言に見られる「女性＝母親＝平和主義者」という本質主義に上野は強い批判を示す。第五回大会分科会での谷川雁の「皆さんは、戦争中赤飯を炊き、日の丸を振って僕らを戦場に送った」という発言を引用しつつ、「戦後的な母性平和主義は、かつて「母性」が積極的に戦争に動員された事実を忘れ去る点で、歴史的健忘症」であるというのだ。ここで引用された谷川雁の批判は『母親運動への直言』（「婦人公論」一九五九年一〇月号）に見ることができる。これについて、松本麻里「工作しきれないものとしての「女」」[5]では、「戦時中、皇国の母が美談とされ、母性概念がファシズムの支柱となったことを思いおこせば、彼の強引さも正鵠を得ている。だが一方で、靖国神社・母親大会ともその女性動員のイデオロギー的側面を指弾することはたやすいことである。そして当の動員される女の後進性を鼻で笑い、変革の主体として不的確であると拒むこともたやすい。しかし谷川は「拒もうとしても避けることのできない私自身の母親たち」としてこの「母たち」をやっかいながらも引き受ける」と言われている。

先に確認したように、谷川雁が山代巴を認めていたがゆえに強烈に批判したことが想起されるが、上野の観点は、一九五〇年代女性運動の巨大な規模にもかかわらず（巨大な規模であったがゆえに、と言うべきか）、「平和への動員」は「戦争への動員」に対するどのような自己批判のうえに立っていたのか、というきわめて核心的な問題点を提出していた。すなわち、一九五〇年代女性運動は「恒久平和」という空疎なシンボルがむやみに声高に言われただけであり、「平和」の概念を再審し加害と被害の重層性を問うたのちの運動と対比して、規模は大きかったが思想的には貧しかったというのが、上野の評価である。このことは、すでに一九五〇年代なかばに、鮎川信夫が『死の灰詩集』（一九五四年）を戦時中の「辻詩集」と同じだと徹底して批判した議論にも通じていよう。

鮎川の提示した問題は、冒頭述べた「無批判の継承」のうちに戦後文化運動が始まったことと不可分の内容を持っている。戦時下と地続きの戦後のありようをいちはやく取り上げて批判した発言で、確かに、重要な問題提起であったに違いない。いわゆる時局詩の弱点は、鮎川の問題提起を基点としてこれまでにもたびたび論じられてきた。ただし、『死の灰詩集』に収録された詩をひとつひとつ見てみると、いまここで詳しい分析はできないが、たとえば真壁仁「石が怒るとき」は、古生代の時代からの自然が破壊されることへの怒りをうたい長い歴史のスパンで事件をとらえた、優れた詩であることは間違いない。「ぼくら」が失ってしまったものへの哀惜と、そうさせたものへの怒り、死を強制されることへの怒りが、巧みな擬人法と硬質な言葉の力によってうたわれている。詳しくは、第三部収録の拙論を参照されたいが、要は、ひとまとまりの評価を一刀両断にくだすことなく個々の発する声に耳を傾けていくことが大切なのであり、一九五〇年代女性運動についても規模の大きさのかげに隠れて見えなくされている文学／運動に目を向けることが必要だろう。

あるいは、一九五〇年代女性運動に対する上野の批判と同様、次のような批判も確認しておきたい。座談会『女たちの山代論』(6)に見られる加納実紀代の「山代さんは『一人の百歩より、百人の一歩』ということを基本にしておられますね。そして明日の解放を信じて今日の苦労を堪える。それはとても立派なことだと思います。ただ私自身は、遠いかなたに理想の目標を置くのではなくいまを生きる、人のためではなく自分自身を生きる、と言い切る金子文子に共感します」という発言である。

理想のため、誰かのためにではなく、いまを生きる、自分自身を生きることの輝きは、誰にも否定できないことだろう。それは、父権もしくは男性に守られた存在としてではなく、女性が女性の問題を自分自身の問題として自ら語ることをなによりも重視する、そのような姿勢にもつながるものに違いない。ただ、そのことをじゅうぶん認めながらも「一人の百歩より、百人の一歩」という言葉の重みもまた了解されるのである。

すなわち山代は、突出した個人に重点を置くのではなく、先にも確認したように民衆自身の

「集団的意志」の形成に信頼を置いていた。たとえば、グラムシはこのように述べている。「新しい文化を創造するということは個人的に「独創的な」発見をすることを意味しているだけでない。それはまた、そしてとりわけ、すでに発見されている真理を批判的に普及させること、それらをいわば「社会化」すること、したがって、それらを枢要な活動のための基礎、知的ならびに道徳的な配置と秩序の要素になるようにすることをも意味している。一群の人間大衆が現に目の前にある現実を首尾一貫した統一的なしかたで思考するようになることは、ひとりの哲学的天才によってなされた、小さな知的集団の世襲財産にとどまるような新しい真理の発見よりもはるかに重要かつ独創的な哲学的事実である」(7)。

ここではふたつのことが言われている。「一群の人間大衆」か「ひとりの哲学的天才」か、ということと、「目の前にある現実を首尾一貫した統一的なしかたで思考する」か「小さな知的集団の世襲財産にとどまるような新しい真理の発見」か、ということである。閉鎖的な集団のなかでしか通用しない真理はさして重要ではない。大事なのは、発見された真理を「社会化」することであり、ひとりの優れた哲学者によってではなく民衆自身が現実を正しく認識し分析することとで思考することが求められているのだ。

ここに山代が私淑した中井正一の「委員会の論理」を接合させることもあながち間違いではないだろう。集団的主体の相互批判と協同性の機構が、中井の言う「委員会」であったが、中井『集団美の意義』(一九三〇年)では「一人の天才、一つの個性」よりも「多くの個人の秩序ある協力」「集団の性格が創りだす藝術」が論じられていた。一九三〇年は時代的にみても集団主義が標榜された時期だったが、そのことを踏まえたうえでも、中井の議論には個人のかけがえのなさを認識しつつも協同的な集団でなし得ることの可能性が言われているのである。のちの図書館についての知のネットワーク論なども想起されよう。このように、グラムシと中井を接合させてみると、山代の「一人の百歩より、百人の一歩」には、さきに見た理解者や賛同者を増やす、巻き込んでいく〝involve〟の戦略とならんで、一人の天才よりも民衆による現実把握、相互批判と協同性の集団的主体ということも含意されていたことが了解されるのである。そのような解釈を許す幅の広さを山代の文学／運動は持っていた。

＊

一九一二年に生まれ二〇〇四年に九十二歳で亡くなったこの長命な作家／運動家は、反戦平和や人権思想の実現のためにその生涯を貫いた。本人の文章やさまざまな人たちの思い出の文章などからすると、旺盛な好奇心とすべてに学ぶ意欲と姿勢を持った、かなりチャーミングな女性であったのだろうと思われてならない。『山代巴文庫』に収録された文章群には、魅力的なエッセイが数多く見られる反面、小説になると雑誌初出の『蕗のとう』などを除き、描写の欠落（説明文の過剰）によって魅力が半減する作品が多い。この分析も今後の課題だが、以上見てきたような民衆自身の「集団的意志」の形成に信頼を置いていた山代巴の思想は、戦後文化運動をとらえ直すとき、改めて検討されるべき内実を持っている。

注

（1）ベティ・フリーダン『新しい女性の創造』（三浦富美子訳、大和書房、一九六五年）

（2）アントニオ・グラムシ『新編　現代の君主』（上村忠男編訳、青木書店、一九九四年）

（3）谷川雁『女のわかりよさ――山代巴への手紙』（「サークル村」一九五九年三月）

（4）ひろたまさき、キャロル・グラッグ監修、西川祐子編『歴史の描き方2　戦後という地政学』（東京大学出版会、二〇〇六年）所収。

（5）『KAWADE道の手帖　谷川雁』（河出書房新社、二〇〇九年）所収。

（6）小坂裕子『山代巴　中国山地に女の沈黙を破って』（家族社、二〇〇四年）所収。

（7）前掲アントニオ・グラムシ『新編　現代の君主』三七～三八頁。

参考文献

『山代巴文庫』第一期全十一巻『囚われの女たち』ほか（径書房、一九八八年）

『山代巴文庫』第二期全八巻（径書房、一九九六年）牧原憲夫解説

牧原憲夫編『山代巴獄中手記書簡集　模索の軌跡』（平凡社、二〇〇三年）

牧原憲夫編『増補山代巴獄中手記書簡集』（而立書房、二〇一三年）

牧原憲夫『山代巴　模索の軌跡』（而立書房、二〇一五年）
小坂裕子『山代巴　中国山地に女の沈黙を破って』（家族社、二〇〇四年）
佐々木暁美『秋の蝶を生きる』（山代巴研究室、二〇〇五年）ほか

第八章　戦後文化運動への一視角――山代巴・中井正一の実践と論理

1　高揚する戦後文化運動――戦前からの連続性、サークルのことなど

徳永直『妻よねむれ』（新日本文学会、一九四八年十二月）のなかには、語り手が東京にできる新しい文学団体の設立にさいして「おれはお前の骨をしよつてN・Sたちの運動にはせ参じてゆく」と述べる場面がある。ここには、召集令状がきたときに筆書きで遺言を書いていたというN・Sの姿を想起しながら、敗戦後「至急帰れ」というN・Sの呼びかけに応じて文学団体設立のために心がはやる語り手の姿がある。N・Sは言うまでもなく中野重治のことであり、新日本文学会が設立される直前の状況に即応する徳永の様子がこの記述からはうかがえよう。一方、中野のほうは、「新日本文学」創刊準備号（一九四六年一月）において「文化のすべての領域がいっせいに開花してほしい」と述べて、文学だけでなく絵画、工藝、音楽、演劇、学術その他、すべての文化領域において全国で運動が進められ、「新日本文学」こそがその束ね役となる可能性について語っていた。

敗戦後の文化運動をどのように展開させていくか、戦後の文化活動をどう位置づけていくか。そのような問題意識が、この「文化のすべての領域がいつせいに開花してほしい」という発言に見られるが、このことは一九四六年三月の日本民主主義文化連盟（以下「文連」と省略）の結成につながる発想であったことは間違いない。

文連は、民主主義文化を建設し普及することを目的として、日本共産党の指導のもとに結成された組織である。一九四九年の段階で、新日本文学会や民主主義科学者協会をはじめとした二十四の団体が加盟していた。[1]戦前のコップに似た文連の活動は、一九四九年二月に刊行された日本民主主義文化連盟編『文化年鑑　一九四九年』（資料社）に詳しく報告されている。特に、冒頭におかれた川口浩『民主主義文化運動の回顧』、中野重治『戦後民主主義文化運動の展開』、松本正雄『文化運動当面の諸問題』の三本の論文は、民主主義文化運動の動向を概観し、なかでも川口の論文では、戦前のプロレタリア文化運動と戦後の民主主義文化運動との連続する性格が強調されている。民主主義文化運動を「回顧」するという視点は、この運動が敗戦後にはじめて成立したものではなく、回顧されるべき実績をこれまでに蓄積してきたという強い自負によっていたと見られる。

なかでも注目したいのは、同じく『文化年鑑　一九四九年』における岩上順一の「文化各分野の概観　藝術　文学　小説」の部の報告である。岩上はここで「プロレタリア文学の伝統を継承する」といい、やはり過去の運動の実績から引き続く視点を示していた。さらに、全国にわたって拡大する文学サークル運動について報告しているが、「民主主義文学は、勤労者大衆の文学的エネルギイを文学サークル運動のなかに組織しはじめた」（五四頁）と述べて、これらはまだ経験記録の程度にとどまっているけれども「いずれ、リアリズム文学に大きく前進するであろう」と推測し、戦前の社会主義リアリズムの復活を見ようとしている。ここで言及されているサークル運動についても、戦前からの蓄積のひとつと捉えることができるだろう。サークルといえば『プロレタリア藝術運動の組織問題』（「ナップ」一九三一年六月）において蔵原惟人が紹介した「プロフィンテルン大会第五回大会の組織問題に関するテーゼ」が想起されるが、そこでは「工場内の労働者大衆をよりよく結成するために、非合法的組合は種々の合法的、半合法的そしてまた公然と存在する補助組織」たとえば「文化サークル」といったものに頼らなければならないと言われていた。戦後、盛んとなったサークルは、戦前のこの蔵原理論にさかのぼることができるのである。

「ナップ」一九三一年八月号に発表された中野重治の『通信員、文学サークル、文学新聞』は、「サークルの集合的組織者としての『文学新聞』の創設」について述べたものだが、同じ号に掲載された蔵原の『藝術運動の組織問題再論』が、この一九三一年一一月のコップ結成に寄与したことはよく知られている。林淑美氏が文化サークルは「党員拡大のプールとしての「未組織大衆」の組織、と当初から認識された」ものであったと論じているように[2]、たとえば『文化サークル組織方針』（「プロレタリア文化」一九三二年二月）においても、各種文化サークルは「大衆の近づきやすい名称を選ぶべき」で、サークルには「極めて広範な大衆が引き入れられなければならない」とされていた。すなわち、大衆を組織するためのサークルという位置づけがこの方針からも如実にうかがえるのである。

戦後の文学サークルが、岩上順一のいうような社会主義リアリズムの復活を予測させるものであったことと併せて、このような大衆組織のためのサークルの機能が戦後も引き継がれたであろうことは見やすい構図である。竹村民郎氏によれば(3)、戦後のサークル運動は、全日本産業別労働組合会議つまり産別と文連の影響を受け、日本共産党の思想的影響下に成長していき、一九五〇年の朝鮮戦争およびレッドパージを契機として転換するということであった。つまり、文連が戦前のコップと同じような組織であり、文化運動は戦前のプロレタリア文化運動からの継続意識とそれによる限界があったということだ。これは押さえておきたい点である。このような観点とともに、サークルについては、次のような一面も見逃せない。

たとえば、山代巴が残した手記(4)には、山代巴が京浜工業地帯の旭硝子工場に勤めていたころ、沖縄出身の女工たちと勉強会を持ち、夫吉宗の書いた「星の世界」などの草稿によって勉強していたときの仲間の言葉がある。

彼女達は、此の草稿を書いて呉れた吉宗に直接会つて申しました。「小学校以来、学問から離れて居る私達には、小説のやうなもの以外は無津加しくて意味がわからないから、知りたい〳〵と思ふ事があつても、今迄それについて勉強する事が出来なかつたのですけれど、此の草稿によれば字も覚へられるし、文も覚へられるし、知りたいと思ふことも知られるし、一度に三つも四つも勉強出来ますから、私達は皆で雑記帖と鉛筆を買つて、之をそつくりそのまゝ書き取つて居るのです。だから草稿を早く御返し出来ない上に、手垢がついて汚くなつたけれど、御許しください」「私達が書き取つた雑記帖は、又友人が書き取つて居るのです……」と。（『山代巴獄中手記書簡集』一三二〜一三三頁）

吉宗の草稿は、宇宙の構造を説きながら、そのなかに成長した人類と、人類史の一環としての日本の歴史について説明したものだった。これは唯物史観にのっとった記述になっており、この「星の世界」その他の活動が日本共産党組織再建の疑いにつながり山代逮捕のひとつの契機となったのである。このことは山代の『囚われの女たち』全一〇巻（径書房、一九八六年八月）にも描かれている。このような職場の勉強会サークルが唯物史観を教授していたということとあわせて留意すべきは、女工達の「勉強したい」という強い希望がこのサークルによって実現されていたということである。

中野重治が取り上げていた「サークルの集合的組織者」としての「文学新聞」創刊の言葉には、「文学の好きな諸君の中には、物を書いてゐる人や書ける人が相当ゐるに違ひない。殊に詞《ママ》や歌や俳句を作つてゐる人は多いに違ひない。」「文学新聞はさういふ諸君の自由な発表機関であり、鍛練の場所である。小説、論文、感想文、小品文、日記、詩、歌、俳句、民謡、川柳、笑話、一口噺（略）紙面のゆるすかぎり載せてゆく」とあり、読者の作品を募り読者が書き手としても成長するよう求めていたことが理解できる。「文学新聞」には、入選した読者の作品が「読者文藝」という欄に掲載されていたが、たとえば一九三二年二月五日号には「失業反対」をテーマにした詩への応募が八九篇にのぼったこと、小説部門には五三篇が投稿されたことが報告されている。書き手の増加は、運動上必要とされたことであるのと同時に、多くの書きたい人、表現したい人々がいたということでもあり、作家や文学者だけでなく一般の普通の人々が小説や詩を書く場を「文学新聞」は提供していた。

つまり、大衆組織のためのサークルは、他方で「勉強したい」という知識への意欲に満ちた人々、文章を書きたい表現したいという人々、それらの人々によって支えられていたのである。このようなあり方は、サークル運動の基本をなすものであり、戦後にも引き継がれたものであったことを確認しておきたい。

2 中井正一の組織論――「ミッテルMittelとしての媒介」と集団的主体

さて、このような敗戦直後の文連を中心とした運動、また戦前と戦後のサークルの連動性を確認したうえで、それとは質的に異なる運動を展開した中井正一の文化運動について検討したい。

質的に異なるというのは共産党系でなかったということだけではない。注目すべきは、運動の立ち上げ方が、回顧すべき実績のあるところからでなく、むしろマイナスから出発していたということだ。大沢真一郎「サークルの戦後史」[5]は、敗戦直後に生まれた運動の最もはやいものの一つとして中井の文化活動をあげている。また、その意義については、たとえば鈴木正『日本の合理論』[6]や山嵜雅子「中井正一の広島県における文化運動」[7]において、産別・文連主導による政治従属の害毒をかぶらない自主性を持っていたこと、大衆の批判精神と行動の呼び起こしに努めたものであったことなどが論じられている。

これらをふまえて、中井の運動を支えたものとして二点あげるとすれば、ひとつは、自らを否定の媒介とする「Mittel の媒介」ということ、もうひとつは、中井が集団的意識段階として二〇世紀をとらえ集団的機構の問題を論じていたことである。

中井の文章『聴衆0の講演会』(「朝日評論」一九五〇年四月)、『地方の青年についての報告』(「青年文化」一九四九年十一月)、『地方文化の問題』(「季刊大学」一九四八年八月)などは、広島県での文化運動についてのものだったが、それらの文章のなかで中井は、少ない聴講者でしかなかった講演会活動が、一三万人の広島県労働文化協会となった経緯について語っていた。七〇〇人集まったという尾道の講座では、青山秀夫をはじめとする講師が話をし、聴講者は二十歳前後の青年が多かったようだが、講師のほとんどは京都大学だった中井の京都の人脈で呼ばれた人たちだったという。『地方文化運動報告』(「青年文化」一九四七年一月)によると、会費二〇円で八日間にわたり毎夜七時から一〇時までふたりの講師が話をし、青山秀夫「資本主義批判」、田畑忍「新憲法論」、住谷悦治「労働組合論」、中井正一「論理学における新しき展望」、須田国太郎「藝術における東洋と西洋」、前芝確三「ソヴィエートの実情」という内容だった。

中井自身の講演のさいには、外国語を用いない、一度に多くの主題を盛らない、よく知られた宇治川の先陣争いの話を引用するなど具体例を入れる、といった工夫があげられている。民主主義を説き人々の自主性や主体性を確立するために「封建的イデオロギー」などという言葉を使わないで、「あきらめ根性」「みてくれ根性」「抜け駆け根性」という、人々に届く言葉で説明し、自分の意識革命を自ら志すように、まさに「啓蒙」していくのである。中井はその試行錯誤を「自分の誤謬をやりかえる」「誤りを踏みしめる」「否定の媒介のなかに真実を探りあてる」という言い方で語っている。

「誤りを踏みしめて」「自らを否定の媒介とする」という観点は、先に見た、回顧すべき実績をこれまでに蓄積してきたという自負によって出発した文連主導の運動には見られないものだった。「媒介」ということを、中井は多くの文章のなかで用いているが、メディウム（Medium）としての媒介とミッテル（Mittel）としての媒介を使い分けていて、後藤嘉宏氏の「中井正一における記憶、体系と本、図書館――メディウム概念の2重性に着目して」(8)によれば「メディウムは〈透明でない媒介〉に相当し、ミッテルは〈透明な媒介〉にあたる」とされている。手段、媒介、メディアという意味のMediumに対し、手段、方法、仲介という意味のMittelは、中井の別の文章では「無媒介の媒介」とも言われていて、中井の文章全体の文脈でみると、「メディウムの媒介」よりもこの「ミッテルの媒介」をことさら重視していたことが分かる。

中井『藝術における媒介の問題』(「思想」一九四七年二月)では、技術(テクネ)と模倣(ミメーシス)であったギリシャ時代の藝術から説きおこし、現代の「反映概念」としての藝術における媒介の問題を論じている。個人の恣意的な創造ではなく集団社会の生産活動の「反映」とする現代の藝術を「反映概念」としてとらえるのは、ベンヤミンの複製技術の議論を想起させ、このあと触れる文章『集団美の意義』(「大阪朝日新聞」一九三〇年七月六日)などにも関わってくる。ここでも、体系的メディウムではない、「弁証法のミッテルの概念」「みずからを否定の媒介とするミッテルの媒介」が特筆されていた。

この「みずからを否定の媒介とする」ということについては、『Subjekt の問題』(「思想」一九三五年九月)のなかで、「弁証法的主体性では、自ら否定を媒介として、対立契機の中に、常に自らを規定しつつ発展する過程 Process である。常に自らの崩壊と再建に臨んでいる無限な危機的契機である」と述べていることからも分かるように、ヘーゲル的な弁証法における、自己自身のうちに自己との対立矛盾をうみだし、それを高次のものに転換するという考えが基本にあり、さらにそれを押しすすめようとしていたものと了解される。大衆が無理解なのではなくて、その無理解を自分に反映させ、「誤りをふみしめる」というマイナスを、自己否定を通じてプラスに転化させるということであろう。この「自らを否定の媒介とする」「ミッテルとしての媒介」

という概念がこの時期の中井をとらえる一点めの要点となる。

さて、もうひとつの集団的機構についてだが、中井の文章のなかでも名高いものの一篇『委員会の論理』（「世界文化」一九三六年一〜三月）につないでこれを考えてみたい。中井のいう「委員会」とは、近代的な集団的主体の相互批判と協同性の機構であり、もともと中井は、美学の領域から導かれてこの集団という概念に注目するようになった。

前掲『集団美の意義』では、ロマン主義的な「一人の天才、一つの個性」よりも「多くの個人の秩序ある協力」「集団の性格が創りだす藝術」について論じられている。この前提になるのが、二〇世紀における機械（マシーン）の出現である。『機械美の構造』（「思想」一九二九年四月）では、レンズの出現による視覚の変化が語られて、個性が集団の性格を模倣すると言われている。前掲『藝術における媒介の問題』でも同様の見解が見られ、「歴史的段階は、個人的意識段階を乗り越えて、集団的意識段階に向いつつある。射影機構は、機械的技術を中に含めて、レンズ、フィルム、電話、真空管、印刷などの機構を貫いて、物質的感覚ともいうべきものが、集団人間の感覚として、表現、観照の要素となりはじめた。それらの感覚要素を素材として委員会という近代的集団思惟の機構は、個性単位の意識を越えたる新たなる性格を、人間社会に導入するにいたった」（『中井正一全集』第二巻、一三三頁）と言われている。技術の進展によりアウラの消えた現代の、新しい藝術の美が取り上げられていて、ベンヤミンに共通する思考を見ることができよう。一九三〇年代の機械美については、第五章で取り上げた板垣鷹穂に関するものなどさまざまな先行研究があり、中井の仕事のなかでも、このような機械の出現による集団美の分析は、中井を論じるさいにたびたび取り上げられるものである。そこには、機械技術による工業化時代を迎えて、大衆性および民衆文化と結びつく二〇世紀的な思考法を指摘できるが、このような美学的観点から導かれた集団的機構の問題は、実は『委員会の論理』につながり、それは中井の文化運動を支えた思考であった。

この『委員会の論理』は、中井の文章のなかでも最も知られたもののひとつである。古代の「言われる論理」、中世の「書かれる論理」、近代の「印刷される論理」というふうにそれぞれの文化段階における論理を整理し、委員会の論理の構成契機を導いている。図で見る（章末「図1」参照）と、思惟と討論、技術と生産が、実践の論理となる構図が、提案、実行から、報告、批判、反映をへて、また提案に回帰していくことが分かる。この構図自体、風通しのよい健やかな組織運営においては当たり前のことに過ぎないが、このような委員会の論理が構想されなければならない理由を、中井は組織における無批判性と無協同性にあるとしている。

中井の言葉でいえば、近代の「資本性がいかにみずからの危機の運命を露呈しているか。その過程にそって、いかに生産関係が生産者自身にとって無関係の勢力となったか。そして、この分離が、概念の一般性をいかに疎外しているか」という状況が現実にあり、その弊害の原因を、中井は、組織における無批判性と無協同性にみるのである。ここでは、知的技術の専門化や分業制が協同的統一性からいかに遊離しているかが問われ、疎外された概念の一般性の研究には、全人間的相互協同研究が必要であるのに「個人的抜け駆け的な秘密研究」、「封建的世襲的な門外不出的形態」がまかりとおっていると論じられている（久野収編『中井正一 美と集団の論理』五七頁）。

このことは、のちに中井が図書館運動のなかで、図書館の機能を、カッシーラーの概念を借りながら、実体概念ではなく機能概念としてとらえていたことにもつながってくる。知識の集積としての図書館が、単に「もの」としての書物の集積場としてでなく、分業体制の利点を生かして、人々が知りたいと思う情報が流通するようなネットワークとしての組織であること。それがまさしく中井のいう図書館像だった。そこでは、分業にもとづいた協同的統一性がまず必要とされる。今日のインターネット社会における知の集積、アーカイブの活用、情報公開などに通じてくる考え方であろう。

つまり、委員会の論理は、この「個人的抜け駆け的な秘密研究」、「封建的世襲的な門外不出的形態」を克服するための実践の論理であり、このような考えは、戦後、広島での文化運動においてしみついた「抜け駆け根性」をえぐりだし、意識革命をうながした中井の実践を支えたものであった。抜け駆けする個人ではなく協同的な集団であるということ、ひろく開かれた形態であるということ、その相互批判と協同性を前提とした戦前の『委員会の論理』を検討すると、すでに戦後の文化運動の方向がそこに表れていたことが分かる。

高島直之氏は「中井の実践性が、〈映画の論理〉をとおして〈委員会の論理〉にむすびつき、それが広島での文化運動につながったのだ」(9)と述べているが、ここでの〈映画の論理〉とは、個人に受け入れられることだけを優先するコミュニケーション行為を批判する論理のことである。集団的主体の実践を、相互批判と協同性をかなめとして論じた『委員会の論理』が、戦後の文化運動につながったというのは、集団の協同的組織化、開かれた組織の形態、集団的主体におけるコミュニケーションの相互性など、注目すべき諸点がある。中井の仕事を丹念にあとづけた功績を持つ久野収は、中井の展開した議論のうち、組織論とコミュニケーション論に注目していた。[10]戦後の文化運動における中井の特異性は、このようなところにその源流を見ることができる。

3　山代巴の思想形成と実践――初出『蕗のとう』について

ところで、中井のこのような実践と論理に学んだのが山代巴であった。山代は戦前から共産党員として活動していた女性だったが、広島で農民運動に従事するなかで、三原出身の高沖陽造に紹介されて中井を知ることになる。山代は『民話を生む人びと』（『連帯の探求』未来社、一九七三年一二月）で語っているように、中井の講演に感銘をうけて、農村文化運動および女性運動にその教えを生かしていくことになるのだが、その要点のひとつは、人の秘密を訴えられる人間になるということだった。苛酷な労働と忍従を強いられる農村の女性たちが、自分の悩みを誰かに聞いてもらいたいという願いを持つ。その願いを聞き届け、そこから農村の民主化および女性の解放を考えていくのである。これは、一種のコミュニケーション論、コミュニケーションを基盤とした解放運動と見ることができる。

女性たちの悩みは、その特定の個人の悩みが、その特定の個人だけでなく、広く一般の農村女性にも共通するものであった。しかし、固有名が明かされて誰のことか判ってしまうと、その女性はいっそう苦境に立たされてしまう。山代は、女性たちから聞いた話を、どこの誰とは決して判らないように語る方法を探る。その手法を、小説『蕗のとう』で確認してみたい。

山代の『蕗のとう』が共産党の雑誌「大衆クラブ」一九四八年三月号に掲載されたとき、いちはやく取り上げ評価したのが中野重治だった。中野は『晴れたり曇つたり』(「人間」一九四八年六月)のなかで「『蕗のとう』は、色ずり漫画や落語ものがたりなどにまじつて、『大衆クラブ』三月号に、こういう雑誌にしては場ちがいのような美しさで、しかしそのことが、いわゆる大衆雑誌そのものの質的変化を示す一つの証拠でもあるかのような張つた美しさでのつている」と、この作品を高く評価して、戦後、数多く見られた肉体小説とこの小説との違いについて述べていた。中野の評で特に注意したいのは、『蕗のとう』が、小説か、叙事詩か、抒情詩か、夢ものがたりか、よくわからないような物語だと述べている点である。このような感想が引き出されるのは、小説の語り方そのものに特徴があるからだと思われる。

『蕗のとう』は、農家に嫁いだ女性の悲惨な境涯を描いた作品である。女性の夫は、生涯を百姓で終わりたくないと、出世のために朝鮮北端の国境警備の巡査を志願する。朝鮮に働きにいった夫の帰りを待ちながら、姑にこきつかわれるこの女性は、やっと夫が帰ってきたと思ったら、彼は妾をつれてきていて、自宅に住まわせるという。それを姑は当然のように喜んで迎え入れて、嫁である女性は下働きとして扱われるままで、彼女はついに発狂して家に放火してしまう。自殺未遂のすえ、三次《みよし》刑務所に服役することになるのだが、この放火犯の物語が初出『蕗のとう』のあらすじである。

しかし、この作品は、初出と単行本とで大きな違いが見られる。初出は語り手「私」によって進められ、章立ては「一　子守歌」「二　機織り」「三　家」「四　夢」となっているが、一九四九年七月に暁明社から刊行された単行本では、語り手の「私」が視点人物としての光子に変更されている。また、それだけでなく、主人公の光子が左翼運動に従事していた過去を回想し、おなじく獄中に囚われている夫の常夫からの手紙が挿入されるなど、思想犯光子を主軸として物語が展開する。章立ては「機織り」「家」「拘置館」「手紙1」「手紙2」「教誨師」「早春」となっていて、初出とは大幅に異なっている。つまり、単行本『蕗のとう』は、冒頭に初出と同じ放火犯のエピソードをおきながら、しかし、初出『蕗のとう』とは別種の話になっているのである。単行本『蕗のとう』が、さらに重厚になって戦前の山代の足跡を丹念にあとづけたのが『囚われの女たち』全一〇巻（径書房、一九八六年八月）であるが、[11]ここでは初出『蕗のとう』と単行本『蕗のとう』の違いを、放火犯の物語の語られ方に着目してみてみたい。

「（略）ウイチサンは男らしい人間ぢやから、馬鹿の金親に呼び捨てられるよりは、誰の前でも頭を上げて通りたいから、家を離れて苦労もしたのぢや。長い間には迷いもできたのぢや。私は今でもウイチさんがかわいそうな気がする。」と、七十二番はある時話し出した。それは光子が彼女の思い出す故郷の事を語つたあとの返事でもあつた。

「七十二番さん、あんたのような夫思いが、どうして放火せねばならなんだのかなー。誰か近所に心を打ち明けて相談する人は居らなかつたの。」

と光子は聞いて見た。(単行本『露のとう』五五頁)

単行本からの引用だが、放火犯七十二番と光子との会話の部分である。ここから分かるように、光子は、放火せざるを得なくなった七十二番の悲惨な物語を、七十二番本人から聞いたとされている。ところが、初出では、治安維持法違反幇助でとらえられた語り手の「私」が、隣の監房から聞こえてくる「露のとう」の子守唄を聞いて、おのずと放火犯の物語を想起するという体裁になっている。次は、初出からの引用である。傍線は引用者による。

若い時私が思い出す子守歌は

『ネンネンヤーネンネンネンヤー/寝たら餅を搗いちやるぞー/起きたら灸(ヤイト)をすえちやるぞー(略)』

と言うのでありましたが、このごろ私の思い出すのは

『蕗のとうはとうになる…』

という子守歌です。これは中国山脈から流れ出して、日本海へ注ぐ江の川のほとりで歌われたという子守唄で、其の歌い手の世にも稀な美しい聲と、まるで谷川のむせぶようなふしまわしとは、私の苦しい時を救い、今日を育ててくれましたから、それで私は寒い時悲しい時はいつも、この子守唄を思い出して、自分を励ますようになりました。（「一　子守歌」冒頭部）

心にあることを何でもかまわず節をつけて、鼻歌にして歌うこの歌を、よく聞いていると、それは一つの物語りを教えてくれるのです。（「一　子守歌」最終部）

その物語りというのは

江の川、上流の山の中に、貧しい百姓のお母さんと娘が住んでおりました。

お母さんは一人で百姓をしておりましたが、いつのころからか胃病にかゝり、だんだんひどくなつて、娘が七つの春、まだ椿の花も咲かないうちに死にました。（「二　機織り」冒頭部）

何年ぶりかで、雪の中に蕗の薹が頭を持ち上げている所を見つけたよ。
刑務所で、雪の降る晩に、夢の中で見つけたよ。
「蕗の薹は十才（トウ）になる」
と唄う聲が耳底に聞こえているよ。という物語りです。
だれにも認められない、悲しく淋しいはずの人は、いつも雪の中の蕗の薹を歌っていたという、
そういう物語りの歌を、だれにも聞かれないような細い聲で、独房に一人歌っている人は一体どんな人なのか知りません。けれども、歌うこの人こそ、この物語りの主人公であるのではなかろうかと思われました。（略）
そういう歌を、私は、たえまない雪風の音と一しよに聞いていました。
雪風は、姿のない人間が歩いているかのように、いつもコツコツと廊下のドアや窓をゆすぶり、廊下のタタキ道を、サッサッと歩く足音のように吹きすぎてゆきました。（「四　夢」最終部）
「心にあることを何でもかまわず節をつけて、鼻歌にして歌うこの歌を、よく聞いていると、それは一つの物語りを教えてくれるのです」という部分は、すぐそのあとの「その物語というのは」という部分に続き、このフレーズは「『蕗の薹は十才（トウ）になる』と唄う聲が耳底に聞

こえているよ。という物語りです」という部分に、直接つながっていく。「二　機織り」冒頭部から「四　夢」最終部へとつながって、そのあいだに差し挟まれた、忍従を強いられ放火してしまう女性の物語は、語り手が「蕗のとう」の子守唄を聞くことで想起する、つまり自分のほうで物語を再構成して語り手自らが語るという構成になっている。最後の場面で語り手は「歌うこの人こそ、この物語りの主人公であるのではなかろうかと思われました」と言っているが、どんな人かも判らない隣の監房の主から、この話を直接聞いたとは語ってはいない。この初出と単行本の違いは、単行本が、のちに大作『囚われの女たち』に発展していくことを考えると、思想犯光子に焦点をあわせて、山代自身の運動経歴を、小説のかたちであとづけていくというモチーフによるものと見られる。逆に、では、初出の特異性はどこにあるのかというと、朦朧体のようなかたちで物語の主体をぼやかしてしまって、誰が情報源なのか判らなくさせているところにある。

これは、山代が『荷車の歌』（筑摩書房、一九五六年八月）の「あとがき」で述べていたような「農村婦人がほんとのことをいえる空気を作るためには、作ろうとする者がまず、人の秘密の守れるふところになること」「私は母の考えを取り入れて、人の秘密の訴えられる人間になることを、農村文化運動の踏み出しの一歩にしました」という考えにもつながっているだろう。無名の女性のエピソードを、どこの誰にもおこりうる「あなた」の物語として語ろうとしていた手法によるものと考えられるのだ。

この山代の手法は、中井正一が語っていたミッテルとしての媒介の特徴である「無媒介の媒介」「透明な媒介」ということに通じている。山代そのひとが「無媒介の媒介」「透明な媒介」として機能し、自らをそのような媒介として、表立って声をあげることのできない女性たちの声を汲み上げていったということだ。「私」の物語は、どこの誰にもおこりうる「あなた」の物語であり、そのような誰にでもおこりうる物語として語ることで、特定の個人の問題を農村の女性全体の問題として定位していったのであった。この山代の手法は、のちに、彼女が組織した農村女性たちの読書サークル運動や生活記録運動にもつながり、個人の声を汲み上げて全体の問題にするという、人々の自己表現を民主化運動の基盤としていったことに通じている。

4 「啓蒙」を超える地点——五〇年代文化運動の自主性

以上のように、中井の運動も、山代の運動も、広島の農村の青年や女性たちが、みずから意識革命をおこなうよう導いていくなかで行われたものであった。しかし、中井は、国会図書館副館長に任命されたことで、広島の文化運動を途中で断念することになる。たとえば、先ほど先行研究として取りあげた山嵜雅子氏の考察によれば、中井が「農村の封建遺制を前に足踏みする青年たちに、さらなる働きかけを続けるより先に、運動の限界を見取った要因」は、中井自身が知識人の立場から離れ得なかったからだろうとされている。中井らの活動は、知識人による大衆の「啓蒙」という色合いがかなり色濃く出ていたというわけだが、一九五〇年代になるとその「啓蒙」の地点を超える自主的な運動が出てくる。その一例が朝鮮戦争に反対する『京浜詩集　労働者の解放詩集』（理論社、一九五二年九月）であり、このような詩集を出していたサークル運動がこの時期活発になっていくのである。

はじめに取りあげた岩上順一のいうサークル運動は、戦前のサークルと地続きだったが、ここでのサークルもおおまかに見ればその系譜上にあるものだ。しかし、竹村民郎氏の分析によれば、朝鮮戦争やレッドパージを契機として敗戦後の文化運動は転換を迎えたとされている。いわゆる政治的引き回し主義が緩和されたというわけだが、この一九五〇年ごろを転換とするのは、ほかにも事例があった。たとえば中井正一の広島での運動や、中井が講師として出向いていた京都人文学園、その西の人文学園と併称される東の鎌倉アカデミア、また庶民大学三島教室なども一九五〇年ころを前後として閉鎖されてしまうのである。一九四九年から五〇年あたりが、戦後文化運動のひとつの転換点だという見方は通説のようだが、この転換後の運動の方向について触れておきたい。

下丸子文化集団の井之川巨は『工場に、壁に、詩があった』（「現代思想」二〇〇三年十月号）のなかで、サークル詩がいわゆる俗流大衆路線、労働者万能主義、へたくそ万歳主義といった批判を受けていたことに対して「記録性」としての意味があったのだと述べている。また、一九五〇年のコミンフォルム批判を受けての共産党内の所感派と国際派との分裂、平和革命路線から武力闘争路線への転換がもたらした文化運動への影響、そして五五年、六全協での極左冒険主義という決着のつけ方は、運動に従事していたひとびとに挫折感と疲労感をもたらした。それらをふまえつつ、井之川は自分たちの行った運動は「労働者の自主的自立的な運動であった」[12]と語っている。

この「労働者の自主的自立的な運動」は、当時の朝鮮戦争反対運動に顕著にあらわれていた。詩集『京浜の虹』でも「東洋一をうたわれた新鶴見操車場は、朝鮮戦争以来、夜も日も無数の貨車が、人殺し道具を運びつづけている」「京浜の文化活動は、この苦しみ、悲しみ、よろこび、闘いのなかでこそ生れ育った」（「プロロオグ『京浜の虹』が生れるまで」）と言われているが、佐藤泉「『占領』を記憶する場」[13]で論じられているように、「労働者の自主的自立的な運動」とは朝鮮戦争に対する自主的反戦運動であり、そのような位置づけとしてのサークル運動を戦後の文学史は忘却していった側面があった。また、成田龍一氏は「『戦後』とは何であったのか」[14]において、戦後をとらえなおす上で一九五〇年代の朝鮮戦争と一九七〇年代のベトナム戦争の時期がどのように問い直されるべきか、東アジアの視点からの再考が必要であるとされている。

はじめに触れた戦前のものも含めて、山代らの活動にも通じるサークル活動の見直し、また、東アジアの視点からの文化運動の再検討が、今後の課題となるが、これらの議論をふまえたうえで、最後に金時鐘氏の吹田事件に関する発言『吹田事件・わが青春のとき』[15]を見てみたい。

長編詩集『新潟』（構造社、一九七〇年八月）の重要題材である吹田事件とは、朝鮮戦争下、軍需列車を一時間遅らせると朝鮮の同胞の命が千人助かるといわれて、列車輸送阻止のために人民電車を走らせて吹田操車場でデモをおこし、軍需列車を遅延させることを計画した事件だった。金時鐘は、その行動が極左冒険主義と批判され組織から離れていっても、クロポトキンの言葉をひきながら「吹田事件というのは、至純なまでに青春をかけた事件の最たる現れ」であったと言う。つまり、のちに否定される事件に関わったことを全く無駄な青春であったというとらえ方をせず、また、政治的に指導者の方針が誤りであって自分たちの運動は正しかったのだと強弁するのでもなく、「至純」なまでの行動として誤りも含めて引き受けるというあり方を、この言葉は示している。この金時鐘の言葉に注目してまとめたい。

敗戦後の文化運動については、冒頭、徳永と中野の言葉を引用したように、新日本文学会の運動を無視することはできない。中野重治が多くの力を注いだこの新日本文学会は、一九六四年三月に開催された第一一回大会を大きな転機とする。つまり、五〇年問題から続いた共産党による政治的指導の弊害をきっぱりと切断したのがこの一一回大会であった。新日文内部では多くの労力が費やされたが、しかし、考えてみると、どうしてそのような事態にいたったのかという疑問が生じてくる。それは、やはり戦後の運動を再建するおりに問題があったということであろう。戦前の運動が壊滅したのは弾圧があったからだという官憲・権力側に原因を求めて、単純なファシズムおよび軍国主義批判をおこない、弾圧する向こうが悪くて、反戦反ファシズムの自分たちのほうは正しかった、というような考えしか持ち得なかったところに大きな限界があったと考えられる。むろん弾圧はあったわけだが、同時に、実は自分たちの側の運動理論（政治の優位性や主題の積極性など）にも欠陥があった。そのような観点に立って、運動に内在する問題点を見ることができなかったということである。金時鐘の言葉は、この対極にある。

運動に内在する問題点を、戦後の出発期に提示することができたのは、文化運動の内部では、藝術大衆化論争に破れた中野重治しかいなかったと私は思うが、当時の中野にはそれができなかった。中野はのちに『甲乙丙丁』（講談社、一九六九年九〜十月）を書くけれども、敗戦直後の時点では、民主主義文化運動は実績を回顧するという戦前の無批判の継承のうえに始まるのである。

あるいは、戦前どころか、戦時下の産業報国運動と地続きで戦後の運動を始めた事例も数多くあり、坪井秀人氏が『声の祝祭』[16]のなかで、国鉄詩人近藤東の仕事を検証され勤労詩およびサークル詩としての国鉄詩運動について分析されたのは、非常に大事な問題提起をされたと思う。

無批判の継承ということを吟味しながら、政治優位論の弊害の観点からなされてきた文化運動論を点検する必要がある。この報告は、そういう問題意識によっている。敗戦後、多くの文化運動が展開するが、そのなかで中井正一に注目したのは、中井が繰り返し「誤りをふみしめて」「みずからを否定の媒介とする」という、金時鐘の言葉にも通じるような見解を述べ、集団的主体の相互批判と協同性について語っていたからであった。戦後の文化運動を立体的に捉える上での一つの補助線として、中井の仕事は位置づけることができるであろう。またそのような中井に影響を受けた山代巴の活動は、今後見直すべきサークル運動の検討にもつながるだろうと思われる。

（図1）中井正一『委員会の論理』掲載の図（久野収編『中井正一　美と集団の論理』六二頁）

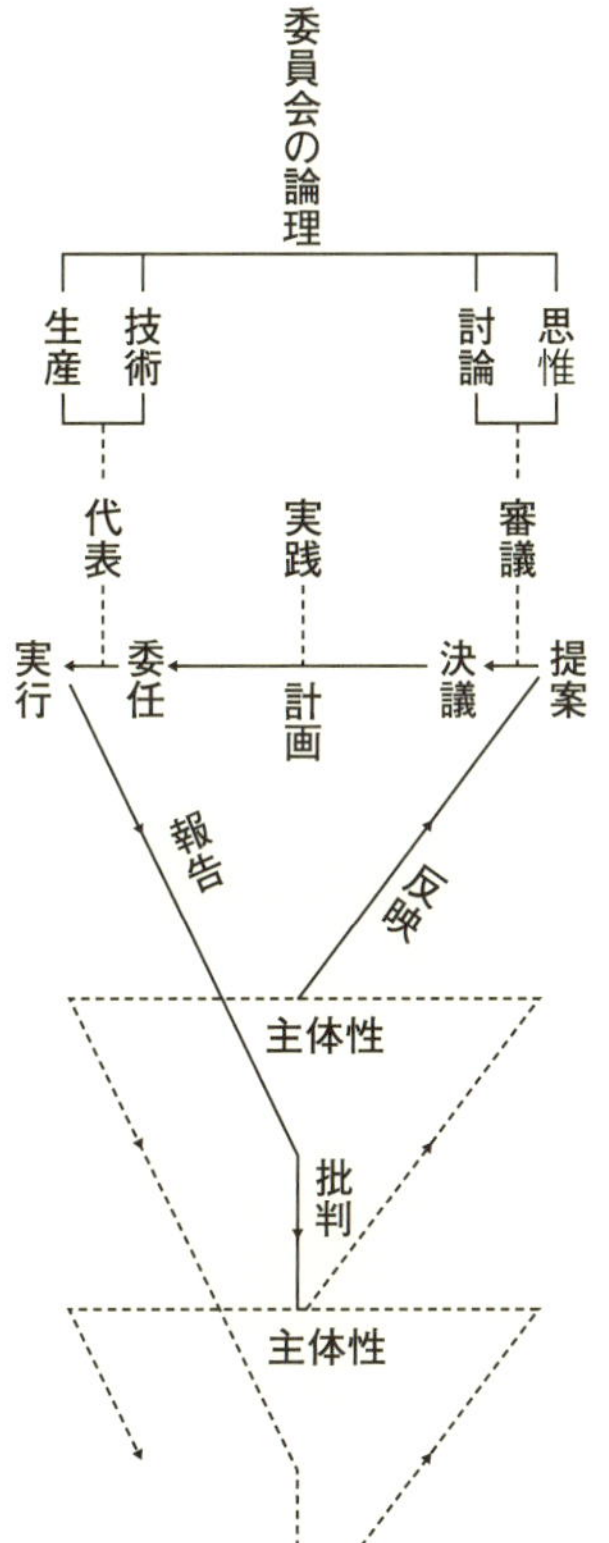

注

（1）「附録　労働組合の活動に協力する文化団体一覧表」（中野重治『労働者階級とあたらしい文化』産別シリーズ7　産別会議出版部、一九四九年六月）によると、この段階での日本民主主義文化連盟加盟の団体は、新日本文学会、新日本歌人協会、新俳句人連盟、児童文学者協会、日本美術会、日本童画会、日本現代音楽家協会、新演劇人協会、日本映画人同盟、民主主義科学者協会、自由法書団、民主紙芝居集団、ソヴェート研究者協会、日本ジャーナリスト連盟、日本民主主義教育協会、カナモジカイ、日本ローマ字会、日本エスペラント協会、新日本建築家集団、新日本医師連盟、民主栄養協会、民主保育連盟、服装クラブ、新日本畜産協会の二十四団体であった。

（2）林淑美「ドグマの自瀆――コップの悲劇」（『中野重治 連続する転向』八木書店、一九九三年一月）

（3）竹村民郎「戦後日本における文化運動と歴史意識」（「京都女子大学現代社会研究」第二号、二〇〇一年一一月）

（4）牧原憲夫編『山代巴獄中手記書簡集 模索の軌跡』（平凡社、二〇〇三年四月）

（5）思想の科学研究会編『共同研究 集団』（平凡社、一九七六年六月）所収。

（6）鈴木正『日本の合理論』第二版（ミネルヴァ書房、一九七〇年五月）

（7）山嵜雅子『京都人文学園成立をめぐる戦中・戦後の文化運動』（風間書房、二〇〇二年一月）

（8）「出版研究」第三十一号（二〇〇一年三月、日本出版学会）

（9）高島直之『中井正一とその時代』（青弓社、二〇〇〇年三月）

（10）久野収『美と集団の論理』（『三〇年代の思想家たち』岩波書店、一九七五年七月）、「久野収氏に聞く 京都学派と三〇年代の思想」（久野収・浅田彰・柄谷行人「批評空間」第二期第四号、一九九五年一月）などによる。

（11）『囚われの女たち』については、佐多稲子と比較しながら検討している谷口絹枝「抵抗の姿勢

——山代巴『囚われの女たち』を読んで」(「くれない」第七号、一九九〇年四月)がある。

(12) 井之川巨「下丸子文化集団」(思想の科学研究会編『共同研究集団』平凡社、一九七六年六月)

(13) 佐藤泉「『占領』を記憶する場」(「文学」二〇〇三年九・一〇月号)

(14) 成田龍一「『戦後』とは何であったのか」(「アソシエ」第一二号、二〇〇四年一月)

(15) 金時鐘『吹田事件・わが青春のとき』(「差別とたたかう文化」第二六号、二〇〇二年九月)

(16) 坪井秀人『声の祝祭』(名古屋大学出版会、一九九七年八月)

付記　本稿は、二〇〇四年五月二三日、駒澤大学にて開催された「日本近代文学会二〇〇四年度春季大会」でのシンポジウム「〈戦後〉論の現在——文学を再配置する」での発表をもとにしたものである。本シンポジウムを特集した学会誌「日本近代文学」第71集には、報告したさいの「ですます」体の口調で再録されたが、本書に収録するにあたり他の論文にあわせて体裁を整えた。

第Ⅲ部　中野重治と戦後文化運動

第九章　戦後文化運動における中野重治——日本民主主義文化連盟のなかで

1　はじめに——反戦平和の戦後文化運動

敗戦後、さまざまな文化運動が展開した。戦時下の制約が解かれ、各地で多くのめざましい活動が見られた。戦後の文化運動は、敗戦後にはじめて生じたわけではなく、戦時中の「文化翼賛」が戦後の「文化国家」に連結したものがあり[1]、あるいは戦前の運動方針がそのまま無批判に戦後引き継がれたという事実もあった。第Ⅱ部で、敗戦直後に広島県で農村文化運動・農村女性運動を展開した中井正一と山代巴について取り上げたが[2]、そのさい、戦後の文化運動をよくも悪くも牽引した日本民主主義文化連盟（以下、文連と省略）の果たした役割については、言及しながらもじゅうぶんな考察ができなかった。そもそも、文連それ自体については解散の時期など明らかにされていない部分もある。戦前のプロレタリア文化運動を引き継ぐようなかたちで発足したといわれる文連については、これまで、日本共産党の指導による政治優位の弊害という観点から扱われてきた面があった。あるいは組織内の一部の者が間違った方向に導いたという見方もあった。いずれにしても、実際にそれらのような側面があったにせよ、戦後文化運動を検討するうえでは、この団体について不明の点を調査しその役割をプラスマイナス含めて考察することは必要なことと思われる。

そのような文連の動きにおける戦前からの無批判の継承という側面は、しかしながら運動を推進した個人個人の主体的モチーフまでをも損なうものではないだろう。運動全体の抱えていた問題と、それに関わった個人の意図と、双方がどのように切り結びあるいは背反していたのかを分析することは、戦後文化運動の問題を考えるうえで重要なことである。これまで、戦後文化運動を推進したひとり中野重治の戦後出発期における位置づけについては、毛沢東の『文藝講話』を紹介した文章『「現段階における中国文藝の方向」のこと』を取り上げて若干の考察を試みたことがあった(3)。本稿では、文連についての調査と併せて、文連で果たした中野重治の仕事の意義を検討する。

つらく苦しい戦争の時代が終わり、新しい時代の到来は困難を伴いながらも多くの人々に希望をもたらした。当時の様子を表す名高い文章に宮本百合子『歌声よおこれ』(「新日本文学」創刊号、一九四六年一月)があるが、そこで百合子が新日本文学会創立に際し「われわれ人民が、理不尽な暴力で導きこまれた肉体と精神との殺戮が、旧支配力の敗退によって終りを告げ、ようやく自分たち人間としての意識をとりもどし、やっとわが声でものをいうことができる世の中になったことをよろこばない者がどこにあろう。日本は敗戦という歴史の門をくぐって、よりひろく新しい人類世界への道を踏み出したのである」と述べたように、抑圧されていた人々が自分の声でものを言い、世界のなかで孤立していた日本が国際社会に復帰することが目指されたのが戦後文化運動の根本理念であった。まさに日本は敗戦という大きな代償を支払い、その「歴史の門」をくぐって、新しい時代へ踏み出そうとしていたのである。ここでは、右のような観点から敗戦後すなわち一九四〇年代後半の文化運動の一端を考察したい。

2 日本民主主義文化連盟について

日本民主主義文化連盟が結成されたのは、一九四六（昭和二十一）年三月一日である。加盟団体の協力によって民主主義文化を建設、普及することを目的として設立された。結成の日が、二月二十一日、二月二十七日、三月一日になっている資料がそれぞれあるが、ここでは文連が発行した『文化年鑑　一九四九年』（資料社、一九四九年二月）の記述に従って三月一日としておく。[4] 主な加盟団体は、民主主義科学者協会、新日本文学会、ソヴェト研究者協会、新日本歌人協会、新俳句人連盟、自由映画人集団、新演劇人協会、日本現代音楽協会、日本美術会、日本童画会、児童文学者協会、日本ジャーナリスト連盟、日本エスペラント協会、日本ローマ字会、カナモジカイ、民主主義教育協会、新日本建築家集団、民主栄養協会、民主保育連盟、新日本医師連盟、民主紙芝居集団、自由法曹団などで、時期により団体の名称や数が変化している。また文連地方協議会として、二七〇ほどの団体が地方団体として登録されている。

（1）委員

文連には協議会によって選出された常任委員会があった。常任委員のうち何人かが事務局に常勤して通常の活動を行っていた。それ以外に機関誌の編集委員会があり、各種の専門委員会の活動もあった。前掲の『文化年鑑　一九四九年』によれば、同書発行時期までに限るが、創立以来の委員は次のようである。なお、資料からの引用で明らかに誤植と思われるものは、適宜訂正した。

一、代表（創立以来の委員長・事務局長）
理事長　中野重治（四六年三月――五月）
事務局長　大村英之助（四六年五月――四八年一月）
事務局長　松本正雄（四八年一月――七月）
常任委員長　松本正雄（四八年八月――現在）
常任委員長　小倉金之助（四六年三月――四八年七月）
協議会長　小倉金之助（四八年七月）

二、常任委員（各加盟団体から選出されている）
民主主義科学者協会　渡部義通　谷宏太　柘植秀臣　松本新八郎　黒瀧力
ソヴェト研究者協会　堀江邑一　山村房次　畑中政春　尾形昭二
新日本文学会　川口浩　窪川鶴次郎　岩上順一　松本正雄　鹿地亘
新日本歌人協会　中野菊夫　司代隆三
民主主義教育協会　国分一太郎　新島繁　江森盛弥
自由法曹団　上村進
児童文学者協会　猪野省三
自由映画人集団　大村英之助　若山一夫　岡田勝定
新日本医師連盟　菅原勝三郎　馬島僩
日本ジャーナリスト連盟　小林英三郎
日本エスペラント協会　佐田康
日本現代音楽協会　関鑑子　箕作秋吉
カナモジカイ　松坂忠則
日本美術会　松谷彊　本郷新　林文雄
新演劇人協会　山田肇　山川幸世
新俳句連盟　栗林農夫　古屋榧夫

日本童画会　鳥居敏文　斎藤三
民主栄養協会　本間清子
新日本建築家集団　池辺陽　今泉善一
日本ローマ字会　日下部文夫
民主紙芝居人集団　加太一松
民主保育連盟　塩谷アイ

三、事務局

委員長　松本正雄
事務局長　岡田勝定
総務部部長　岡田勝定　次長　川井信一
組織部部長　黒瀧力　次長　牧瀬恒二
出版部部長　川口浩　次長　那珂孝平　青山鉞治
財政部部長　岡田勝定　次長　山下芳雄

四、各種委員会

国際委員会委員長　小椋広勝

藝術委員会委員長　窪川鶴次郎
生活委員会委員長　図師嘉彦
少年委員会委員長　猪野省三
ことば委員会委員長　大島義夫
生産委員会委員長　平野義太郎

ただし、これらの委員については、杉本良吉（本名吉田好正）の弟である吉田好尚の著書『素絹』（劇団風の子出版部、一九八七年七月）のなかに「私が文連で仕事をしている間にも理事長や理事（特に常任）は何回となく変っていった。記憶もうすらいでいるが、私が入った頃は、理事長は柘植秀臣氏であり、中野重治、大村英之助、松本正雄となって、最後は山形雄策であった。常任は松丸志摩三、伊豆公夫、岡本正、増山太助といった人で、誰がいつ頃までいたのかはこれもはっきりしない」(5)という回想がある。あまり確かな記憶ではないような書き振りだが、右の人々が重責の位置にあったことがうかがえる。吉田は、兄杉本良吉の友人であった関鑑子やそのほかの人の紹介で文連の事務局で働くようになった。同書の経歴によれば、吉田好尚は一九一七年生まれ、四一年に東大独文卒、翌年中国大陸に従軍し四六年に復員したあと四八年まで文連事務局で働き、以後は前進座経営部員であった。父が学習院の教授だったため、兄らとともに学習院で学び、のちに東大に進んだという。

文連は出版物の奥付によれば港区芝新橋七の一二に事務所があった。吉田は「事務所は新橋駅から芝公園の方に向かった木造二階建ての古い建物で、当時の産別会館の近くだった。文連は一階と二階の一部を、他を人民新聞が占めていた（或いは人民新聞は三階で、二階には労農救援会があり、難波英夫氏の顔もあったように思う）」と述べている。ここで吉田は常任の伊豆公夫の書記の仕事をしたようだ。伊豆公夫は赤木健介のことである。吉田のように加盟団体に所属しない事務局員が「数十名いた」とのことで、「戦前のプロレタリア文化運動の実践もなく、ただ若々しい情熱と理想に燃えて、戦後の文化運動に参加してきた人たち」、勝部篤子（勝部元の妹）、川名莞次、江口一雄、磯芳子・美恵子姉妹、初谷清、徳田摩耶子（徳田球一の義娘、西沢隆二の妻、司馬遼太郎『ひとびとの跫音』にも登場する）らがいたという。『文化年鑑　一九四九年』の記録には見られない人々である。

（2）出版活動

次に、事業について概観すれば、文連の事業には、まず機関誌の発行があげられる。機関誌には「文化革命」、「文化タイムズ」、「民衆の友」、「働く婦人」といった定期刊行物があった。「民衆の友」は「民衆の旗」の継続誌である。これらのうち、「文化革命」は「文化活動家のための指針」になるような記事を掲載し、[6]週刊の「文化タイムズ」は「文化運動の促進」を目指した理論的なものであったのに対し、「民衆の友」「働く婦人」は啓蒙的大衆的な雑誌を目指すという編集方針がとられた。この二者の編集方針の違いは、戦前、中野重治と藏原惟人とのあいだでおこなわれた藝術大衆化論争の結果を、戦後も引き続いて踏襲したものであったことを示している。専門研究的な議論をおこなう雑誌とは一線を画した別ものとして、運動の大衆化は、戦前も戦後も方針に変わりはなく娯楽的啓蒙的なメディアによってなされようとしていた。文連は、知られているように、戦前のプロレタリア文化運動における日本プロレタリア文化連盟(コップ)の「伝統をうけつぎ発展させたもの」(『戦後の文化政策をめぐる党指導上の問題について』、日本共産党『日本共産党の五〇年問題について』所収、新日本文庫、一九八四年三月)であったから、そのような方針がとられるのは当然だったかもしれない。けれども、このような大衆動員のための方針は、戦前の運動の方針をそのまま無批判に継承したことを意味している。戦後の出発期におけるこの機関誌編集の方針は、このあと展開する文化運動の困難なありようを示すものと言えるだろう。

機関誌のほかには、単行本が刊行されていた。宮本百合子『新しい婦人と生活』、羽仁五郎『青年にうったう』、藏原惟人『文化革命の基本的任務』、松村一人『変革の論理』、鹿地亘『魯迅評伝』、小林多喜二『防雪林』、岩崎昶『日本の映画』、村山知義『結婚』、河上肇『思ひ出』、山村房次『ゴーリキイ』、除村吉太郎『ロシヤ文学問答』、関鑑子『メーデー歌と働く者の歌曲集』、ひろし・ぬやま『編笠』、野坂参三『民衆藝術論』などである。

機関誌も単行本も、結成された年の一九四六年から一九五〇年半ばまでの間に出されたものであり(多くは一九四九年までで「働く婦人」が五〇年八月まで)、それ以降の刊行物は、調査の限りでは見つからなかった。出版事業は一九五〇年半ばまでで終止したもののようである。

（3）解散の時期

はじめに述べたように、文連の活動がいつまで続いたのか、その解散の時期は明らかにされていない。しかし、出版事業がおそらく一九五〇年半ばまでであることからすれば、一九五〇年のコミンフォルム批判ののち日本共産党内で分裂が起ることを考えあわせると、混乱のなかで文連組織を継続することは困難であり、事実上一九四九年末から一九五〇年前半までで活動は終了したのであろうと推測される。前掲の日本共産党資料『戦後の文化政策をめぐる党指導上の問題について』では、敗戦直後の文化運動を間違った方向に導いた人物として西沢隆二、青山敏夫、増山太助の名があげられており、彼らによる「このような方針（引用者注「組織がボルシェヴィキ化されねばならない」という方針）の文化運動とその組織への押しつけは、その影響をうけた民主主義的な文化団体を弱化させ、「文連」を解体にみちびいていく主要な原因となった」と言われている。しかし、その「解体」の時期は明記されていない。なお、この『戦後の文化政策をめぐる党指導上の問題について』に関しては、増山太助『戦後期左翼人士群像』（柘植書房、二〇〇〇年八月）のなかで、晩年の中野重治が「事実が悪意でゆがめられている」「君は文化運動のことを書いておくべきですよ」と語ったことが伝えられている。[7] 同時に、増山自身も同書において、問題にされた自分の文章『文化運動の根を大衆へ』（「文化革命」一九四九年二月号）の文言「組織がボルシェヴィキ化されねばならない」について、はじめは「大衆化」としていたのを、当時の文化部長蔵原惟人から「大衆化」ではなく「ボルシェヴィキ化」に直すように言われ、拒否したが勝手に直されて掲載されたものであったことを述べている（五七頁）。蔵原が増山に訂正するよう伝えた「ボルシェヴィキ化」という方針も戦前の運動からの継承であった。

右の資料と同じく、国民文化調査会が一九五六年三月に編集発行した『左翼文化戦線　その組織と活動』においても、文連の活動を記録してはいるが、解散の時期は記されていない。「アカハタ」一九四九年九月十八日記事によれば、この年九月十五日に文連臨時全国協議会が開催され、文連再建委員会による討議が行われた。十四日にはその予告記事も出ている。再建委員会委員長は、中野重治である。十八日の記事には、次のように書かれている。

日本民主主義文化連盟臨時全国協議会は十五日午前十時から東京芝の中央労働学園第一教室でひらかれた、各加盟団体と東京、茨城、神奈川、兵庫、奈良の各地方協議会代表六十数氏が参加　中野重治氏の文連再建委員長としての挨拶にはじまり、再建委員会報告（文学会岩上順一氏）をめぐつて文連結成いらいの全活動にたいする批判が活発に行われた、終戦後すべての運動の発展とともに急激に発展した文連の運動は反動期にいたつて、一種のアセリを生じ、事業活動にのみ没頭するにいたつた結果文連本部が加盟団体の全運動から遊離し、かつ財政的にも破たんを来すにいたつたことが指摘された、再建委員会の活動を通じてこれが是正され、加盟団体の中央連絡機関としての文連の正しい活動の端緒がひらかれたことが確認された、ついで財政報告、規約改正等が行われた後この全国協議会を新規約による第一回大会に切りかえ、新活動方針を倉橋文雄氏（民科）の提案をめぐつて討議決定され、最後に平和運動にかんする方針を決定、夜八時に散会した（以下略）

十四日の記事には「改革の中心点は文連の指導部が加盟団体に基礎をもたない幹事会にあつたのをやめ、加盟団体の執行機関のメンバーによつて構成することにある」とあるが、文連指導部の問題は前掲の吉田好尚『素絹』にも回想がある。吉田によれば、文化運動方針をめぐる指導部の争いは自分たち現場の若い者には捉えきれない問題で、そういうひとつの現れが、西沢隆二の弟である松丸志摩三の「官僚的な指導」に対する若い者の批判だったという。加盟団体の実質的な活動から遊離して名前だけの空疎な組織になっていったことが、再建委員会の活動によって是正されたように記事には書かれていたが、この四九年九月の臨時全国協議会あたりが最後のまとまった活動ではないだろうか。

（4）出版以外の活動——文連行動隊と在日朝鮮人教育問題

このように実質上の文連解散の時期は、一九四九年末か一九五〇年前半ごろと推測されるが、それまでのおよそ四年間のあいだに行われた活動には、さきの出版事業のほかに、講演会、講座、音楽会、映画会、舞踊会などがあった。前掲『左翼文化戦線　その組織と活動』によれば、党の農村工作隊、青年共産同盟の文化工作隊とならんで、文連行動隊として地方に演藝行動隊や医療行動隊を派遣したという。演藝行動隊は、一九四七年の総選挙対策として編成されたもので、漫談、漫才、浪曲、歌謡曲、人形芝居、舞踊、軽音楽、映画、演劇などの娯楽的なものに加えて講演会や座談会も行ない、大衆動員のために機能した。医療行動隊は、新日本医師連盟と文連との協同で編成され、党細胞の依頼によって、健康相談、予防注射、結核検診などを行ない、さらに各地の災害時に派遣された。また、一九四八年七月の福井地震のさいには、救援運動に文連事務局から初谷清を派遣し、救援運動弾圧の調査団には松本正雄を派遣している。福井地震のさいの派遣については、拙著『戦後日本、中野重治という良心』（平凡社新書、二〇〇九年）を参照されたい。これらのほかに、注目したいものには次のような活動があった。

さきに見た「四、各種委員会」の国際委員会は、委員長の小椋広勝（民主主義科学者協会）のほかに、委員として平野義太郎（民主主義科学者協会）、具島兼三郎（民主主義科学者協会）、堀江邑一（ソヴェト研究者協会）、井上満（ソヴェト研究者協会）、土方与志（新演劇人協会）、鹿地亘（新日本文学会）、坂井徳三（新日本文学会）、大島義夫（日本エスペラント協会）、橋本政徳（日本エスペラント協会）、上村進（自由法曹団）という人たちがいた。この国際委員会の活動として在日朝鮮人教育問題への取り組みがある。

一九四八年一月二十四日付けで文部省は、「現在日本に在留する朝鮮人は、昭和二十一年十一月二十日付総司令部発表により日本の法令に服しなければならない」として、学齢に達したものは知事の認可をうけた学校に入学させねばならない、教科書及び教科内容は学校教育法を守らねばならないという通告を出した。それに対して在日朝鮮人学校は、民族教育の観点から教育用語を朝鮮語とすることなどを申し出て交渉していたが、その甲斐もなく、三月末には学校閉鎖命令が出された。政府側（占領軍側）と朝鮮人側で対立が深まり朝鮮人側の抗議行動が広まるなかで、神戸では占領軍による非常事態宣言が出され死者が出るなどの弾圧が行われた。この深刻化した事件を調査する調査団が大阪・神戸に送られたが、この調査団は、事件を重視した民主主義団体によるもので、文連の国際委員会がこれに協力したという。派遣された調査団のメンバーは次のとおりである（前掲『文化年鑑　一九四九年』一九八頁）。

世界経済研究所理事　尾形昭二
産別会議幹事　川畑静二
全労連情報部　田島淳
世界労連加入促進委員会総書記　渡辺三知夫
自由法曹団　布施辰治
民主主義科学者協会　渡部義通
文連　鹿地亘

文連の加盟団体である自由法曹団や民科からはそれぞれ布施辰治や渡部義通を派遣しているのに、鹿地亘が加盟団体としての新日本文学会ではなく文連の所属になって派遣された経緯はよくわからない。中野重治は『続晴れたり曇つたり』(「人間」一九四八年八月号)のなかで、この事件を取り上げて「神戸・大阪事件については民主団体連合の調査団が派遣され、文学方面では鹿地亘が新日本文学会を代表して行き、調査の結果はすでに発表されている」と書いていた。中野の認識では、鹿地は新日本文学会の代表として派遣されたことになっている。[8]

この調査団は、帰京後、神田一ツ橋の教育会館で報告会を行った。五百人の聴衆が参加したという。平野義太郎の司会挨拶で、報告は鹿地亘、布施辰治、渡辺三知夫、渡部義通がおこない、事件について李珍圭が話をした。なお、この調査団の報告書は、一九八八年四月、明石書店から刊行された金慶海編『在日朝鮮人民族教育擁護闘争資料集1』に収録され、事件の本質は「共産党の計画指導」もなく、「暴動事件」でもないことを伝えている。本資料集には、報告書だけでなく鹿地亘と平野義太郎の「文化革命」掲載論文も収録されている。[9] 四・二四阪神教育闘争と呼ばれるこの事件は、編者金慶海によれば「近代以後、日本に渡ってきた朝鮮人たちにとっては、民族挙げての最大の壮絶な闘いであったし、また、戦後、朝・日両国民の連帯の下での日本の民主化闘争においても、輝かしい一ページを飾るものであった」という。[10] この朝鮮人学校が閉鎖されたあと、学校再建のために奔走したのが、韓国済州島での四・三事件のあと、一九四九年にかろうじて日本へ逃れ大阪生野に辿りついた金時鐘だった。金時鐘はすぐに日本共産党に入党し、在日朝鮮人運動の中核をなしていた民族対策部の指令で朝鮮人学校再建の仕事を始めたという。[11]

文連の活動のなかで、国際委員会が協力したというこの朝鮮人学校事件の問題に注目するのは、戦前から一貫して在日朝鮮人の問題を取り上げてきたのが日本共産党であり、文連のこの活動はその系譜に連なるからである。たとえば、小熊英二は上野千鶴子とともに鶴見俊輔にインタビューした『戦争が遺したもの』（新曜社、二〇〇四年三月）のなかで、「敗戦後の日本で、これは政治勢力としても知識人のレベルでもそうですけれど、何だかんだ言っても朝鮮人の問題を問題化していたのは、共産党とその周辺だったということは歴史的に事実だと思うんですね。中野重治とか石母田正とかは、一九五〇年前後から朝鮮人の問題に、彼らなりに注目している。彼らは共産党内で朝鮮人と接触があったから当然といえば当然なんですが、しかし丸山さんとか鶴見さんとか、共産党と距離を置いている人たちからは、ほとんどその問題が出てこなかったというのはどうしてなんでしょうか」と鶴見に尋ねている。[12] 朝鮮人問題は同書でも言われているように、一九七〇年代になって広く問題とされるようになった。しかし、それまでは、小熊が指摘しているように共産党とその周辺でしか問題化されなかったという経緯がある。文連国際委員会が協力した在日朝鮮人教育問題は、そのことをよく示しているだろう。文連の活動として特筆すべきものであったが、その一方、日本共産党の朝鮮人問題については、別の見方もある。

梁永厚『戦後・大阪の朝鮮人運動』（未来社、一九九四年八月）などによれば、一九四六年八月の共産党第四回拡大中央委員会で「朝鮮人運動体を日本共産党の指導下におき、日本人党員と一体となり活動するようにする。朝連の重要ポストに党員を配置する。下部の民族的偏向を抑制し日本の民主革命をめざす共同闘争の一環としてとらえるようにする」という方針（「八月方針」と言われる）が採られ、日本共産党の下部組織として朝連（日本朝鮮人連盟）を位置づけることとなった[13]。これでは、在日朝鮮人の生命と権利を守るための組織であった朝連は、共産党の方針に従わざるを得ず、朝鮮人独自の活動が制限されてしまう。朝鮮人問題に取り組んだ日本共産党の功績と限界の両面をおさえておきたい。

戦前のプロレタリア文学運動の時代から朝鮮人とともに運動に関与した中野重治は、戦後も「新日本文学」に連載した『緊急順不同』のなかで、朝鮮問題を扱っている。おもに一九七三年ころである。その連載のなかの『民族問題軽視の傾き』では、『緊急順不同』への日本共産党からの批判——朝鮮問題、在日朝鮮人問題に対して日本共産党が冷淡だったというのは間違いで、共産党こそ働いてきた、総連解散についても党として正式に抗議したのは日本共産党だけだったという批判——に対し「当時の党の困難な条件のもとで、総連の解散のときも、一九五一年夏ころの、広島県その他での、アメリカ軍政部が日本警察を使ってした残酷な乱暴のときも、私自身、朝鮮人といっしょにいくらか働いていた。しかしそれが足りなかった、党全体としても足りなかったと今になって思う」と述べている（なお文中で「総連」とされているのは「朝連」のこと）。朝鮮問題を取り上げてきたことは事実としてあったけれども、問題の扱い方が不十分であったこと、つまり「民族運動と階級運動との結合の主張、階級運動への民族運動の発展・転化の主張のなかに、複雑な民族問題のいくらかの軽視がなかったか、すくなくともそれに類するものが混じてはいなかったか」という中野の議論は、解放のための思想運動の無意識の部分をあぶりだした発言として重要である。階級問題を念頭に置いた解放のための運動は、掲げられた看板のためにエスニシティやジェンダーなど見えにくくなる部分が必ずあるからだ。朝鮮問題が広く扱われるようになった一九七〇年代になってからの議論であることを割り引いても、階級運動に従属させられてきたかたちの民族運動という構図は、政治運動と文化運動を考える場合にも同様のものが見出せる。文連行動隊や在日朝鮮人教育問題については、当時の文脈への差戻し、全体の機構と流れのなかでの位置づけなど、どこに力点を置くかによって判断が分かれてくるだろう。

（5）「頭でっかちの組織」

以上のように文連の構成、委員、活動を概観し、実質的な活動が終了した時期を一九四九年末か一九五〇年前半としたが、実際には各地で展開された地方協議会の活動や職場のサークル活動を見なければ具体的なことは分らない。たとえば、戦後、大阪で文化運動に従事された佐瀬良幸氏のご配慮により、ガリ版刷りの「月刊ＮＭＢ」第一号（日本民主主義文化連盟大阪地方協議会、編集人印刷人北野照雄、一九四七年七月一日発行）を見ることができたが、一九四七年六月十二日に参議院議員として中野重治が大阪地方協議会を中西浩とともに訪れ講演会をおこなったことや、西淀川労協主催の文化学校に大阪地方協議会も協力し、栗原佑（文化論）、藤沢桓夫・羽仁新五（文学の話）、古畑銀之助・須藤五郎（音楽の話）、中西武夫（映画の話）、吉田貞治・柏尾喜八（美術の話）、内田穣吉（歴史の話）、宅昌一・大岡欽二（演劇の話）らが講師であったこと、奈良でも「ナラＮＭＢ」が結成されたことなどが報告されている（ＮＭＢは日本民主主義文化連盟の略）。ここに見られる各種文化講座の開催については、第八章で取り上げた広島県における中井正一の文化運動でも同様の講座開催が見られた。

この大阪の「月刊ＮＭＢ」第一号について詳しくは次章で報告したいが、しかし、当時の様子を知る佐瀬氏によれば「文連は、刊行物を出していたので、それは残るから何か活動がなされていたようにのちの人には見えるかもしれないが、出版物だけだった。全国組織といいながら東京だけの頭でっかちの組織で、地に根がついていなかった。そのため、レッドパージで一挙に壊滅した」[14]という。一九四七年七月と一九四八年十月と、二回にわたって大規模な全国会議を開催して議論しているにもかかわらず、文連は、文化サークルと専門文化人の問題など多くの難問を抱えていた。先にみた再建委員会の検討事項、加盟団体の活動から遊離したあり方なども大きな難問のひとつだった。だが、戦後の文化運動出発期に文連の果たした役割は、高揚する文化運動を拡大し鼓舞するものであったことは間違いない。上げ潮のような時期であったという言い方は、この敗戦直後の民主主義運動をいうときによく使われる。たとえば、民主主義科学者協会については「一・二年ではやくも全国の主要都市に支部を結成し、全国的な科学者運動組織にまで成長した。第四回大会（四九年四月）以後の最盛時には、地方支部数一〇〇余・会員数一万余にたっし、『民衆と科学者とが民科をつうじて人民的な科学運動を推進する』第一歩をふみだしたと呼号した。学生社研連なども、一ヶ年半たらずで加盟校七〇余をかぞえた」[15]と言われている。このような時期に、民主団体をまとめてさらに運動を拡大しようとした文連の方針は時代の要請に呼応したものと見ることができる。

しかし、見てきたような、戦前の運動方針の無批判の継承や、階級解放のためにエスニシティやジェンダーの問題があとまわしにされる思想運動の無意識の部分は、この組織の位置づけにおいて留意されなければならない。「地に根がついていなかった」「頭でっかちの組織」という佐瀬氏の評言は、運動を拡大し鼓舞するだけのものとして機能し、実質的な活動は加盟団体それぞれにまかされて、それらを大組織としてまとめただけのものにすぎなかったという文連のひとつの性格を言い当てている。文連が組織的に不安定であったのは、新日本文学会における中野重治のような存在がいなかったためだとも考えられる。寄り合い所帯的な大組織では、責任の所在も曖昧になり主体的な関わりがなくなるからだ。一定の役割を果たしながらも曖昧なままに解散した理由は、そのあたりにも見出せるだろう。

3　中野重治の活動について

さて、中野重治の文連における役割は、すでに述べたように、発足当時の理事長、再建委員会の委員長という代表としての役割がまずあげられる。そのほか、年譜によれば、一九四六年のはじめに「日本民主主義文化連盟創立のために働き、創立準備委員会発行『民衆の旗』創刊号（二月十五日印刷納本、二月二十日発行）の編集にたずさわる。『日本が敗けたことの意義』を同号に発表。」とある。雑誌「民衆の旗」の編集に積極的にたずさわり（河上肇に原稿を依頼して創刊号に『思ひ出』を掲載するなど）、それ以外の機関誌「文化革命」などにも原稿執筆し、『文化年鑑一九四九年』にも巻頭論文のひとつを寄せ、文連主催の座談会にも出席するなど、中野は文連に積極的に協力していたようである。

なかでも取り上げたいのは、第一回全日本民主主義文化会議における役割である。この全国会議は、一九四七年七月二十一日から二十四日までの四日間、東京芝の慈恵医科大学の講堂で行われた。冊子『人民文化の建設』（日本民主主義文化連盟、一九四七年十一月）にその記録がまとめられている。それによれば、文化団体、労農団体あわせて一八六の団体、六〇四名の参加があったという。それ以外に、傍聴者が約二〇〇名いたということで、かなり大規模な会議であったことがうかがえる。この記録集には、決議や討論要旨その他のほかに、大村英之助「まえがき」、一般報告として中野重治「藝術文化」、平野義太郎「科学文化」、地方文化活動報告として岩藤雪夫（京浜地帯）、久納顕（横浜市近傍）、沼田秀郷（茨城県）、山田多賀市（山梨県）、竹石精一（新潟市）、横井洋一（長野県）、菅原仰・厚田肇・村岡清次（愛知県）、北野照雄（大阪府）、柴田隆弘（兵庫県）、宮本正雄（京都市）、吉塚勤治（岡山県）、桑野五郎（東北地方）、主催者からのものとして増山太助「会議開催までの経過」、柘植秀臣「議長団挨拶」、特別講演として飯塚浩二「東洋的な意識形態と近代社会」、八杉龍一「ダーヴィン以後における進化論の発展」、松村一人「変革の論理について」などが収められている。

戦後の文化運動における全体会議としては、一九四九年七月に吉祥寺の前進座で行われた日本共産党の藝術家会議がまずあげられるだろう。中野も参加後の感想『満足と不満と――日本共産党藝術家会議を終えて』という文章を「アカハタ」に発表しているが、この会議については多くの資料が日本共産党の戦後の文化運動の方針を示したものとして扱っている。この名高い党員藝術家会議のほかに、注目すべきものとして、文連主催の二回にわたる全日本民主主義文化会議があった。その第一回会議での中野の役割は見逃せない。四八年の第二回会議には、記録（一部のみ「文化革命」一九四九年一月号に収録）にも名前はなく出席したのかどうかも分らない。

さて、第一回のこの会議では、一日目に、準備会経過報告を司会の増山太助が行ない、ついで議長団と書記団を選出、議長団には、黒岩武道（日本教職員組合）、村山知義（新演劇人協会）、中野重治（新日本文学会）、大村英之助（自由映画人集団）、小椋広勝（民主主義科学者協会）、住谷悦治（京都文化団体協議会）、柘植秀臣（民主主義科学者協会）、図師嘉彦（新建築家集団）の八名が選ばれ、議長団代表として柘植秀臣が挨拶した。中野は、二日目午後の討論と三日目午前の討論との議長をつとめたが、それよりも一日目に行われた一般報告での「藝術文化」の報告が大役であっただろう。一時間四〇分にわたったこの報告は、当時の文化運動の直面していた問題を、順を追って丁寧に説明している。

全文は後掲の「4　全集未収録資料」を参照されたいが、まず注目したいのは、本来報告することになっていた宮本百合子が病気のために出られなくなり、自分が代って報告することになったことを述べた冒頭部分である。はじめての全国的な民主的文化会議、その一般報告をはじめて女性が行うことは、日本の女性の成長、文化における女性の成長を証拠だてるものであり、自分の報告ではそれは果たされない、そのことを残念に思うと言う。敗戦後になってようやく選挙権を得た女性の社会進出を踏まえた発言であり、冒頭のこの部分は、宮本百合子の代理であることの断りを越えてひときわ目を引く。中野自身、この全国会議が開かれるに当って『今度の会議──第一回全日本民主主義文化会議を前にして』という文章を「文化タイムズ」一九四七年七月二十一日号に掲載している。短い文章ではあるが、会議の記録が印刷されることと参加団体が等しい資格で討論に参加することの二点を求めており、「今度の会議は日本はじまつて以来のことで重大」と述べていた。

報告の主旨は、ポツダム宣言受諾後の民主勢力と反動勢力との闘いのなかで人民の生活から人民の文化を建設するというものであり、文学、演劇、映画、音楽、舞踊、哲学、教育のひとつひとつを取り上げて、紙の独占、不平等な税金、ヤミ隠匿、戦犯の暗躍などに言及している。支配体制への批判は、この時期多くの文章に見られたが、この報告は一九四七年七月であったから、ポツダム宣言へのスタンスが民主勢力と反動勢力とでいかに異なっていたかという前提に従ったものであった。米軍すなわち解放軍という規定がまだ有効な時期の報告であることは押さえておかなければならない。

それぞれの分野の考察のなかでは、文化や娯楽のなかで「質の低い演藝的なもの」「浪花節的なもの」などを駆逐するように語っている部分はハイカルチャーに対するローカルカルチャーを排斥しているようで時代の限界を感じるものの、たとえば歴史教科書問題などはいま現在にも通じるものであろう。敗戦までの教科書が「軍国主義、侵略主義イデオロギーに貫かれていた」のにくらべて、新しい教科書は「軍国主義を存在させ復活させるためのイデオロギーで貫いた教科書」であり、「戦争はあつた、しかしそれは性格描写はぬきにしてしまう」もので「特定のイデオロギーによつては書かれていないと役人に言わせることで、客観性をもつた歴史であるかのように世間に吹聴されている」不十分な教科書であるという。のちの『甲乙丙丁』の「くにのあゆみ」の部分を想起させる内容である。

この教科書問題は、「世界各国から非難されている日本歴史、歴史教科書の問題」と規定されていたが、それは、軍国主義、侵略主義温存のイデオロギーは国際社会において通用しないものであるという認識に従った見解であった。のちの部分での、文連が「日本の文化を世界文化につなぐ基幹部隊」であるという考えや、読売新聞の記事に見られるＡＰのブラインズの話を紹介しながら「われ〳〵が国際世界への復帰ということを考えるにはこのことがその基礎になつている」と述べているのも、同じ認識によっている。敗戦直後の中野重治は、日本の問題は日本人が考えるという思想的立場を崩さず「民族の再建」（『批評の人間性』）についてたびたび論じていた。その一方で、軍国主義ファシズムは国際社会から受け入れられないものであること、敗戦によって国際社会に復帰する方途も探られていた。むろん「民族の再建」と国際社会復帰は背反するものではない。むしろ軍国主義、侵略主義イデオロギーを駆逐したうえでの「民族の再建」によって国際社会復帰がなされるという観点に立った考えであったと思われる。敗戦は無惨なひどいありさまをもたらしたものだったけれども、同時に、中野は、日本が立ち直るひとつの重要な契機として敗戦を捉えていたことがうかがえる。文化運動の方針の背後には、このような考えも見出すことができるだろう。

以上、文連における中野の活動を概略まとめたが、次節に、中野重治のおこなった第一回全日本民主主義文化会議での報告を掲載する。『中野重治全集』を編纂された松下裕氏によれば、中野全集の編集方針では、このような大会における一般報告は全集には採録しなかったということで、たとえば新日本文学会での大会報告も雑誌「新日本文学」に中野重治の署名で掲載されていても収録されていない。この第一回全日本民主主義文化会議での報告も同様である。そこで、当時の文化運動の方針を中野がどのように考えていたかを知るためにも必要なことと考え、ご遺族の鰀目卯女氏の許可を得てここにその報告全文を掲載する。戦後文化運動における中野の仕事を検討するには、「新日本文学」掲載の大会報告も取り上げる必要があるだろう。だが、それらを一挙に扱うことは分量的にもとうてい無理なことであるため、今回は『人民文化の建設』に掲載された文連での大会報告に限ることにした。

4　全集未収録資料

「第一回全日本民主主義文化会議　第一部　1終戦後における文化動向に関する一般報告」中野重治「A藝術文化」（『人民文化の建設』所収、編集発行者大村英之助、一九四七年十一月、日本民主主義文化連盟発行）

今日報告することになつていた、宮本百合子が病気で倒れましたため、私が代つて、一般報告のなかの藝術と文化とに関する部分をうけもつことになつたのを残念に思います。宮本はこの問題のため努力して資料を集めていましたから、それを受けついで私がやればいゝのですが、急に倒れて話が極めて急であつたため、十分打合せすることも不可能で、宮本の整理していたものを十分な形で受取ることも出来なかつたという実情であります。

もう一つ、これを私は重要なことと考えますが、日本ではじめてのこの重要会議、日本の民主的なすべての文化団体、多くの労農組合および各地の民主的文化団体共同の文化会議で、その基礎の一つとなる一般報告が日本ではじめて女によつてなされるということ、これは日本の女の成長、文化全域にわたる婦人の力の成長の一つの証拠ともなるものと考えますが、それですから、私が代つて報告をすることが一方の意味では出来るとしても、婦人によつて一般報告がなされるということは私によつては代ることが出来ません。その点を特に残念に思うわけであります。しかしこの会合へは不便をしのんで遠方の人々も来ています。これをはずすわけには行きません。それで私が報告を代るわけであり、私の報告は小さくもなり、短くもなり、所々バランスのとれぬ所が出て来、また問題によつて粗な所と密な所とが出て来ようかと思います。また私の主観も相当にまじつて来るでしよう。つまり私流の報告ということになりますから、各地方、各団体代表の具体的報告、その経験で補い修正しつゝ全体として収穫をおさめたいというのが私の希望であります。

さて、問題を見わたすため、われ〳〵は敗戦決定の八月十五日に引続く時期をふり返つて見たいと思います。八月十五日の敗戦の確認、ポツダム宣言受けいれの決定、この事件、この問題を、われ〳〵がどこの仕事場で、どういう状態で受けたかということが重大だと思います。

当時大まかに見て三つの流れがあつたと思う。第一はこれを、戦争の苦しみにたえて来た日本の勤労人民がキツパリした態度で受入れ、事がらを明らかにし、真直ぐ人民の民主政治をうち立てる方向へ持つて行こうとした流れ。第二は、ポツダム宣言の問題、日本の敗戦の明かな決定をアイマイにして、事がらを出来る限りもとのまゝに保ち、その間に今までの政治権力、その他経済、文化の面にわたる今までの勢力を新しい条件に多少順応させつゝ、しつかりと維持しようという受取り方で受取り、またこれを人民に押しつけようとした行き方。第三にはこのアイマイな受取り方、しかし強い押しつけ方をわきからまもるものとして、あからさまに侵略的、軍国主義的、フアツシヨ的な方向があつた。例えば八月十五日に引続く極めて短い期間に、断じて戦うというようなビラを飛行機でまいたような勢力とその行き方。

この三つの勢力がそのうち第二第三とは同じ方向のものだから、二つの勢力ということが出来るが、それがそれ〴〵の性質をむき出しにして短い期間内に戦つた。そしてこのことに、日本そのもののコオスを基礎ずけ《ママ》る諸勢力の端的な現れがあつたと私は考える。いゝかえれば、一方では長い戦争で苦しめられ、独立に考える力を削られて来た人民大衆が、敗戦に直面してある部分は呆然自失し他の部分は嘆き悲しんだ。この間に事をアイマイに運ぼうとする勢力、逆転させようとする勢力が共同して、世界情報、国内の政治、文化、経済に関する様々な実情を把握して、厖大な物質を隠とくし、それをもつて古い勢力の政治的再編成の物質的な基礎にしようとしまた相当程度これをした。ここにその後の経済上の害悪の根、文化上の害悪の根がしつかりと張つたと考えられる。そのことを、われ〳〵が文化問題を考える上でも顧みてつかむ必要があると思うのであります。ポツダム宣言の受諾は、一方明らかに日本労働者階級が自己を組織する自由を保証し、言論、集会、結社の自由を一応保証し、憲法の改正というところまで問題を持つて来ています。これはしかし第一の流れの上にしつかり乗つているものでは必ずしもない。そこにわれ〳〵が文化を極めて重要な問題として取上げる理由がある。

当然それにたいして、出来ればそれに先手を打とうとする平和国家論、文化国家論がさまざまに色とニユアンスとをもつて出て来ることになる。そのために様々の施設が具えられ、さまざまの運動も行われています。その方式には大きな額の資金と大きな量の物質と人間とが配置されている。そこでわれわれは、日本の仕かけた侵略主義、帝国主義戦争の根本的、全面的な敗北をきつかけとしてはじまつた日本の民主主義革命が、そのコオスである程度の日本の民主化、このことにおける勤労人民の努力とその成功とをもたらしたことを認めると同時に、他方では、民主的ごまかしによつて旧勢力の新しい支配確立のために事態を導こうとする動きが強かつたこと、今も強いことを見ねばならぬと思う。それはこういう問題に現われている。政府および政府を取まく古い勢力は、日本の労働組合その他の急激な発展あるいは婦人の解放についていろ〳〵なことをし、また説明をもしているけれども、労働者が資本家および政府と戦つて得た結果、たとえば労働時間の短縮、八時間労働制についてみて、そこに生み出された時間の上の余裕をどう使うことが労働者に出来るかという問題を見てみれば、それが労働者の生活向上、その文化的向上に十分役立つていないことが明かになると思います。労働八時間以外の時間を自分たちの生活を人間的、文化的に高めるため、文化享受、文化的創造のために使うことの出来ぬ状態に陥れられているばかりでなく、ます〳〵苦しい生活、相対的に低い文化的生活につなぎとめられる傾向が強く出ているのであります。労働時間の短縮は、一方労働者が飯を食つて生きて行くための食いもの、の問題、からだをまもるための着物の問題、生活をそこに営む住宅の問題、こういう問題が同時に解決されるのでなければ具体的な労働者生活の向上にならない。しかも食べる、きる、住むのための条件は、決して文化国家建設論者の手によつては、あるいは最近はじまつている新しい国民生活運動、精神運動によつては保証されない。別の面でいえば、憲法は女を男と同等に引上げた。これは進歩でありますが女たちの生活の向上にそれがどれだけ役立つているかといえばまことに僅かである。憲法の改正に伴つて民法が改正されますけれども、婦人の苦しい立場は根本的には決してよくなつていません。憲法上、民法上の言葉での婦人の地位の向上は、インフレーションの抑止、物価の引下げ、税金の引下げ、労賃の引上げ、労働時間の短縮、特に台所、育児、教育、配給の問題を包括する具体的革命手段が講じられ、かつそれが組織的に保証されるのでなければ言葉だけに止まるのであります。特に婦人の場合には、あらゆる法律、あらゆる労働組合の活動にもかゝわらず、例えば首切りの問題となつて出て来ている。大量首切りはまづ女から始められる。こゝに日本の民主主義革命の動かし方における一方の流れが、解放したと称する日本婦人にどう襲いかゝつているかを示す現物証拠があると私は考えます。これが日本の民主主義革命の始まりとそれに伴つて起つて来た労働者、勤労人民、不利な立場にあつた日本の勤労婦人、これらの結束と盛り上り、この盛り上りに対抗する勢力の概観であります。

この二つの対抗する流れの中で、勤労人民の立場に立つ進歩的民主的な文化活動の専門家たちによつて、様々な方面で文化の建設、文化の一般への普及のための仕事が力強く始められています。そしてこのことに、労働者階級、労働組合、農民団体その他の団体が力強く協同しています。その協同の仕事が今日までどう進んで来たかを簡単に報告したいと思います。

それは、一方では、文化連盟に加わつているいくつかの民主的文化団体の活動と、これを結束した文化連盟の活動とに集中的に現れています。またそれと力をあわせ、連絡しつゝ各地方に出来た沢山の文化団体、つぎには労働組合、農民組織と連絡を保ちつゝ、その中に経営の中に仕事場の中に、部落の中に、出来て行つた多種多様な文化サークルの活動にあらわれています。そこには今のところまだ不十分な点がありますが、人民の生活の改善と向上、その政治的なめざめを内部から促し進めている力をわれ〴〵は高く評価せねばならぬと思います。この新しく起つた文化活動の動きについて簡単に申しますと、初めにいつたポツダム宣言受諾の問題の取りあつかい方、あれに関係して来ますが、文化のそれ〴〵の分野で、文学、演劇、音楽、映画、ラジオ、新聞雑誌、それから哲学、宗教、自然科学などを含んで、今いつた民主主義的自主的な団体、それと力を合わせる組合その他の活動と、それに対抗する流れとがやはりまんべんなく現われています。

例えば文学の面で問題を見れば、一方において民主主義的な文学団体が出来てそれが全国的な規模で活動して行くと同時に、文学の問題と切はなせぬ問題としての紙の問題、出版の問題、そういう面で、紙の反民主的独占、出版の反民主的資本家的な独占の動きが強く出て、それに結びつくものとして、敗戦の当初にはいくらか鳴りをしずめていたかのような戦争犯罪人的、戦争協力者的勢力が、一年ないし一年半の後で大きな力となつて復活して来ています。今日いろ〳〵の文学雑誌が出ていますが、民主主義的な文学雑誌を出すことが非常に困難であるのに引かえ、反民主主義的な、戦争に協力したような連中がどこかの紙ヤミ商人とくつつき、よくない出版屋ことに闇資本の新しい枝わかれとして拓かれた出版屋とくついて、文学上質の低い文学雑誌をどし〳〵出して行くことが一般に可能となり、現実にも起つています。これは文学の面だけでなく他の分野にもしたたかに現れています。演劇の面で見れば、一方では非常に質の低い娯楽と演藝とが結びついてその勢力が演劇面のあらゆる条件を支配し、あらゆる施設を独占しようとする力が強い。劇場の独占、興行資本家の利潤追求中心の劇場経営。これを東京都について見ますと、東京都の人口は五百万位ですが、新しくまじめな演劇のために動員できる劇場は六つ位であつて、これが人口八十万につき一劇場ということになります。しかも八十万人にやつと一つ配置されている、その劇場が現実には今いつた興行資本家に独占されているのであります。東京のみならず大阪もほとんど同じ比率を示し、東京と大阪との示す比率は、大まかにいつて日本全国の劇場、劇場の持主が、新しく芽生えた演劇に対して劇場がどんな率で閉鎖されているかを示していると思います。そして、さらにそれに悪税金がかゝつている。この税金はその課税率だけでなく、それが藝者を呼んで酒を飲んでドンチヤンさわぎをやることに対して課されるものと同じものとして課されていることに大きな問題があります。しかもこの税金にたいする撤廃運動が、勤労人民、劇場当事者、あるいは映画、演劇の企業家をも含めて力強く起きていることを見のがせない。同時に、はたらく人民の間に、非常に困難な条件の下ではあるが民主主義的演劇活動が強く進められていること、また農村で、敗戦直後に支配的であつた悪質な無茶苦茶な青年を中心とする演藝運動、踊り運動、芝居運動があつたのが、次第に真面目な青年の文化生活向上を目的とする演劇へ発展しつゝある事実をわれ〳〵は見のがすことが出来ない。悪税金の撤廃、人口八十万に対してわずか一劇場の問題、それらの劇場の資本家的独占の問題それらは必ず解決されるでありましよう。さらに、民衆のための劇場が新しく建設されるという問題も、その可能性はすでに見えつつありますが、必ず解決されるでありましよう。

映画の面にも同様なことが見られます。映画の上映設備は演劇面のそれよりも多数ですが、興行資本家のトラストに独占されていることは同様である。そのため悪い映画が大量に作られている。ことに殆ど象徴的に考えられる問題は、夏にはお盆映画、暮れには正月映画がつくられる問題である。盆だの正月だのいう民族的な行事と結びつけて、極めて低級な、娯楽ともいえぬ娯楽映画が大量につくられて、配給され、しかも、映画批評家たちもお盆映画だから、正月映画だからというのでハンデキャップをつけて見のがして怪しまなかつたという事実、一方、すべての資材の不足、資金の不足、更にそれらよりも一そう困難な特殊な厄介、その説明をここではぶきますが、そういう困難をしのぎながら真面目で美しい映画をつくつて行こうという流れが実地に動き出していて、これと前者とが対抗している事実がそれでであります。映画、演劇面の労働者が強い労働組合をつくり、この映画労働者および映画労働者の中の藝術家たちの力を全面的に結集して、それによつて民主主義的な高い映画をつくろうという強い動きであります。のみならず、この流れ、その努力によつて利潤追求無茶苦茶映画、下等なお盆映画、正月映画が動員する看客《ママ》よりも質において高いばかりでなく、量においても大きい観客が動員されつつある事実と傾向とこそは全く見のがすことの出来ぬ重大問題であります。そこで最近ようやくにして、あの侵略戦争を真正面から取扱おうとする映画が出来、またそれが多くの困難の中である程度高い成功をおさめつゝある事実の基本的説明があると考えるのであります。

こういう問題は藝術の一分野にある音楽の面について見れば、やはり悪い音楽が支配的であり、また時にはます〳〵支配的であるという事実がある。音楽会が方々で催されるけれども、それはごく少数の人の享受に委ねられている。多くの人々がまだそれに近ず《ママ》くことが出来ない。音楽が奏でられる場所のないため、あるいは楽器が一部のものに独占されているため、あるいは文学の面などには発生しなかつた事情、すなわちマネキン的音楽家とそれにくつついて音楽家のあらゆる活動を按排する専門家、つまりマネジヤアの存在のため人民大衆がすぐれた音楽藝術に直接接する機会がない。あるいは極めて大きく制限されている。しかし他方では人民大衆、勤労者自身による音楽活動の拡大、強化のための活動も力づよく行われている。私は藝術上の成果として非常に大きな結果は得られなかつたとしても、努力の方向と結びつけて、総同盟、産別、国鉄および文連協同のあの勤労者の歌と曲との募集決定の仕事を非常に高く評価せねばならぬと思います。すべてが組織された労働者の自主的な活動によつて行われた。詩の募集、曲の募集、入選作の決定から発表の仕方に至るまでが民主主義的になされた。その結果に至るすべての手つづきは、日本における勤労者の文化運動全体としても、また特に音楽の分野のそれとしてもかつてなかつた一大飛躍だと考えます。日本の労働組合運動は力強くその戦線統一へ進んでいるが、この間には様々な悩みがあつて、組合と組合の反目対立がありました。けれども、あの新しい労働者の歌の募集と選定、これを日本の全勤労者大衆に与える与え方、この問題については、中心になつた組合が完全に一致して行動した。このことをわれ〳〵は、音楽の面における労働者大衆の力が、労働者階級の戦線統一の問題と結びついて発達することが出来るということの確証を与えた一つの事例として腹に入れておきたいと思います。特に重大なのは、民主主義的な文化の普及と建設とにおいて非常に大きな役割を示すラジオ、新聞、雑誌の問題であります。新聞雑誌についていは、文学雑誌についてふれたのと同じことがもつと大きなスケールで行われている。これについて特に思い出すことがあります。それは日本における戦争犯罪人追放の問題、現にわれ〳〵は極東軍事裁判の進行しつゝあることを知つていますが、あの裁判進行のはじめに、弁護士団主席の清瀬博士が裁判にどういう態度で臨んでいるかを語つて全世界の民主主義勢力から手痛い抗撃を食つたこと、そういう弁護士を日本人としてもつたことを恥しい思いでわれ〳〵がうけとつた事実であります。これらのことは、敗戦後次々に出て来た、日本政府が客観的には戦争犯罪人保護の政策に出て来たことをあらわすものであります。八月十五日以後多くの選挙が行なわれているけれども、その場合各方面での追放せられた人間を考えるときいかに追放されるべくして保護されているものが多いか。歴代の内閣のとつて来た方式は現に東京に進行しつゝある極東軍事裁判を侮蔑している。フアツシズムと闘つてその根を断つ日本民主主義化の道と極東軍事裁判の進行とは不可分の関係にあるのですけれども、諸政府の一貫してとつて来た方式は客観的にあきらかに戦犯分子の保護である。特に言論報道面の追放がまだ行われていないことに我々は目をとめねばなりません。明かなように、日本の選挙を民主主義的に、清潔に建直して行くためには、また単に選挙のみならず、あらゆる日本人の生活を民主化して行くことが先決問題であるならば、戦争中もつとも悪質な仕事をした言論報道部面の戦犯分子が真先に追放されなければならぬ。これは明かなことでありますけれども、文化国家あるいは平和的日本つくりを看板にして来たすべての政府は、人民の考え方、見方、思想それに基く行動それらの内面的連絡とその指導とにおいて、もつとも悪質な仕事をして来た言論報道関係の連中を今《ママ》だにまだ追放していない。こゝに日本の新聞雑誌の大きな保守反動的な動きの根拠があると思います。このことゝ新聞、雑誌、出版のために必要な印刷の問題、紙の問題、輸送の問題、それらの全般的資本家的独占、ヤミストックとそれらとの結託した活動に見られるのであります。これに対して、民主主義的な出版物、新聞雑誌は困難な闘いをたたかつている。しかもこの困難な闘《ママ》の中で、出版面の戦犯分子の追放が民主的勢力によつて決議され、相当強くそれがおし進められた事実を我々は低く評価することは出来ぬ。それは、紙の配給の問題での奮闘の結果、特にこれに関して印刷出版労働組合と民主的出版者団体との結合が力強くなつて来た時に、紙の配給、割当の問題を出版協会その他から取上げて内閣へ、役人の手に政府が持つて行つたことによつて逆に説明されると私は考えます。これらの事実は、新聞、雑誌、出版の面でどの勢力が現在支配的か、それに対してどの勢力がどんな方式で闘つてこれを民主化しようとしたか、民主化の力が高まつた時、官僚がどんな手を打つてた《ママ》かを明かにしているのであります。

同じことはラジオ方面にも現れています。概括していえば、やはり資本主義的、封建的、特に文化と娯楽との面で非常に質の低い演藝的なものが、ここでも大きな勢力を占めています。ラジオがいまだに農村に普及していない事実は併せて見のがすことが出来ません。都会では聞くことが出来るが聞くことの出来ぬ地方が沢山ある。そうして、非常に質の低い、悪い意味での浪花節的なもの、琵琶的なもの、俗歌的なものが支配的である。しかもこの傾向が最近部分的に強められていることに注意しなければならぬ。ラジオ関係の労働組合の努力は非常に大きいけれども、なおこの問題の十分民主的な解決のためには力がまだ不足である。そうして、この種の努力を妨害するための網はさまざまに張りめぐらされていて、ラジオ関係労組の力だけでは完全には解決されぬことがます〳〵明かになつているのでありまする。

舞踊の問題がまた同じ様である。一方で勤労者の間に新しい踊りの運動が非常に大きく盛りあがつていること、それは何ものをもつてしても止め得ぬこと、これが健全な方向へ大きく発達するだろうことが固く信じられると同時に、例えば東宝で、藝術労働者の身体検査を組合の再要求でやつた結果、踊りのグループの人々が一番悪いという結果が出て来たことを忘れることは出来ません。われ〳〵があれを見ると、あそこにこそ若い立派な肉体が選ばれて集つていると考える。われ〳〵があの踊りの人々の踊りを見るときにはどうしてもそういう考えになりますが、医者に見せるとあの人々が一番身体が悪い。年齢からいつてもその肉体的条件からいつても元気の充満しているべき人々のグループの間に特に結核系統の病気が一番高い率で食い込んでいる事実が、レントゲン検査に出て来たのであります。この事実をわれ〳〵が認めねばならぬ。このことは一方医学の問題として、科学の問題に関係もしますが、医師連の活動にむすびつく、たとえば国立療養所の問題などと共に、医療の民主化の問題にも結びついて来ます。今まで軍隊のもつていた病院、療養所が国立療養所にかえられた後も、中での患者の生活および療養生活には次の問題が出て来ています。すなわち、そういう療養所に従業員組合が出来、いろ〳〵の施設がほどこされているにもかゝわらず、そこの医者が昔軍医であつた場合には、またそういう連中が中心になつて組合が出来ている場合には、病人たちは非常に虐待されている。二等兵であつた病人は大尉であつた医者のため、かつて兵営内で二等兵が大尉である軍医に扱われたと同じことが今も支配している事実であります。それですから、病気に階級的差別ということはあり得ぬ、風邪薬に保守も反動の進歩も民主もあるものかなどいう言葉が実地には誤りであることが分るのであります。こういうこと、踊りをする人々のもつとも健康に見える身体に結核がもつとも高い率で食いこんでいることが関係していると思います。そうして、それらのすべてを包括する問題として一方に哲学の問題があり、他方に教育の問題があると思います。

哲学については、哲学本来の仕事、人間の生活を向上させ、より高くこれを建設して行く基礎を与えるものとしてのその仕事はやはり極めて不十分にしか、またアイマイにしか取扱われていない。あの戦争を哲学的に基礎ずけ《ママ》ようとしたエセ哲学、これを哲学的に基礎ずけ《ママ》ることが出来ぬため、全く俗学的な哲学的文句のかがりあわせで人民大衆を戦争の方にかり立てて行つた哲学の流れが、民主主義勢力の成長に迎合して、あるいはそれにいくらか適応するような形に形を改めて新しい欺瞞の哲学をふりまいている。そうして、自己の哲学を確固として樹立するに至つていない人民大衆を、その持前の煩瑣な思弁の迷路で保守的反動的に獲得しようとするのがその目的である。これに対して、人民の側に立ち、人民の生活の建設と向上とに結びつくところの哲学の流れは困難な戦いをたたかつている。この種の哲学者連はほとんどすべての大学その他の講座を大体において拒否され、すでに述べたような原因からジャーナリズムの大部分からも拒否され、ただ働く大衆の民主的組織およびその機関紙などを通して大衆とむすびつき、その線の保存、拡大のためにあらゆる政治的経済的困難とたたかつている。哲学者たちの戦いは民主主義文化活動の全分野のうち最も困難なものの一つとなつているのであります。

これは教育の問題に最も露骨に現れています。もし日本の国民生活を全人民の立場に立つて民主化することが眼目であるならば、正に教育の問題こそ最も大事なものでありましょう。ところが今までのすべての上からの教育組織および諸政府は、教育の問題を決して自主的には取上げて来なかつた。たゞアメリカの教育視察団の調査の結果によるその強力な示唆と、足もとから起つて来た教育労働者および学生、生徒、これの保護者、この下から盛り上つて来た力とに挟みうちにされた結果、しぶ〳〵六・三制が提示されたのであります。六・三制は、採用した側からいえば、自ら考えて必ず実行しようとの決心、まごころがあつて出したものでは明かにありません。六・三制を実現するためにはどれだけ政府が予算をとつているか。発表されている額は六・三制の実現を蹴とばしているものであり、瞞着の材料、口実としての予算である。どうしても、教育を受ける学生、生徒、自分の子供達に教育を受けさせようとする人民大衆、および直接教育に携わる教育労働者、教育問題の活動家これらすべての人々の結束した力によつて、政府に事を強要するほかはないのであります。財源を人民が見つけ、金と資材とを人民が発見、獲得、管理するほかはないのであります。最近この予算がふえることになりましたが、それはすべて焼けた学校の建直しその他の面に使われてしまつて、教師、教員を養い、その生活を楽にし、それによつてその教育能力を高めるところへは全く廻らないのであります。ここに大きな問題があります。焼けた学校は建てねばならぬ。足らぬ机はつくらなければならぬ。教科書は紙を買つて印刷しなければならぬ。けれども、同時に、これをいかすべき教育者そのものの生活をつくるのでなければ教育は地におちてしまう。どうなるかといえば、資材を隠匿、独占している親方のまた親方たちが、働く人民の税金によつて集められた厖大な金と引かえに、そのイントク、独占資材を法律に保護されて横流し取引きするためにあの予算——小さい予算の大部分——が持つて行かれるのであります。闇屋の親玉を保護して、そのイントク、独占資材を最も有利に流すことの法制化があのわずかな拡大された予算の性質なのであります。これと並んで教科書の内容の問題がある。ここには、世界各国からすでに非難されている日本歴史、歴史教科書の問題があります。それは、進行しつつある民主主義革命を官僚と旧勢力とがどういう方式で逆用しようとしているかを端的に語るものであります。わが人民が自己を再建するためにはこれに対抗する全勢力と闘わねばならぬ。そのため大事なことはあの大きな戦争がどんな戦争であったかを明瞭に自覚することであります。この自覚と結びつけない日本人民の新建設ということは内面的に成功することが出来ない。しかしもしわが人民大衆が、あの戦争のもたらした大きな害悪と犠牲とが、あの戦争のもつていたどういう性格から出て来たかを明かに認識するならば古い勢力は、自己を絶対に維持することが出来ぬのであります。古い勢力は、自己を維持するため、元通りの軍国主義、侵略主義、天皇中心主義的な方式を正面に押出すことはもはや出来ない。旧勢力が自己を保持するためには、軍国主義の真向からの押しつけでなく、裏からの注ぎこみ以外には手がないのであります。それには、あの戦争の性格を人民大衆から完全に隠すことによつて逆にその性格そのものを人民生活の中に残す。歴史教科書に関連していえば、今までのは軍国主義、侵略主義イデオロギーに貫かれていた。そこで、新しい教科書を軍国主義、侵略主義イデオロギーで貫くことは許されぬ。旧勢力に望ましいことは、軍国主義、侵略主義イデオロギーで貫く教科書をつくることでなく、軍国主義を存在させ復活させるためのイデオロギーで貫いた教科書をつくることとなる。そこで必要なのは日本の人民が経て来たあの戦争の性格をぬき去つてしまうこと、戦争がなかつたとはいえぬから、戦争はあつた、しかしそれは性格描写はぬきにしてしまう。ここに新しい歴史教科書の一貫したイデオロギーがあるのであります。そして特にあの教科書は、特定のイデオロギーによつては書かれていないと役人に言わせることで、客観性をもつた歴史であるかのように世間に吹聴されているのである。これは明かに侵略主義、軍国主義温存のイデオロギーに貫かれて書かれているのである。これを編纂した方式がいまだに国民教育の根本を握つている。こういうことが教育、文化の全領域にあり、またこれに対する下からの反対の動きが今までに述べた如く全体として動いているのであります。

そこで、これらの問題について明かに労働者階級、勤労する人民の側と、政府および役人、大資本家、大地主階級との間に問題取扱いの対抗関係が示されている。これを見なければならぬ。見ずにいることは出来ぬ。今の内閣が出来た時総理大臣がこういつています。理論的に一貫していないから概括することは出来ないが、今度の内閣は愛を説いている。人民に対する愛情ということをいつてをります。また全人民的な危機を乗切るために新しい精神運動、生活運動を起さねばならぬということをいつています。けれども演藝、映画に対する十割の悪税は政府の愛が勤労人民にでなく人民を圧迫し、搾取する人々に対するものであることを示している。文化の問題だけでなく問題になろうとしている非戦災家屋に対する課税問題などもそれであります。非戦災家屋に対する課税は一律平等課税の面貌をもつだけに一そう悪質である。日本では大きな都市以外の地方都市、ほとんど全部の農村が爆弾でやられていない。そこえ《ママ》課税することは全農村に対するきわめて悪質な課税にならざるを得ない。都会で家の焼けた人々についても、国民の多数の間からもこれには反対が起つている。焼けたりヤミで資材を手に入れて続々家を建てたり、映画館を建てたり、料理屋を建てたりした連中には課税されない。自分たちの小さい家を、あらゆる犠牲を払つて、怪我をし火傷をして守つた連中には税金が課せられる。多くの小家主はこれによつて滅亡する。これが片山政府の愛ある政治である。どういう人に、階級に愛を持ち、どういう人に、階級、グループに憎悪をもつているかゞこゝであきらかになるのである。農民を侮蔑する報奨物資の問題が、何の疑惑もなく役人の口から放送されていることは、農民の供出問題としてゞなく、文化問題として道徳の問題として大問題なのであります。こういう内閣の愛を、産業復興、平和、文化国家建設の合言葉とする流れに対して、勤労人民の側で、たとえば労働者がストライキその他の闘争における生産管理という新しい方式、経営協議会における活動の新しい方式、あるいは労賃の算出、物価の測定、物価指数の出し方、農民の供出割当の正しい方式、こういうものを実際に即して数理的に自ら出して来たということの中には、非常に大きな、人民自ら国家生活を近代的、科学的に測定し管理し得るという人民の文化面における画期的成長と人民生活そのものに対する生き生きとした愛があるのであります。生産管理その他は闘争の新しい方式であるのみならず、勤労階級が、自己の生活を守るための闘争においてこそ、新しい文化段階へ急激に、自然にのぼつて来た、のぼるものであることを示すものとしても極めて重大であるのだと思います。これと関係するものとして自立劇団、組合による文化活動の問題、多くの文化、藝術サークルの問題があります。更にこれと結びついて、たとえば美術家を金持のパトロンから解放するという種類の問題がつながつて出て来るのでありますす。

様々な形でキリスト教、仏教その他の復興作業が行われていますが、何とか観音様の再建をはかる場合にどんな方式で復興されるかといえば、ダンスホール、料理屋等、いわゆる仲店、門前市の悪質な歓楽街をつくることによつてそれが行われていることが最も目につくことであります。浅草のお寺は吉原と結びついて繁盛して来た。高野山その他の霊場が同様であり鎌倉などでは新しく民主主義的先ぶれによつていろいろ復興が企てられているのでありますす。こういう問題も、勤労者が自らこの潮流と戦い、自己の文化建設の道と結びつけて理解してはじめてこれを完全に退治することが出来ると考えます。

概括していえば、戦争が終つたときに日本の敗北をどう取扱うか、これを明確に認識して日本の民主化へまつすぐに進むか、すべてを勤労人民を基盤にして進むか、これをアイマイにごまかして、一方ではどこまでも保守反動のデマをふりまきつゝ、ぼう大な復興のための物資を隠匿しつつ進むか、この二つあつた流れの対抗関係が今日も続いている。この間にあつて民主的な文化団体が自主的につくられて、それぞれの分野で活動して来た。このこと、勤労人民の中に起つた文化を求める大きな欲求とが結びついて今日にいたつている。その後の諸政府の上からの方策に対する下からの方策によつてそれらが戦つて来た。このため、文化連盟に参加しているいくつかの民主的な文化団体、それをも包含するものとしての全日本の人民的な文化団体、活動勢力、これと結びつく多くの労働組合、これらの力は、日本における新しい人民的な文化建設の基幹部隊として、また日本の文化を世界文化につなぐ基幹部隊として、現に存在するのであり、このことは、国内的のみならず正に国際的にも認められねばならぬと私は考えるものであります。こゝにそれぐの所属を代表して集つている人々によつて代表される、これらの民主的な文化団体、全組合、諸団体はそれを除いては日本文化の民主主義化、人民の日本の建設は考えられないようなその基幹部隊であると私は考えるのであります。もし日本が国際的国家生活に復帰する日が来るならば、その際日本の全人民の文化を代表する基幹部隊は、今日こゝにそれぞれの代表を送つたそれらの組織の集結体でなければなりません。このことは国内的に否定することが出来ぬのみならず、国際的にも否定することが出来ぬのであります。それですから、もし政府その他が、民主的に下から出来たこういう文化団体の結集を無視して文化活動を何か行おうとすれば、これは根のない上からの官僚的事業となるほかはないのであります。今の内閣が新生活運動とか、国民運動とかいふ形でやろうとしている一つの精神運動に対して、文部大臣が言つた言葉が端的にこれを示しています。文部大臣はこういつている。この経済危機を乗切るためには精神力を発揮しなければならぬ。この危機に際しても国民は心にゆとりをもたねばならぬ。台所が苦しくとも心に床の間をもたねばならぬ。ということをいつている。床の間を一概に否定するものではない。文部大臣の提出したのは経済危機を観念的にごまかすための床の間であり、一切の政府の国民運動、新生活運動は、民主的な人民の文化運動、文化活動、そのための諸勢力の結束した力によつて排除されねばならぬ千松イデオロギーのつめこみ運動だということがわかるのであります。

今日の読売新聞にこの問題をめぐる座談会の経過が出ています。そこでたしかAPのブラインズがいつてゐる。日本ではアメリカからの資本輸入を非常に要求しているし、また要求しているような芽生えが強い。おそらく外国資本の輸入は望ましいことである。しかしヨーロッパの諸国でも外資、アメリカ資本の輸入は簡単には出来なかつた。また簡単には得ていない。しかもこのヨーロッパの国々は、日本とはちがつて連合国の一員であつた。連合国の一員であつて、日本、ドイツ、イタリヤと戦つた国々に対してさえ、アメリカ資本の導入には多くの困難があつたし今後もある。それならば、イタリヤドイツと組んで連合諸国と戦つた日本にやす〳〵と外国資本を輸入しようと思つたり、出来るように思つたり、またそういうものとしてその問題を国民に与えようとすることは大きな間違ではなかろうか。自覚したものとしての努力なしに外資輸入をいうことはどうであろうかという意味のことをいつています。この問題は非常に大事だろうと思う。われ〳〵が国際世界への復帰ということを考えるにはこのことがその基礎になつている。ところでこれに対して、文部大臣の森戸がこういつています。非常にありがたい忠告であります。それですからわれ〳〵は乏しきを分ち合わねばならない。ブラインズを引取つた森戸は、乏しきを分ち合えといつた恥づべきあの天皇の言葉にうつつたのである。もし森戸の方式に人民が引ずられるならば、われ〳〵の民主的文化建設は沼地にみちびかれるのである。

　今日労働階級および勤労人民の力は結束されつゝあり、かつ文化の面でも相当の達成を見せつつある。同時にこれに協力しようとする多くの文化領域における専門家、インテリゲンチヤが見られる。それが労働者階級、全人民の文化活動に結びついて行くことが必要でありまた可能でもある。このことは言論報道関係の戦犯分子をどし〳〵追放して行くこととむすびつく。すなはち《ママ》、人民が自己の力を結集して言論報道面における悪質戦犯人を積極的に追放して行くことによつて極東軍事裁判の進行を日本人民が真剣に見ていること、また世界の民主主義の流れに日本人民が内部から呼応するものであることをわれ〳〵は文化面で実行せねばならぬのである。われ〳〵はこういう力の結束されたもの、現れとして今日のこの会議を見ねばならぬのである。われ〳〵が現在持つている政府は公約を破つた政府、約束を破つた内閣、公約を破棄した政府という言葉でよばれています。こういう内閣が、人民のため人民との約束を実行する政府に切りかえられて行くことにわれ〳〵の文化活動は結びつくのであり、このことをもこゝでわれ〳〵がよく理解したい、する必要があると思うのであります。もしわれわれが勤労人民と手を結ぼうとする専門家、技術者、藝術家と強力に結びつき、働く全人民の生活を基礎としてこの仕事を進めて行くならば、日本の人民がうけている自然の様々の悪条件、東北地方にくり返される冷害、農作物に悪影響を及ぼす冷害の問題、日本に非常に多い地震とか火事とか水害とかの問題、今までも起つた現に起りつゝある都会地の陥没海岸線の埋没等の問題、こういう自然との戦いにおいても日本の人民は民主主義的に最大の力を発揮して闘うことが出来るだろうと思います。それですから、文化の問題は日本の人民生活の全面に包括的に関係するものとして、われ〳〵によつて考えられなければなりません。ことにわが人民は、いわゆる首長選挙において力を獲得した場合は直ちに、簡単な言葉でいえばいゝ政治を行はねばならぬ。いゝ政治をしなければならぬ。民主主義勢力が政府をつくり地方政治の機関を握つた場合、われ〳〵は旧勢力がこれに対して極端に妨害、破壊工作に出ることを知つています。その場合、人民の側が技術の面における専門活動家、文化の面における専門活動家を十二分に自己の陣営に確保して、敵の妨害、破壊工作を強力に遮断しつゝ新しい経済施策、文化施策を時をおかず実施して行かねばならぬのでありま す。このためにはすべての労働者すべての農民、すべての働く人々が非常に大きな関心と理解とをもつて積極的な方策を打ちたて、今までしば〳〵人民を欺くためにもち出されたさま〴〵の改良政策をも、正に革命的に捕えてこれをおし進めねばならぬのであります。こういうすべてのためにわれ〳〵はこゝえ《ママ》集まつたのであります。各方面での経験に立つて討議していたゞきたいと思います。

注

（1）北河賢三『戦後の出発——文化運動・青年団・戦争未亡人』（青木書店、二〇〇〇年十一月）などによる。

（2）第Ⅱ部第八章参照。

（3）拙稿「「歴史の進み」を背負うこと——戦後文化運動における中野重治——」（「文学」二〇〇三年九・十月号　二〇〇三年九月）

（4）国民文化調査会編『左翼文化戦線　その組織と活動』（星光社、一九五六年三月）では二月二十一日、日本共産党『日本共産党の五〇年問題について』（新日本文庫、一九八四年三月）では二月二十七日、『文化年鑑　一九四九年』（資料社、一九四九年二月）では三月一日となっている。

（5）吉田好尚『素絹』（劇団風の子出版部、一九八七年七月）二六〇頁。この『素絹』については、小川重明氏よりご教示を得た。

（6）「文化革命」編集者の柴川済《わたる》について、また柴川旧蔵の中野重治原稿（「「平和革命」と文化ということ——五月十五日の日比谷公会堂での話の概略」）については、拙稿「「文化革命」と中野重治」（「千葉工業大学研究報告人文編」第五〇号、二〇一三年）において論じた。

（7）増山太助『戦後期左翼人士群像』（柘植書房、二〇〇〇年八月）九〇頁。

(8) 文連か新日文かということは、実は重要な意味をふくんでいるようにも思われる。前掲の『文化年鑑 一九四九年』には、巻頭論文として三本の論文が掲載されていたが、それら川口浩『民主主義文化運動の回顧』、中野重治『戦後民主主義文化運動の展開』、松本正雄『文化運動当面の諸問題』は、すべて新日本文学会のメンバーが筆者だった。松本正雄がこの時期の代表者であったことも関係していただろうが、文連内部における新日本文学会の比重はずいぶん大きなものだったと推測される。

(9)「文化革命」一九四八年七月号に発表された鹿地亘「文教政策と民族問題」、平野義太郎「朝鮮人学校を視察して」が再掲された。

(10) 金慶海編『在日朝鮮人民族教育擁護闘争資料集1』(明石書店、一九八八年四月)八頁。同書には、二次資料ではあるが、占領軍の民間情報教育局が最初に出した民族教育に対する基本方針が収録されている。編者によれば、この弾圧事件はGHQの指令によるものと推定されているが、事件当時の共産党および民主勢力にはそのような観点はなかった。「占領軍」と規定できなかった限界のあらわれと見られる。

(11) 金時鐘『吹田事件・わが青春のとき』(「差別とたたかう文化」第二十六号、二〇〇二年九月)による。

(12) 鶴見俊輔・上野千鶴子・小熊英二『戦争が遺したもの』(新曜社、二〇〇四年三月)三三一頁。

(13) 梁永厚『戦後・大阪の朝鮮人運動』(未来社、一九九四年八月)四四頁。

（14）戦後の大阪で文化運動にたずさわられた佐瀬良幸氏からの二〇〇四年四月十九日消印の竹内宛葉書による。

（15）小山弘健『科学運動』（竹内好編『戦後の民衆運動』所収、青木新書、一九五六年二月）一四五頁。

第一〇章　戦後文化運動と文連地方協議会

1　はじめに――中野重治の責任

戦後文化運動にはさまざまな局面が見られたが、運動を牽引した団体のひとつ日本民主主義文化連盟（以下、文連と省略）については、前章で活動の概要と中野重治の役割を中心に論じた。当時の文化運動において、増山太助や松本正雄らをはじめ多くの運動家の働きが特筆されるのと同じく、中野の役割も小さなものではなかったと言える。

発足当時の理事長、再建委員会の委員長というように文連内の代表的役割を果たし、また、雑誌「民衆の旗」創刊にかかわり、文連発行の『文化年鑑　一九四九年』（資料社、一九四九年二月）にも巻頭論文のひとつを寄せている。なかでも、一九四七年七月におこなわれた第一回全日本民主主義文化会議における一般報告「藝術文化」は、一時間四〇分にわたる報告で、当時の文化運動が直面していた問題を、文学、演劇、映画、音楽、哲学その他の分野ごとに、民主主義的団体の活動とそれに対抗する流れとを示しながら、詳細に報告している。この全国会議では議長もつとめた。中野の文連における役割は小さくなく、むしろ率先して牽引する指導的立場であったようにも見受けられる。だとすれば、戦後文化運動の出発点における中野の責任は重いものであったと言わざるを得ない。

文連は、新日本文学会とは違って、日本共産党が指導する文化組織であったから、この組織は、中野が敗戦後まもなく一九四五年十一月に再入党し、党員として文化関係の仕事をおこなう直接の場であったと考えることができる。一九四六年十月には「アカハタ」文化部部長となり、翌四七年四月には日本共産党から参議院議員に当選し、さらにその翌年四八年五月に日本共産党文化部副部長になっているが、これらと同様に、文連での文化活動は、中野重治の戦後文化運動における重要な一角を占めるだろう。それは、中野がその後歩むことになる戦後の困難な道筋のはじめの段階であり、除名にいたるまでの中野における日本共産党の問題は、この文連での活動を不問に付して扱うことはできないだろうと思われる。文連における積極的な活動は、解放された新時代の要請からそうせざるを得なかったにせよ、いまから考えれば中野重治の限界を示すものでもあった。歴史にifということはないが、戦前のプロレタリア文化運動に深く関わってきた実績があるからこそ、中野自身が過去の運動を吟味したうえで、戦後の文化運動再建を検討していたならば、事態はもう少し違っていたかもしれないなどと想像する。

ところで、中野の果したこのような役割とは別に、前章での報告は文連全体の活動についてはいまだ十分な調査研究とはいえなかった。そこでも述べたように、文連には、民主主義科学者協会、新日本文学会、新日本歌人協会、日本エスペラント協会、日本美術会、自由法曹団など二〇あまりの加盟団体があった。文連加盟団体はそれぞれ地方支部を持ち、全国的な活動を目指していた。文連が戦前のコップ（日本プロレタリア文化連盟）に似た組織だった理由は、これら加盟団体の協議機関としての組織運営が日本共産党の指導のもとになされ文化団体が政治運動の影響下にあったからだったが、文連にはこれら加盟団体のほかに二七〇ほどの地方文化団体が参加していた。この地方文化団体の多くは、各地の文連地方協議会のもとにまとめられており、そこでの活動はやはり文連の活動そのものを支えていた面を持つ。

文連の活動には、戦後文化運動を敗戦直後の時期に牽引した功績と、その反面、党の指導により戦前と同じ轍を踏むことになったマイナス面とが共存する。戦後の運動を組織するさいに、戦前の運動方針を無批判に継承したことや、解放のための階級運動における無意識下のエスニシティやジェンダーの軽視、また何よりも組織を拡大するだけで実質的活動を加盟団体にまかせるだけの空無の運営形態であったことなど、マイナス面として批判される点は多い。その功罪はそれとして、文連地方協議会の実態を知ることは、戦後文化運動のひとつの側面を照らすことになるだろう。

そこで、本稿では、文連地方協議会を取り上げ報告することにしたい。地方協議会全体について述べるのはとうてい無理なことであるため、まずはその成り立ちと、ひとつの地方協議会として大阪地方協議会[1]を取り上げて検討することにしたい。

2　文連地方協議会

（1）文連地方協議会の概要

前掲『文化年鑑　一九四九年』での日向仁四郎の報告によると、文連地方協議会は、もともと地方に発足していた各種文化団体がばらばらに活動していたのを、一九四七年七月開催の第一回全日本民主主義文化会議での要望に基づき全国組織にむけて再編成したものであるという。全国組織の具体化については、次のような方針が立てられた。

1）加盟団体はそれぞれの支部を強化する。
2）同じ地方内の各支部は、相互に連絡会議をもつ。
3）三種以上の支部がある地方は、すぐに協議会を結成する。
4）二種の支部がある場合は、可能な限り協議会の準備会を結成する。
5）すでに地方支部が文化団体協議会その他の団体に参加している場合、即ち労働団体文化サークル、地方専門団体などの組織に参加している時は、その特殊事情を尊重して、その内部に協議会を結成する。
6）既存の団体が文化会議的性格をもつ場合、即ち労働団体、文化サークルなどを含む場合は、地方文化会議に整理するよう今後の活動を展開する。

地方の各団体を全国的な統一組織にするために、それぞれ地方協議会を結成することが基本方針であったことが分るが、すでに既存の組織がある場合にはそれを活かすことも付記されている。このような方針で、一九四八年には東京、千葉、神奈川、京都、福岡、佐賀などが活動をはじめ、さらに北海道、石川、奈良が加わり、これ以前から早くも地方協議会を組織していた青森、大阪、兵庫も含め、合計十一の地方協議会が結成された。

これらの地方協議会には、文連加盟団体の地方支部が所属し、大阪などもともと地方協議会を組織していたところでは、文連に属さない地方文化団体支部も所属していた。つまり、文連の組織は、民主主義科学者協会や新日本文学会などの加盟団体と、その地方支部（および文連所属外の地方文化団体）のまとめである地方協議会と、二重に交差する組織形態であったことが分る。二重どころか、文連内部の各委員会、文連と加盟団体、加盟団体とその支部、文連中央部と地方協議会、地方協議会のなかの加盟団体支部、地方協議会のなかの文連加盟団体以外の地方文化団体と、このように組織は二重にも三重にも交差するものだった。

文連の最高機関は協議会であったが、加盟団体は会員数に応じて最低二名以上の協議員を選出して協議会を構成していた。この中央の協議会の承認を得た地方ごとの連絡協議会として、文連地方協議会は位置づけられていた。そして、地方協議会の代表は、中央の協議会に出席して発言することができるという仕組みであった。加盟団体は本部が東京に置かれていたから、このような地方協議会の形態をとることで、全国の文化団体の声を反映させようと意図していたのだろう。

同時に、実は、これは地方から中央への声の反映というだけではなかった。前掲書によれば、加盟団体は「(一)支部会員の資格基準を明確にし、新会員を大衆の中から思い切って吸収する。(二)支部は本部の組織にならう。(三)組織者――オルグ団を確立し、文連組織部と緊密な連絡をとり、文連全体のオルグ団を全国に派遣する」ということが謳われている。つまり、この仕組みは、中央から地方に向けての会員確保および文連組織強化のための戦略的便宜的な仕組みでもあったということだ。このような形態は、戦前の文化運動においてサークルを党員確保のために利用した仕組みと似通っている。右に見た、二重にも三重にも交差する組織形態であったことも、文連が、統一組織を目指し多くの民主文化団体を傘下におさめようとしていたことを意味しているが、このこともコップの傘下に文化団体をまとめようとしていたことに通じている。この意味でも加盟団体と地方協議会とによる文連は、戦前のコップを引き継いだものと言えるだろう。戦後文化運動は、このように戦前の運動形態を踏襲することで始まった。

(2) 文連地方協議会の成り立ち

一九四七年七月の第一回全日本民主主義文化会議の第三日午前の討論では、活動の組織形態について議論され、全国的連絡協議機関の設置や地方別および専門別文化団体の結集という観点から討議された。会議録『人民文化の建設』（日本民主主義文化連盟、一九四七年十一月）を参照すると、この部会の議長は中野重治である。議長中野のほかに、おもに北野照雄、窪川鶴次郎、増山太助の発言により、全日本民主主義文化会議を全国的な連絡協議機関とすること、地域別地方別ブロックを組織すること、などが検討されている。

北野照雄は、早くから結成されていた大阪文連地方協議会の代表であった。北野についてはのちに述べることにして、その発言をみてみると「全国の民主主義文化団体の連絡協議機関として全日本民主主義文化会議を持つことに賛成である。そしてその性格については増山、窪川両氏から述べられたとおりだと思う。これに関して自分としてはその構成の母体を各地方別ブロックにまとめ、これを中央に結集すべきだということを強調したい」と述べている。

おそらく会議の方向性は、主催の文連中心部によってあらかじめアウトラインが決定されていたことと思われるが、右のような北野の地方重視の発言は、議論を地方別ブロックにまとめる方向へ進めることに寄与し、討議をへて議長中野の「一府県毎に一つの連絡所を作ることがいいと思うが、意見如何？」というのを受けて、増山太助が次のように述べた。

文化運動を進めてゆくための組織の問題として次のようなことが問題になると思う。

一、国的な文化団体、文化組織の協同連絡の問題。

二、各地方別の文化団体、文化組織の協同連絡の問題。
三、専門文化団体の全国的連携の問題。
四、専門文化団体の大衆の中での文化組織との結びつきの問題。
五、大衆のなかでの文化組織の強化と文化サークルの運営の問題。
一、の問題についてはこの文化会議が恒常的な連絡協議機関として持たれることで解決した。
第二の地方別文化組織の協同連携の問題は大体各府県別ブロックに包合力ある連絡協議機関を作る。これはいまある協議会、同盟懇談会形式を発展せしめてゆく方向でいいと思う。この連絡協議機関は地方ブロックとして形成してゆく。

三の専門文化団体の全国的連携については、民主主義文化人であるかぎり、文連の線に結集してゆくべきであると思う。文連加盟二十一団体が一府県、地方などに支部を設け、それらが集つて府県、地方協議会を作る。この府県、地方協議会が単位となつて地方別連絡協議会に参加するがいいと思う。（六四～六五頁）

増山は四と五の専門文化団体やサークル問題についてはここでは述べていないが、二および三について地方ブロックの形成、地方協議会の組織化を明確に打ち出した。文連地方協議会は、このような討議をへて成立することになった。議事録を参照すると、議長中野、北野照雄、増山太助の発言が文連地方協議会結成に大きく関与していたことが分る（窪川鶴次郎の発言は、定期的に民主主義文化会議を開くこと、専門文化団体のみならずアマチュアの文化団体も包含するものにすることなどに関するもの)。

前章でも述べたように、文連の実質的な活動は、一九四九年九月に文連臨時全国協議会が開催され再建委員会(委員長中野重治)による討議がおこなわれたころ、あるいはコミンフォルム批判ののち日本共産党内で分裂が生じたころあたりまでと考えられる。そのため、文連地方協議会は、およそ二年程度の短命の機関であった。しかし、実際に地方協議会での活動をみると、注目される点も少なくない。次に具体的に大阪文連地方協議会について見てみよう。

3 文連大阪地方協議会

(1) 文連大阪地方協議会の概要

大阪地方協議会は、さきにも述べたように青森や兵庫とならんで早くから結成されていた地方協議会である。文連地方協議会の成立についてはすでに見た第一回全日本民主主義文化会議では、地方文化活動報告が各地の代表によってなされている。そこで、大阪代表の北野照雄は次のように発言している(前掲『人民文化の建設』による)。

文連大阪地方協議会は、終戦後の種々の諸文化活動の展開の中に一九四六年六月発足した。その参加団体は十一、人員一千五百名である。

大衆のなかにおける文化サークルの現在の傾向としては、一つのサークルが綜合的に文化活動をしていたのが次第に分化する傾向にある。サークルを中心とする大衆の文化組織は、関西自立劇団協議会（六十団体）、自立楽団協議会（百団体以上）その他自立美術サークル、コーラス団などがあり、文学サークルは十七、八の職場雑誌が最近統一の気運にある。職場ダンスは直接文連で指導している。

そのほかに全関西労働文化会というのがある。これは成立当時、大阪朝日新聞社などが関係して、労働文化活動を上につまみ上げてしまう傾向にあつたが、これと闘つていままでは労働者自体の文化の活動を展開する協議体として組織を強化している。

反動的な文化運動は大阪において特に顕著なものがあるようである。すなわち官僚のお手盛り団体である文化審議会（府庁でやつている）やデモクラシー協会というのが、実際の運営を民間団体にまかせるようにみせかけて彼等の意図する文化を勤労者に与えようとしている。この手先となつて大朝や大毎が反動的な文化祭を計画したり、自立楽団協議会を利用しようと試みたりしている。

われわれのこれまでの活動の経験から主張したいことは、民主主義文化の建設は労働者が文化活動の指導権を握り、労働者の自立的な文化活動を強力に押し進めることであると思つている。サークル活動にしても古い専門文化人の指導者がそこに入つてゆくと産報の厚生運動的なものにしたり、政治から独立しようとして藝術至上主義的に堕《マヽ》し入れたり、また極左的な偏向を生じさせたりする。このためにかえつて文化運動全体を妨害することになつている。

われわれはこれらの古い指導者に文化のもつ政治性を正しく強調せねばならないと考えている。特殊な活動としては特殊部落に対し解放青年同盟を通じて文化活動を展開している。

（四二頁）

この報告によると、大阪文連地方協議会は、ほかの地方協議会に二年ほど先駆けて一九四六年に発足している。参加者は一五〇〇名という。十一の加盟団体についてはのちに述べる。

ここでの北野の主張は明確である。府庁や大手新聞社の指導する反動的な文化運動に反対するとともに、大事なのは労働者自身の自立的文化運動の推進ということだ。このような主張は、他の地方文化活動報告でも多く見られるし、中野重治の一般報告「藝術文化」でも同様の論点であった。とりわけ、北野の報告では、「古い専門文化人」「古い指導者」のもたらす弊害が言われ、新旧の世代の問題も提示されている点が注目される。北野は「古い専門文化人」の指導では、戦時下の産業報国運動や厚生運動に通じるような弊害、あるいは政治に対するスタンスが極端で、政治性の欠如した無色透明になるか極左的になるかという弊害があるという。

「古い専門文化人」「古い指導者」が具体的に誰をさすのか不明だが、専門文化人と素人大衆との乖離については、「エリート」と大衆の問題としてこの第一回全日本民主主義文化会議でも議論されていたし、たとえば雑誌「文化革命」一九四九年一月号（第二回文化会議の報告が掲載された号）でも特集が組まれ、のちに「人民文学」でも大きな話題になる問題であり繰り返し議論されたテーマだった。

また「古い」という意味は、北野自身、戦前から演劇関係で文化運動に関わっていたのだから、戦前からの運動のベテランという意味よりも「地域ボス」と言われていたような封建的反動的な旧弊な指導者という意味合いなのであろうと推察される。いずれにしても、戦時下の産報運動に継続するような戦後文化運動はかなり見られたのだから、北野の懸念はこの時期の文化運動の局面をとらえていて重要であろう。[2]

なお、大阪地方協議会は、のちに代表を多田俊平に交替する。交替の時期は不明であるが、前掲『文化年鑑　一九四九年』によれば、一九四八年から四九年にかけてのころの代表は多田俊平で、住所は大阪市西区道頓堀一丁目住友ビルである。大阪で運動に従事されていた佐瀬良幸氏によると、多田俊平は新劇の演出家、晩年は大作の戯曲を書いたが上演されたことはなかったらしい。『近代日本社会運動史人物大事典』第二巻（日外アソシエーツ、一九九七年一月）に立項されてはいないが、プロレタリア美術の柏尾喜八郎の項目に、多田は柏尾らと大阪人形座を設立したとある。

この時期、大阪の文化団体で文連に参加していたのは、大阪地方協議会のほかに次の六団体であった（『文化年鑑　一九四九年』に掲載のとおり）。

- 民主主義科学者協会阪神支部（大阪市大淀区本庄中通一丁目産業医学研究所）
- 新日本文学会大阪支部（大阪市大淀区本庄中通一ノ一五府立労働科学研究所）
- 新日本歌人協会大阪支部（大阪市旭区橋寺町三六五ノ六、会員数は九九、機関誌は「関西歌人」、代表は萩原太助）
- 大阪エスペラント会（大阪市西区土佐堀ＹＭＣＡ、会員数は三〇、代表は貫名隆）
- 新建築家集団大阪支部（大阪市北区茶屋町三一島藤建築株式会社大阪支店内、会員は六六、代表は増田幸次郎）
- 日本美術会大阪支部（大阪市西区道頓堀一ノ一住友ビル文連大阪地方協議会内、代表は川島元二郎）

のちに述べるように、もともと大阪地方協議会に参加していたのは十一団体で、そのうち上記に見られるような民主主義科学者協会阪神支部、新日本文学会大阪支部、新日本歌人協会大阪支部、大阪エスペラント会などが文連所属だった。代表者や住所の変更が見られるものもある。

（2）「月刊NMB」について

⑴加盟団体　ここで、大阪文連地方協議会の発行した機関誌「月刊NMB」第一号を参照したい。NMBは日本民主主義文化連盟（文連）の略称である。

「月刊NMB」第一号は、一九四七年七月一日、日本民主主義文化連盟大阪地方協議会の発行で、編集人印刷人は北野照雄、住所は大阪市東区淡路町三丁目九番地船場ビルであった（さきに見たように、のちに多田俊平が代表となったときの住所は、大阪市西区道頓堀一丁目住友ビルだった）。大きさはB4判、ガリ版刷りで、裏表一枚と思われる（参照したのは佐瀬良幸氏から提供されたB4判コピー二枚で、佐瀬氏によればこれは大阪で戦前より運動に従事されていた中川隆永氏によるものとのことである）。この最後に掲載されている十一の加盟団体は次のとおりである。

・関西医療民主化同盟（代表　岩井弼次）南区北桃谷町三五
・民主主義科学者協会阪神支部（代表　山口省太郎）大淀区本庄中通一丁目一五
・新日本文学会大阪支部（代表　小野十三郎）東淀川区元今里通二丁目二九大元方
・新日本歌人協会関西支部（代表　萩原大助）旭区橋寺町三六五ノ六
・日本ローマ字会大阪支部（代表　伊藤銀二）西区土佐堀通大同ビル内カナモヂ会方
・大阪カナモヂ会（代表　星野行則）西区土佐堀通大同ビル
・大阪エスペラント会（代表　川崎直一）西区京町堀上通一弥生ビル

・児童文学者協会関西支部（代表　牧野弘之）貝塚市近木九六四
・関西音楽家協会（代表　吉村一夫）北区曾根崎上三丁目野口音楽事務所方
・関西新演劇人協会（代表　大岡欣治）浪速区元町二丁目五一
・人民美術家集団（代表　植木秀二郎）南区北桃谷町三五民主会館内

さきに、北野照雄の全国会議報告を紹介して、大阪地方協議会での加盟団体が十一であり参加者が一五〇〇名であると述べたが、その加盟団体は右のようである。これらのなか、新日本文学会大阪支部代表の小野十三郎は詩人としてまた大阪文学学校の中心的人物として広く知られた人だったが、児童文学者協会関西支部代表の牧野弘之は、発足当時の新日本文学会の会員で(3)、雑誌「文化革命」一九四九年一月号掲載の座談会「関西の文化闘争と民主戦線」の参加者のひとりであった(4)。

この座談会で牧野は「関西の民主民族戦線のかたちは、やはり関西的条件のなかで、特徴のある人権擁護同盟といったかたちです。この人権擁護同盟というのは、いま東京で発展している民主主義擁護同盟というわば幅の広い民主民族戦線のかたちと違つて、大阪の独自的な階級闘争の中から基本的な人権擁護としたかたちで進んでいると思います。」と述べて、在日朝鮮人学校の閉鎖された事件に関する、いわゆる四・二四阪神教育闘争に触れて発言している。この四・二四阪神教育闘争については前章でも触れたが、文連が関わった運動として歴史的な意味を持ち、それは文連というよりも大阪で展開された運動として、戦後民主主義運動のなかでもきわめて大きな意味を持つものと言える。文連大阪地方協議会とは別の問題としても、この四・二四阪神教育闘争は、朝鮮戦争時の吹田・枚方事件とともに大阪での運動として見逃してはならないものであろう。[5]

(2)中野重治の来阪その他　ところで「月刊NMB」第一号の冒頭には、「参議院議員なかの・しげはる氏来る」という見出しのもとに、次のような記事が見られる。

去る六月十二日、参議院議員中野重治氏は中西弘《ママ》氏と同伴、議会報告を兼ねて、地方協議会に来られたので、事務局ではこれを機会に各職場によびかけ文化懇談会を開くべく努力した。

その結果、早急のレンラクではあつたが

1、十二日午前十時より約四十分間、民主青年婦人協議会拡大委員会席上にて講演、場所市電堺川局。

2、正午より宇治電ビル電産大阪支部職場会にてアイサツを行ふ。

3、午後二時より大ビルに電産各分会文化部員約五拾名の人達と「工場文化運動のあり方について」約二時間半にわたり懇談した。

4、午後五時から大阪駅前うめや旅館にて中野氏と詩人小野十三郎氏を囲んで約六十名の大阪の文化人が文学、詩について約三時間に亘って座談会を開いた。
　等を持つことに成功した。中野氏中西氏は同夜はうめやに宿泊、翌日早朝京都に向って出発せられた。出発に際し中野氏は大阪の人達の歓迎を謝し、議会では必ず文化代表として必ず口約《ママ》を果すと誓われ、議会がすみ次第も一度ゆっくり来阪しますと約束せられた。

中野重治が参議院議員（三年議員）になったのは、一九四七年四月のことであるからこの記事の大阪行きは議員になって間もないころのことである。同道したのは中西浩で、中西はのちに第一次『中野重治全集』の解題の仕事をしていた最中に癌で急死したが、このころは中野の議員秘書だった。中野は中西浩について『死なれて困る』（『中野重治全集』第十五巻月報、筑摩書房、一九六一年六月）という文章に書いている。全集の解題に全く全身的に没頭していた中西のことが、申し訳ない思いとともに愛惜をこめて語られている。秘書時代のことは、国会議員をしていた最初のころの秘書だったというだけで詳しくは書かれていない。だが、議員になったばかりのころ、大阪に同道したのがこの中西浩だった。なお、のちの秘書に岸本貞明がいて、一九四八年七月の福井震災時の福井行きや一九四九年一月の北海道行きには岸本が同道した。
　懇談会の内容の詳細は残念なことに分らない。ただし、この大阪での懇談会のほかに、同号には奈良で結成された「ナラ民主主義文化協会」の記事もあり、中野は六月十五日のその発会式にも出席している。「六月十五日午前十時よりナラ女子高師教室に於て発会式が行（コピー不明で一行読めず）アヤメ池文化クラブ青木氏座長に押され型通りの順序で会ギは進められ正午閉会。／中ノ重治氏の講演、京都民科より山内氏、大阪NMBより北野氏よりそれぞれ祝辞あり、午後には左の二氏の講演があった。来会者五十名。／日本経済再建の構想　商大　名和統一／豊かな生活と科学　京大　桜田一郎」。

これらを見ると、中野来阪がトップ記事に配され、奈良での講演も取り上げられていることは、戦前から詩人及び小説家として知られ当時参議院議員である中野重治への注目を示すと同時に、ほかの記事、たとえば「論説　全国民主主義文化会議招集さる！」を見ても、すでに触れてきている第一回全日本民主主義文化会議（一九四七年七月開催）への期待が示されていることが分る。(6) つまり、大阪での活動とそれを中央と全体のなかでどのように位置づけるかという地方協議会の意図が、これらの記事からはうかがえるのである。

さきに見た、全国会議での北野照雄の発言を振り返ってみても、地方協議会での活動の独自性とそれを中央にどのようにリンクさせるべきかということに主眼が置かれていた。おそらく大阪だけでなく、文連地方協議会においては、中央が主体で地方がそれに従属するのではなく、相互に関連して展開する方向が模索されていたのだと思われるが、前章でも述べたように文連自体の活動に大きな限界があったため、このような意図が実現することは難しかったのではないかと思われる。一九四九年九月の文連再建委員会のことを考えれば、地方協議会の運営も円滑なものではなかっただろう。

（3）北野照雄について

文連大阪地方協議会の最初の代表北野照雄については、運動史研究会編『運動史研究』第六号（三一書房、一九八〇年八月）に、おそらく本人による経歴と、北野の文章『〝草莽の徒〟として生きる』が掲載されている。それによれば、北野は一九〇六年大阪生まれで尋常小学校卒。牛乳配達をへて、大阪駅前で食堂経営し、一九二七年ころからプロレタリア演劇運動に参加。戦旗読者会などのサークルを組織し、三三年検挙、三七年出獄。戦後共産党に再入党し大阪で文化方面を担当したが、五一年ごろ離党したという。『近代日本社会運動史人物大事典』第二巻（日外アソシエーツ、一九九七年一月）では北野が項目として立てられている。そこでは右の経歴のほかに、一九三二年六月プロレット大阪支部執行委員、三三年三月二十六日日本共産党に入党、コップ大阪地協党フラク、プロレット北地区責任者、三三年四月二十八日検挙され、七月二十五日起訴、三七年出獄ののちは大阪人形座に参加（四〇年八月解散命令）ということである。前記した多田俊平、柏尾喜八郎の大阪人形座に北野照雄も関係していたようである。一九八九年二月に東京大田区で亡くなった。

『〝草莽の徒〟として生きる』では、北野の反骨精神の家系やプロレタリア文化運動に参加し検挙され出獄するまでのことが語られている。もと摂津国桜井谷村が北野の父祖の地だったが、大塩平八郎の乱以後、その影響でたびたびの農民闘争に祖父も参加、明治になり文明開化の余波で祖父は村を捨て大坂に出て牧場を経営した。場所は天満宮ゆかりの大坂北郷の北野だったので、北野姓はこの地名に由来するという。幼い父が牛乳を配達する先に、東京を追われ梅田に住んでいた中江兆民の邸があり、中江兆民の顔をよく拝んでおくのだと祖父は父に言ったらしい。兆民の顔は見なかったが、父はその邸の書生であった秋水幸徳伝次郎とは気軽に挨拶した。「父の自由民権思想はこの時に胸奥に芽ばえたと私は想像している」。「思うに父祖達は決して村方の指導層ではなく今日で云うガチャバイの一人であったのだろう。それとも草莽の徒とも云う可きか、私はこの言葉が好きである」。

ガチャバイは労働組合運動のなかでの元気のよいはねかえり者のような者をいうが、北野は「草莽の徒」が自分の父祖の系譜でありそれに連なると考えていたようだ。演劇が好きだったので東京の築地小劇場も訪れ、一九二七年暮れ、プロ藝の大阪プロレタリア劇場に加盟、その後、大阪プロレタリア劇場と前衛座が合体して大阪左翼劇場をへて大阪戦旗座となるが、北野は当時をこのように振り返っている。

当時、いろいろな文化団体やサークルが沢山あったがその特長や特質も種々であった。それを相互批判自己批判しながら自他共に発展させようとせず、その相違や特長を内在させたまま強力に一本化的に組織し、反対するものは徹底的に叩き潰すまで悪罵誹謗する。そう云うことが当時、左翼思想の優位性のもとに行われた。それで大きくなった強くなったと思い違いしていた。そう云う考え方や方法がその当時の左翼青年の性格を形造っていた。現在の日本の左翼特有の排他主義、独善主義、権威主義の芽が既にその頃から成長し始めていた。私もその頃、藝術思想の異なる他の劇団の公演を潰すために、客席から野次を飛ばしたり、罵倒するために出掛けたものだが、今考えてみて、粗野で愚かなことであったと自責しているのである。（『運動史研究』第六号、一三八頁上段）

サークルが面白い程出来たのはナップ時代で、コップ時代になるともうどうにもならぬ程行き詰まってしまっていた。雑誌プロレタリア文化や文学新聞その他各同盟の機関雑誌などで気狂いの様にサークルだ、サークルを作れと号令するから特高の方もサークルを重点的に注意しだした。各工場に警察上りや転向者で悪質なのが労務係りとして配属されていたから直ぐ発覚してしまうのだ。気の毒なのはサークルの人達で彼等は決してサークルのメンバーとして検挙されるのではなく、工場内の党又は全協の組織活動をする赤色分子としてデッチあげられ手酷く拷問されるのであった。釈放後は勿論失業である。ナップ以前にあったさまざまな同人誌やサークルを片っ端から潰したことは取り返しのつかない失敗であった。大衆運動や闘争に経験のない理論的にだけ鋭い上部の指導者達だったから、さっぱり下情に通じていなかったし、その組織方針も図式的であった。少しでも不平や批判の声が出ると日和見主義者、堕落分子のレッテルを容赦なく張りつけて罵詈雑言を浴せかける。運動は次第に不活発になり、組織全体の崩壊を早めた。労働者や農民達もサークルに興味を失っていった。

（前掲書一四〇頁下段）

二ケ所のこの引用では、戦前の文化運動における限界が批判的反省的に語られている。文化団体やサークルを「強力に一本化的に組織し、反対するものは徹底的に叩き潰す」ということ、ナップ時代と違ってコップ時代には「雑誌プロレタリア文化や文学新聞その他各同盟の機関雑誌などで気狂いの様にサークルだ、サークルを作れと号令するから特高の方もサークルを重点的に注意しだした」ということ、指導方針が「大衆運動や闘争に経験のない理論的にだけ鋭い上部の指導者達だったから、さっぱり下情に通じていなかったし、その組織方針も図式的であった」ということなどである。また「現在の日本の左翼特有の排他主義、独善主義、権威主義の芽がすでにその頃から成長」していたという部分には、左翼運動における「正義」のために他者を排斥する独善性が指摘されている。

これら異論を許さない統一組織の一本化、サークルを合法的な文化団体としてでなく党あるいは全協の下部組織として扱う方法、大衆運動と理論の乖離などは、大阪に限ってのことではなく、文化運動全体にわたる問題だった。北野のこのような視点は、戦後すぐの段階では見られず、執筆時期はおそらく刊行当時一九八〇年ごろのことと思われるが、戦後の文化運動の紆余曲折をへてようやく獲得できたものだったのだろうと思われる。

文連地方協議会の発足については、すでに見たように北野の発言が重要な役割を果していた。時代の制約があったにせよ、北野にしても、また中野重治にしても、発足時においては、文連の運動を右のような観点から眺めることができなかった。逆にいえば、右のような観点の獲得は、戦後の紆余曲折をへたうえでの時間的経過ののちに可能になったものだと言える。そして、文連の発足および地方支部や地方協議会などの組織形態の問題は、複雑でそれぞれ特徴ある個々の運動体を統一組織に一本化しようとしたこのような戦前の問題と驚くほど似通っていた。せいぜい十年ほどの差であり、敗戦後の占領は解放の恩恵をもたらしたと認識されていたのだから、十年前の方法で戦後の運動を再建しようとしたのも無理なかったのかもしれない。「再建」という言葉自体がそのことを物語る。だが、その負債は戦後文化運動を考えるときにきわめて大きなものだったと言わざるを得ない。

4　まとめとして

以上、文連地方協議会について見てきたが、文連自体のプラスマイナスを検討しつつ、戦前と戦後の文化運動のつながりについて改めて確認した。一九四五年で断絶があるのではなくむしろ継続していた意識を確認できたが、それに付随するマイナス点は限界として認めつつ、しかし

「月刊ＮＭＢ」の記事に見られた西淀川労協主催の文化学校などが、意欲ある人々の潜在的な可能性のうながしに寄与したことは疑い得ないのである。それは、第Ⅱ部第七章および第八章で論じた、山代巴や中井正一が広島で推進した文化運動にも通じるものである。一九四〇年代後半、日本各地で開花したこれらの自主的文化運動は、戦争に至った過去を反省し民主主義を目指す労働者自身の文化運動の形成に通じるものであった。負債は負債としてあるけれども、このような側面を見過ごすことはできない。このことは京浜地区などの五〇年代サークル運動や九州で展開された谷川雁、上野英信、森崎和江らの「サークル村」にも広がっていく。今後の課題としたい。(7)

注

(1) 文連大阪地方協議会については、佐瀬良幸氏にご教示をたまわった。機関誌「月刊ＮＭＢ」第一号のコピーも佐瀬氏よりいただいた。本稿は、佐瀬氏のご教示に多くを負っている。記してお礼を申し上げる。

(2) 北河賢三『戦後の出発——文化運動・青年団・戦争未亡人』（青木書店、二〇〇〇年十月）による。

(3) 一九四六年十月二十日現在の新日本文学会の会員名簿による。新日本文学会は、一九四五年十二月三〇日に創立大会が持たれ、機関誌「新日本文学」創刊が一九四六年三月であるから、おそらくこの名簿が最初の名簿ではないかと推察される。この名簿資料も中川隆永氏所蔵のものを佐瀬良幸氏を通じて提供に与った。なお、名簿には、会員三七一名、賛助会員八名、支部二一、支部準備会四とある。都道府県ごとに氏名住所が記載されているが、プロレタリア文学にはあまり関与しなかった人物として、東京都では河盛好蔵、加藤周一、新庄嘉章、瀬沼茂樹、土岐善麿、永積安明、丹羽文雄、牧屋善三、水上勉、北海道では伊藤整、千葉県では稲垣足穂、神奈川県では川崎長太郎、上林猷夫、菱山修三、埼玉県では野口冨士男、長野県では風巻景次郎、静岡県では西郷信綱、京都府では真下信一、淀野隆三、広島県では井伏鱒二、などが目についた。大阪の会員は、次のとおりである。入江功二、栗栖継之進、織田作之助、小野十三郎、大元清二郎、藤沢桓夫、中本弥三郎、中川隆永、西岡知男、西村俊平、馬渕薫、牧野弘之、山本栄一郎。その後、中川氏の書き込みと思われる柴山義雄、長沖一、榊原美文、須藤和光、足立省三らが書き加えられている。名簿からは新日本文学会が発足当時、宇野浩二、上司小剣、谷崎精二、豊島與志雄、野上彌生子、広津和郎、正宗白鳥、室生犀星などの賛助会員とともに、これらの幅広い会員を擁していたことを改めて知らされる。

（4）この座談会の参加者は、同誌によれば、新日本文学関西地方委員の牧野弘之、関西医療民主化同盟の桑原英武、文連大阪府協事務局長の多田俊平、文連京都府協事務局長の藤谷俊雄、文連兵庫県協事務局長の柴田隆弘（肩書きは雑誌掲載のとおり）であった。

（5）この阪神教育闘争については、金慶海編『在日朝鮮人民族教育擁護闘争資料集』（明石書店）、梁永厚『戦後・大阪の朝鮮人運動』（未来社、一九九四年）などが詳しく、参照した。なお、阪神教育闘争にならび、朝鮮戦争時の吹田・枚方事件については、脇田憲一『朝鮮戦争と吹田・枚方事件』（明石書店、二〇〇四年三月）および西村秀樹『大阪で闘った朝鮮戦争』（岩波書店、二〇〇四年六月）などを参照した。

（6）「月刊ＮＭＢ」でのこれら以外に見られる記事には、新日本文学会大阪支部会員の羽仁新伍による評論『特異なもの・陳腐なもの・典型的なもの』のほかに、報告記事「住吉区青年文化協議会生る」「西淀川労協主催　文化学校教科目決る　文連大阪地協積極的に参加」「理事会報告」などがある。西淀川労協主催の文化学校については、前章で講師その他について概観したが、このような文化学校の成果は戦前戦後の自主的サークル活動と同様に、小さなものではなかったと思われる。

（7）前章および本章で検討した一九四〇年代後半（敗戦直後）の文連を中心とする文化運動ののち、一九五〇年代の文化運動の一端については拙著『戦後日本、中野重治という良心』（平凡社新書、二〇〇九年）を参照されたい。また、一九五〇年代の運動については、「現代思想　総特集＝戦後民衆精神史」二〇〇七年十二月臨時増刊号（青土社、二〇〇七年）、鳥羽耕史『１９５０年代「記録」の時代』（河出ブックス、二〇一〇年）、ヂンダレ研究会編『「在日」と50年代文化運動』（人文書院、二〇一〇年）をはじめとして近年研究が充実している。

第一一章　戦後文化運動と詩誌「列島」

1　はじめに

敗戦後に展開する文化運動には、さまざまな局面が見られたが、その中心人物のひとりに中野重治がいたことはよく知られている。戦後文化運動を牽引したひとつである新日本文学会は、中野重治が代表的役割を担って運営された文化団体であり、反戦平和と民主主義を目的とした文学運動を推進した。新日本文学会にはさまざまな人が集ったが、本章では新日本文学会の会員と重なりつつ戦後世代の詩人たちによって発行された詩誌「列島」を取り上げ、「新日本文学」とは別の角度から戦後文化運動の一面を照らし出したい。

「列島」は、当時並び称されていた詩誌「荒地」にくらべ、文学史のうえでは取り上げられることが少ない。掲載された詩もじゅうぶんな評価を受けているものはあまりないように見受けられる。けれども、当時、全国の職場や学校など広範な規模で展開したサークル詩運動を支えた「列島」の果たした役割は決して小さなものではなかった。現在の文化状況や社会状況を考えるさいに、新日本文学会はもとより「列島」の果たした役割を検討しそれらを思想資源として位置づけることは意味あることだと思われる。以下、戦後文化運動における詩誌「列島」の役割を検討したいが、いまは振り返られることの少ないこの雑誌をノスタルジックな語りで持ち上げることが目的なのではなく、批判的検討を加えることでその位置づけを明らかにしたいと考えている。

2　戦後文化運動を推進した新日本文学会——戦前からの継続と戦後世代の認識

文連地方協議会を取り上げた前章でも新日本文学会については言及したが、詳しくは述べることができなかった。そのため、まずここで新日本文学会について概略を確認しておきたい。敗戦直後の一九四五年十二月三十日に創立大会を開いた新日本文学会は、その前月に創立準備委員会が結成され、発起人には、中野重治をはじめ、秋田雨雀、江口渙、蔵原惟人、窪川鶴次郎、壺井繁治、徳永直、藤森成吉、宮本百合子らが名を連ねた。賛助員として宇野浩二、上司小剣、谷崎精二、豊島與志雄、野上彌生子、広津和郎、正宗白鳥、室生犀星らがいたように、新日本文学会は、新しい時代を迎え、民主的で藝術的な文学の創造を目的として、戦前のプロレタリア文学運動の中心にいた人たちだけでない幅広い文学者に呼びかけて始まった(1)。

ただし、そのような初期の意図とは別に、実際には戦前のプロレタリア文学運動に従事した人物が中心的な役割を担っていくというのが実態であった。小田切秀雄は、プロレタリア文学運動を検討するさいに「ナップのめがねをはずせ」[2]と言ったが、戦後においてもナップ（全日本無産者藝術連盟）所属のひとびとが中心的人物として新日本文学会の運動を推進していったのである。このナップあるいはナルプ（日本プロレタリア作家同盟）所属であった人々と、戦後に運動に参加した人々とのあいだには、同じ民主主義文学運動を推進する組織に属するとはいえ、意識の相違あるいは肌合いの違いとでも言うべきものがあったことは否定できない。

たとえば、ナップ世代の作家たちは、戦後に運動が再建されるさいに戦前からの継続の意識を持っていたという事実がある。佐多稲子は、一九四五年十二月三十日付けの中野重治宛書簡のなかで、新しくできる文学団体すなわち新日本文学会のことを「作家同盟」と呼んでいる[3]。新日本文学会を「作家同盟」と考えたのは、おそらく佐多稲子だけのことではなく、ナップ世代の作家たちにはおおむね共通する認識だったのではなかろうか。戦時の「暗い谷間」をへた、戦前の運動の復活という意識が戦前世代には確かにあっただろうと推察されるが、このことは、戦後の文化運動を進めるにあたってひとつの大きな限界となった。それは、戦前の運動が崩壊したのは、弾圧した権力側が悪くて自分たちの側は正しかったという認識しか持ち得ないということであり、その限界は、戦後の文化運動の方向を複雑にした。合法的なプロレタリア文化運動の内部に非合法的な側面が増えていくことが、運動の崩壊にも結びついたという事実があったにもかかわらず、自分たちの理論にも不十分な点があったという認識を持てないままに戦後の運動を出発させたのである。当然、戦後にも同じような問題が繰り返されることになる。

新日本文学会のなかのナップ世代と戦後世代について、おもだった人をあげてみると、ナップ世代としては、中野重治（一九〇二年）、宮本百合子（一八九九）、窪川鶴次郎（一九〇三）、佐多稲子（一九〇四）、蔵原惟人（一九〇二）、宮本顕治（一九〇八）、徳永直（一八九九）、壺井繁治（一八九七）などが、戦後世代としては、平野謙（一九〇七）、本多秋五（一九〇八）、花田清輝（一九〇九）、長谷川四郎（一九〇九）、野間宏（一九一五）、小田切秀雄（一九一六）、菊池章一（一九一八）、大西巨人（一九一九）、武井昭夫（一九二八）、井上光晴（一九二六）、関根弘（一九二〇）、黒田喜夫（一九二六）などがいる（括弧内は生年）。ナップ世代の人たちは、これ以外に江口渙（一八八七）や藤森成吉（一八九二）などベテランもいるけれども、だいたい一九〇〇年前後に生まれた人が多いようだ。そのなかで宮本顕治だけがやや若いようである。一方、戦後世代の人々は、平野謙と本多秋五がプロレタリア科学研究所にいたのでやや年上であり背景が違っているけれども、戦時下に反ファシズムの立場にいた野間宏や小田切秀雄や大西巨人らをはじめとして、戦前の運動には参加せず、戦後に民主主義文学運動を始めた人たちが多い。

ナップ世代と戦後世代のこれらの人々については、中野重治と平野謙・荒正人とのあいだに行われた政治と文学論争、宮本顕治と大西巨人・菊池章一とのあいだに行われた会再編問題をめぐる論争、中野重治の一票による花田清輝編集長更迭問題など、世代間の対立が目につく。たとえば、古林尚による明治書院『日本現代文学大事典』（一九九四年一月）での「新日本文学」の項目には「旧ナップ系の文学者が主導権を握ったことが、よかれあしかれ、この会の性格を一貫して規定した。会の運動過程には、「政治と文学」論争、近代主義批判、共産党の五〇年問題、六全協、会員再組織問題、花田清輝編集長更迭事件、「人民文学」派の分裂、「民主文学」派との対立と、共産党がらみの内紛が異常に多い」と書かれている。「旧ナップ系の文学者が主導権を握ったことが、よかれあしかれ、この会の性格を一貫して規定した」という言い方自体、ナップ系文学者への揶揄とも受け取れるような批判的なニュアンスを含んでいるが、しかしその一方、実際に雑誌「新日本文学」を見てみると、この「内紛」時代の一九五〇年代から六〇年代にかけての誌面が充実していて活気があるという事実もある。

また、二〇〇五年三月六日に出版クラブ会館で行われた新日本文学会解散パーティーの講演で栗原幸夫氏は、新日本文学会の人間関係について「「驢馬」の人たちは仲がいい。新日本文学会では戦前のプロレタリア文学運動の人間関係が反映していた。戦中の過ごし方の違いが大きなわだかまりをつくった」と発言されたが、「驢馬」の人たちというのは中野重治、窪川鶴次郎、佐多稲子らのことで彼らは仲がいいということに言及し、また戦中の過ごし方のひとつの事例として、栗原氏は宮城前の号令のエピソードをあげられた。これは、ナップに参加していたある人物が、戦時下には、電車が宮城前にさしかかると号令をかけて宮城に一礼するという行動をとっていた、というもので、そのことがわだかまりとなっていたということだった。つまり、戦前のナップ世代のなかにも差異があり、戦前世代と戦後世代だけでなく幾重にも複雑に重なる重層的な人間関係が新日本文学会には反映していたということだ。

もう一点触れておきたいのが、田所泉「新日本文学会史の試み」(4)である。一九五〇年問題に関連して大西宮本論争および花田清輝編集長更迭問題のあと、一九五五年一月の新日本文学会第七回大会で新日本文学会は「人民文学」と和解した。だが、会執行部の顔ぶれはもとのままであり、田所はこの点について「会の創立からおよそ一〇年、中心をなすメンバーは、ほとんど元の座に戻った」「さかのぼれば、中心メンバーの何人かは一九二〇年代末から一九三〇年代初頭のプロレタリア文学・藝術運動でもすでに中心的役割を果たしていた。花田清輝編集長の解任に始まる会の執行機関の「再編」は、会の再編とは意味が違い、戦後に活動をはじめた若い力を運動から疎外する方向に作用した。」と述べている。つまり、このときの処置は、六全協にむけての日本共産党の方針にしたがった処置が「新日本文学」にも適用されたということであり、この時点での戦後世代の疎外があからさまになったというわけである。世代論にすべてを帰着させることはできないが、これらの点は、特に五〇年代の運動を考えるさいに留意しておきたい。

3 「列島」の位置――サークル詩運動を理論化する

さて、以上を確認したうえで、戦後文化運動のなかで詩誌「列島」の果たした役割について以下検討したい。まず、「列島」について基本的な部分を確認しておこう。「列島」は「荒地」にならぶ戦後詩誌で、サークル詩運動との結びつきがその特徴といえる。戦前の文化サークルの限界を乗り越えるための理論化や過去のプロレタリア詩を克服することを目指し、類型化された反権力的言辞を批判した。「列島」にはさまざまな詩人がいたが、その代表者のひとりに関根弘がいる。関根自身「列島」について次のように書いている。[5]「詩雑誌。昭和二七・三〜三〇・三。「藝術前衛」と「造形文学」の有志が集まり、はじめ生活記録の雑誌を出していた葦会から創刊された。創刊号に名を連ねた編集委員は、安部公房、出海渓也、井手則雄、木島始、木原啓允、許南麒、近藤剛規、椎名麟三、関根弘、野間宏、福田律郎、村松武司、山本茂実の十三名。このほか地方委員として伊城暁、伊藤正斉、生石保、長谷川龍生、浜田知章、御庄博実、湯口三郎、吉田三千雄、吉本千鶴が参加した。「荒地」の非政治主義にたいして、左翼の旗幟を鮮明にかかげ、朝鮮動乱後、高まりをみせたサークル詩運動を理論的に位置づける方向で、活動を展開した。(略)」。また、古林尚は「(略) 戦後、全国各地の職場や地域に広汎に叢生したサークル詩運動の展開と実績を踏まえて、これを量的にも質的にも飛躍的に向上発展させようとの目標をかかげ、専門詩人とサークル詩人との緊密な結合を目ざしたもの。(略)」[6]と規定している。いまとなっては聞き慣れない「専門詩人」「サークル詩人」という規定やその区別など、当時、広範な人々が詩を書いて文学活動に従事していたことがうかがえる。

　このように「列島」がサークル詩運動と緊密に結びつき、その理論化を目指したものであることはおおかたの一致する見解である。ただし、サークル詩運動を積極的に推進した「人民文学」とは質的に異なる点があるのも事実であろう。「列島」同人には、右のように安部公房、許南麒、野間宏ら「人民文学」の有力な同人がいたけれども、この二誌は系統としては似ているようで、しかし明らかに違うのは関根弘の存在によってであった。関根は、「列島」第二号の風刺詩特集の座談会「われらいかに風刺すべきか」（壺井繁治、花田清輝、関根弘、木原啓允、出海渓也）のなかで、次のように述べている。

なぜ風刺というようなことを問題にしたか？　ということですが、それは〈列島〉に集まる詩をみてもわかるとおり、どうもこれが暗い、悲しい、淋しい傾向に流れていて、どこに創造のよろこびを見出しているのか疑われることが多い。自分では相当革命的であると思つていても作品がこれを裏切つている。昔通りの型に嵌つていてすこしも質的変化を遂げていない。そういうことを強く感じるわけです。そこで風刺精神を旺盛にしてカラリとしたものをだして行きたい。暗い、悲しい、淋しい詩から手を切つてアヴァンギャルドにふさわしい仕事をしたい。そのための作業として、つまり、ネガティヴにうけとめている現実をポジティヴにきりひらいて行く作業として、風刺詩を書くという課題をそのひとつに選んでみた。

反戦詩や農民詩や労働詩だけなら戦前のプロレタリア詩と変わりない。「列島」がそれらと違っているのは、サークル詩運動との結びつきを理論化しようとしたところにあり、何よりもアヴァンギャルドを基盤とした風刺詩に特徴がある。サークル詩の理論化は、過去のプロレタリア詩とシュルレアリズムを克服するものとしてサークル詩を積極的に論じた関根の功績に負うところが大きいが、関根の提示した方法は、類型化された反権力の表現ではなくて、ユーモアと諧謔、哄笑のなかに抵抗精神を示すという方法である。(7) その例として関根弘の詩「絵の宿題」を見てみよう。

絵の宿題

魚は誰のもの。／私、と魚が云いました。／ところが／漁師が魚をつかまえた。

ここに描いて下さい。／魚をつかまえた漁師の絵を。

漁師は誰のもの。／私、と漁師が云いました。／ところが／鑑札を役人がとりあげた。

ここに描いて下さい。／鑑札をとりあげた役人を。

役人は誰のもの。／私、と役人が云いました。／ところが／役人はワンマンが役人を首にした。

ここに描いて下さい。／首を切つたワンマンを。

ワンマンは誰のもの。／私、とワンマンが云いました。／ところが／兵隊にワンマンは護られていた。

ここに描いて下さい。／ワンマンを護つている兵隊を。


兵隊は誰のもの。／私、と兵隊が云いました。／ところが／兵隊は給料を貰つていた。

ここに描いて下さい。／給料を貰つている兵隊を。


給料は誰のもの。／私、と給料が云いました。／ところが／給料はゼイキンが払つていた。

ここに描いて下さい。／ゼイキンが払つた給料を。


ゼイキンは誰のもの。／私、とゼイキンが云いました。／ところが／ゼイキンはボク達が払つていた。

ここに描いて下さい。／ゼイキンを払つているボク達を。


ボク達は誰のもの。／ボク達、とボク達は答えよう。／世界《にほん》はボク達のもの。／ボク達がボク達のものになるとき。

ここに描いて下さい。／ほんとうのボク達の姿を。

この「絵の宿題」は、一九五二年「列島」第二号の風刺詩特集の巻頭に掲載された。「〜は誰のもの」というフレーズが繰り返されているが、これは所有について述べた詩であり、AはBに、BはCに、CはDに、DはEに、というふうに次々に高次の所有者が現れる。すなわち、ここでの所有は存在の関係性を示していて資本主義社会の機構そのものを述べた詩といえるだろう。役人の首を切る「ワンマン」というのは吉田茂のことだが、「世界」に「にほん」のルビが振られ「世界はボク達のもの」というフレーズは、対米従属への批判とサンフランシスコ講和条約が片面講和であることへの批判であり当時の反米帝国主義思想を表したものといえる。

雑誌では、連と連のあいだに、とうかい・ひろしによる絵「魚をつかまえた漁師」から「ゼイキンを払っているボク達」までが描かれている。ゲオルゲ・グロスか柳瀬正夢か村山知義かと思われるような漫画的な線描画だが、最後の「ほんとうのボク達の姿」だけが描かれていない。「世界」と同様に「ボク達がボク達のもの」であるというのは、資本主義社会においても「ボク達」という主体は誰からも収奪されない、収奪されてはいけないということを示している。日本はアメリカのものではないし「ボク達」は誰からも支配されない「ボク達のもの」である。「ほんとうのボク達の姿」だけが描かれていないのは、それを描くのは読者（私たち「ボク達」）であり、読者は関根から「絵の宿題」を課せられたのだ。私たち（「ボク達」）の主体の姿は、私たち（「ボク達」）自身が描くべきというわけであろう。

この詩がアヴァンギャルドとして成功しているかどうかは別として、少なくとも「風刺精神を旺盛にしてカラリとしたものをだして行きたい。暗い、悲しい、淋しい詩から手を切つて」いきたい、と述べた関根の意図は達せられている。紋切り型の反米帝国主義、愛国詩ではなく、ユーモアのなかに批判精神をしのばせている。関根は「マザーグース」を高く評価していたが、つみあげうたの側面や言葉遊びの観点からするとこの詩には、まさしく「マザーグース」的な要素もうかがえるようだ。

もちろん「列島」にはこのような風刺詩ばかりではなく、むしろ従前の形態の詩のほうが多かった。第二号のグラビア詩として掲げられた日向秋子「おもいうたごえ」は、朝鮮戦争のための輸送列車が通り過ぎたあと、午前二時ごろから一番列車まで線路工夫のうめくような唱和の歌が聞こえるというもので、戦争と厳しい労働とがテーマとなっている。確かに関根のいう「暗い、悲しい、淋しい詩」と言えるであろう。講和条約問題だけでなく、当時、一九五〇年六月に始まった朝鮮戦争や一九五三年ごろからの内灘闘争などの反映が、この日向秋子の詩をはじめとして誌面からは確かにうかがえる。井手則雄は創刊号の「編集後記」で「列島という誌名は、民族の運命を自らも背負ってゆこうと考えている詩人の集まりにふさわしい良い名前だとおもうがいかが」と述べていたが、これは対アメリカとしての「日本列島」の表象として採用された誌名ということであろう。「民族」という語は、中野重治が『批評の人間性』において「民族の再建」を主張していたように、敗戦後の一九四〇年代後半の鍵語でもあった。実際「列島」には、各地のサークル誌から寄せられたアメリカからの日本民族の独立やマイノリティの抵抗としてのナショナリズムを詠む詩、朝鮮戦争に反対する反戦詩、困窮する生活を詠む詩、労働の現場を詠む詩などが多く掲載されている。そのような大きな流れのなかで、関根弘が風刺を提言し実践しているのは、注目されていいだろう。関根は、風刺の先達として小熊秀雄をあげていた。前記の座談会で、花田清輝は「英雄的なもの」を風刺すべきであると語り、なかでも共産党を風刺しなければならないと述べていた(8)。このような小熊秀雄、花田清輝、関根弘という流れをおさえたいが、関根や花田のスタンスが、前章で見たナップ世代の文学者たちとは一線を画しているのが了解される。「列島」はそういう場でもあったのである。

ただし、同人にはさまざまな人がいたし、創刊号に掲載された野間宏の『詩誌「列島」発刊について』という創刊の辞には、コミンフォルム批判後の日本共産党分裂問題に付随する「人民文学」(一九五〇年十一月～一九五三年十二月)方針の反映が見てとれる。そこで野間はこのように述べていた。

これまで詩といえば詩人という名前をもつた専門の人たちだけがつくり、その人たちだけがよみ、そのせまい仲間のうちだけで取扱われるにすぎなかつた。それは日本の国民とは全くとおくはなれ、日本のものではなかつたのである。実際これまでの日本の詩人の詩は日本文学の伝統的な生命の上に一おう生きているとはいえ、その形式や発想はまだ日本人の生命のなかで生きてそれを正しく生長させることのできるものとはなつていなかつた。なぜといつて日本の詩人たちは一部のものをのぞいては外国の近代詩の発想や形式を日本の国民の生死の場所で自分のものとし、日本人のもつべき詩形と詩想をつくりだすことができなかったからである。

ここには「人民文学」が掲げた労働者至上主義がうかがえる。一方、関根はどう語っているかというと、やはり創刊号に掲載された『子供の唄』という文章のなかで「野間宏の語るところによれば、一九五一年の最大の詩の収穫は、町のおかみさんや小僧さんがさかんに詩を書きはじめたことだというのだが、その評価は甘くても辛くてもまちがえばいたずらに中性の詩を氾濫させる結果に終るだろう。町のおかみさんたちが「文京解放詩集」を、太田区の労働者たちが「詩集・下丸子」をだしたことなどはたしかに目新しい事実であるにはそういないが、僕は前衛的な詩人たちの注意がさらに小学生の無数の詩と詩集に向けられることを切望したい」というのである。子供のはっとするような言葉の使い方に注意をうながすこの文章には「マザーグース」の引用があって一種の「マザーグース」論ともいえるものだが、「町のおかみさんや小僧さん」の詩を無条件に持ち上げるような姿勢は見せていない。「中性の詩」という言葉の意味合いをどう理解するかが難しいところだが、文脈上、決して積極的に評価している語ではないだろう。中途半端なもの、どっちつかずのもの、当たり障りのないもの、といった意味合いであろうか。創刊号巻頭に掲載された両者、野間宏と関根弘の異質な認識と方向性はこれだけでなく、次の文章『狼がきた』に端的に表れていた。

4 関根弘『狼がきた』――抵抗詩の克服のために

関根弘の文章『狼がきた』は「新日本文学」一九五四年三月号に発表された。野間宏を批判したこの文章が書かれることになったいきさつは、関根が「列島」第五号の「編集後記」に書いた次の文章がもとになっている。

抵抗詩という一種の型ができつつあることはあまり喜ばしいことではないと思う。五号を編集していてつくづく感じたことだが、狼と少年の話である。狼がきた、狼がきたと云って人々をだましているうちに、ほんとうの狼がきたときには誰も助けてくれるものがいなかったという話である。植民地的現実に抗議している多くの詩に、その危険がひそんではいないだろうか？　サルトルは占領下のフランスについて書いている。それは僕らが想像していたのとちがい、まったく静かで、そして残虐だった。

メーデー事件とか松川事件とか有名になった事件だけが、事件なのではない。僕らは静かな惨劇をしっかりとらえなければならないであろう。階級、革命、人民、平和、これらは集団の合言葉であり、合言葉はとうぜん団結を要求するが、それに至る過程がもっともっと追求されなければならないのではなかろうか。さまざまな関係が追求されなければならないのである。

この「編集後記」は、野間宏と安部公房の強い批判を呼んだらしい。安部公房は「松川事件被告の無罪釈放運動を全国的に盛り上げなければならない際に、そうした発言をすることはマイナスとしての役割しか果たさない」と関根に語ったという。野間宏も安部公房も関根の発言がつねに「アンチ・テーゼとして提出されることに、政治的なマイナスを読む」と関根は言う。関根は『狼がきた』のなかで、その経緯を明らかにしているが、自分がなぜそのような「編集後記」を書いたかを現代詩の方向について論じつつ述べている。

関根の論点は明快である。ある政治的な方針に従った類型的な表現では本当の抵抗精神は表現できず、そのような類型的表現は文学ではないということだ。「集団の合言葉」は文学ではない。この文章のなかには、松川事件被告の鈴木信の詩が引用され、このように言われている。「僕はこの詩を無実を立証するために引用したのではない。僕はまづこのような詩を書かなければならない現代の不幸を救いたいのである。この詩には形式の工夫もあり、いくぶんユーモアがたたえられている。しかし全体の調子語感をささえているリズムは、愁訴であり、対象にきりこんではいない。ということは、ほんとうの狼がきたとき、――いや、狼はすでに襲いかかってきたのだ！　――自らを救う手段を欠いているのではないかということである」。鈴木信の詩「ラジオよ」は「殿下、殿下、殿下、／殿下、殿下、殿下、殿下、／殿下、殿下、殿下、と／来る日も／来る日も／放送する／ラジオよ／父を、夫を戦地に奪われた子の、妻の声を／基地に泣く漁民の声を／凶作に泣く農民の声を／失業に泣く労働者の声を／無実の罪に泣くおれたちの声を／一言でも／一言でも／語っておくれ。」という詩だが、「愁訴であり、対象にきりこんではいない」この詩の不幸を関根は言う。こういう詩は、当時、確かに多かった。量産されるこのような詩は、「狼がきた、狼がきた」と連呼するだけに終わり、本当の狼がきたときには何も効力を発揮しないというのである。

関根は野間宏の詩も例にあげて批判している。野間の詩「数知れぬ葉っぱをみがけ」は「おお戦争の狼ども、人間の略奪者が忍びこんでくるとき、／山のかやの葉っぱのようにつきさす言葉にいたるところで身をとぎすます。／日本の数知れぬ葉っぱをみがけ！　／けだものの腹を引き裂く日本の言葉をみがけ！　／哀しげなうめきを一声のこしてびっこの狼はのろしの後に足を引きずって行くだろう」というものだが、これに対して「比喩にもたれかかった姿勢では、今日、狼の実態がもたらす危機感を僕らに訴えることができないにもかかわらず、このようなところに詩精神が停滞しているのは不満である。さらにいうならば、〈葉っぱをみがけ〉〈日本の言葉をみがけ〉は語呂合せにすぎず、野間宏はサンボリズムからの抜け出し方が、結局は中途半端なのであり、古い音楽のなかで言葉を組合せ、思考をとめているから、リアルな映像を詩のなかに実現することができない」という。このような野間宏批判には、凡庸な抵抗詩を克服するためにはどうしたらよいか、という関根の切実な思いがその背景にあるだろう。関根は大岡信や清岡卓行の詩について次のように述べている。

これを抵抗詩と呼ぶことは果して妥当であろうか。素直に現代詩というべきであろう。この二人の詩人は申合せたように夢を、いいかえれば内的オマージュをモチーフとしており野間宏や岡本潤より、威勢はよくない。しかし「狼がきた」ことをしっている彼らは、ひとに「狼がきた」といってショックを与えるまえに、まづ自分自身に問うているのであり、自己の発言に責任をもって外部にでてゆこうとする着実な過程にあるのだ。僕は彼らの方法が、サークル詩における記録的価値とコレスポンダンス（照応）するとき、マヤコフスキーのまたアラゴンの方法に通ずる、日本現代詩の新しい一頁がはじまるであろうことを疑わないのだ。

詩史の潮流からいえば、大岡信や清岡卓行は、関根と同じグループには属さない。けれども、彼らの詩が「内的オマージュをモチーフ」とし、「ひとに「狼がきた」といってショックを与えるまえに、まづ自分自身に問うているのであり、自己の発言に責任をもって外部にでてゆこうとする着実な過程にある」と評価していることからすれば、詩人の内部での葛藤をへたうえでの言葉が、関根にとっての詩なのだった。このことで想起されるのは、『死の灰詩集』（宝文館、一九五五年七月）に痛烈な批判を寄せた鮎川信夫の議論である。「荒地」の鮎川と関根とは、やはり対極に位置する立場だが、詩についての考えには共通する部分がある。鮎川は次のように述べている。(9)

あらかじめ結論を言ってしまえば、少数の例外作品（たとえば、英訳されたもの、その他若干）をのぞいて、『死の灰詩集』にあらわれたような詩人の社会的意識を分析してみると、それは、戦時中における愛国詩、戦争賛美詩をあつめた『辻詩集』『現代愛国詩選』などを貫通している詩意識と、根本的にはほとんど変わらないということである。

つまり、これらの詩人に対するぼくの不満は、その詩意識が原子力時代にふさわしからぬ古臭いものであり、むしろ時代感覚、社会感覚において、「確信をもつまでは発言を抑制している」詩人のそれよりも、一段と低く、かつ鈍いものだということにある。

水爆の出現に象徴される現代世界の文明の背景を、立体的に理解しようとせず、うわつらで抗議やら叫喚の声をあげているだけのものが多い。そして、そのほとんどは、復讐心、排外主義、感傷に訴えようとしている。敗戦の影響は意外なところで、かつての戦争詩人たちの意識をむしばみつづけてきたようだ。（『鮎川信夫全集』第四巻、三八四頁、傍線引用者）

『死の灰詩集』を貫通している詩意識が、根本的には戦時中の『辻詩集』とさして変わらないというぼくの主張は、その主導的な詩人の社会的態度とか関心が、同じようにあやふやなものであり、たいせつな内部のたたかいを回避したため、詩人の社会的責任は、全くぼかされてしまったという前提に立っている。（『鮎川信夫全集』第四巻、四〇八頁）

よく知られているように、鮎川は『死の灰詩集』に収録された作品は戦時中の愛国詩と同じであり、『死の灰詩集』は文学報国会編『辻詩集』の戦後版であると批判した。その根拠になるのが、右の引用に見られるような主張であり、詩人が「たいせつな内部のたたかいを回避した」ということにその主要な論点があった。この鮎川の議論は、先に見た関根の「内的オマージュをモチーフ」とし「ひとに「狼がきた」といってショックを与えるまえに、まず自分自身に問うているのであり、自己の発言に責任をもって外部にでてゆこうとする着実な過程にある」という議論に通じている。ともに、うたわれた詩の言葉が詩人の内部での葛藤をへたうえでの言葉であるかどうか、出来合いの表現に寄りかからずどれだけ言葉を鍛え上げているか、ということが問題となっている。「荒地」と「列島」は対照的な詩誌と位置づけられていたが、対極に位置する両者の議論が共通する点が注目される。

ただし、鮎川の議論は『死の灰詩集』の詩をひとつひとつ吟味した批評というよりも詩集全体についての議論であり、類型的な詩を悪事例として取り上げていて、やや留保をつけねばならない部分もあった。『死の灰詩集』には、関根の言葉でいえば「抵抗詩という一種の型」に従ったものが確かに多いけれども、その一方で、たとえば真壁仁の「石が怒るとき」のような硬質な詩的言語によるすぐれた詩表現もいくつか存在する。それらに目配りしないで、戦中の愛国詩と同質のものだという議論は乱暴に過ぎる面もある。また、原水爆反対運動と文学表現をどうとらえるかという問題にも、これは関わるだろう。傍線部については注（9）および「あとがき」を参照されたい。

いずれにせよ、関根弘『狼がきた』では、抵抗表現を凡庸なものにせず、どうたたき上げていくか、類型化を免れるにはどうしたらよいか、ということが詩人内部での闘いを軸にして論じられている点に注意したい。「列島」一九五四年十一月号（通巻第十一号）の編集後記で関根は、「列島」第五号の編集後記を発端とする「狼論争」は抵抗詩の方法を掘り下げる契機となったと述べている。この第十一号の表紙は、人形の狼が大きな口を開けている図柄であるが、一九五八年八月の第五号からおよそ一年たった第十一号でひとまず「狼論争」は終息をむかえる。「狼論争」の終息と歩調を合わせるように、「列島」は次号の第十二号（一九五五年三月発行）で終刊となった。

そこで、関根が評価する詩はどのような詩であったかというと、『狼がきた』では「詩学」一九五四年二月号に掲載されたという伊藤勝行「国という字」が引用され「狼にぱっくりやられない詩人の若々しい精神の所在を示している」と言われている。「国という字」はこのような詩である。

1

にほんのくに。
くにを漢字で書きまするよ、
国となりまして、
中には玉。
これはすなわち玉座のことでありまして、
これをかこみまする構えは微塵のすきもなく、
東西南北。
いずれからの侵略もうけつけませぬ。
この改正された一字を見ましても、
日本の象徴は意味深遠であります。

2

飢え死したやつの力なくあいた口。
職探すおやじを待っている子供の口。
その中へ何が与えられたと思う――
このくにでは、
ジャズと一緒にパチンコ玉を投げこまれたんだ。

見たまえ。
おれたちのくにという字を。
〈国〉

この詩では、第一連のくにがまえが第二連の口に通じていて、第一連で天皇制批判が、第二連で庶民の生活の苦しさと愚民化政策とでもいうような大衆文化批判が、うたわれている。センチメンタリズムを排し、ユーモアとナンセンスのなかに抵抗精神を盛り込んだ詩であると言ってよいだろう。先に見た関根の「絵の宿題」にもつながる歌い口である。関根弘の主張は、アヴァンギャルドを基軸としていたが、「国という字」や「絵の宿題」がその主張にそっているかどうかは疑問の点もある。この詩では既成の通念を否定し、まったく新しい表現方法が採られているとは、必ずしも言えないからだ。けれども、「集団の合言葉」が詩ではないこと、文学ではないことを述べた関根の発言は振り返って留意されるべき発言であろう。関根自身、多くの詩集を出したが、詩よりもルポルタージュのほうでその成果をあげたように思われる。『東大に灯をつけろ』(内田老鶴圃、一九六一年)、『くたばれ独占資本』(三一書房、一九六三年)、『新宿』(大和書房、一九六四年)、『浅草コレクション』(創樹社、一九七三年)などはその代表的な作品である。

5　思想資源としての「列島」サークル詩

冒頭にも述べたように、サークル詩運動や「列島」についてはこれまで文学史のメインには出てこなかったが、これらを見直すさいには、戦後史のなかの民衆の声、その反映としてのサークル詩運動という観点がひとつの基軸になるであろう。サークル詩における反戦平和や人間性の恢復をどのように表現するかという問題は、ゆがんだ現実を改変しようとする民衆の自発的エネルギーに多くを負っているからだ。しかし、その際、見てきたように、詩に表れるべき内的モチーフ、詩人の内部での葛藤、個人的営みの側面が、サークルという集団をどう意味づけるか、運動としての側面にどのように関わっていくかという難問を抜きにすることはできない。

そのひとつの可能性が「列島」で展開した関根弘の試みであった。鮎川信夫の問題提起は重要なものだったが、その限界を打開するには、「集団の合言葉」は文学ではないとした関根の主張、すなわち過去のプロレタリア詩とシュールレアリズムの克服、アヴァンギャルドの方法などがひとつの可能性であったと言えるだろう。ナップ世代とは異なる問題意識を持っていた関根弘らの取り組みは、戦後文化運動を再考するさいに看過することはできない。「列島」にも詩を寄せていた黒田喜夫は結核療養所のサークル詩人として出発したが、黒田の「ハンガリヤの笑い」や「毒虫飼育」は一九五六年のスターリン批判やハンガリー事件をふまえて書かれた詩であり、関根とはまた違った方法で、プロレタリア詩の克服を目指した新しい思想詩を提示した。黒田喜夫だけでなく「列島」から出発した詩人が、その後、新しい表現を生み出した例はいくつもあり、その点でも戦後詩人の揺籃として機能した「列島」の役割は不問に付すことはできず、さらに検討される内実を含んでいる。

注

（1）一九四六年一月発行の「新日本文学　創刊準備号」では、賛助員が志賀直哉、野上彌生子、広津和郎の三名となっているが、一九四六年十月二十日現在の新日本文学会の会員名簿によると、賛助員として宇野浩二、上司小剣、谷崎精二、豊島與志雄、野上彌生子、広津和郎、正宗白鳥、室生犀星らがいる。十ヶ月ほどのあいだに、賛助員が増えたことが分かるが、その一方、志賀直哉は、中野重治の「安倍さんの「さん」」（「読売新聞」一九四六年三月十一日）という文章が「成心」をもって復讐心で書いた文章であるとして不快感を表明し新日本文学会を退会して賛助員からはずれることになった。前章の注3も参照されたい。

（2）小田切秀雄「頽廃の根源について」「プロレタリア文学の問題」（『小田切秀雄全集』第三巻、勉誠出版、二〇〇〇年）などによる。

（3）『文学者の手紙7　佐多稲子』（博文館新社、二〇〇六年）所収。「私は決して、今度作家同盟が出来る際とられた自分への皆さんの態度について拗ねてゐるわけではありませんから、どうぞ誤解しないで下さいまし」、また「然し、今度の作家同盟で、永井荷風にまで働きかけてゐるといふ徳永さんの東京新聞に書いたもので読みましたが、あんなことはうなづけません」とある。前者は、新日本文学会が発足する際、戦地慰問などの戦争中の行動が問われて発起人に加われなかったことを述べたもの。

（4）『楠ノ木考』（風濤社、二〇〇七年）

（5）分銅惇作・田所周・三浦仁編『日本現代詩辞典』（おうふう、一九九四年）

（6）日本近代文学館編『日本近代文学大事典』第五巻（講談社、一九七七年）

（7）関根弘と同じく一九五〇年代に活躍した安部公房を「運動体」としてとらえる研究に鳥羽耕史『運動体・安部公房』（一葉社、二〇〇七年）がある。

（8）花田清輝の英雄批判については「スカラベ・サクレ」（『岩波講座文学』第四巻、一九五四年、『花田清輝全集』第六巻所収、講談社、一九七八年）のなかで「大丈夫」を批判している箇所にも通じる。この「大丈夫」批判は、中野重治批判に通じるものと思われるが、このことについては改めて検討したい。

（9）「『死の灰詩集』の本質」（「東京新聞」一九五五年五月）、「『死の灰詩集』をいかにうけとるか」（「短歌」一九五五年七月）、「『死の灰詩集』論争の背景」（「詩学」一九五五年十月）（すべて『鮎川信夫全集』第四巻所収、思潮社、二〇〇一年）などによる。なお、引用文傍線部「その詩意識が原子力時代にふさわしからぬ古臭いもの」については、初出段階では言及できなかった箇所だが、二〇一一年三月一一日の東日本大震災と原発事故をへたあとの現在、ここに注目しないわけにはいかない。「水爆の出現に象徴される現代世界の文明の背景を、立体的に理解しようとせず、うわつらで抗議やら叫喚の声をあげているだけのものが多い」と述べて、水爆を生み出す科学技術が必ずしも人間を幸福にするものではない現代文明の病について論及しはするものの、ここには確かに「原子力時代」が新しいエネルギーの時代として歓迎すべきものというニュアンスを見ることができる。当時、多くの日本人が新しいエネルギーとして原子力を歓迎したことについては、川村湊『原発と原爆—「核」の戦後精神史』(河出ブックス、二〇一一)や山本昭宏『核エネルギー言説の戦後史1945〜1960』(人文書院、二〇一二年)をはじめとする三・一一後の多くの研究が明らかにしている。また、藝術表現に関わることについては、岡村幸宣『非核藝術案内』(岩波ブックレット、二〇一三年)が原爆投下から三・一一までの絵画における核表現を分析している。核をどう描くか、それは言語表現においても同様で『死の灰詩集』論争における鮎川信夫の議論は、詩人の内的葛藤をへたうえでの詩語であるのかどうか、という重要な論点を提示してはいたが、「原子力時代」において『死の灰詩集』を「古臭いもの」と位置づける暴論でもあったことを明記しておきたい。三・一一後においては、このような観点からも『死の灰詩集』を再読することが求められているのではないだろうか。なお、野本聡「テロルと、ダダと、オナニーと」(「昭和文学研究」第70集、二〇一五年三月)に『死の灰詩集』所収の高橋新吉「灰」についての分析がある。

第一二章　中野重治と『松川詩集』

1　はじめに

中野重治『有罪か無罪か』は、『松川詩集』(宝文館、一九五四年五月)の巻末に掲載されている短いエッセイである。この文章は、『有罪か無罪か』というタイトルでは『中野重治全集』に収録されていず、『松川詩集』でなければ参照することができない。一見、全集未収録文章なのかと誤解しそうだが、しかし、内容を読めば、この『有罪か無罪か』という文章は、全集第十三巻にある『われわれ自身のなかの一つの捨ておけぬ状態について』(「新日本文学」一九五四年一〜三月号)のなかの一節と重なる文章なのである。おそらく、五月に刊行される『松川詩集』のために、「新日本文学」二月号に発表したばかりの文章の一節を切り取って再掲したものと推測できるが、このようなケースは珍しいことと言えるだろう。[1]『松川詩集』の編集委員には、のちに述べるように、中野重治も加わっていたから、刊行に間に合わせて急ぎ止むなく再掲したのかもしれない。あるいは、憶測の域を出ないが、刊行委員会が刊行を急ぐあまり、著者中野重治の意思を十分に確認しないままに編集作業を進め掲載に至ってしまったという可能性も否定できない。

いずれにしても、既発表の文章の一部を、新たなタイトルをつけて別のメディアに再掲することはあまり例のないことであるには違いないが、翻ってみると、中野も編集委員として参加していた、この『松川詩集』はどのような詩集であったのか。また、この詩集がつくられるもととなった松川事件・松川裁判について中野はどのような考えを示していたのか。先輩作家として仰ぎみていた広津和郎や宇野浩二への思いなども含め、若干の考察をこころみたい。つまり『松川詩集』のために再掲された『有罪か無罪か』をひとつの契機として、政治運動と文学表象の問題、あるいは文学者の政治問題へのコミットメントについて改めて考えてみたいのである。この問題設定自体、現在、有効であるかどうかという疑問がないわけでもない。けれども、戦後文化運動を振り返るさいに、『松川詩集』やその姉妹編のような『死の灰詩集』（宝文館、一九五四年十月）の位置づけを確認しておくことは無駄なことではないだろう。それらが、現在の文学史のうえでまるで顧みられないものになってしまっているから、なおさらそう思われてならない。文学史に残っていない作家や詩人たちの作品は、どのように評価すればいいのか。それが政治（文化）運動のなかから生まれてきた表現の場合、純粋に文学表現、文学表象の価値だけを扱うのではなく、運動との関わりにおいてどのような意味を持っていたのかを吟味する必要もあるだろう。本稿では、戦後文化運動を多角的にとらえるために、これまで調査研究してきた日本民主主義文化連盟や文連地方協議会などの活動だけでなく、いまは忘れられてしまった詩集『松川詩集』と『死の灰詩集』を取り上げて検討したい。

まずは、再掲された『有罪か無罪か』の本文を提示することから始めたい。なお、『有罪か無罪か』は独立した一編の文章であり、再掲するにあたっては、著作権継承者の許可を得たことを付記しておく。

2 『有罪か無罪か』について

本文は後掲のとおり、原文のままとした。『われわれ自身のなかの一つの捨ておけぬ状態について』は、「新日本文学」一九五四年一～三月号に掲載された全六章の文章である。『有罪か無罪か』と同じ内容は「三　松川事件第二審の判決は何を教えるか」のなかに出てくる。この「三　松川事件第二審の判決は何を教えるか」は、第二回目の二月号に発表されたもので、およそ一一三〇〇字、前半は、松川事件第二審について大手の新聞や「週刊朝日」「週刊読売」などの週刊誌がジャーナリズムの使命を果たしていないことへの批判、「読売新聞」が松川裁判批判を展開する宇野浩二や広津和郎を揶揄していることへの批判が書かれている。後半は、松川事件から離れて、大手新聞が平和擁護論、憲法擁護論、民主主義擁護論を馬鹿にするようになってきていること、米国による日本の「植民地化、隷属化」を精神的に仕上げようと組織的にのりだしてきていることへの批判が語られ、最後に「新日本文学」と「人民文学」の統一を阻むものへの苦言が呈されている。

この文章で扱われた松川事件については前半部に限るが、そのなかのごく一節が以下の文章『有罪か無罪か』である。なお、中野重治の文章には相手の文章を引用しながら論を進める場合が多いが、その具体的な引用の部分などおよそ四五〇字の分量が途中省略されている。文中「……」の部分が中略箇所である。その結果、一般論として通用する部分をうまくアレンジした文章となっている。このアレンジが中野本人によるものなのかそうでないのかは判断できないが、抜き出されたこの部分だけを読んでも、冤罪事件への怒りは十分うかがうことができる。なお、「ママ」の部分は、元の文章では「の」「刊」となっているのが、この『松川詩集』収録文『有罪か無罪か』では「た」「間」の誤植となったようである。

有罪か無罪か

なかの・しげはる

公正な裁判をという要求にたいして、裁判はもともと公正なものなのだからといっていた裁判長が、判決いいわたした《ママ》ときにしきりに「確信をもって」を強調していたのは、その

「確信」が却ってぐらついていたことを自白していないだろうか？　「疑わしきは罰せず」といった裁判長が、「認められぬこともない」、「ということもあり得る」、「可能である」を組み合わせてあの判決を下したことは、「疑わしきは罰してしまえ」というやり方へ実行上移っていたことを自白していないだろうか？　「真実は神のみ知る」と裁判長が語ったことは、彼自身、不正な判決の責任を神になすりつけようとしたのであったことを自白していないだろうか？　こういう考えがわたしを離れない。判決は、全体として、どこまでも「自白」に基づいている。ときには、「自白」が短期間でなされたから事実だという風にも説明されている。しかしこの場合、「自白」が短期間でなされたとすれば、それは筋書きが前もってつくられていて、それが押しつけのための拷問その他がどれほどはげしかったかということの証拠でもあり得るという方の「可能性」は抹殺されている。「刑事訴訟法でいうと、『認められぬこともない』というのは、普通の経験法則に照して不合理ではないという意味で、第一段階における吟味において使われる。このことは、さらに、実際の証拠と合わせて、第二段階の吟味をする必要がある。それらをいくつか積み重ねて、全部合わせると、『この事実は、絶対に間違いなくあった』という結論に達するわけだ。」という鈴木裁判長の言葉自身（「週間《ママ》朝日」一月一〇日号）大きな危険を含んでいる。それはデッチあげ本来の行き方がこれだからである。……

問題の核心は、二十人の被告が有罪か無罪かという点にあっただろう。今もある。ところが新聞は、判決が出てしまうと、頭から有罪ということにおっかぶせてしまって、死刑が妥当かどうかという別の問題でワアワアと騒ぎたてはじめた。死刑が適当かどうか、死刑を残すべきかどうかということは勿論問題になる。しかし、今の問題は死刑が重すぎるか過ぎないかではない。あくまでも有罪か無罪かである。無罪の人間を有罪に仕立てて、これに死刑を課しておいて、殺すのは少しかわいそうだから十五年にしろ、二十年にしろなどと騒ぎ立てることのずるさ、残酷さは何と批評していいだろうか？

（一九五四・二月）

3　松川事件について

では、中野重治は松川事件および松川裁判についてどのような考えを示していたのだろうか。

松川事件は、一九四九年八月十七日、東北本線松川駅付近で旅客列車が転覆し三人の乗務員が死亡、国鉄労組員九名、東芝労組員十一名が逮捕された事件である。当時、ドッジラインによって、国鉄、東芝など全国的に大量人員整理を強行中だったために、事件は人員整理に反対していた国労、東芝労組、日本共産党の犯行だという疑いが持たれた。およそ一ヵ月前の七月十五日に起った三鷹事件では、事件直後に吉田茂首相が「共産主義者が社会不安を挑発している」と非難、このような政府見解もあり、事件は人員整理反対の労組および共産党の犯行とみなされた。翌一九五〇年十二月の福島地裁は死刑五名を含む全員有罪の判決を下したが、政府見解に引きずられ、共産主義者の暴力行為として事件を捏造し弾圧しようとしたという疑いが持たれたため、広津和郎らの救援活動などにより世論の関心が高まった。結果として、一九六一年に仙台高裁で全員無罪となり、一九六三年に最高裁で全員無罪が確定した(3)。

米軍占領下の当時、三鷹事件(一九四九年七月十五日)、下山事件(一九四九年七月五日)と並ぶこの事件は、戦後昭和史の暗部を示す事件として知られている。松本清張『日本の黒い霧』にも取り上げられ(4)、映画にもなった(5)。第二次大戦後、一九四七年には台湾で二・二八事件があり、一九四八年には済州島で四・三事件が生じたが、東アジアにおける民衆蜂起を共産主義勢力の台頭として危険視する占領軍の方針が日本であらわになったのが一九四八年のことだった。詳しくは次章の第一三章および拙著『戦後日本、中野重治という良心』を参照されたいが、このように米ソの冷戦が本格化する背景があり、三鷹事件や下山事件を含めて松川事件の背後には米軍防諜部の関与も指摘されている。だが、松川事件は、長い裁判の結果、最終的に被告全員が無罪となったものの、真犯人は分からずじまいという事件であった。

ところで、被告全員が無罪となったのは、松川事件対策協議会の運動もさることながら、広津和郎の尽力によるところが大きい。広津は、一九五二年四月六日の「朝日新聞」に『回れ右——政治への不信ということ』を発表したのち、翌一九五三年三月「改造」増刊号に『裁判長よ、勇気を』、同年十月「中央公論」に『真実は訴える』などを掲載、一九五四年四月号から四年にわたって同誌に松川裁判批判を連載した。広津は冤罪事件であったこの事件を徹底追究し、作家生活のその晩年は松川事件を解明することに全力が注がれた。『松川裁判』（中央公論社、一九五八年十一月）など多数の著作が知られている。広津の呼びかけに応じて、志賀直哉、宇野浩二、武者小路実篤、川端康成、丹羽文雄なども賛同を表明し、その協力を得て松川裁判批判は継続された。むろん松川事件対策協議会の全国的な活動もあるが、全員無罪は、十年にわたる広津和郎の粘り強い取り組みによるところが大きかったと言えるだろう。

中野重治は広津和郎を尊敬する作家と仰ぎみていたが、中野自身は松川事件についてどのような発言をしていたのだろうか。前掲の『われわれ自身のなかの一つの捨ておけぬ状態について』を含め、全集に収録された文章には次のようなものがある。

『松川事件とローゼンバーグ事件』（「新日本文学」一九五三年十二月号）
『われわれ自身のなかの一つの捨ておけぬ状態について』（「新日本文学」一九五四年一〜三月号）
『松川裁判』の文体』（「季節」一九五六年十月号）
『奇しきエニシ――松川と警職法』（「婦人民主新聞」一九五八年十一月九日）
『松川判決をきいて』（「アカハタ」一九六一年八月十日号）

これら以外に、雑誌「新日本文学」の「編集後記」「事務局から」でもたびたび触れている。たとえば「松川事件は、いままで日本全体として取りあげ方が手うすだったと思う。国鉄、東芝の人たちもうんとがんばつてほしい。読者は救援会と連絡をとつて、ここを最後とエネルギーをそそいでもらいたい。無実の人間が死刑にされるということを、自分にひきくらべてだまつていられるかどうかよく考えてもらいたい」(「新日本文学」一九五一年十月号編集後記)とあるように、冤罪を晴らすために闘う意志をあらわにした文章も見られるが、それだけではなくて、特に重要と思われるのは、松川裁判批判を行っていた広津和郎と宇野浩二についての文章である。その論点は二点あり、ひとつは「民主陣営」における広津発言および宇野発言の取り上げ方、もうひとつは「文学的テーマ」を失った「老作家」が「別の領域でテーマを求めている」という見解に対する批判である。ひとつめの論点に関しては、たとえば、『松川事件とローゼンバーグ事件』ではこのように言われている。

ところで、ここでわたしは一つの恐れを感じる。これは、上手にいわねば誤解されるかとも懸念するが、広津、宇野のはたらきをば、「民主陣営」が自分に引きつけすぎてよろこぶ危険とでもいおうか。松川の被告たちが無罪であるべきことをわれわれは主張してきた。われわれはずつと前からそのことをいつてきた。広津、宇野の文章はあたかもそれを裏書きした。そこで被告団も弁護士団も国民救援会もよろこんだ。われわれはみな自然によろこんだ。しかしわれわれがここで、広津、宇野の文章をとびつくようにして取りあげて、見ろ、われわれの無罪主張の正しかつたことはこれでもわからぬかというふうに、「われわれの主張の正しさ」の証拠というところへ主としてそれを持つて行くならばそこに間違いが生れる。そうなると、この二人の作家が、彼らの行き方とその文学との上で、黙つていられぬために自発的に黙つていなかつたそのことにたいする同感と、その上に立つ敬意とが見失われる危険がある。彼らは彼らとして発言した。頼まれたからではない。そこのところをほんとによく理解しなければ、彼らに敬意を表するつもりでいて実は彼らを不当に低く見ることになりかねぬ。（全集第十三巻、三一四頁）

大正文学の代表的作家である広津和郎や宇野浩二は、昭和初期のプロレタリア文学運動とは無関係であったし政治的にもリベラリストの作家として知られている。中野との関係でいえば、広津和郎との交流は戦時下、豪徳寺に住んでいたころ、住まいが近くであったことから生じたものであり、宇野浩二とはやはり戦時下、宇野を囲む「日曜会」に徳永直か渋川驍かから誘われて参加するようになったことから生じていた(6)。中野はふたりともに小説家としても人間としても敬意を抱いていたが、松川裁判についての右の文章は、その敬意に基づいて「民主陣営」が軽々しい反応を起こさぬよう注意を促している。自分たちと一緒に運動してきたわけではない大正作家の、リベラリストのあの広津、宇野でさえも……という反応がもしあるとしたら、それは彼らを

「不当に低く見ることになりかねぬ」というわけだ。戦時下、このふたりが戦争賛美することなく忍耐強い姿勢を示していたことをよく知っていた中野にとって、裁判の不当を敏感に感じ取りそれを広く訴えたのは、ほかならぬ彼らだからこそだという思いが強くあったのだろう。

ふたつめの論点は、広津和郎と宇野浩二に対する揶揄[7]に関することである。『われわれ自身のなかの一つの捨ておけぬ状態について』では「読売新聞」が「日本のインテリたちの間では事実や理非曲直はどうであろうと、共産党とか容共派とかいうものに手をあげさえすると、それで立派に進歩的だということになる。宇野、広津の両君は仙台まで散歩の遠出をして、被告の『いい目の色』をみてきたり、弁護士の話をきいたりして、たちまち憤りを感じ、無色透明の作家稼業からにわか仕込みのエミイル・ゾラになつたり、進歩的作家になつたりして、やんやとジャーナリズムのかつさいを博した」という言い方をしていることや、両者を「御両君、もしゾラのにせものでなかつたら、このところこそ立ちあがつてほしいのである」と皮肉めいて述べているのを痛烈に批判している。このような、正面から正当に批判するのではなく当てこすりのような言い方しかできない新聞ジャーナリズムに対する批判は当然であるが、問題はそれよりも、浜田新一、大野正男、清岡卓行による共著「文藝時評　テーマ喪失の文学」(「新日本文学」一九五三年十一月号)の次のような文章であった。「この二人の老作家が真実を求めて起ち上がった」その熱意には全く敬意を表するとしながらも、ゾラの場合は文学と政治のズレが存在しなかったのに比べて広津と宇野の場合は様相が異なるというのである。「ここで文学と政治のズレは大きく悲劇的である。これは日本の文学がもったそうしたものの悲劇を象徴的に物語るものであろう。というのは、テーマを殆ど喪失した老作家が、文学とは別の領域でテーマを求めているからだ。リベラリストの文学者があくまでも自己に誠実であろうとする場合、こうしたいきさつは人間として当然であろうが、それにしても一種の痛ましさがないことはない、しかし、作家であることよりも、またほかの何者であることよりも、人間であることが偉大なのだ。」

中野は、このような認識に対して深い疑念を表明している。この「文藝時評」は広津、宇野を高く評価している文章でもあるので、中野は言葉を選びつつ慎重に論じている。その根底には、広津、宇野の行き方が「文学とは別の領域でテーマを求めている」というのではなく、その行き方こそが広津、宇野の「文学」であるという、中野として譲れない考えがあった。「文学と政治のズレ」ではなく「両者の統一、統一への動き」だと中野は述べている。時評にいう「作家であることよりも」「人間であることが偉大なのだ」という考えを中野重治はとらない。「「ほかの何者であることよりも……偉大な」「人間として当然」の道へ人がペンをさげて出て行くとき、それは、「作家であることよりも」偉大な何かでなくて「作家であること」としての偉大さではないか」と言うのである。広津も宇野も作家として偉大なのであって、別領域で名をあげようとしているのではなかったというのが中野の言いたいことだった。(8)

占領下の研究は検閲問題をはじめずいぶん進展しつつあり、その後の一九五〇年代についても、近年、文化運動を中心に考察が深められている。松川裁判に対する広津和郎らの仕事も「文学」の仕事として見直すべきもののひとつだろう。寺田清市「廣津和郎と松川裁判」[9]では、次のように言われている。「当時の新聞・雑誌で、廣津と松川運動とのかかわりに触れた記事をたどっていて印象的なのは、世論が盛り上がるにしたがって、廣津の活動を作家の営為としてとらえようとする論調が目立ってくることである。この人のどこにこれほど徹底した社会運動に携わるエネルギーが潜んでいるのかと問いかけ、また、それまでの廣津を知る人たちは、生まれ変わったような生き方の秘密がどこにあるのか探ろうとした。これは廣津が社会的・政治的な問題とは無縁な私小説家として受けとめられていたことを証しているが、それはとりもなおさず日本近代の作家の特質とのものを浮き彫りにするものであった」「そこには社会と文学という古くて新しい問題を問い直す豊かな契機がこめられているはずである」。

社会的・政治的問題を扱うことが「作家の営為」であるという認識は、文学の範囲をより広い文脈においてとらえることであり、その観点から広津の仕事の再検討がなされるべきだろう。『松川詩集』の評価もこのことに関わる。

4　『松川詩集』、サークル詩のこと

さて、松川事件を扱った詩集『松川詩集』は、一九五四（昭和二九）年五月十五日、宝文館より刊行された。編者は松川詩集刊行会である。検印は「壺井」の印が確認できるが、これは代表

者だったと思われる壺井繁治の印であろう。表紙の装画は桂川寛による。本詩集は、序文などによれば、松川事件が捏造された冤罪事件であることを訴え、「松川事件に対する獄内外の詩人たちによる詩的ドキュメントとして、この事件を包む暗黒を、内面から詩的に照らしだすこと」を目的として編集された。編集委員は、川路柳虹、大江満雄、深尾須磨子、小野十三郎、村野四郎、サカイトクゾウ、北川冬彦、中野重治、金子光晴、安東次男、草野心平、赤木健介、壺井繁治、上林猷夫、岡本潤、秋山清、野間宏、吉塚勤治、伊藤信吉、瀬木慎一(編集事務)となっている。十四人の被告の詩(短歌も含む)六六編と被告の家族二人の二編のほかに、全国の詩人サークルから趣意書に応じて送られた三〇〇〇編に達する作品のなかから、五九人の詩、七三人の短歌俳句が選ばれて掲載されたという。全体は三部にわかれ、第一部「一つの真実」は被告と家族の詩と短歌、第二部「日本の眼」は事件について書かれた五九人の詩、第三部「人間の声」は事件について書かれた七三人の短歌俳句となっている。そして七人の「感想」のあと、最後に「松川事件重要日誌」「判決内容」が付されている。

やや煩瑣になるが、おもな作者をみておきたい。

第一部の十四人は、赤間勝美、阿部市次、太田省次、岡田十良松、加藤謙三、斎藤千、杉浦三郎、鈴木信、佐藤代治、佐藤一、武田久、二宮豊、浜崎二雄、本田昇であり、それぞれが数編の詩を寄せている。杉浦よし子、鈴木八重子のふたりの家族も一編ずつ出している。

第二部の詩人は次のとおりである。上林猷夫、村野四郎、錦米次郎、しみづ・じゅん、一柳喜久子、滝口雅子、川杉敏夫、野口清子、入江亮太郎、庄司直人、大江満雄、北創太郎、他山せき、こばやし・つねお、きむら・かおる、山上友子、八田三郎、東海林瓔子、岡亮太郎、吉塚勤治、浜田加津枝、袖野珠枝、小熊忠二、松川大作、瀬木慎一、佐藤隆男、吉田恭子、田村正也、島崎曙海、近藤計三、安東次男、草野心平、梅沢啓、小野篤、岡本潤、猪野健治、北条さなえ、小林健志、伊谷園夫、内田豊清、壺井繁治、遠地輝武、磯村秀樹、鳳真治、山本正一、木島始、吉田美千雄、南川比呂史、遠山進、河合俊郎、赤木健介、門倉訣、和田徹三、大島博光、サカイ・トクゾー、且原純夫、吉田欣一、井手則雄、野間宏。

第三部の歌人、俳人は割愛するが、信夫澄子、渡辺順三、熊王徳平、栗林一石路、赤城さかえらの名前が見える。

「感想」の欄に執筆しているのは、深尾須磨子、三好達治、永瀬清子、川路柳虹、北川冬彦、金子光晴、なかの・しげはる、伊藤信吉の八名である。中野重治の『有罪か無罪か』はこの「感想」欄に掲載された。

たとえば、赤間勝美「自白調書を取られるまで」などの被告の詩は、自分の置かれた理不尽な状況への怒りのほかに、現在までにいたる恐怖、憎悪、絶望、悔恨などの感情が詠まれていて、詩的言語の完成度は劣るかもしれないが、ある動かしがたい確かなものを提示している。また第二部に収録された詩は、無実の罪をきせられた被告たちを思いやると同時に、司法の非道を詠んだものが多い。「真実は頭をもたげ／胸を張り／黒豹よりも鋭く眼を怒らせて／死刑宣告者に抗議する／／」「血に汚れた判決の言葉が／かけがえのない生命を滅ぼし／また数多くの青春を牢獄の壁の中で枯らすならば／誰がそれを償うのだ」（壺井繁治「罪と罰」）というように冤罪事件に向けられた怒りは深い。そして、全体の印象として『松川詩集』は同時期に刊行された『死の灰詩集』に似ている。『死の灰詩集』は、一九五四年、ビキニ環礁でのアメリカの水爆実験で被爆した第五福竜丸事件をもとに原水爆禁止運動の一環として刊行された詩集である。『松川詩集』には当事者の被告の詩が収録されているが、こちらには当事者の詩は掲載されていない。しかし、出版社も同じ宝文館で、判型も同じB六判で似たような装幀であり、この二冊の詩集を目にすると、姉妹編のようなおもむきがある。

『死の灰詩集』は、『松川詩集』より五ヵ月ほどのちの一九五四年十月五日、宝文館より刊行された。現代詩人会の編集による。編集委員は、安藤一郎、伊藤信吉、植村諦、大江満雄、岡本潤、上林猷夫、北川冬彦、木下常太郎、草野心平、蔵原伸二郎、壺井繁治、深尾須磨子、藤原定、村野四郎である。全国からおよそ一〇〇〇編の作品が寄せられ、編集委員が銓衡した結果、一二一編を選んで刊行したものであった。

よく知られているように、この『死の灰詩集』に対して、当時最も苛烈な批判を突きつけたのが鮎川信夫である。(10) 前章で確認したとおり、鮎川は『死の灰詩集』は戦時中の文学報国会による『辻詩集』と変らないと批判した。自我も個人的経験もない詩は、詩に値しないということだ。戦時下の時局に寄り添う『辻詩集』とこの『死の灰詩集』を同列に見る鮎川の批評は、プロレタリア文学の詩人たちが戦時下には愛国詩人になり戦後には反戦詩人になったという（実際にはその系譜をたどった詩人、作家は多かったが）戦争責任問題ではなく、文学作品の内実の問題として、全体性やイデオロギーに解消されてしまう個の脆弱さを問題としたものだった。戦争責任問題としては吉本隆明らの別のアプローチがあったが、鮎川が提起したのは、あくまで藝術表現に関わることだった。確かに鮎川の批判は正しいし、収録された作品には、あらかじめ設定された原水爆反対というテーゼが見え隠れするもの、それさえクリアすればいいというものがある。詩の出来映えはあらかじめ与えられたテーマがいかに立派なものでも、それとは関係ない。

けれども、『死の灰詩集』を見てみると、真壁仁の「石が怒るとき」などのすぐれた詩がこの詩集に残されているのも事実なのである。他にも、山之口貘の「鮪に鰯」や金時鐘の「南の島知られざる死に」などの詩が注目される。『松川詩集』にしても、被告の詩に込められた恐怖、憎悪、絶望、悔恨などは、ある歪められた状態を強いられた人間の深い感情の迸りにほかならない。確かに、詩の出来映えはあらかじめ与えられたテーマとは、関係ない。同時に、与えられたテーマを自分のものとしてこれという言葉を選び取り他に例のない詩を生み出したとき、それは優れた一編となる。どれだけ言葉を鍛え上げることができ、どれだけ人間の深い感情を表現できるかという一点にかかっているのであって、テーマが与えられようが与えられまいが、詩の出来映えには関係ないということだ。総じて『死の灰詩集』も『松川詩集』も個の脆弱さという弱点があげられるかもしれないが、所与のテーマの表出としての詩集全体でなく、個々の詩をこそ見るべきであろう。

また、もう一点加えると、『死の灰詩集』も『松川詩集』も「運動」を念頭に置いて作られた詩集だということである。鮎川の議論に従えば、この「運動」こそが詩（あるいは文学）にとっては不要どころか有害なものなのかもしれないが、鮎川の属した「荒地」と「列島」の違いのように、それぞれの方向性や詩的方法論の差異ということもあった。「列島」は関根弘や野間宏を中心としてサークル詩に力を注いだ。関根と野間のあいだには論争もあったけれども、「列島」はサークル詩を推進した雑誌だった。戦後文化運動では職場、地域、学校、療養所などで多くの文学サークルが組織された。それらのサークルで、当時の言葉で言えば詩を専門とする専門家詩人ではない、労働者や農民など普通の人によって作られた詩がサークル詩であったが、サークル詩は、反戦平和、民主主義、人間性の恢復を目的とし、戦前のプロレタリア文学運動や生活綴方運動の流れを引きつつ、アヴァンギャルドの手法などにより、それを克服する視点をも提供した。

サークルは、戦前のプロレタリア文化運動においても存在し、それは日本共産党の党員確保のための組織として活用された面があった。戦後のサークルも同様であり、一九四五年十二月に新日本文学会が設立され、また日本民主主義文化連盟（一九四六年二月設立　文連）、全日本産業別労働組合会議（一九四六年八月設立　産別）などが結成され、それらの組織において推進した文化運動や組合運動の基礎に多くの文学サークルがあった。文連も産別も日本共産党の強い影響下にあったため、それらのサークルは党の末端組織の機能も果たした。政治的に利用されただけという批判は、そのあたりの事情からなされる。それは一面そうであっただろう。が、その一方、サークルでは、現実の生活における貧困や病苦から生じる感情、工場などの職場での厳しい労働実態、朝鮮戦争に反対する反戦平和をテーマとするものなど、社会構造の矛盾を批判する詩や政治運動に結びつくアクチュアルな問題を取り上げた詩が多く書かれた。

その多くは、日本共産党の影響下に置かれた「運動」の一環としての表現であったために政治目的の表現に過ぎず藝術的に未熟である、いわゆる素人詩人であったために表現が稚拙である、などの批判があった。しかし、詩の表現を広範な大衆に広げ自己表現を推進した功績は大きく、戦後の民衆運動や文化運動の展開に重要な役割を果たしたのも事実である。詩を、個人的な詠嘆にとどまるものではなく、政治問題や社会変革とリンクする「運動」としての表現であることを提示した意味は大きい。

「列島」の関根弘や野間宏のほかに、「国鉄詩人」の浜口国雄、下丸子文化集団の井之川巨らが知られている。詩集には、先の『松川詩集』『死の灰詩集』のほかに、新日本文学会による『勤労者詩選集』（新興出版社、一九四八年十二月）、京浜地帯の工場労働者による『京浜の虹』（理論社、一九五二年九月）、呉羽紡績労働組合文教部による『機械のなかの青春――紡績女工の詩』（三一書房、一九五六年七月）、野間宏・安東次男・瀬木慎一編『全国結核療養者詩集　風に鳴る樹々』（朝日書房、一九五四年三月）などがあった。数多くの無名の詩人が残したサークル詩の表現は、戦後史の民衆の声として位置づけることができる。鮎川の批判はそれとして、戦後文化運動の観点からみた場合、『死の灰詩集』も『松川詩集』も見過ごすことのできない詩集である。個々の文学表象の問題と同時に、戦後文化運動史あるいは戦後民衆史の観点を不問に付すことはできない。

以上、『有罪か無罪か』をひとつの契機として、松川事件および『松川詩集』について見てきたが、政治問題に関わることでマイナス評価を与えられる文学表象の問題[11]は、広津和郎への揶揄や鮎川信夫による『死の灰詩集』への批判だけでなく、広く他にも例を見ることができる。そして、文学史のうえでは消えてしまったかのような詩集や作品はいくらでも指摘することができるであろう。それらは消えてしまったのではなく、別の力が働いて脇に追いやられたり単に忘れられてしまったりしているのであり、戦後文化運動を振り返るさいには、それらをひとつひとつ発掘し、当時の文脈へ差し戻しつつ、現在の観点も付加しながら、再配置することが必要なこととなる。一蹴して捨て去ることだけはしたくない。見直すべき、見出すべきものは多い。

注

（1）『中野重治全集』編集者松下裕氏によれば、既発表の文章を別タイトルで別メディアに再掲した例はほかにもあったらしい。戦前のことになるが、中野が獄中にいたころ、石川啄木全集が刊行されることになり、編集部から中野に推薦文の依頼があった。しかし、獄中にいたため十分な文章が書けないので断ったが、「驢馬」一九二六年十一月号に発表された『啄木に関する断片』のなかの一部から引いて推薦文にしたことがあったという。
（2）この文章が掲載された「新日本文学」一九五四年四月号には、中野の『われわれ自身のなかの一つの捨ておけぬ状態について』とともに、中島健蔵『谷間の観測――松川第二審の判決』と大原富枝『松川公判傍聴記』が掲載されている。中島と大原の文章は「松川第二審判決に対して」という小特集となっている。
（3）広津和郎『新版松川裁判』（木鶏社、二〇〇七年）、伊部正之『松川裁判から、いま何を学ぶか――戦後最大の冤罪事件の全容』（岩波書店、二〇〇九年）などによる。なお、筆者は二〇一四年十一月八日に日本社会文学会秋季大会で福島大学松川資料室を訪れ、見学の際、伊部正之福島大学名誉教授による説明を受けた。
（4）松本清張『日本の黒い霧』（初出「文藝春秋」一九六〇年七月～十二月号、文春文庫、二〇〇四年）下巻のなかの「推理・松川事件」で詳述されている。
（5）映画『松川事件』（松川事件劇映画製作委員会作品、山本薩夫監督、新藤兼人・山形雄策脚本、宇野重吉他出演、一九六一年）については、『講座日本映画』第六巻『日本映画の模索』（岩波書店、一九八七年）において「全国四五県のうち四四県までに製作上映委員会を組織し、全国で三五〇万人の組織動員に成功するという記録を作った。」と言われている。映画製作までに『真実は勝利する』（一九五二）、『フィルムによる証言』（一九五八）、『九年の歳月はかえらない』（一九五九）、『真実のあかしのために』（一九六〇）の四本の記録映画の製作と上映、さらに中編劇映画『手をつないで』（窪川健造監督、わかもの社配給）が製作され、それらを受けて映画『松川事件』が製作されたという。完成後、東京地方だけで述べ一七六日間に一五万人を動員し、三ヶ月間に三五ミリプリント三六本を全国に配布し、五七本の一六ミリプリントを販売した。製作から二年後の一九六三年に被告全員に無罪確定の最高裁判決が下ったが、この全国的な上映運動が事件の真実を訴える世論づくりに大きく貢献したと評価されている（『講座日本映画』第六巻、三〇八〜三〇九頁）。

（6）中野は『記憶断片』『豪徳寺の時期』などで広津のことを、『顔を持つてくる人』で宇野のことを回想している。また『中野重治書簡集』（平凡社、二〇一二年）には、宇野宛書簡一通と広津宛書簡十三通が収録され、中野がこのふたりに愛と尊敬を持っていることがうかがえる。

（7）ふたりへの揶揄や非難はずいぶんあった。たとえば、坂本育雄『廣津和郎研究』（翰林書房、二〇〇六年九月）所収論文「廣津和郎『松川裁判』への批判について」では、広津や宇野への批判者たち、竹山道雄や小泉信三らの文章を分析しながら、彼らは「二人の実証部分には目をつぶり、「甘さ」「感傷」のみを強調して嘲笑したり、国家主義的観念によって根拠のない非難を繰り返していた」「二人と二人への批判者（非難者）の攻防は、実証に裏付けられた実感・直観と、既成観念・国家主義的心情との闘いであった」と論じられている。

（8）時評で言われている「テーマを殆ど喪失した老作家が、文学とは別の領域でテーマを求めているからだ」という見解は「文学」を狭くとらえた見解であり、中野重治の「文学」は、広津和郎の松川事件に関する活動はもとより、中野自身の政治活動も含まれる。いわば歴史的社会的観点からの運動としての「文学」であり、中野の思想の基底をかたちづくっている考え方と言える。
（9）『廣津和郎著作選集』（翰林書房、一九九八年）所収。
（10）前章注（9）参照。
（11）鮎川信夫の提示した問題は、前章で論じた関根弘のみならず、第I部第三章で取り上げた秋山清の議論にも通じるところがある。秋山清は必ずしも「運動」を否定したわけではなかったが、パワーポリティクスと対抗し文学藝術の自立を説いた。

第一三章　占領下の明暗──中野重治の戦後小説『おどる男』『軍楽』を中心に

1　はじめに

高等学校国語教科書（教育出版）に教材として掲載されている『おどる男』は、中野重治の代表的な戦後小説のひとつである。初出は、「新日本文学」一九四九年一月号であり、単行本『話四つ、つけたり一つ』（一九四九年二月、新日本文学会）に収録された。同書には『軍楽』『おどる男』『太鼓』『五勺の酒』『街あるき』といった五編の小説が収録されているが、戦時下に書かれた『街あるき』（一九四〇年六～七月号「新潮」）を「つけたり一つ」として除けば、「中野重治戦後短篇集」というサブタイトルのとおり、「話四つ」は戦後の中野の短篇小説である（ほかに、中野の著名な戦後短篇小説としては『五勺の酒』や『萩のもんかきや』などもある）。敗戦後、一九五二年四月の対日講和条約発効までの間、日本は占領され連合国軍最高司令官総司令部（GHQ）の指導を受けた。『おどる男』は、その占領下の日本の状況を描いたものである。

アジア太平洋戦争に敗北した一九四五年から七〇年近くが経過した現在、敗戦直後の状況は、すでに遠い時代のできごとであろう。戦後の混乱期はどのような状況であったのか、当時の日本人はどのような精神状態であったのかなどについては、ジョン・ダワー『敗北を抱きしめて』（岩波書店、二〇〇一年、増補版は二〇〇四年）をはじめとするすぐれた論考があるが、当時の日本の状況は、戦時下の制約が解けた解放感によって多くの雑誌が創刊され言論活動が活発になりはしたものの、その一方では、戦禍による焼け跡の荒廃した状況にあった。それは、破壊された建物や不足する物資のことだけではなく、日本人の精神そのものが荒廃しているというありさまであった。『おどる男』は、その荒廃の様子を描いている。

本章では『おどる男』を取り上げて、この小説が敗戦直後の日本の精神状況を描きつつ、占領下であるにもかかわらず占領軍（当時は進駐軍）批判を暗示していることを明らかにする。さらに、『おどる男』と同じ時期に執筆されたもうひとつの小説『軍楽』においては、占領軍（米軍）への批判ではなく、むしろ米軍の民主的なありように羨望の思いを抱いている語り手の心情に注目し、『おどる男』とは対極の占領軍（米軍）認識が提示されていることを示したい。すなわち、占領下において中野重治は、占領軍（米軍）に対して批判一辺倒でもなく、称賛ひとすじでもなく、それぞれのプラスマイナスを見出していたということだ。

戦後史のうえで占領という事態をどのようにとらえ評価するか、現在でもさまざまな議論がある。とりわけ近年には「戦後レジームからの脱却」ということが喧伝され、占領下のみならず、平和思想、民主主義、人権思想を進展させてきた戦後史の枠組みそのものを否定しようとする動きも強まってきている。中野が示した正負あわせた見方は、そのような現在の文脈から捉え返してみる価値のある見解であろう。このことについては、拙著『戦後日本、中野重治という良心』（平凡社新書、二〇〇九年）でも重要なこととして触れたが、そこでは紙幅の関係上、小説の詳しい作品分析ができなかった。そこで、本章では『おどる男』と『軍楽』の読解を通じて、占領下の明暗を中野重治がどのように描いていたかを確認し、中野が示していた占領への認識を明らかにして現在の文脈へとつないでみたい。

2　占領下の中野重治

『おどる男』の作品分析に入る前に、まず当時の中野重治が置かれていた状況と時代背景を確認しておこう。一九四五年八月の敗戦のあと、同年十一月に日本共産党に再入党した中野は、年末の新日本文学会創立大会で中央委員に選ばれた。また、翌年一九四六年には日本民主主義文化連盟（略称文連）創立のために働き、雑誌「民衆の旗」編集にもたずさわる。新日本文学会や文連での活躍とともに、一九四七年四月には、第一回参議院議員選挙に日本共産党から立候補し、当選。三年任期の議員として一九五〇年五月まで働くことになるが、議員時代に妹の鈴子に宛てた書簡には、つぎのような記述があり、目を引く。

私達は元気。私は十一日頃から大阪、京都、東海道をまわる。二十三日から再び国会。国会というところは化物屋敷のようなところで、実際行つてみると、あのため今まで国民がどこまで馬鹿にされ、ふみつけにされて来たかということが骨身にしみて分かる。いくらか民主化された現在でさえそうだから、今まではどれ程だつたか、考えると身の毛がよだつ。（中野鈴子宛　一九四八年一月十七日書簡、竹内栄美子・松下裕編『中野重治書簡集』平凡社、二〇一二年）

「今まで国民がどこまで馬鹿にされ、ふみつけにされて来たかということが骨身にしみて分かる」と述べていて、中野自身、どこまでも国民の側に立っていることがうかがえるが、国会が「化物屋敷」のようだと論評しているのが面白い。中野の国会議員としての仕事は『国会演説集』（八雲書店、一九四九年）に収録された演説におおよそのことがうかがえる。参議院では、運輸及び交通委員、労働委員、文部委員、在外同胞引揚問題に関する特別委員会委員などとして働いたが、議員としてだけではなく、この時期、中野は新日本文学会の活動でも日本各地に出張して多くの文学講演をこなしていた。戦後しばらくの間、中野重治がかなり多忙な生活を送っていたことは、右の書簡集に収録されたいくつかの手紙を見ても容易に推察できる。

このように多忙をきわめていた中野の『おどる男』と『軍楽』は、ともに一九四八年十一月に執筆された小説である。原稿末に記された執筆日は、『おどる男』が一九四八年十一月七日、『軍楽』が同年十一月十六日で、わずか十日の差で書かれた。発表は、同じく一九四九年一月号(『おどる男』は「新日本文学」、『軍楽』は「展望」にそれぞれ発表)であったが、執筆されたこの一九四八年という年は重要な年であった。というのも、この年には、ふたつの大きなできごとが生じていたからである。ひとつは神戸・大阪の朝鮮人学校閉鎖問題、もうひとつは福井地震である。

『おどる男』『軍楽』執筆の四ヶ月ほどまえ、一九四八年六月二十八日、中野の郷里である福井県で大地震があり、中野は七月五日に日本共産党国会議員団を代表して調査と救援のために福井県へ出かけた。しかし、福井入りしたのち、七月十日には春江町で警官隊に拘引され、福井市のアメリカ軍軍政部に連行されることになる。そして、翌日、アメリカ占領軍福井軍政部軍政官ジェームズ・F・ハイランド中佐の命令によって、北陸震災救援民主団体協議会の人たちとともに東京に押送されたのである。

中野をはじめとする北陸救援民主団体協議会の人々が東京に押送されたことは、占領軍の方針に従ったものであった。このことは、同じ一九四八年の四月に生じた、四・二四阪神教育闘争と呼ばれる神戸・大阪での朝鮮人学校閉鎖問題を想起させる。このとき、GHQは非常事態宣言を出した。福井地震のさいの東京への押送も、朝鮮人学校閉鎖問題のさいの非常事態宣言もともに、占領軍は、共産主義者が事態を混乱させ「煽情行為」を行うと考えたのであろう。朝鮮人学校閉鎖問題の経緯や、このとき、中野がどのような見解を示していたかは、前掲『戦後日本、中野重治という良心』で、日本民主主義文化連盟の活動とともに取り上げて詳述したのでそれを参照されたい。福井地震に関していえば、福井市長の名で「災害時公安維持に関する条例」が出され、民主団体の自主的な救援活動は阻止され、追放、押送となったのである。救援活動が「公安維持」を乱し「煽情行為」とみなされたことは、占領軍が共産主義者をどのように認識していたかがうかがえる。

もともと占領軍は、敗戦直後、共産党に対して寛大な対応をとっていた。戦時下の軍国主義ファシズムに対抗した民主的な勢力として位置づけていたのだが、しかしそれは軍国主義ファシズムや軍閥を解体して日本の戦中の勢力を払拭するために、共産主義者を利用したという面もあったのである。共産党のほうも、戦時下、獄中に囚われていた自分たちを解放してくれたのが占領軍だったから、占領軍を「解放軍」と位置づけて感謝の念を表明していた。だが、占領軍のほうは、自分たちが解放し厚遇した共産党勢力が勢いをもってくると、それを抑制し阻止しなければならなくなる。

同じころの東アジアの情勢は、前年の一九四七年には台湾で二・二八事件が起こり、この一九四八年四月には朝鮮半島の済州島で四・三事件が起こっていた。国民党政府の腐敗や略奪に苦しむ民衆蜂起を弾圧し、多くの人々を虐殺した二・二八事件については、近年、従来の「台北二二八記念館」に加え、新しい「二二八国家記念館」(二〇一一年二月二八日開館)も開設されているが、この事件では、背後に共産党勢力があることが疑われていたという。他方、四・三事件のほうは、南朝鮮単独選挙に反対した武装闘争を発端としたもので、在朝鮮アメリカ陸軍司令部軍政庁の指示をうけた李承晩政権の弾圧によって数万人の人々が虐殺された事件である。これら東アジアにおける民衆蜂起を危険視し、共産主義勢力の台頭と考えた占領軍の方針が日本でも先鋭に展開し始めたのが、この一九四八年という年だったのだと考えられる。翌年の一九四九年には、中華人民共和国が成立する。一九五〇年には朝鮮戦争が勃発する。すなわち、第二次大戦末期、一九四五年二月のヤルタ会談の段階ですでに方向づけられていた米ソによる冷戦体制が東アジアにおいて強化されていく事態が、敗戦後の一九四八年の日本で顕著に見られたということであった。

国内では、前年の一九四七年の二・一ゼネストは中止させられていたし、明らかにこの段階で、それまで解放軍と思われていた米軍は、占領政策を方向転換させていた。「逆コース」と言われる方針は、一九四九年の中華人民共和国の成立、一九五〇年六月の朝鮮戦争勃発前後に生じたレッドパージなどよりももっと早く、一九四八年の段階で、すでにその方針をあらわにしていたということだろう。翌年の一九四九年四月には、団体等規制令が公布され、左翼団体にも適用されて構成員の届け出が義務づけられていた。さらに、七月および八月には、下山事件、三鷹事件、松川事件といった奇怪な事件が続けざまに起こり、それらは共産主義者のしわざだというフレームアップによって喧伝された。これらの事件については、のちに松本清張が『日本の黒い霧』（文藝春秋新社、一九六一年）で、事件の背後にあった占領軍の「謀略」を丹念に解き明かしている。

つまり、これら前後のできごとを見ると、一九四八年四月の朝鮮人学校閉鎖問題と、七月の福井地震救援民主団体弾圧事件は、占領軍の方向転換を如実に語るものだったと言えるのである。『おどる男』と『軍楽』は、このような情勢のなかで書かれた。では、それらはどのような小説だったのか。

3 『おどる男』

『おどる男』は、次のように始まっている。

> せいている時にかぎつてなかなか電車が来ない。だれもかれも不服そうな不機嫌な顔をしている。それも、これが不服だといつて外へあらわせるような、爆発させられるようなものではない。それだけに、屈辱感のようなものがつきまとう。みなわるい顔いろをしている。さえぬ色だ。(『中野重治全集』第三巻、四二頁)

「だれもかれも不服そうな不機嫌な顔をしている」とあるのは、電車がなかなか来ないことだけに対して不服で不機嫌なのではない。むろん電車が来ないこともひとつの原因には違いないが、それよりももっと根が深い理由がある。この「不服そうな不機嫌な顔」という言い方は、このあと、同様の表現として「「つまらぬ」という顔つき」「今ごろの日本人といった顔」「心が快活に、外へ外へと、本質的なものへ本質的なものへとはたらいていかぬときの顔つき」などと変奏されながら、敗戦後の日本人のやりきれなさや苛立ち、精神の荒廃を示している。

このように、この小説は、冒頭から敗戦後の日本人の精神の荒廃状態を示しているが、あらかじめ、あらすじを確認しておくと次のような内容である。

……一九四七、八年ごろの東京。急いでいるときに限って電車がなかなか来ない。待っている人はみんな「不服そうな不機嫌な顔」をしている。プラットホームには人がどんどん増えてくる。語り手の「おれ」は、増えてくる人を見ていて、自分は何としても電車に乗るけれども、電車に乗れない人が出てくればいいという「さもしい気」になっている。「おれ」の知っている娘は、赤羽から有楽町まで通勤した四年間、一度も座れず病気になって死んでしまった。誰も娘に席を代わってあげなかった。いまの「おれ」も席を代わる気持ちになれない。プラットホームに掲げられている木札の言い回しさえ不愉快になってくる。そのような「おれ」の気持ちを暗示するかのように痰がからんで気持ち悪い。ようやく電車が来た。先頭の車両はあまり混んでないらしい。みんな日本人用の車両を目がけて我さきに電車に乗り込もうとする。「おれ」の前には背の低いおやじ、右わきには中年の女がいる。おやじは混雑する乗降客の圧力を受けて上へ飛び上がらざるを得ない。それを中年の女が笑い者にし、後ろから毒づく。「おれ」はおやじへの深い同情を感じ、何か言って女をへこましてやりたいと思う。意を決して女を罵倒しようと思った途端、最後の客が降りてみんな車両にのめるように突っ込んでいった。誰も乗り降りのなかった先頭の車両を先頭にして電車がすべりだした。痰はどうなったのか分からない。……

このように『おどる男』は、語り手「おれ」が見かけた、ある日の駅でのひとこまを丹念に描いた小説である。メインになるのは、圧力を受けておどるように飛び上がるおやじが笑いものにされる場面だが、それ以外にも重要な場面がある。以下、全体を四つの場面に分けてそれぞれの叙述を追ってみたい。

(1) 電車が来るまで

さきに確認した冒頭部分では、みんなが「不服そうな不機嫌な顔」で、顔色が悪く「屈辱感のようなものがつきまとう」と言われていた。感情を外に向けて発散できない、はずかしめを受けたような思いが内側にこもったようになっている。外部に向けて発散できるのならまだいいのだが、そうはならずに「みなわるい顔いろをしている。さえぬ色だ」というのだから、鬱屈した思いを内部にためこんだ不健康な精神状態であり、晴れ晴れとした気持ち、心が生き生きとした状態からほど遠い。先走っていえば、この「屈辱感」には、主権を奪われた占領下という時代背景が含意されていると言えるであろう。電車が来ないことだけが問題なのではない。「屈辱感」とは、この場合、占領下であることが背景としてあって初めて成立する語にほかならない。さらに、続けて次の描写に注目したい。

　不意に、どの男もどの男も同じ顔をしている気がしてくる。顔の広いのもあり、背の高いのもあるのが、みなそろつて今ごろの日本人といつた顔をしている。いらいらしている当の問題が片づいたところで、つまり電車が来たところで、すし詰めになつてどこかまで運ばれるだけだ。そこで足す用事もろくでもないことだ。その用事のつぎの用事もそうだ。家へかえつてもそうだろう。朝からもそうだつた。それにしてもはやく来ねえか、といつた顔をしている。たばこでも吸おうか。しかし来るとつまらぬな。消しても下手をするとぱさぱさになる……そういう、心が快活に、外へ外へと、本質的なものへ本質的なものへとはたらいて行かぬときの顔つきでみなそろつている。おれも同じ顔をしている。（『中野重治全集』第三巻、四二一〜四二二頁）

「いらいらしている当の問題が片づいたところで、つまり電車がきたところで、すし詰めになってどこかまで運ばれるだけだ。そこで足す用もろくでもないことだ」という記述からは、電車が来ないことが根本の原因ではない、それよりも根深い問題があることが分かる。つまり、出口なしのやりきれない状況である。ここにも主権を奪われた占領下であることが含意されているだろうが、ほかにも出口なしの状況は、人々の生活のさまざまな場面に現れていた。たとえば、敗戦直後の生活は、戦時下よりも食糧不足で困窮をきわめたと言われているが、配給による食糧事情がかなり悪かったために闇市がにぎわった。しかし、闇をやらずに餓死した人もいた。旧制高校教授の独文学者亀尾英四郎（エッケルマン『ゲーテとの対話』岩波文庫などの訳者）や東京地方裁判所の山口良忠判事が知られている。

また、多くの男性たちは、除隊になり復員してきてもすぐに仕事があったわけではなかった。戦争で夫を亡くし「戦争未亡人」と呼ばれた女性たちは、恩給もとめられもっと苦しい生活を強いられた。このような窮乏生活の一方、戦時の制約がとけて多種多様な雑誌が出たり大衆文化が盛んになったりもした[(1)]。敗戦後の状況は一面的にはとらえられないが、本文では、他人のことなどかまっていられないといった、荒んだ精神状況が語られている。電車が来たって、すし詰めで運ばれるだけで「そこで足す用事もろくでもないことだ。その用事のつぎの用事もそうだ。家でかえってもそうだろう。朝からもそうだった」という部分からは、希望を見出すことのできない、捨てばちで投げやりな、やりきれない精神状況であったことが読み取れる。

語り手自身についても「おれのほうは、人がふえてくるのがつまらなく、気にくわない」とあって、自分だけは乗りたいが、乗れない客がいれば、それだけ車両に余裕ができるだろうという、自分の損得だけを考えている卑劣な気持ちになっていることが分かる。そして、四年の通勤のあいだ、一度も座れず病気になって死んだ知り合いの「不幸な娘」について、誰も席を代わってやらなかったことを憤慨する一方、いまの「おれ」も席を代わるような気持ちになれないと自覚している。この「不幸な娘」のエピソードからは、三つのことが言えるだろう。まず、弱い立場にいる者へのいたわりの気持ちを誰も持っていないことを憤慨する点である。次に、憤慨する「おれ」自身も、実は席を譲る余裕がない状態であることを自覚している点である。さらに、弱い立場の者ということでは、のちの場面で出てくる、圧力に押されて飛び上がるおやじ（彼こそが、この作品のなかで最も弱い立場に置かれた存在であった）の伏線になっているという点である。「不幸な娘」は単なるエピソードではなく、のちの展開に欠くことのできないものであった。

さらに、語り手は、電車が来ないことに加えて、プラットホームの木札の文句に対しても不快に思っている。ホームの木札には、英語で「NO LOITERING.」とあり、日本文を見ると「無用の者歩廊を徘徊すべからず」とある。いつか別のところでは「固ク車外乗車ヲ禁ズ」とあったことを思い出し、「おれ」は「なんだつてこうだろう」とまた不服になっている。語り手が不服に感じているのは、なぜこんな言葉遣いをしているのかということだろう。「無用の者歩廊を徘徊すべからず」は、漢文訓読調で威厳や格調の高さをねらっているのか、「むやみに歩き回るな」などもっと分かりやすい率直な言い方をすればいいのにと「おれ」は感じているようだ。「固ク車外乗車ヲ禁ズ」にしても、「外からぶらさがるな」という意味の英語のほうが分かりやすいと考えている。「車外乗車」という言い方は、漢語にわざわざしているが、車の外で車に乗る、というのは矛盾していて分かりにくい。ラウドスピーカーでがんがんアナウンスされる「降り乗りはおはやく願いまあす……」にしても、普通の日本語としては「乗り降り」なのに、降りる人が先だからという理由だけで「降り乗り」にしたのだろう。形式にこだわる官僚的な言い回しが、やはり「おれ」には不快なのだ。木札の文句とラウドスピーカーのアナウンスへの不服からは、「おれ」の言葉に対する感覚を読み取ることができる。「おれ」は、分かりにくい言い回し、官僚的で形式にとらわれるような言い回しではなく、率直で分かりやすい実質的な言い方を好んでいる。

そうこうしているうちに「咽喉の下がいやな気になってきた」。痰が咽喉にからまってきて、不快な気持ちになってきたのだ。痰壺は、戦争で供出されたまま戻ってきていないため、吐き出すこともできなくて、不快感を抱いたままである。なかなか電車が来ないこと、「おれ」も含めて自分さえよければいいという殺伐とした利己的な人間ばかりだということ、木札の文句が分かりにくい言い回しだということ、それらすべての不快感が咽喉にからむ痰の不快感によって増幅される。吐き出そうにも吐き出せない痰は、「おれ」が不快感から逃れられないことを暗示している。なお、一九四一年秋ごろから金属回収令によって供出させられていたのは、痰壺だけでなく多岐にわたった。供出したのは企業だけでなく、バケツ、火鉢、菓子器、装飾品など家庭の金属製品も回収の対象になった。この作品内の時間が敗戦直後であることは、このようなまだ戻ってきていないという痰壺の点描にもうかがえるであろう。

（2）電車が来たとき

さて、ようやく電車が来たときの先頭車両に対する人々の反応は、次のように描かれている。

車がはいつてきた。ぷうつと捲いてくる。思いあきらめたような表情、底の浅い受難といつた表情で順に顔がねじられる。目だけが車を追う。ねじれた視界のはずれを白い線がすうつと滑つて行く。

みんなの目がそこへそそがれる。この目がこの二年ほどかわつてきた。四五、六年ごろの目とはだいぶ違つている。一枚ばりのガラス、ガラスごしの光線、クションとその色、車室内のばらつとした人の居具合、その全体にたいして、嫉ましいとか羨ましいとかいう目をするものが誰もいない。認識しはするが、それ以上心をうごかしている余裕がない。日本人の箱へ！　……目測がはずれただけ急いで第二箱へおしかけてくる。第二箱のおれのところへ圧力がかかつて客がたまつてきた。（『中野重治全集』第三巻、四五頁）

我先に乗り込もうと思って身構えたあと、先頭のがらんとした車両を見る場面である。白い線の引かれた先頭の車両は占領軍（当時は進駐軍）専用の車両だった。GHQは、占領軍の輸送を優先し、戦後も焼けずに残っていた、状態のよい寝台車、展望車、食堂車などの車両を中心に、五百両（九百両の説もある）の客車を接収し、占領軍専用車とした。貨車も一説によれば一万両近く接収されたという。日本各地に配属された占領軍部隊を輸送するための専用列車の運行が優先された。なかには、現在でいうサロンカーのような豪華な車両もあったらしい。車両の側面には「ALLIED FORCES」「US. ARMY」などの文字が書かれ、白線がひかれていたことで「白帯車」と呼ばれていた。各地に配属するための単独の列車だけでなく、山手線や京浜線などの国電にも連結されていたという(2)。

作品で描かれているのは、この国電のことである。国電は国鉄電車の略称で、現在、国鉄（日本国有鉄道）は一九八七年に民営化されてＪＲとなっている。作中の描写からは、占領軍用の車両は小ぎれいで人もそれほど乗ってはいないようだ。日本人用車両との待遇の差は歴然としている。その優遇されている先頭車両に対して羨望のまなざしを向ける者が誰もいない、というのは、後続の「認識しはするが、それ以上心をうごかしている余裕がない」という文からもうかがえるように、自分が日本人用車両に乗れるかどうか、そのことに夢中でほかのことに関わっている余裕がないからである。

しかし、ここには明らかに占領軍専用の先頭車両に対する違和感が埋め込まれている。作中の描写では、自分が電車に乗れるかどうか、目先のことだけに精一杯で、優遇されている占領軍専用車両へのあからさまな批判は見られない。だいたい、そのような批判を書き込むこと自体、当時の検閲制度においては不可能なことであった。だが、ここでの描写はその危険性をおかしてでも、いかに白帯車両が日本人車両と異なっているか、ということがきちんと描き込まれている。

このことに留意すべきであろう。ジョン・ダワーは、前掲『敗北を抱きしめて』において、日本政府が占領軍維持のために莫大な予算を計上しなければならなかったことを述べているが、たとえば、一九四八年の段階でおよそ三七〇万世帯の日本人が住宅のない状態であった一方で、日本政府は占領軍の住宅には相当の予算を割り当て、アメリカの生活水準にあわせた家を用意した。アメリカ人将校が、自分のために接収された民家を「最新式」にしてほしいと望めば、電気や水道の施設を取り替えて、電話やトイレなど新しい設備を設置したという。そして、次のように続けている。

一九四五年一二月、母親に背負われた幼児が窒息死して、国鉄の耐えがたい混雑ぶりを象徴していたとき、日本政府は占領軍要員のために特別列車を出し、たいていゆったり座れる「占領軍専用列車」さえ無料で提供しなければならなかった。「占領費」に多少とも関心を払うアメリカ人はほとんどいなかったが、多くの日本人にとって占領の代価は容易に目に見えるものであった（『敗北を抱きしめて』上巻、一三五頁）

いかに占領軍が優遇されていたか。『おどる男』が描く白帯車両はまさにその光景であり、さらに、その先頭車両は、すし詰めの日本人車両を先導する車両でもあった。すなわち、当時、占領軍に指導される日本のメタファーとしてこの日本人車両をとらえることができるのである。

（3）電車が来てから——飛び上がる「おやじ」と毒づく「中年の女」

乗降客で混み合うなか、「おれ」の目の前には鳥打ち帽をかぶった背の低いおやじがいる。このおやじは「おれ」よりも、また「おれ」のとなりの中年の女よりも背が低い。だから、大勢の乗降客の圧力を一身に受けて、やむなく上に飛び上がらざるを得ない。かぶっている帽子が鳥打帽ということから、おそらくこのおやじは、大会社に勤務しているような会社員とか学校の教師とかではないだろう。当時の会社員や教師なら、帽子をかぶるとすれば鳥打帽でなくソフト帽ではないだろうか。職人あるいは労働者であることが想像されるが、それは「おやじ」という呼称からもうかがえる。

おやじは、乗降客の圧力におされて、やむを得ず飛び上がるようになった。目の下で飛び上がられるので「おれ」は迷惑だし、女もそうらしい。飛び上がるといっても「一寸かそこいら」で大したことはないけれども、女の鼻のあたりに鳥打ち帽がつっかかるようだ。

「なんておかしな人でしょう。」

そのとき女が、前向きのままで口を切つた、「おどつたりなんかして……」

「おどつたりなんかして」——　まつたく、そうでないことはない！　おやじはとどめを刺されて、そのうえ滑稽なものとして刺されたのだつた。

「あら、またおどる！」

おやじの首がちよつと動いた。何か言おうとしたのらしい。しかし声は聞こえなかつた。それどこれではない。まだまだ彼は飛びあがりつづけねばならぬ……

「あら、またおどる!」

うしろでくすつというのが聞えた。おれは女が憎くなつてきた。横目をすると厚みのある顔をしている。それだけに憎ていに見える。

「しようがないじやないか。」という言葉がおれの口から出そうになつた。「しようがないじやないか。彼は位置で不幸なのだ。彼は上へ、空中へ逃げてるのだ。さもなけれや潰されてしまうのだ。そう『なる』じやないか……」

うしろを向けぬ男に、うしろから、背なかにくつついていて毒づく女! それが、おやじにたいする溺れるような同情をそそつてきた。まだ下の方で、亀の子細工みたいな恰好でおどつているおやじ、こいつのため、何かひとこと女にいつてやらねばならぬ。(『中野重治全集』第三巻、四七頁)

中年の女は、その言葉遣い「なんておかしな人でしよう」「おどつたりなんかして」「あら、またおどる!」「ほんとに、どうしたつてんでしよう、この人!」などからしても、山の手の中産階級の女性のようだ。男女の言葉遣いの差はあるけれども、電車を待つ人たちの言葉遣い「来ねえなア」「それにしてもはやく来ねえか」といった言葉遣いとは違っている。女がおやじに「邪険な声」で「下男をでも突き飛ばすような剣幕」で非難するのは、語り手の「おれ」がそのように受け取っているわけだが、相手が背の低い鳥打帽のおやじでなく、ソフト帽を被った会社員や教師であれば女の反応も「下男をでも突き飛ばすような剣幕」にはならなかったかもしれない。中野重治の初期の短篇小説に『交番前』(「プロレタリア藝術」一九二七年十一月号)という作品があるが、これは、印半纏を着た老いた道路工夫が仕事帰りに微醺を帯びていたために、巡査に足留めをくらって、結局警察に連行されるという話である。『おどる男』の女とおやじの構図は、『交番前』の巡査と道路工夫の構図に似たところがあり、極端な言い方をすれば、ともに労働者を見下している構図と言えるだろう。

「おやじはとどめを刺されて、そのうえ滑稽なものとして刺されたのだった」とあるが、圧力を受けるおやじの苦肉の策としての振る舞いに対して「おどったりなんかして」という女の言葉は、おやじの窮状を全く理解していない。おやじに打撃を与え、そのうえ、おやじを笑い者にするのである。周りの人は、女の言葉に反応して「くすっと」笑う。女の言葉は、確かに効果があったのだ。女のおやじへのひどい侮辱である。

一方「おれ」も女と同様に、目の前で飛び上がるおやじから迷惑を受けているのだが、女のような態度はとらない。また、周りの客のように女の言葉に従っておやじを笑ったりもしない。おやじを気の毒に思い、女を憎く思うようになる。ここには「おれ」の人間性や倫理観が表れている。「おれ」は、弱い者を馬鹿にする、笑い者にするような人間を許せないのだ。人を憎むことは一般にはよくないことで、憎むという負の感情を示すのは、つつしみのないことと普通は思われているだろう。しかし、普通一般のことと違い、場合によってはその対象を憎むことはあり得る。「おれ」には女の振る舞いが許せないのである。「うしろを向けぬ男に、うしろから、背なかにくっついて毒づく女！」というところから、「おれ」には女の振る舞いが卑怯な悪らつなものに思えたからだ。電車の混み具合に疲労し、善悪などどうでもいい、自分さえよければいい、というような精神状況のなか、「おれ」はそのような荒んだ気持ちを自分も持っていると自覚していた。しかし、おやじと女との「事件」を目撃して、おやじに同情し女を許せないと考える。それは、「おれ」がそのような荒んだ状況に抗いたい、そのような状況から脱していかねばならない、と思っていることによっているだろう。このことは、明瞭に語られているわけではない。しかし、「おれ」の心情を分析すると、「おれ」の無意識の抗いを指摘することができる。

なによりも「おれ」は、おやじについて「彼は位置で不幸なのだ」と考えていた。おやじの位置は、ちょうど降りる客と乗る客とのはざまの、扇の要のような位置である。それは、最も圧力を受けるところ、一番弱い位置になる。この位置は、戦争に負け、外国の占領を受けていた、当時の日本の置かれた位置にも通じていよう。おやじにしてみれば、女に反論したいと思っても、その位置からは決して反論できない。自分の意見は封じられているのである。

さらに「おやじにたいする溺れるような同情をそそってきた」とあるように、「おれ」には、いかんともしがたく、おやじへの同情の気持ちがわいてくる。「同情」は、相手の苦しみや不幸を相手の身になってともに感じることである。「おれ」はおやじの側に身を置いて、「こいつのため、何かひとこと女にいってやらねばならぬ」と考える。ここにも「おれ」の人間性や倫理観の表れを見ることができるだろう。女への憎しみ、おやじへの同情、それらは「おれ」の倫理観から出てきた表裏一体のものである。弱い者と同じ側に立って助けたい、弱い者を圧迫する者に対して成敗してやりたいと思う「おれ」の心情を示しているのである。

（4）罵倒する直前

最後の場面は、次のようである。

「ほんとに、どうしたつてんでしよう、この人！」

それは邪険な声だつた。女は、下男をでも突き飛ばすような剣幕で、高い声を出した。「ばばあめ！」と思つたときおやじが振りむきそうにして、しかしそのままのめるように前へ突つこんで行つた。最後の客が降りたのだつた。つづいてのめるようにおれが突つこんだ。ばばあが続くのが見えた。そしてそのままぐいぐいぐい押してうしろから見えなくなつた。棒につかまつたおれの両脇をぐいぐい押してきて、おれを押しながらからだをひとまわりして押されて行くおかしい腹の立つのがあつた。そして「うむ……」というほどいっぱいにつまつた。笛の鳴るのが聞えて、このあいだじゅう一人も乗り降りのなかつた先頭の箱を先頭

に電車がすべり出した。痰はどうなつたのかわからない。(『中野重治全集』第三巻、四七～四八頁)

「おれ」には、女がおやじを「下男」のように見下していると思われた。「おれ」の怒りは頂点に達して、女を罵倒しようと思う。「ばばあめ！」というこの罵倒の言葉は、確かにひどい言葉である。しかし、それだけ「おれ」の怒りが強かったということでもある。地の文でも「女」ではなく「ばばあ」という呼称に変わっている。「下男」のようにおやじを扱う女の言い方に「おれ」は我慢できなかった。だが、この罵倒の言葉はついに発せられることはなかった。最後の客が降りて、みんなが車両になだれ込んでいったためである。「おれ」が女を罵倒すれば、悪らつなやり方でおやじを侮辱した女をやりこめることができたわけだが、そうなると悪を懲らしめて最後には正義が勝つという勧善懲悪の類型的な話になってしまう。この小説は、そのような平板な類型的結末にはなっていない。「おれ」の思いは宙に浮いたまま、混みあった車両に押し込まれていく。すなわち「おれ」が抗おうと思っていた荒んだ状況は、打破できないままに終るということだ。結局、最後にはやはり混雑した車両が前景化されるのだった。

そして、先頭車両は「このあいだじゅう一人も乗り降りのなかった先頭の箱を先頭に電車がすべり出した」と言われている。先頭車両は空いていて、日本人用の車両とは全く別世界のようである。その対比から、日本人用の車両のすさまじい混雑がさらに浮き彫りになっている。最終部で先頭車両のことが再び出てくるのは、そのような効果があるが、先頭車両は優遇されているだけでなく、この先頭車両に日本人用車両が引っぱられていくのである。ここに、占領下の日本の暗喩を読み取ることができるのは言うまでもない。

最後の一文で「おれ」の不快感を暗示していた痰はどうなったのか、どさくさにまぎれて分からなくなってしまった。このことは、「おれ」の不快感のもとになっている問題がきちんと解決されたということを意味しているのではない。いつのまにか分からなくなってしまったということは、問題は何も解決されていないということだ。占領軍に先導（指導）される状況、やりきれなさや苛立ち、精神の荒廃した出口なしの状況は続くのである。

4 『軍楽』

以上のように『おどる男』を読んできたが、この小説は『軍楽』と読み比べることで深さを増す。すでに確認したように、一九四八年十一月七日に執筆された『おどる男』とほぼ同時期、わずか十日違いで書かれた『軍楽』（十一月十六日執筆）は、復員してきたある男が敗戦後の日比谷公園で外国軍の楽隊が演奏する慰霊祭の音楽を聴く小説である。男は音楽を聴きながら「殺しあつたもの、殺されあつたものたち、ゆるせよ。殺され合うものを持たねばならなかつた生き残つたものたち、ゆるせよ……」と思う。悲惨であった戦争を思い出しながら、敵味方かかわりなく多くの死者たちに思いを寄せるのである。その意味で、この小説は何よりも反戦平和を意図した作品と読めるであろう。だが、それだけではなく、『軍楽』には複雑なテーマが織り込まれている。小説はこんなふうに始まっている。

一九四五年九月末のある日、ひとりの兵隊服を着た男が渋谷から日比谷の方へ歩いていた。この男は、一週間前に復員してきていた。日本が降伏する二ヵ月前に召集され、ある山村へ行き、そこで八月十五日を迎えたあと、東京へ戻ってきたのである。そして男は、次のような人物として描かれていた。

男は社会主義者だつたから、戦争になつたあくる日検挙されて、それからずつと通いでしらべられていた。わたしは社会主義者である。わたしはこの戦争を帝国主義侵略戦争として認めてこれに反対する。わたしは日本に社会主義革命を成功させねばならぬと考えている。いままでのわたしのすべての言動はそこに集中していた。そのことをわたしは改めてしかと認める。そう警察は男に言わせようとした。それは社会主義者として認めていいことであつた。しかしそれを、労働人民にはかくして、警察にだけ認めることはよくなかつた。ひと月、ふた月、三月、半年、一年、二年、三年と続くうち、男には、相手の言いなりに認めようかと思う瞬間があつた。いまに戦争が終るだろう、日本が負けて終るだろう、そのときまで引つぱらねばならぬという考えが男を思いきりわるくささえてきた。召集令状が来た日ま

で男は警察へ通いつづけた。(『中野重治全集』第三巻、五一頁)

男は「社会主義者」と言われていて「共産主義者」とは書かれていない。おそらく、第一節で見たような占領政策が転換された情勢であった一九四八年十一月段階で「共産主義者」という言葉を使用することに中野はためらいがあったのであろう。いずれにしても、戦争中、警察に通わせられて転向を約束する手記を執筆させられていた中野自身の経験が下敷きとなっている記述である。『おどる男』では語り手「おれ」であったのが、『軍楽』では「男」となっているものの、中野自身が「男」のモデルであることは間違いない。

汗をふきながら歩く男は、日比谷が近くなったことに気づいて警視庁と裁判所を見てやろうと思う。「あいつら、まだいるのだろうか。歯のあいだへ火箸を打ちこんだり、無垢な娘の陰毛を焼いたりしたあいつら、まだいるのだろうか。まだいるのだろうか」と、「爬虫類のような警視庁」のことを考え、自分が捕えられていたときのことを思い出す。敗戦直後の日比谷は、すべてが「乞食のようにつぶれて、うすぎたなく無気力に横たわつて」いるように男には見えた。「見かける人という人が衰弱して見えた」という。「乞食のようにつぶれて、うすぎたなく無気力」であるのは、男もそうである。『おどる男』で見たような精神の荒廃と同じような状況にあることがこの作品でもうかがえるが、『おどる男』になかった観点は、拷問をおこなっていた警視庁をはじめとして、戦前の資本家階級や天皇などの支配層を敵とみている点である。それは、このように書かれている。

ながく孤立してさいなまれてきたため、男の精神は一人前らしくないものにしなびていた。仕事を国民の手にわたすまいとして、春以来秘密に事を運んできた大資本家階級の目論見はこの男にも利いていた。戦争の終結は、国民にたいする最大の不意打ちとして絶対に上から打ちおろされねばならなかつた。ころあいを見はからつていた大資本家階級が「よし!」と命令した。天皇が幕を切つておとした。新しい内閣がすべてのものをかくしこみ、腰くだけですわりこんだ人びとを追いたてて証拠書類を焼かせた。山のなかの村で、男の部隊も二日間書類を焼いた。そこから何かを取りだしてくるため、「よし!」といつて立つて行く気に男はなれなかつた。よろこびが来たときに戸惑いが来たのでもあつた。(『中野重治全集』第三巻、五二一頁)

「ながく孤立してさいなまれていた」というのは、戦争中、かつての運動仲間とは離れてしまい、男がひとりで警察に通い続けていたことを指している。戦争の終結は、男に喜びをもたらしたものの、同時に戸惑いも感じたとされているが、男は、戦争の終結を手放しの歓喜のうちに迎えたわけではなく、萎縮した精神を抱えて戸惑いながら、戦後という時代を歩き始めたのだった。この作品が歩いている男の姿から始まっているのは、新しい時代を歩き始めたという比喩表現でもあるのに違いない。しかし、その姿は、決して溌剌としたものではなく「乞食のようにつぶれて、うすぎたなく無気力」な情景のなかを歩いていたのだった。いったい、その責任はどこにあるかというと、大資本家階級と天皇にあり、彼らは証拠書類を焼かせて戦争は終結した。このように戦前における日本の支配層を批判しながら、その一方で、道の途中で見かけた外国兵のことは、次のように描かれていることに留意したい。


しかし男は、外国兵たちの正式の軍服が平和的に、自分の星を取つた帽子、肩章をむしり取つたかばかばの夏衣袴《なついこ》が軍国主義的に見えるという意識から逃れられなかつた。戦闘帽、その下の坊主刈り頭、汗にまみれた汚い黒い顔、やせたからだ、洗濯で筋になつて剝げた上着、ズボン、膝下のつぼまり具合、そういうすべてがすべての弁解を越えていた。それはつまらなかつた。それは野蛮であつた。

「君ら何でじつとしていたんだ。おれたちあすこまで来てたじやないか。」

そういわれたら一言もないという感じが男のなかに出ていた。服装の清潔さと美しさとがそう言つているようにみえた。

「そんなこと言つたつて仕方がなかつたじやないか……」といつて苦笑することが、国内的には通つても国際的には通らぬひろい間に合わなさが男によくわかつた。(『中野重治全集』第三巻、五六頁)

男は、他に着る服がないのだろう、いまも兵隊服のままでいる。そして、外国兵の軍服と、日本の兵隊服とをくらべてみると、外国兵の軍服が平和的で、自分の兵隊服が軍国主義的に見えると考えている。すなわち、外国(ここでは米軍などを代表とする連合国軍)が平和を、日本が軍国主義をあらわしているという位置づけになっている。外国兵から「君ら何でじっとしていたんだ。おれたちあすこまで来てたじゃないか」と言われるのではないかとびくびくしているのは、日本人が自分たちの力で軍国主義を打ち倒すべきであったのに、じっとしていただけで何もしなかった、ということを非難されているように錯覚しているのであろう。自分の格好が野蛮なものにしか思えない男には、「そんなこと言つたつて仕方がなかつたじゃないか……」という弁解が、日本国内では通用しても国際的には通用しない言いわけにすぎないことが分かっている。ここからは、一九三二年の満州国建国をめぐる問題により、翌年、日本が国際連盟を脱退して国際社会から孤立していった経緯が想起されるが、日本の正当性は自国内部だけで通用するもので、国際的にみれば通用するはずもなかった。自国の内側の論理だけで成り立っていた戦時日本を克服して国際社会へ復帰するためには、日本の兵隊服が象徴する軍国主義をなくし平和への道を進むことによってしかあり得ない。ここには、当時、大東亜戦争と呼ばれたアジア太平洋戦争が「帝国主義侵略戦争」であるという男の認識が明瞭に映し出されている。

さて、市政会館(日比谷公会堂)のところへ出た男は、そこの広場で外国兵の音楽隊が演奏しているのを見た。人垣のなかにアメリカ兵がまじっていて、上官に対して報告者が敬礼をして何か報告するのが見えた。男は、その敬礼や報告の仕方を見て「非常な違いを発見した」と考える。

それは敬礼の仕方にあらわれていた。報告の仕方にあらわれていた。歩き方にあらわれていた。報告者は、「ものをいう」声で、いわば話していた。男には、距離もあつたが一語もわからなかつた。

「えへッ！　なんだその声。大きく、もつと大きく、もつと大きくだッ……」

短い兵隊のあいだ、年とつた新兵たちがはたきこむようにどなられて、大ごえを出そうとして用向きを胴忘れするということはここにはないらしくみえた。二等兵が折箱のように手をあげ、それをじろつと見た軍曹が指をばらばらにした手をあげ、それをさげ、それから二等兵が、ズボンの縫目へばたつと音を立てて手をおろすというようなこともここにはないらしくみえた。彼らの歩き方は、靴底がちがうのでもあろう、音を立てなかつた。地面を踏みつけるというより、からだを進めることがここでの目的であるようにみえた。ひとりのときも隊のときも、人間がすつすつと動いてどたりどたりしなかつた。男は目をはなさずに汗をふいて見つづけた。(『中野重治全集』第三巻、五八頁)

男は、自分が兵隊であったときのことを思い出して、目の前のアメリカ兵の振る舞い方と比べて考えている。すなわち、アメリカ兵のやり方がごく自然なもので、日本軍のように上官がむやみに威張って下級兵を叱りとばすようなことがないのに驚いている。「非常な違いを発見した」という男の思いは、服装にとどまらず、振る舞いにおける日本軍隊の野蛮な軍国主義とはまるで異なるアメリカ兵の自然さを意味しているのだ。この作品の主要テーマは、この場面のあと、新しい音楽がおこったときの男の感動、すなわち「ふるえあがるような、痛いようなものを感じた」「人のたましいを水のようなもので浄めて、諸国家・諸民族にかかわりなく、何ひとつ容赦せず、しかし非常にいたわりぶかく整理するような性質のものに見えた」「殺しあつたもの、殺されあつたものたち、ゆるせよ。殺され合うものを持たねばならなかつた生き残つたものたち、ゆるせよ……」という部分に表れている。戦争は勝った方も負けた方も多大な犠牲を残した。しかし、勝っても負けてもその勝敗に関係なく、戦争で死なねばならなかった多くの人たちへの鎮魂が『軍楽』のテーマなのである。

しかし、この小説が示すのは、それだけではなく、慰霊祭の音楽によって、男が戦争の悲惨さやむごさを痛感しているのと同時に、戦前戦中における日本の軍国主義、警察の残虐な暴力、支配層の狡猾な目論見などへの批判を、外国兵との比較において描きだしている点が重要である。慰霊祭の音楽が魂を浄める場面以上に、これらのことは見逃せない。これは、いわば戦争責任をどのように捉えるかという問題であり、進駐軍をどのように位置づけるかという問題である。日本共産党の「人民に訴う」は、敗戦直後の十月十日付けで「赤旗」第一号（十月二十日発行）に発表されたが、そこには「ファシズムおよび軍国主義からの、世界解放のための連合国軍隊の日本進駐によって、日本における民主主義革命の端緒がひらかれたことにたいして、われわれは深甚の感謝の意を表する」と言われていた。解放をもたらしてくれた進駐軍は「解放軍」と位置づけられ、その解放軍への感謝の表明は、日本共産党だけでなく、袖井林二郎『拝啓　マッカーサー元帥様　占領下の日本人の手紙』に見られたように、マッカーサーやGHQに親しみを込めて、五〇万通にものぼる膨大な手紙を書いた日本人全体のものでもあった。当時の日本人は、進駐軍を平和の使者として心から歓迎して受け入れたのであった。(3)

以上のように『軍楽』は、ほとんど同時期に書かれた『おどる男』とは、まるで異なる正反対のテーマを見せている。軍国主義ファシズムを痛烈に批判し、平和を体現する占領軍（進駐軍）観がここにはある。戦前の支配層への憎悪を織り込みながら、その対極にある外国兵が平和と民主主義をもたらした存在として描かれている。他方、『おどる男』では、占領軍に対する批判的視点が埋め込まれ、一般の日本人にはあり得ない占領軍の特別優遇措置によって日本人のみじめな状態が浮き彫りになっていた。このことは、占領という事態に対する中野重治の複眼的な見方を示すものにほかならない。占領は屈辱的な事態である。しかし、それ以前の軍国主義は、もっと受け入れがたい、野蛮で非人間的な事態であった。その両面をこれらの小説は明瞭に描いているのである。

5　おわりに

『おどる男』に描かれたのは、敗戦日本の疲弊し荒廃した様子であった。日本の荒廃は破壊された建物や不足する物資や社会の無秩序だけでなく、日本人の精神そのものが荒廃していた。いらいらして晴れやかな気持ちになれず損得だけを考えて自分を守ろうとするけちな根性の蔓延を、この小説の冒頭は、電車を待つ人々の様子や語り手自身の内面を語ることで描いている。

自分だけを守ろうとして、弱い立場にいる者をいたわることができないことは、「不幸な娘」のエピソードに表れていたし、そのエピソードが下敷きとなって、タイトル『おどる男』の由来でもある、のちのおやじの話が導かれていた。小説の山場は、この鳥打帽のおやじと中年の女と語り手との場面であったが、ある位置を強いられることで悲劇〔喜劇のようにも見えるもの悲しさ！〕を体現せざるを得ないおやじの位置は、占領されていた当時の日本の位置と見ることもできる。その弱い立場のおやじを笑い者にする中年の女が「邪険な声」で「下男をでも突き飛ばすような剣幕」でおやじを非難したとき、「おれ」は女を罵倒してやりたいと思った。女をやりこめることはついにできなかったけれども、「おれ」が女に腹を立てて成敗してやりたいと思ったことは、当時の日本人全体の精神状況に抗う気持ち――すなわち、ことの善悪などどうでもいい、自分さえよければいいというような荒んだ精神状況から脱していきたい、脱していかねばならないという願いを意味していたと考えられる。「おれ」の人間性は、間違ったものや卑怯なものを憎み、正しい方向へ向かわせたいという倫理観に基づいていた。そしてそれは、「おれ」が正確にものごとを観察することができ、的確な判断を下すことができることによっている。

しかし、結局「おれ」は罵倒できなかった。未発の罵倒語は宙に浮いてしまうのである。罵倒して女を成敗すれば、悪を懲らしめて正義が最後に勝つという類型的な話になりかねない。だが、この小説は、そのような凡庸な類型を免れて、個人の倫理観ではどうにもならないようなもっと大きな力の存在を示すドラマなのである。それは、結局、作品の冒頭、振り出しに戻る出口なしのような敗戦後の日本の状況であり、当時の日本が置かれた位置によるものであった。さきに触れた、不幸な位置に置かれたおやじが思わせる日本の位置は、先頭の車両に先導されていくすし詰めの日本人用の車両によっても暗示されている。優遇されている占領軍車両と混雑を極める日本人車両との対比は、日本人が弱い立場に置かれ、占領軍によって先導（指導）されるという状況を示しているようだ。

一方『おどる男』とほぼ同時期に書かれた小説『軍楽』では、アメリカ兵に対しての好意的な見方が描かれていた。彼らの普通で人間的な振る舞い方が、日本の野蛮な軍国主義のやり方とはまるで違っていることに主人公の男は驚くのである。男は日本の軍国主義は嫌だったとつくづく思う。慰霊祭の音楽を聞きながら、戦争は本当に人々を苦しめたと思う。『軍楽』では、戦時下の日本の軍国主義からの解放をもたらした外国（アメリカ）との対比によって、日本の軍国主義を批判しアメリカを好ましく思うという構図になっている。他方、『おどる男』では、占領軍専用車両と日本人用車両との対比によって、苦難を強いられる日本人を描きだすことで、占領軍への批判を埋め込んでいることが分かる。批判の対象としてのアメリカと、羨望の対象としてのアメリカと、それぞれが描かれているということだ。時代背景を見るさいには一面的な見方では不十分であり、『おどる男』と『軍楽』とを読み比べることで、戦時下の支配層と被支配層との関係、戦後日本の置かれた立場、戦後の日米関係などが浮びあがってくるだろう。

そのことは、たとえば『吉田茂＝マッカーサー往復書簡集』[4]において序文を寄せたジョー・B・ムーアのこのような言葉にも端的にあらわれている。

日本占領は七年足らずで終わった。しかし占領のもたらした民主改革の効果については、この半世紀はげしい議論が続いている。一方の側には、明治以来の日本の社会運動の中で追求されてきた権利、つまり自分の生を形づくる決定に参加したいという、ふつうの日本人の望みを、占領による民主改革が実現したのだと見る人々がいる。他方には、日本の民主化なるものは、この国古来の文化的伝統と国家の主体性を占領軍の強圧によって破壊し、外来の「西欧」的価値を強要したものだと主張する人々がいる。

このような占領政策に対する肯定と否定とは、一九九〇年代後半以降、いっそうの分断を見せて現在の日米関係や歴史認識に大きな影を落としている。敗戦後、およそ六年八ヵ月にわたって占領政策が推進され、非軍事化と民主化を軸とした戦後改革がすすめられた。戦後改革は、なによりも戦後民主主義を進展させ平和と経済発展を日本にもたらした。しかし、それは占領軍の支配のもとでのことであり、言ってみれば米国に従属するかたちであって(5)、日本は独立した一国というわけではなかった。講和条約発効後、日本はようやく占領を脱する。だが、沖縄や北方領土は取り残された存在であり、いまも変わらず取り残され続けている。一九七二年の施政権返還まで沖縄はアメリカの支配下にあり、施政権返還後の現在でも講和条約と同時に締結された日米安保条約によって、沖縄には広範囲にわたって米軍基地がある。米国従属の構造は変わらない。他方、ロシアの占領支配を受けている北方領土についても同様のことがいえるであろう(6)。

本稿で取りあげたふたつの短編小説に見られた占領軍への両義的見解は、中野の占領に対する複眼的な見方を示し、さらにはアジア太平洋戦争をどのように位置づけていたかがうかがえるものであった。アジア太平洋戦争と占領とをどのように位置づけるか、現在でもその問題は政治的立場によって大きく異なる。一九四八年という重要な年に書かれた中野重治のふたつの短編小説は、それを考えるさいに有効な視点を供与してくれている。

注

(1) ジョン・ダワー『敗北を抱きしめて』(岩波書店、二〇〇一年、増補版は二〇〇四年) などによる。

(2) 所澤秀樹『国鉄の戦後がわかる本』上巻(山海堂、二〇〇〇年)などによる。

(3) 袖井林二郎『拝啓 マッカーサー元帥様』(岩波現代文庫、二〇〇二年、原著は大月書店、一九八五年刊)などによる。同書において引用されているさまざまな手紙の文例にもあきらかなように、五〇万通の手紙のほとんどは、占領に好意的であり、新しい支配者であるマッカーサーに対して支持と賞讃の念を披露していた。拙著『戦後日本、中野重治という良心』(平凡社、二〇〇九年)においても、この点については詳述した。

(4) 袖井林二郎編『吉田茂=マッカーサー往復書簡集』(講談社学術文庫、二〇一二年、原著は法政大学出版局、二〇〇〇年)

(5) 白井聡『永続敗戦論』(太田出版、二〇一三年)では、戦後日本の対米従属の構造について「永続敗戦」という概念を用いて次のように論じている。「敗戦の帰結としての政治・経済・軍事的な意味での直接的な対米従属構造が永続化される一方で、敗戦そのものを認識において巧みに隠蔽する(=それを否認する)という日本人の大部分の歴史認識・歴史的意識の構造が変化していない、という意味で敗戦は二重化された構造をなしつつ継続している。無論、この二側面は補完する関係にある。敗戦を否認しているがゆえに、際限のない対米従属を続けなければならず、深い対米従属を続けている限り、敗戦を否認し続けることができる」。著者は、このような状況を「永続敗戦」と呼んで、戦後日本の特質を言い当てているのである。すなわち、「永続敗戦」とは、「戦後民主主義」を否定的に扱い「戦前的価値観への共感を隠さない政治勢力」が、国内およびアジアに対しては敗戦を否認し、他方、米国に対しては敗北すなわち「卑屈な臣従」を続ける構造のことで、「敗戦を否認するがゆえに敗北が無期限に続く」構造であるという。

（6）竹前栄治『占領戦後史』（岩波現代文庫、二〇〇二年、原著は双柿社、一九八〇年刊）などによる。

付記　二〇一三年九月一四日から一一月二四日まで、石川近代文学館で開催された展覧会「中野重治　肉筆原稿に見る〈文学者〉として生きた生涯」では『おどる男』の草稿が展示されていた。それによると『おどる男』の元のタイトルは『実用的な話　おどり』であったことが判明した。どのような意図でつけられたタイトルなのか、また改変の意図は何であったのか、今後の検討課題としたい。

第一四章　『中野重治全集』未収録文章『ハイネの文章』について

このたび『中野重治全集』未収録文章『ハイネの文章』が見つかった。一九四〇（昭和十五）年三月三十一日発行の雑誌「創元」に掲載されたものである。この雑誌に中野の文章が載っていることは、以前、古書目録を見た時だったかに知ったが、駒場の日本近代文学館には「創元」は不揃いで、調べたさいに掲載誌は所蔵されていなかった。しかし、「創元」第一巻第八号（一九四〇年十一月二十五日発行）の巻末に第一号から第七号までのバックナンバー表があり、それを参照すると、第二号に中野の文章が『ハイネの文章』というタイトルで掲載されていることが分った。その後、調べてみても「創元」第二号は図書館などどこにも所蔵されていず、困っていたところ、インターネット上にこの号を所蔵しているかたの記事があり、お手紙を出してコピーをちょうだいすることができた。お送りくださったのは、大阪府にお住まいの高橋輝次氏である。高橋氏は、もと創元社にお勤めで、いまはフリーの編集者として多くの著作を刊行されて活躍されているかたである。高橋氏のおかげで、貴重な戦時下の中野の文章がまたひとつ明らかになり読むことができた。高橋氏には、この場を借りて改めてお礼を申し上げたい。

掲載誌の「創元」は、よく知られている戦後すぐの小林秀雄らの「創元」とは違って、一九四〇（昭和十五）年に第八号まで出た縦長の変形判のものであり、創元社のＰＲ雑誌である。翌年には普通のＡ５判のかたちになった。創元社のホームページに高橋氏が連載していた「古書往来」の「10．戦前のＰＲ誌「創元」を見つける！」の欄に写真が出ているのでそちらを参照されたい（http://www.sogensha.co.jp/page03/a_rensai/kosho/kosho10.html）。「創元」の編集兼発行人は矢部良策、発行所は創元社で、東京市四谷区愛住町十九と大阪市西区新町南通一ノ四の二ケ所の住所が併記されている。東京支店と大阪本社の住所である。第八号までの筆者を通覧すると全体に文学関係の人が多いが、中野『ハイネの文章』の掲載された第二号には、次のような人たちが書いている。佐藤春夫『牡丹花と佛手柑』、河上徹太郎『単行本の雑誌的性格』、浅野晃『春は去りぬ』、菊岡久利『小劇場の生活性あるひは日常性について』、島木健作『「満洲紀行」と「或る作家の手記」』、児玉省『「南方文化の探究」について』、井伏鱒二『青羽雀のをぢさん』、松村泰太郎『校正の話』。ほかの号では、林芙美子、中山義秀、谷崎潤一郎など（第一号）、横光利一、三枝博音、三好達治、真船豊、吉野秀雄、吉川幸次郎、中村光夫など（第三号）、清水幾太郎、会津八一、渡辺一夫、萩原朔太郎、六隅許六など（第四号）、以下省略するが、このように多彩な顔ぶれを確認することができる。第四号の渡辺一夫と六隅許六（中野『楽しき雑談』の装幀者）は同一人物だが、別の名前でそれぞれ文章を掲載しているのだから面白い。

さて、中野の『ハイネの文章』は、後掲のとおりである。翻刻掲載は鰀目卯女さんのお許しをいただいた。ユダヤ人ハイネのドイツ語、ドイツへの愛について述べたこの文章で、ハイネのドイツ語は本当のドイツ語ではないという非難、ハイネはSänger（歌手）であってDichter（詩人）ではないという非難に対して、中野はハイネに心から同情しないわけにいかないと言う。ハイネは、たとえ牢屋に入れられてもドイツに帰りたいと思い、ここでは恋人と語るのにもフランス語で囁かねばならないと嘆いた。こういう言い回しにMimiker（役者）の一面を中野は見ているが、ここで言われていることは、のちの講演『ハイネの橋』（一九五六年七月「文学界」）でも繰り返された。「自国のなかに平穏な家があつて、自分は囲炉裏ばたでどぶろくを飲んで愛国心を説いている。そんな人間に祖国愛がわかるものか。生まれた在所、愛する国を追われて、国を捨てようとして、国ざかいをひと足ふみだそうとして家郷を思いかえしたときに咽喉にこみあげてくるもの、そこにこそほんとうに故郷を愛する気持ちがあるのだ。そうハイネが言つています。またなんぼいやな国でも、それでも自分の国というものには愛着たちがたい。外国で、愛人の胸に顔をうずめて愛をささやくにさえ外国語でしなければならないということは、実に実につらいことだと彼は言つています」。

「生粋にドイツ的なドイツ人」にはハイネはうとましく映るのかもしれない。しかしハイネの、ドイツ民族を超えて歌われたドイツ語には「創造」があると中野は言う。こういう発想からは、たとえば小泉八雲をはじめとして、リービ英雄や多和田葉子らの仕事を思い出すし、あるいは日本近代の歴史と切り離せない在日朝鮮人作家の日本語文学が提示したものも考えずにはいられない。一九四〇（昭和十五）年の段階で示した中野のこのような考え方は、「ドイツ」を「日本」に置き換えて、現在の日本の状況を振り返らせるものでもある。「センチメンタルに歪められた日本的独断」というのが多すぎるから、中野のこの文章はいま読んでも決して古びてなどいない。大事な文章である。

ハイネの文章

中野重治

ハイネの文章など丶いふことを書きかけて見ても始まらないといふ気がするのである。私にドイツ語がどの程度に読めるか――寧ろ読めないのを知つてゐる私の友人達は「またあの野郎……」といふやうなことをいふかも知れないが、しかしさういつたものでもない。

御承知のやうにハイネの文章はわれ〳〵他国人に分かりやすい。彼の散文の大部分は、私などが字引を片手にこつ〳〵と読んで行ける程度のものである。一つには彼がコスモポリートであつて、その考へ方、考へのいひ現し方が、ドイツ的考へ方、ドイツ的いひ現し方からはみ出てゐることにもよるのであらう。外国人の書いた日本文が、日本語としては桁外れでありながら、また桁はづれな文法的正確を持つてゐて、日本中どこへ行つても通用するやうな具合のところがあるひはあるのであらうと思ふ。

しかしこれについては、つまりハイネの「名文」については、ドイツ人のなかゝらは大分に反対意見が出てゐるらしい。ニイチエは別であるが、ニイチエとあんなに親しかつたヴァーグナーなんかは、問題を音楽から出発させたのではあつたが、大いにユダヤ人のドイツ語一般をやつつけてゐる。直接ハイネのドイツ語をこきおろしてゐるものも三人や五人ではない。彼等によれば、ハイネのドイツ語はほんとのドイツ語ではない、ドイツ語はハイネに取つては外国語であつたといふのである。中には、結局ハイネはSaengerであつてDichterではなかつたのだなど、いふ者もある。

私としては——私としてはといふのもおこがましいが——別にこれらの論者に反対の意向を持つてはゐない。ハイネの文章が生粋にドイツ的でないといふことは、私程度にしかドイツ語の読めぬものにもある程度容易に分かるからである。

しかしそれならばなほのこと、私はこのユダヤ詩人（ではなくてSaengerか?）に心から同情しないわけには行かない。実際のところ、彼にはドイツ語で書く外又は書くすべがなかつたのである、彼は繰り返してドイツへの愛を嘆いてゐる。ドイツへかへりたい。たとへ牢へぶちこまれるにしても、とにかくそこではドイツ語で看守と話すことが出来る。こゝでは、恋人の胸のところでゞさへフランス語でさゝやかねばならぬ云々。

いかにも、また結局のところ、このハイネにもミーミカーの一面があつたことを否定することは出来まい。しかしドイツへのこのやうな愛は、ユダヤ人ハイネをまつことなしには且つて歌はれなかつた。そこでドイツ語は、いはゞドイツ民族を超えて歌はれたのである。生粋にドイツ的なドイツ人の知つたことではないと同時に、さういふドイツ人がはたでやきもきしても仕方のない一つの新しい事実である。そこに創造がないとはどうしてもいふことが出来ない。あのローゼンベルクのやうに、旧訳の詩を詩でないとするのなどは、結局センチメンタルに歪められたドイツ的独断に過ぎないと私は思ふ。

第一五章　森鷗外を救抜する——中野重治『鷗外その側面』

1　はじめに

二〇一二年四月に平凡社より刊行された『中野重治書簡集』の宮本百合子宛書簡（一九四四年六月二十七日付）には、次のような記述がある。

「護法の神　児島惟謙」といふ本を読んだ。四ページ許り落丁のある50センの古本だが、天覧台覧といふものでなかなか面白かつた。伝記としては態をなさぬものだが、大津事件の前後のことはよく分かるやうに書いてある。司法と行政との関係の日本的意義もある程度明らかなやうです。それから「川路聖謨文書」の一部を読んだ。「日本渡航記」（ゴンチャロフ）のプチャーチンと応対の長崎日記、それから下田日記を読んだ。之は非常に面白かつた。彼は明治元年開城の時、天つ神にそむくもよかり蕨つみ飢えにし人の昔思へば徳川譜代之臣頑民川路聖謨として自害したさうだが、頭がよく、学問があり、武術にすぐれ、驚くべき健脚で、しかも極めてユウモアに富み、弁舌もよく、本当の尊皇家で、しかも神君家康に対する敬愛骨髄に徹したやうな人で、よつぽど偉い人だつたらしい。そゞろに愛慕の心が起きる。こんな人がゐたので日本はいろいろ助かつた点があるのだらうと思ふ。鷗外なんぞは大部落ちるやうだ。川路のことは大分お喋りせねばならぬ。

鷗外はなかなか進まず。今妻君のことを書きかけてゐたが、細君には誰しも手を焼いたのだらうと思ふ。実際百人が九十九人まで一生の間家庭なんといふものはぶちこはしてしまひ度いと思ひ思ひしつゝ、一生過ごしたのかも知れぬと思ふ。（尤もこれは消極的な面だが）クラウゼヴィッツの細君のことを読んだなら（ドイツ語で読んだ（?）のでよく分からぬが）鷗外の細君なんかとは大分ちがふやうだ。表現のちがひといふこともあるのだらうが。（『中野重治書簡集』一四一～一四二頁）

手紙はもっと長いもので、芭蕉が世間一般の解釈とは違って「野蛮で人間臭くて哲学的」であることについてひとしきり述べたあと、右の引用のようになる。沼波瓊音の『護法の神　児島惟謙』（修文館、一九二六年五月）[1]のほかに最近読んだ本として『川路聖謨文書』（全八巻、日本史籍協会、一九三二～三四年）をあげ、川路を高く評価し傾倒していた様子がうかがえる文面である。川路柳虹の曾祖父川路聖謨は豊後国日田のうまれ、幕末の勘定奉行として活躍した逸材で、嘉永六年、ロシア使節のプチャーチンを相手に粘り強く交渉し、翌年日露和親条約を締結、江戸城明け渡しのさいにはピストル自殺した人物として知られている。中野は柳田国男と対談[2]したさいに、幕末から明治維新にかけて、薩長の若い志士たちとは別に、実は外交や財政の仕事においても徳川の旧幕臣がきわめて優秀であったがゆえに維新が成功したのだという見解を披露していたが、川路聖謨はその評価のもととなった人物のひとりであった。『鷗外その側面』にも川路のことは引用され、さらに中野蔵書『川路聖謨文書』には鷗外にまつわる書き込みが多数見られた。それらの蔵書書き込みをもとに、鷗外と川路について、かつて私は、〈無私〉ともいえる姿勢への評価と批判、日本の近代化にさいしての「理想主義」と「実用主義」の両立、中野の詩「豪傑」に通じる姿勢の称揚とその背後にある帝国主義政策の指摘、といった観点から論じたことがあった[3]。右の百合子宛書簡では「鷗外なんぞは大部落ちるやうだ」と述べているものの、中野蔵書『川路聖謨文書』には、川路のたぐいまれな勤勉さを語る部分に鷗外との共通性を見る書き込みもあった。このように、中野の鷗外観を論じるにあたっては川路聖謨評価は欠くことのできない重要な要素である。同じことは、栗本鋤雲についても言えるであろう[4]。中野にとって森鷗外は、西周とともに「明治文化草創期の人[5]」であり、優れた旧幕臣たちの評価と切り離せない人物であった。

ところで、百合子宛書簡のなかで「鷗外はなかなか進まず」「今妻君のことを書きかけてゐた」と述べているのは、ちょうどこの一九四四年六月に『「半日」のこと』あるいは『しげ女の文体』を執筆中であったことを言っているのであろう。このほかにも、当時の中野は遺言状や『独逸日記』を取り上げて独特の見解から鷗外を論じていた。中野の鷗外論は、とりわけ戦時下に書かれたものが卓抜な観点を示していて目を引く。その卓抜かつ独特の観点で中野が鷗外論に取り組んでいたころ、鷗外研究書が立て続けに刊行されたことがあった。福井県坂井市の丸岡町民図書館に所蔵されている中野蔵書に見られる関係書には、次のようなものがある。中野がよく引用していた伊藤至郎の『鷗外論稿』(光書房、一九四一年十月)以後、敗戦までのものをあげておこう。石川淳『森鷗外』(三笠書房、一九四一年十二月)、森潤三郎『鷗外森林太郎』(森北書店、一九四二年四月)、小堀杏奴『回想』(東峰書房、一九四二年十二月)、山田弘倫『軍医森鷗外』(文松堂書店、一九四三年六月)、唐木順三『鷗外の精神』(筑摩書房、一九四三年九月)、小金井喜美子『森鷗外の系族』(大岡山書店、一九四三年十二月)、日夏耿之介『鷗外文学』(実業之日本社、一九四四年一月)、伊藤佐喜雄『森鷗外』(大日本雄弁会講談社、一九四四年一月)などである。中野が引用している文献では、ほかに岡崎義恵『藝術論の探求』(弘文堂書房、一九四一年十月)、佐藤春夫『慵斎雑記』(千歳書房、一九四三年九月)などもある。(6)

これらの鷗外研究書と中野の鷗外論とについて紅野謙介氏は、前者を「鷗外評価の名をかりて、自己肯定がなされ」「異物としての鷗外はいない」ものとし、他方、中野の鷗外論は「そうした自己確認とはいったん切れたところにある」と位置づけている。(7) なるほど、中野の鷗外論は鷗外を高く評価するだけでなく、鷗外への根源的批判と、その批判を基底とした畏敬の念によって構築された、プラスマイナス両面の緊張感あふれる批評となっているだろう。そこには、戦時下の中野重治が取り組んでいた日本近代を再考する意図も含まれていた。思うように執筆できない戦時下、中野は、その六十一年の生涯と仕事に「近代日本の百年史がさながらに映りでている」(「森鷗外　三　歴史の象徴として」)という森鷗外を対象として、開国の時期にさかのぼり、どのような道筋をたどって現在のような悪状況に至ったのかという問題意識のもと、世界史における日本国の位置づけや、ナショナリズムおよび植民地問題を含めた日本近代の捉え直しを検討していたのである。中野の鷗外論はそのような問題意識に従った批評でもあった。とりわけ『「独逸日記」について』は、そのような観点に立って論じられたものである。詳しくは注(3)および(4)にあげた拙論を参照されたい。

中野の鷗外論は、戦時下のものと戦後のものとで開きがあるという評価がある。けれども、その根底にある揺るぎない思いは、鷗外にたいする深い理解であり畏敬の念であった。その理解は、世のひとびとが鷗外を本当には理解していないという無念から発せられたものと見られる。それは、どのような無念であったのか。

2　本書の構成

まず『鷗外その側面』の構成を確認しておこう。少し煩瑣になるが、本書には二種類の配列があること、戦時下の取り組みに空白期があり、その後の一九四三年から四五年にかけて最も集中的に鷗外に取り組んでいること、戦時下鷗外論のテーマは三点に絞られることについて確認しておきたい。

『鷗外その側面』は、一九五二年六月、筑摩書房より刊行された。そのさい、前書き後書きなどは除き、収録された諸篇は次のとおりである。ただし、本稿ではおもに戦時下執筆のものを検討するために便宜上戦時下のものに限って番号をつけ、執筆あるいは初出の年月を付しておく。

1. 「独逸日記」のこと（一九四五年二月号「新文学」発表）
2. 俗見の通用（一九四〇年十月二十一日〜二十四日「都新聞」）
3. 遺言状のこと（一九四三年十一月二日稿料受取、[8] 一九四四年七月「八雲」第三輯発表）
4. 「半日」のこと（一九四四年六月ごろ執筆か。初出未詳）
5. しげ女の文体（一九四四年六月ごろ執筆か。一九四五年二月号「文藝」発表）
6. 鷗外論目論見のうち（一九四三年二月一日執筆、一九四七年九月発行の河村敬吉編『森鷗外研究』に発表）

以下、戦後のものとして『鷗外位置づけのために』『「傍観機関」と「大塩平八郎」』『鷗外と自然主義との関係の一面』『漱石と鷗外とのちがい』『小説十二篇について』『鷗外の詩歌』『漱石と鷗外との位置と役割』『翻訳の一面（二葉亭のにくらべて）』『青年について』がある。初版には、これら合計十五篇の文章が収録された。

この初版のあと、旧版中野全集第十巻所収のもの（一九六二年五月）、筑摩叢書版（一九七二年二月）、新版中野全集第十六巻所収のもの（一九七七年七月）、ちくま学藝文庫版（一九九四年九月）、定本版中野全集第十六巻（一九九七年七月）が出た。定本版は新版と同じである。これらの諸版のうち、旧版全集、筑摩叢書版、ちくま学藝文庫版は、初版を引き継いで、右の番号順の配列となっている。だが、それらではなぜ一九四五年の『「独逸日記」のこと』が巻頭にきているのか、という疑問がわく。その理由は、初版巻末にそれぞれの発表年月および掲載誌があり、そこで『「独逸日記」のこと』は一九四〇年二月「新文学」発表とされて、間違った初出年となっているためであった。

長く続いた初版の配列と異なって、新版全集版では執筆順となり、右の番号でいえば、2、6、3、4、1、5となった。タイトルも初出のとおり『「独逸日記」について』『鷗外と遺言状』と戻された。一九四〇年十月の『俗見の通用』を最初に置き、次いで一九四三年の『鷗外論目論見のうち』および『鷗外と遺言状』がきて、一九四四年と推測される『「半日」のこと』、一九四五年二月発表の『「独逸日記」について』と『しげ女の文体』が置かれた。こちらの配列のほうが論の流れとして自然に思うが『「半日」のこと』『しげ女の文体』をまとめて、『「独逸日記」について』を最後に置けばなおまとまりがよかったように思われる。一九四〇年秋に始まった中野の鷗外論が、一九四三年まで空白であるのは、おそらく一九四二年六月に刊行される『斎藤茂吉ノート』に集中的に取り組んでいたためであろう。一九四一年十一月には父藤作が亡くなり、十二月には太平洋戦争が始まったことも関係していたかもしれない。この空白ののち、一九四三年から一九四五年にかけてのころが、最も集中して鷗外に取り組んでいた時期であった。この集中期のテーマは三つある。一点目は遺言状について、二点目は妻しげと『半日』について、三点目は『独逸日記』についてであった。『独逸日記』については冒頭見たとおりだが、『半日』と遺言状については、のちに述べる。

さて、初版の十五篇ののち、新たに書かれた七篇を加えて旧版全集版が成り立ち、そこではじめて一九五七年十月発行の中野自身による編著『森鷗外研究』（新潮社）に収録された「森鷗外」（前書きに代えて）が加わった。この文章には次のような記述がある。

ただ、それにもかかわらず、鷗外を読み、鷗外の生涯を読んで行つて、わたしにあたえられるのがかならず精進の念といつたものであるのをわたしは感じます。それは、事実として、悪寒のようなものとしてわたしにひびいてきます。あの鷗外が、おのれを抑えて、勉強して、穴の奥へ奥へとはいつて行くようにして仕事して行つた姿は、ある条件とある態度との上での、ひとりの人間としての極限の姿のようにわたしに見えてきます。（「七　勇気」『中野重治全集』第十六巻、三六八頁）

鷗外がここで言われているような、己を無くしさえしたような姿勢で仕事していたことは、須田喜代次氏の綿密な調査によって論証されている。[9] そして中野は、ここで書いていることをこのあと繰り返し反芻することになるのである。[10] 中野の鷗外観については、『俗見の通用』のなかの「鷗外にはぬくい心が欠けている。けだものが一ひきくつついて温め合うような心が欠けている」（全集十六巻、一三〇頁）という部分、あるいは『「独逸日記」について』のなかの「彼は大きな人間、大きな学者、大きな詩人であつた。敵は彼の前に薙ぎ仆された。彼にはいわば欠けるところがなかつた。たしかに彼には学者および詩人としての魂があつた。けれども、他のすべてがなくてただ一つそれあるために人を学者・研究者に追いやつてしまつたところのもの、他のすべてがなくてただ一つそれあるために、あらゆる抵抗の甲斐なく人が泣く泣く詩人となるほかなかつたところのもの、かかるものとしての学者の魂、詩人の魂はついに鷗外の魂でなかつたのである」（全集十六巻、二一七頁）という叙述がたびたび引用される。超然とした姿勢で、軍人であり能吏として抜群の才を発揮した鷗外が「学者の魂、詩人の魂」と無縁であったことを残念に思うとらえ方である。ただし、このような見方とともに、右の「森鷗外　七　勇気」の記述は、中野の基本的な鷗外観として定着していく。というよりも、そもそも中野は鷗外に「精進の念」と切り離せない「ひとりの人間としての極限の姿」を見ていたのだった。そうでなければ、戦時下のあの三つのテーマ、とりわけ遺言状についてのあのような議論が出てくるはずがない。次には、その議論について検討したい。

3 筆写資料『半日』の書き込み

冒頭の百合子宛書簡に見られたように、中野が鷗外の妻しげについて書いていたのは一九四四年六月ごろであった。『「半日」のこと』は、鷗外の小説『半日』がしげの意向によってどの本にも収録されなかった事実を取り上げて、藝術作品を「歴史・社会的なものとして独立に扱うこと」をしなかったと批判して、鷗外の「中途半端」「事なかれ主義」を糾弾した文章である。中野は、鷗外が『半日』を書いたことを「人生と藝術のせつかくのこの交会」と高く評価していた。にもかかわらず、作品は初出の「昴」でしか読めない状態だった。そのため、ちょうどこの時期、中野は『半日』を全文筆写している。この資料は、駒場の日本近代文学館に所蔵されているもので、二〇一二年六月から八月にかけて開催された神奈川近代文学館での「中野重治『愛しき者へ』展」で展示された。新興社製の四百字詰原稿用紙で四十三頁まで本文が筆書きで写され、表紙がつけられたうえ紐で綴じられて製本されている。扉の裏には「昭和十九年四月写」と筆書きされている。日記には、四月二十四日に「鷗外「半日」ヲ読ム。しげ女「アダ花」ヲヨム」という記事が見られるが、おそらく一九四四年四月下旬に書き写されたものであろう。この『半日』筆写資料の表紙には、次のような書き込みがある。

花袋その他の場合

女どもが作品に目を通した事実

可能[11] mögen　事実トシテノ過去

金井湛ノ言葉

藝術作品トシテ読マヌ。作者ノ心理ノ反映トシテソノ心理ヲ見ルタメニ見ル。――コノ言葉ノ夫子自身ヘノ適用実行。

晩年ノ史伝物（シカモ考証学者等ノ）ナシニハアノ遺言ハナカツタラウ。文学ニヨル自己〇〇〇ハアレアツテ真実トナツタ。

ゲエテにおけるクライストの「北方的ヒポコンデル」にあたるもの

当時の日本文学になかりし事実。後年（晩年）それがあらはれさうになる。

自然主義派はまだ〳〵乳臭児なりき。しかも鷗外はゲエテよりももつと安全な圏を持ちその中から出ぬことに辱も責任も（生活者の感情として）感じなかつたと見られる。

判読が困難で解読が確実であるとは言い難い箇所（「自己〇〇〇」の部分。「自己スクワレ」とも読める）があるものの、だいたいにおいて『「半日」のこと』および『鷗外と遺言状』の内容を裏書きする記述となっている。以下、簡単にその内容を確認しておこう。

「花袋その他の場合」とは、『鷗外と遺言状』のなかで、鷗外にとって「藝術わけても文学が、その復讐、その排悶、その救抜の最後の場であつたこと」が、鷗外の全集と花袋の全集とを比べてみれば明らかであると論じている部分に呼応する。「晩年ノ史伝物〜」にも関係するため、詳しくはのちに述べる。

また「女どもが作品に目を通した事実」とは、言うまでもなく『半日』の処理のしかたに関しての評言であろう。「女ども」という言葉には、藝術作品をないがしろにしたどうしようもない奴らだという蔑みのニュアンスがある。それだけ『半日』の処理について中野が立腹していたということだ。むろん、ここには藝術作品とプライバシーの問題が伏在している。ただ、中野は、鷗外が「作家でもあつた妻しげ女にたいし、藝術とは何かということをしまいまで呑み込ませるほどには我慢強くあることができなかつた」ことを嘆き、「妻と家とは、四十八歳の鷗外にもさすがに難物だつたのであろう。四十八歳であつたからなおさら難物であつたのかも知れぬ」と述べていた。これは、百合子宛書簡のなかの「細君には誰しも手を焼いたのだらうと思ふ。実際百人が九十九人まで一生の間家庭なんといふものはぶちこはしてしまひ度いと思ひ思ひしつゝ、一生過ごしたのかも知れぬと思ふ」という文言にも見合う見解である。日記からは、家庭内の諍いがたえず妻との関係で苦労していた当時の中野自身の様子がうかがえるが、[12] その心情が埋め込まれた評言とみてよい。それだけ鷗外夫婦に同情を寄せているわけだが、中野のしげ女に対する見方については、小堀杏奴が佐藤春夫や岸田美子と並んで中野の名をあげ「父母と生前おそらく交友はなかつたと思はれるこれ等の人々が、どうして未知の母に対してこのやうな憎しみを持ち、その事に寛大でありえないのか、その理由を解する事が出来ぬ」と書いているように、[13] 表面的な批判者としてしか捉えられてこなかった。苦闘する鷗外への評価、「人生と藝術のせつかくのこの交会」としての『半日』評価、「今となつて、私は森しげという女の人に同情を持っている」という評価[14]などは、見逃されてきたように思われる。

次の「金井湛ノ言葉」とあるのは『ヰタ・セクスアリス』の冒頭近くに「藝術作品として見るのではない。金井君は藝術品には非常に高い要求をしてゐるから、そこいら中にある小説は此要求を充たすには足りない。金井君には、作者がどういふ心理的状態で書いてゐるかといふことが面白いのである」とある部分に対応している。むろん金井君は鷗外その人ではないけれども『半日』の処理の仕方を考えれば、中野には「コノ言葉ノ夫子自身ヘノ適用実行」と捉えられていたようだ。

「晩年ノ史伝物（シカモ考証学者等ノ）ナシニハアノ遺言ハナカツタラウ。文学ニヨル自己〇〇〇ハアレアツテ真実トナツタ。」とは、『鷗外と遺言状』のなかの次のような箇所につながっていく記述である。

しかし「ヰタ・セクスアリス」類での復讐は結局低級なものであつた。その道行きも結果も、文学者の責任において無責任、文学としての出来映えにおいて片端なものであつた。自己の全責任においてした晩年の史伝類こそ復讐の復讐であるゆえんを示すものであつた。
(『中野重治全集』第十六巻、一六七頁)

「復讐」という言葉は、少しどぎついようである。しかし、鷗外は官吏生活をとおして取り返すことのできない後悔のすべて、不当な取り扱いを「文学をとおして復讐した」というのが中野の見方であり、むしろこの「復讐」という語によって史伝類および遺言状の位置づけが明確になってくる。その意図するところの背景には、世にディレッタントと言われているにもかかわらず、官吏生活においては決してディレッタントではなかった鷗外の遺言状が「最後の反噬」であり、その「最後の反噬」を金切り声で試みなければならないということがあった。なぜそれが「反噬」となったのかについて、中野は「文学と藝術との結局の権威にたいする心の奥所に横たわる信念、ほとんど信仰ともいえるものによつてそれをせねばならなかつたのである。それは、急いでいえば人間にたいする愛と信頼とからであつた。それは官吏生活において鷗外を決してディレッタントとしなかつたもののその裏側のもののせいであつた」と述べているが、この指摘は重要である。つまり、鷗外ほど文学と藝術を信じていた人はいなかった、鷗外は文学と藝術を最後の拠りどころとしていたということであり、晩年の史伝類があったからこそ「反噬」としての遺言が書かれ、それは花袋などに比べ「藝術わけても文学が、その復讐、その排悶、その救抜の最後の場であつた」という見解にも通じるのである。

さて、書き込みの最後のパラグラフ「ゲエテにおけるクライストの「北方的ヒポコンデル」にあたるもの」以下の文を見てみよう。日記の一九四四年巻末余白には「Goethe——宰相たるよりも詩人であるの俤」「O外の反対」というメモ書きがあり、中野は鷗外をゲーテ（一七四九—一八三二）になぞらえ比較していたようだ。[15]ともに官僚としての功績を持つ文豪という点で共通するからであろう。クライストは、ドイツの劇作家ハインリヒ・フォン・クライスト（一七七七—一八一一）で、日記によれば一九四一年十月二日に中野は岩波文庫の『ミヒャエル・コールハースの運命』を読み「おのれを自らの手で岩壁に叩きつけて粉ミジンにしてしまったクライスト」という感想を書きつけていた。破滅的な性格や心理を写実的に描き、自らも精神的に追い詰められて三十四歳で自殺したクライストはゲーテとはまるで正反対の対照的な作家であり、ゲーテのほうはクライストを全く認めていなかった。それは自分が克服しようとしていた「ヴェルテル的自己の生きた亡霊」をクライストに見ていたからだという。[16]クライスト的なものはゲーテを脅かし、逃れよう、克服しようと努力はしても、結局はゲーテから去らなかったということだろうか。

中野の書き込みでいえば、ゲーテを脅かしたような神経症的なクライストにあたるものは当時の日本文学には存在せず、自然主義作家たちはいまだに「乳臭児」に過ぎないもので鷗外を脅かす存在ではなかった。「後年（晩年）それがあらはれさうになる」というのは、史伝類を書き遺言状を書くことで、ゲーテにとってのクライスト的なものが鷗外にあらわれそうになったということであろう。遺言状が官権威力に対する「最後の反噬」であり、それが書かれたのは「文学と藝術との結局の権威」への信仰、「人間にたいする愛と信頼」があったからだと中野は述べていた。クライスト的なものとは、自分を脅かすのだがしかし自分とは切っても切り離せないもの、現世的な自己存在を破滅させてでも守らねばならない最後のもののことであり、それは鷗外にとって最後の拠りどころであった文学あるいは藝術にほかならない。

4　苦闘する鷗外――戦後の文章に触れて

さて、筆写資料の書き込みを検討した結果、『半日』と遺言状の議論に通じる内容が確認できたが、そもそも中野の鷗外論の出発は『俗見の通用』であり、そこでは、鷗外には「風格」があるという人がいるが、その「風格」は「鑑賞」され「賞玩」されているようだと言われていた。中野の議論は、鷗外は「鑑賞」「賞玩」される「風格」の人ではない、というところから始まる。日記や遺言状を読めば、また『半日』を読めば、実は「風格」などからは縁遠く、いかに鷗外が格闘していた人であったかがうかがえる、ということだろう。そのことについて『鷗外と遺言状』では、夏目漱石『野分』の白井道也の次のような言葉を引用して説明している。

「ほかの学問はですね。其学問や、其学問の研究を阻害するものが敵である。たとへば貧とか、多忙とか、圧迫とか、不幸とか、悲酸《ママ》な事情とか、不和とか、喧嘩とかですね。之があると学問が出来ない。だから可成之を避けて時と心の余裕を得やうとする。文学者も今迄は矢張りさう云ふ了簡で居たのです。さう云ふ了簡どころではない。あらゆる学問のうちで、文学者が一番呑気《のんき》な閑日月がなくてはならん様に思はれてゐた。可笑しいのは当人自身迄が其気でゐた。然し夫は間違です。文学は人生其物である。苦痛にあれ、困窮にあれ、窮愁にあれ、凡そ人生の行路にあたるものは即ち文学で、それ等を嘗め得たものが文学者である。文学者と云ふのは原稿紙を前に置いて、熟語字典を参考して、首をひねつてゐる様な閑人ぢやありません。（略）従つてほかの学問が出来得る限り研究を妨碍する事物を避けて、次第に人世に遠かるに引き易へて文学者は進んで此障碍のなかに飛び込むのであります」（『中野重治全集』第十六巻、一六一～一六二頁）

いまとなっては、文学も知的な技術のひとつであり、理論を用いて感性も感動も対象化して扱う方法が研究上は主流のようだ。そして文学そのものは、出版ビジネスと結びついた資本の論理と切り離せないかたちで進んでいる。現在の知的で賢い読者は、素朴きわまりない白井道也の台詞を聞いてきっと鼻白むに違いない。だが、中野によれば、鷗外は白井道也の言うような「文学は人生其物である」という世界を信じていた。むろん、中野も信じていた。このことは、たとえば中野が『漱石と鷗外との位置と役割』（『日本文学講座』第五巻、一九五一年四月）のなかで、このふたりの登場によって初めて日本文学は「社会・歴史上の難問」をテーマとすることになり、さらに「人生の教師としての文学者の役割」が初めて果たされたと主張している部分にも通じてくる。文学が狭い意味での文学にとどまらず、国家や道徳といった思想的な問題を議論するものとしてこのふたりに顕現したということであった(17)。

むろん、このような見方自体、「文豪」「巨匠」として特別視された漱石像や鷗外像を補強し再生産していくことにつながってくる。しかし、繰り返すが「文学は人生其物である」という世界を信じていた鷗外を、中野は高く評価していたのだった。世の人々は鷗外の「風格」を「鑑賞」「賞玩」しているが、それは鷗外の苦闘がまるで分かっていないと無念に思い、むしろその無理解を憤慨し鷗外を救抜しようとしているのである。無理解の事態を引きおこした要因は、そもそも鷗外の側にあったのだが（そして、それが本書の批判の根幹にあるのだが）、世間の「俗見」への違和感が『鷗外その側面』を書かせたモチーフのひとつであったことは否定できない。その「俗見」への批判が最も先鋭にあらわれたのが、戦後に書かれた『鷗外位置づけのために』（『展望』一九四七年八月号）であった。そこでは、苦闘する鷗外という中野の論に反対する「若い批評家からの異論」すなわち平野謙による藝術と生活の二元論についてこのように言われている。

平野はあまりにも「モデル小説」読者でありすぎる。でないとすれば、あまりにも文学を知らなさすぎる。この人びとがいくら作者即主人公を読者に強制しようとしたところで、成功においてなり失敗においてなり作は独立であるほかはなく、生活と藝術との統一関係ということは、もう一つその奥のところで生きて働いているのである。しげ女のスタイルについて書いたとき私はその意味で問題を出しておいた。「半日」が「冷然」としていようが「みだれて」いようが、そして平野のいうようにあれを仮りに「冷然」として取るとすればその「冷然」としていることそのことに、人生にたいする鷗外の態度、問題解決の仕方の文学への反映があるのであつて、「冷然」としていることと「みだれて」いることとの相違を認めぬのが誤りであるのと同様、「冷然」としているから「実生活上の苦悩」が「文学作品に反映」していないなどというのは、がま口がふくれているから金があると主張するのに違わない。(『中野重治全集』第十六巻、二四三頁)

「実人生と藝術とに横たはる二元的矛盾を、鷗外は一個の二律背反と眺める感傷をみづからに許さなかつたまでである。そこから『空車』を書かざるを得なかつた鷗外固有の清澄なペシミズムがうまれる」などと、訳知り顔で賢しらに言う平野謙が、中野には我慢ならなかったに違いない。平野の読みがいかに表面的で甘いか、中野は苛立っているようだ。こういう見方こそが、高みに立って鷗外の「風格」を「鑑賞」「賞玩」していると受け取られたのだろう。ちょうど政治と文学論争で平野と対峙していたころであったから、いっそう強い調子で批判することになったのかもしれない。

念のために言えば、中野は、人生と藝術を統一すべきと言っているのではない。右の引用に続いて「「眺める感傷」どころかそれとの格闘をあらわして「半日」「一夜」が同じ格闘をあらわしている。「冷然」としたスタイルは鷗外の格闘とその道行きとに照応してそのほかではあり得ぬのである」という断言に、中野の考えがよくあらわれている。鷗外がいかに格闘しているか、「人生と藝術のせつかくのこの交会」であった『半日』がそれを端的にあらわしているではないか、というのが中野の主張だった。このことは、平野のみならず、小泉信三や田中耕太郎に対しても同様の批判を展開している。社会問題にたいして「感傷的」にただ「眺めて」いる彼らに比べて、鷗外のほうが晩年にいたってもロシア革命や国際連盟について勉強し、熱烈に素朴に闘っているというわけだ。ただし、その闘争は保守勢力のための闘争であり、その意味で鷗外がほかでもない「日本の古い支配勢力のための一番高いイデオローグ」「古い支配勢力の最後の思想的藝術的選手」であると位置づけるのである。敵は敵に違いない。だが、その敵は見上げるべき畏敬の対象なのだった。

5 おわりに

中野が鷗外論を書いたころに比べて現在は研究も進み、鷗外は実は貴族院議員になりたかったとか、男爵などの爵位がほしかったのだとか、そのような意見が鷗外研究のなかにはある。[18]望んでいた栄典が与えられなかったことへの権力に対する抗議があの遺言状にあらわれているという見方である。鷗外には栄典を得たいというそのような望みがあったのかもしれない。軍人であり官吏であったのだから、そんな望みがあっても不思議ではないだろう。

けれども、中野の鷗外論はそういう見方をしなかった。「鷗外は、勲章がほしくて、銭がほしくて、また世間的な名誉がほしくてそういうことをしたのではありません。そういうものをまるで嫌つたというわけではありませんが、そういうものがほしさに、それと引きかえに支配者に仕えたというのでは決してありません。その点鷗外は、いわば全く純粋で、またごく自然に行っています」(『鷗外位置づけのために』全集第十六巻、二三六頁)と言っている。中野は、「鑑賞」され「賞玩」されている「風格」の人としての鷗外、「実人生と藝術とに横たはる二元的矛盾」をスマートに「冷然」と処理していると理解(誤解)されている鷗外をどうにかして救抜したいと思っていた。文学と藝術を最後の拠りどころとし、何かのために純粋に熱烈に闘う人として。

中野重治の森鷗外は、こういう像を結んでいた。『鷗外その側面』は、その像を明らかにするために書かれた本である。

注

(1) 中野重治『敗戦前日記』(中央公論社、一九九四年一月)での一九四四年六月二十四日の記述に

「〝護法の神児島惟謙〟読了」とある、その注に原田光三郎『護法の巨人児島惟謙と其時代』(文光堂、一九四〇年九月)を示したのは誤りであった。ここに沼波瓊音の著書であることを訂正する。なお『敗戦前日記』注の訂正は「梨の花通信」第二〇号(中野重治の会、一九九六年八月)にも掲載しているので参照されたい。

(2)中野は、柳田国男との対談「文学・学問・政治」(『展望』一九四七年一月号)で旧幕臣の優秀さを述べ、柳田に「それは私も非常に賛成だし、殊に中野君みたいな人がそれを認めてくれることはたいへん大きい力だと思うのだな」と賛同されていた。

(3)森鷗外と川路聖謨のことは「中野重治と川路聖謨　「近代日本国家」成立への視角　その二」(『中野重治〈書く〉ことの倫理』EDI　一九九八年十一月)で論じた。なお『鷗外その側面』全体については、拙論「『鷗外その側面』の一側面」(同書所収)で、鷗外が『村の家』の孫蔵に通じる存在であると論じたことがある。

(4)栗本鋤雲と『鷗外その側面』なかでも『「独逸日記」について』との関係については「中野重治と栗本鋤雲　「近代日本国家」成立への視角　その一」(前掲『中野重治〈書く〉ことの倫理』所収)で論じた。

(5)中野重治『森鷗外　五、鷗外の才能』(『中野重治全集』第十六巻、三六四頁)。中野は西のほうが鷗外よりもひとまわり大きかった人物だと述べているが、幕末から明治への過渡期に働いた旧幕臣たちに連なる人物として鷗外を見ていたのは間違いない。中野日記の一九四三年の巻末には「鷗外（その他）の武士的性質（明治維新の実行者は武士etc.だった。決してブルジョワ自身にあらず）」と書かれている。
（6）これら鷗外関係書籍の書き込みについては、越野格「中野重治の書き込み1　鷗外関係蔵書における」（『福井大学教育学部紀要第一部、人文科学、国語学・国文学・中国学編』三四号、一九八五年）がある。ここには、平川祐弘『和魂洋才の系譜』や山崎正和『鷗外闘う家長』を初めとして戦後の鷗外関係著作も含まれている。取り上げられている最後のものが一九七四年発行の蒲生芳郎『森鷗外』（春秋社）であることを見ると、中野の鷗外への関心は晩年まで継続していたものと見られる。
（7）紅野謙介「解説　中野重治と森鷗外との衝突」（中野重治『鷗外その側面』ちくま学藝文庫、一九九四年九月）
（8）中野『敗戦前日記』一九四三年十一月二日に「八雲」の稿料二百四十円を受け取った記事があり、欄外に「鷗外と遺言状　50枚（八雲）」とあるため、少なくともこの日までには書き上げていたことが分かる。
（9）須田喜代次「鷗外森林太郎と帝室博物館・図書寮」（『位相鷗外森林太郎』双文社出版、二〇一〇年七月）による。
（10）旧版全集第十巻の「作者あとがき」、筑摩叢書版の「この版のうしろ書」などに繰り返し書いた。
（11）「可能」から線を引いて「晩年ノ史伝物〜」の段落の「真実」と結んでいる。「晩年の史伝物」があって「文学ニヨル自己〇〇〇」が真実（可能）になったということを意味している。

（12）戦時下、妻原泉子とのあいだで別居問題が出たさい「オレガ外へ出テ行カネバナラヌヨウナ話ナリ」とあって、続いてこのように書かれていた。「本ヲ売ツテ金ヲコシラエルコト、下宿ヲ見ツケルコト、手記ヲ書キアゲルコト、鷗外論ヲ仕上ゲルコト、余ノコト為スベカラズ。余命イクバクモアルコトナシ。広クナル必要ナシ。専心勉強スベシ。アラシ来ル」（一九四四年九月十七日日記）。

（13）小堀杏奴「父の死とその前後」（小堀鷗一郎、横光桃子編『鷗外の遺産3　社会へ』幻戯書房、二〇〇六年六月）五三三頁。

（14）中野重治「『中野重治全集』第十巻作者あとがき」（『中野重治全集』第二十二巻）一〇〇頁。

（15）同じ一九四四年巻末には「然シソレデモ鷗外ニ不服ナノハ、自分ハペコペコシナガラモ鷗ニ於テ理想ノ達セラレザルヲ恨ムノ也（自分ガ無力ナ、シカシ理想主義者ダカラダ。フィリステル人然ラズ――服ム規定ニヨルニ非ズ、道義ニヨル――道ギニヨルペコペコ）」とある。

（16）中田美喜『駛けゆく――中田美喜遺文抄』（「中田美喜遺文抄」刊行会、一九九一年七月）二四三頁による。「彼のよき理解者であるトーマス・マンは、いとおしむ口調で、ゲーテがこのクライストを病的といって峻拒したのは自己保存の反射運動でなければ自己嫌悪といったもので、ゲーテは自分が克服したあるいは克服し続けているヴェルテル的自己の生きた亡霊をクライストにおいて見たのであろうが、それにしてもああまできらうのはゲーテ特有の不公平だといっています」。なお、この文献については千葉工業大学教授赤澤元務氏よりご教示を得た。

(17) ただし、中野の議論では、このふたりは「人生の教師としての役をうしろむきに果した」とされ、漱石は庶民的な保守性に、鷗外は官僚的な反動性に立っていたと留保がつけられている。
(18) 山崎國紀『評伝森鷗外』(大修館書店、二〇〇七年七月)、平岡敏夫「原敬の遺書と鷗外の遺書」(「図書」二〇一二年十一月号、岩波書店)などによる。

付記　中野重治『平日』筆写資料の閲覧等については、日本近代文学館のお世話になりました。記して謝意を表し厚くお礼を申します。

あとがき　プロレタリア文学から戦後文化運動へ――人文学を学ぶことについて

二〇一一年三月一一日の東日本大震災とその後の原発事故を経験したあと、日本では多くの人が原発について、また原発事故について語ったが、その語り方には告発や嘆きや冷静な分析などさまざまな語り方があった。私自身、あの出来事によって、それまで原子力発電が「明るい未来のエネルギー」と宣伝され、核のゴミ処理や原発労働については何も考えることなく、オール電化の住宅がいかにスマートで安全であるかということを疑いもなく受け入れていたことをはじめとして、多くの重大なことに気づかされた。それは、国家やメディアの情報管理によるものばかりでなく、自分がいかに何も知らずに過ごしてきたかという苦い反省をともなうものだった。原発が推奨される日本社会の仕組みや原発がもたらす負の側面についてほとんど何も考えてこなかったことに気がつき、いたたまれないような思いに囚われたのである。

地震の日、勤務先の研究室で仕事をしていた私は、海岸近くのキャンパスにある研究棟の八階で、部屋中の書架が倒れ、書棚のガラスが割れて飛び散り、たくさんの本が散乱するなか、死ぬような思いで非常階段をよろめきながら駆け下りていったが、あんな怖い思いをしたことはなかった。幸い怪我はなく、ようやく建物の外に出たときには、片方の靴が脱げて裸足になっていた。いま思い出しても怖いくらいだが、しかし、その後に知った東北の甚大な被害の実態――

二万人にものぼる犠牲者となった津波災害といまだ収束しない原発事故災害――に比べれば、私の経験など何ほどのものでもない。それでも、あの経験とその後にくるさまざまな変化は、私にとってとても意味深いものとなった。

いま「苦い反省」と書いたけれども、これまで私は日本の近代文学研究にたずさわり、とりわけ中野重治の文学について長く研究してきたのだが、私自身の無知ぶりを苦々しく振り返るばかりでなく、中野重治が原発についてほとんど何も語っていないことに気がついた。中野重治の故郷は福井県である。現在の坂井市丸岡町一本田、旧国名は越前であり、原発銀座と呼ばれる若狭地方とは国柄が違うのだろうが、そんなことは理由にならないだろう。中野重治は、社会批判を根底に据えた卓抜な文学表現をなし、鋭い批評精神と厳しい姿勢で時代と切り結んだ文学者であったが、すでに一九七〇年から福井県では原発が稼働していたにもかかわらず、一九七九年に亡くなるまでほとんど語っていないというのはいったいどういうことなのだろうか。第二章でも触れたように、若狭出身の水上勉は、原発の恐ろしさを静かに語り、深い読後感を残す『金槌の話』という小説を書いている。中野には、この『金槌の話』のような作品はなかった。もちろん、万能の人物として中野にすべてを期待するわけではないし、難問ならば中野重治が解決してくれるなどと考えているわけでもない。しかし、問題意識として中野につゆほども原発問題がなかったとしたら（むろん原爆については語っている）、やはりこれは見過ごすわけにはいかない。鋭敏な批判意識を持っていた中野重治でさえ原発問題を見逃していた日本の社会構造とはいったいどのようなものだったのか。

それは、第一一章で触れたような『死の灰詩集』（一九五五年）への鮎川信夫の批判を、東日本大震災を経験したあとの現在、どう捉えるかということにも通じているだろう。一九五四年にアメリカ軍の水爆実験で被爆した第五福竜丸事件をふまえた詩集『死の灰詩集』は、鮎川によれば、戦時中の愛国詩をおさめた『辻詩集』と変わらないということだった。この問題提起が重要なものであったことは間違いない。プロパガンダとしての手段的な藝術に堕している弊害を端的に言い表し、藝術表現がいかにして成り立つものか、その核心を想起させる的確な批評であったからである。しかしながら、鮎川が続けて「これらの詩人に対するぼくの不満は、その詩意識が原子力時代にふさわしからぬ古臭いものであり、むしろ時代感覚、社会感覚において、「確信をもつまでは発言を抑制している」詩人のそれよりも、一段と低く、かつ鈍いものだということにある」（傍線は引用者による）と述べている部分に注目しないわけにはいかない。傍線部に見られる「原子力時代にふさわしからぬ古臭いもの」という言い方からすれば、鮎川は核に反対する発想を「古臭いもの」と位置づけ、当時流布していた支配的な言説と同じく原子力を「明るい未来のエネルギー」と捉えていたのであろうと推測できるからである。もちろん、この一言半句を取り上げて、鮎川の限界をあげつらうというわけではない。繰り返しになるが、『死の灰詩集』に対する鮎川の提起が重要なことには間違いないし、それ以外の藝術的批評は成り立たない。ただ、時代の文脈のなかで見えなくされているものを、現在の私たちがどう見てどう判断するか、その構造を考える契機を震災後には明確に与えられたと思うのである。

昨年、二〇一四年一一月に福島大学で開催された日本社会文学会秋季大会のスタディツアーでは、飯舘村と小高町を訪ねたが、除染土の詰めこまれた膨大な量のフレコンバッグと、人の気配のない死んだような町並みとを目の当たりにして、原発災害は本当に取り返しのつかないことなのだと実感した。にもかかわらず、二〇一一年三月からすでに四年が経過して、多くの人があの出来事を忘れがちになっているのではないかと危惧されることがある。だが、つねに振り返り、立ち返って再考する深い経験であり、決して忘れてはならない出来事であったことは否定できない。

＊

さて、本書は、中野重治を中心にプロレタリア文学と戦後文化運動について、これまで調査し考えてきたことをまとめたものだが、あとがきを東日本大震災の話から始めたのは他でもない、この経験によって右に書いたことだけでなく、私のこれまでの研究——戦争、植民地、ジェンダーの観点からプロレタリア文学や戦後思想を検討する——や人文学研究について改めて考えることがあったからである。少し長めのあとがきとなるが、そのことを書いておきたい。

現在、プロレタリア文学という言葉は、文学史上の古びた言葉としてしか受け取られていないようである。あるいは、プロレタリア文化というものは、豊穣で多彩な文化藝術とは縁遠い、硬直した政治的作物に過ぎず、おもしろみのないものと捉えられているのではないだろうか。だが、ロシア革命の前後に出現したロシア・アヴァンギャルドが刺激的で躍動感あふれる藝術運動であったことを想起してみよう。戦前のプロレタリア文化運動のなかの文学でも美術でも演劇でも個々の作品に注目してみれば、そのような見方が単なる思い込みであって、実際には見るべきものがたくさんあることに気づくのに、近代文学研究の場面でもそれ以外の場面でも、残念ながらプロレタリア文学あるいはプロレタリア文化はあまり人気のない領域であるようだ。正津勉氏は近著『詩人の死』(東洋出版)で、かつてプロレタリア詩というものがあり、プロレタリア詩人というものがいたが、中野重治と小熊秀雄を除いて、そのあらかたが「クズ詩」で「クズ詩人」だったと言っている。極端な言い方だが、このように受け取られている面があるかもしれない。プロレタリア文学はその思想的根拠をマルクス主義においていたから、社会主義体制の限界が明らかになり、一九九一年にソビエト連邦が崩壊して冷戦が終結したことによって、それはいっそう不人気になってしまったように思われる。

しかし、世界史的に見ても、一九二〇年代から三〇年代にかけて、大衆としての労働者階級が自分たちの言葉を持ち、自分たちの言葉によって発信するようになったことは、現在の高度大衆化社会の原型にほかならず、モダニズムを基盤とした近代的大衆文化のユニークな現象としてプロレタリア文化も捉えることができるであろう。二〇世紀は、大衆が発言し主張する時代として始まったのだった。いわば、デモクラシーの原型をここに見ることができるのであり、のちの冷戦時代を先取りするような、アメリカ文化としてのモダニズムと、ロシア革命に代表されるプロレタリア文化とが並び立った二〇世紀初頭は、まさしく大衆の出現したデモクラシーの時代だった。

そもそもデモクラシーという言葉は、一九世紀にトクヴィルがアメリカの民主政治を評価することで初めて肯定的に使われるようになったものとされるが、ジャック・ランシエール『民主主義への憎悪』（松葉祥一訳、インスクリプト、二〇〇八年）で言われているように、もとは古代ギリシャにおいて「群衆による下劣な統治」を表し侮蔑の意味合いで使われた言葉であった。しかし、デモクラシーとは、君主や貴族のような限られた特権者によるのではなく、大衆が発言し大衆が「主人」となることであり、何度でも発見されるべき概念にほかならない。このことは、プロレタリア文化の特徴として明記しておく必要がある。大衆が自分たちの言葉を持つこと。誰かに支配されるのではなく、自分が自分の「主人」となること。自立した一個の人間として、いわば語る主体として存在することを前提とした思想がプロレタリア文化の根本にはあるのである。このことを強調しておきたい。

ここで本書の構成を振り返っておこう。初出は、のちに掲げたとおりであるが、論旨の変わらない程度において、必要に応じて加筆訂正した部分があることをお断りしておきたい。まず第Ⅰ部「プロレタリア文学を再読する」では、プロレタリア文学の本質を検討した。一九二〇年代から三〇年代にかけて、大衆が成立し消費する欲望の時代に開化したモダニズム文学とプロレタリア文学は、社会構造（システム）と人間主体の関係から再考する必要がある。論述の過程で森鷗外の『高瀬舟』を引き合いに出したことは唐突だったかもしれないが、そういう観点からプロレタリア文学の当時としての新しさを検討することも必要だと思われた。また、そのようなプロレタリア文学をジェンダー・スタディーズやサバルタン・スタディーズなどの観点から現代的文脈において再読することの意味を探り、さらにコミンテルン支配より以前の革命思想の多様性についてアナキズム思想の見直しをはかった。

第Ⅱ部「ジェンダー・階級・民衆」では、プロレタリア文学から戦後文化運動にいたる状況のなかで、具体的な個々の作家や作品をとりあげて論じた。松田解子、小林多喜二、佐多稲子、山代巴などである。ここでは、ジェンダーや階級が分析の主軸となっている。むしろ、ジェンダーという問題設定が当時としてすでに組み込まれていることが興味深い。大衆の時代の到来というデモクラシーの原型と同じく、女性をはじめとした人権思想のひろがりも、プロレタリア文学には見ることができるのである。

第Ⅲ部「中野重治と戦後文化運動」では、中野重治の戦後文化運動における動きを追った。前著『戦後日本、中野重治という良心』（平凡社新書）で書いたことと重なる部分もあるけれども、戦時下の統制の時代が終わったあと、新たな文化運動を推進するにあたってどのような紆余曲折があったのかを検証した。第一四章と第一五章は戦後文化運動とは関係ないが、ここで扱った『ハイネの文章』も『鷗外その側面』もともに中野重治という文学者の思想をよく表しているので併せてここに収録した。

本書に収録した論文で一番古いものは、第Ⅱ部第八章「戦後文化運動への一視角――山代巴・中井正一の実践と論理」で、およそ十年前のものである。これは、日本近代文学会二〇〇四年度春季大会でのシンポジウム「〈戦後〉論の現在――文学を再配置する」で発表した内容を元にしたものだが、このシンポジウムは、その後、山代巴をはじめ戦後文化についてその考察を深める契機となったため印象深く残っている。発表の機会を与えて下さった関係者のかたがたに改めて感謝したい。この論文と、第Ⅲ部第九章および第一〇章の日本民主主義文化連盟と中野重治のことを取り上げた二篇は、中野たちが戦後の文化運動を開始するにあたって、戦前のプロレタリア文化運動のマイナス点を吟味することなく、無批判の継承のうちに始めてしまったことを検討するためのものだった。文化運動における政治主導の弊害は「運動」という形態をとる以上、どうしてもつきまとうものなのだろうか。かつて、新日本文学会をはじめとした戦後文化運動に関わったさまざまな人にインタビューしたことがあり、本書はその人たちのことを思い出しながら書いた部分もある。「運動」に関わった個々の人間の主体性は尊重しながらも、プロレタリア文化運動や戦後文化運動の負の側面から何をくみ取るべきかについて考えた。

なかでも第Ⅲ部のテーマである戦後文化運動を調べるさいには、とりわけ新日本文学会の動きについて検討したが、その後、「新日本文学」花田清輝編集長更迭問題のさいに中野重治を厳しく批判した秋山清を読み返していて、秋山のいうアナキズム文学の可能性に強くひかれるようになった。むろん、中野の思想に限界があるように、秋山の思想にも限界はある。当時、関東大震災後にアナキズム思想の運動が分散していったことは、マルクス主義思想の勢いづいた席捲によるものだけでなく、アナキズム思想の限界としての必然でもあったのだ。だが、いまいちど、政治主導のもとに先鋭化し隘路に進まざるを得なかったコミンテルン主導のマルクス主義思想より以前の、初期社会主義などアナキズム思想を含めた多彩なプロレタリア文化のかたちを確認したいと思うようになった。

たとえば、柄谷行人によれば、幸徳秋水や山川均が必読書として紹介していたウィリアム・モリスとE・B・バックスの『社会主義』(一八九三年)は、マルクスの『資本論』の認識を踏まえながらオーウェンやラスキンなどイギリスの多彩な社会主義の伝統を受け継いでいたが、ロシア革命以後は黙殺されてしまった思想となり、その結果、社会主義者としてのウィリアム・モリスは忘れられ、単に藝術家・詩人として見なされるようになったという(書評　ウィリアム・モリス、E・B・バックス『社会主義』「朝日新聞」二〇一五年二月二二日)。ウィリアム・モリスや日本の初期社会主義だけでなく、一九一五年に上海で陳独秀が創刊した雑誌「青年雑誌」が「新青年」と改題され「民主」と「科学」をキーワードとした新文化運動が展開することなどもそのひとつとして考えられるだろう。二〇世紀初頭には、そのような可能性を秘めた思想や文学が数多く存在した。戦後の日本においても、たとえば新日本文学会のなかでは中野重治とはまた別のラインで、花田清輝、関根弘、長谷川四郎、小沢信男といった系列が重要となってくる。これらいくつもの可能性やいくつものラインを見いだして文化運動の豊かな遺産を蘇らせたい。

このことは、現在、グローバルな場面においてアナキズム思想が見直されている現状とも響き合っているだろう。日本では震災後の脱原発運動を契機として、政党や組合などの組織に動員されるのではなく、人々が自分の意志で国家や資本に対抗する社会運動に参加するようになった。本書のなかの一番新しい論文は、第I部第三章「「プロレタリア文学史」を再編する――アナキズムとの接合から」だが、そこでも引いたようにグレーバーやチョムスキーや高祖岩三郎の著作、木下ちがや氏の論文に啓発され、プロレタリア文学からアナキズム文学を歴史上の過去現象として扱うのではなく、いま現在の問題として考えたい。いずれにしても、日本文化史における デモクラシーや人権思想の発現を考えるとき、また貧困や階級やジェンダーの問題がどう扱われてきたか、アジアにおける戦争や植民地の問題がどう追求されてきたかということを考えるとき、プロレタリア文化運動や戦後文化運動は大きなヒントを残してくれていると思うのである。

＊

ところで、高校時代から文系であったために理系科目が苦手であったが（それでも五教科七科目の共通一次試験を受けて大学に入学した。いまとなっては理系科目の記憶は片鱗もないのだが）、二〇年前に千葉工業大学に着任し、異分野の理工系の環境から、工学が人の暮らしを便利にし人間社会に貢献することを目指す学問だと身近に感じるようになった。さまざまな工学の研究分野で開発されたテクノロジーの恩恵を、私自身、日々享受している。いまこの原稿を書いているコンピュータにしろ、毎日乗っている電車や自動車、それらが走る線路や道路、家事労働を軽減してくれる電化製品、医療機器や通信機器などさまざまなシステムや製品がなければ、とうてい私たちの生活は成り立たない。その恩恵は強調してもしすぎることはないだろう。

その一方で、科学・技術は、利益至上主義の経済活動や軍事および戦争に利用される場合があり、手放しで礼讃すべきものではないことも承知している。ときと場合によっては、科学・技術は、人間社会への貢献どころか、むしろ人間を不幸におとしいれることがあり、目先の便利さのために発展や成長をよいものとして疑わずに突き進み、結果、大切なものを失ってしまうということがこれまでにはあった。高度経済成長期の日本社会において生じた公害が原因となって、水俣病をはじめとする公害病が多くの悲惨をもたらしたことはよく知られているし、冒頭述べた原発事故もそのひとつにほかならない。それらの悲惨や多くの困難は、水俣病を描いた石牟礼道子の『苦海浄土』をはじめとして、多くの文学作品がリアルな実情を伝えている。このように、大切なものを失ってしまったあとで、その迂闊さに気づく愚行を人間の歴史は繰り返してきたが、いったい何が人間にとっての幸福であるのだろうか。本当の幸せとはいったい何か。

簡単に答えの出せるはずのない問いかけだが、少なくともそれを考えるさいには、人文学的な視点や社会科学的な視点による考察や吟味が必要となるだろう。むしろ、本来は、「人間」の概念を包含している工学のなかにこそ、人文・社会科学的な視点がすでに組み込まれているとも言える。いわば車の両輪のように、工学と人文・社会科学とは存在するのであって、どちらも欠くことのできない重要なものなのである。もともと文系人間であった私が工科系大学に着任して、科学・技術を基盤とする工学の発想から学んだことは多かった。また逆に、工学の場に身を置くことによって、人文学を学ぶ意味はいったいどこにあるのかという、人文学を再考する機会を与えられたとも言えるであろう。このことは、人文学を研究する私にとっての大きな幸運であった。工科系大学のなかの人文系組織に所属していることの意味を考えながら、自分自身の研究にも反映させたいと考えてこれまできたが、それらのことを含め、研究設備や多くの同僚に恵まれた千葉工業大学の研究環境に感謝したい。

千葉工業大学着任時、大学での私の所属は工学部人文系人文教室であった。人文教室には、『エンペドクレス研究』で学士院賞を受賞されたギリシャ哲学の鈴木幹也先生、記号論理学の清水義夫先生、労働運動史の伊藤晃先生がいらっしゃり、それぞれの学問領域で優れた業績を積まれたこの先生がたから、数え切れないほどの教えを受けることができたことは私の工大生活におけるもうひとつの幸運であったと言える。人文系および人文学の英文名がHumanitiesということも、この時、初めて知ったのである。日本ではヒューマニティあるいはヒューマニズムという言葉は、甘ったるい言葉としていまや鼻であしらわれるようになってしまったが、人文学、人文主義は他でもないHumanの研究であり、何よりも「人間」の尊重を旨とする。はじめに述べた震災後の変化、本書で論じたプロレタリア文化や戦後文化運動、これらもむろん人文学の一端でありHumanの研究と位置づけられる。
そして、このHumanの研究、人文学の研究といえば、エドワード・W・サイードの著作をあげないわけにはいかない。私自身、これまでサイードの著作からは多くを学んできたが、名著『オリエンタリズム』や『文化と帝国主義』のほかに『人文学と批評の使命――デモクラシーのために』（村山敏勝・三宅敦子訳、岩波書店、二〇〇六年）から得たものは大きかった。この本はサイードの遺著で、原題はHUMANIZM AND DEMOCRATIC CRITICISMである。直訳すれば「ヒューマニズム（人文学）と民主的な批評」となるが、伝統的な文献学的手法の価値を説明しながら、人文学の基本と更新を説いている本書でサイードはどう言っているか、次の引用に注目されたい。

わたし自身が政治活動と社会活動を続けるうちに確信できたことだが、世界中の人々が、正義と平等の理想によって動かされることがあるし、実際に動いている――南アフリカの解放闘争の勝利は完璧な一例だ――し、自由と教養というこの理想に結びついた人文主義《ヒューマニズム》の理想はいまも、虐げられた人々に、たとえば不正な戦争や軍事支配に抵抗し、独裁と暴虐を打ち破ろうと立ち向かう力を与えている。いずれも、現に有用で生きた思想として胸を打つ。現実のできごとはたかだか言語の生み出す効果でしかないと主張するような、安易な型のラディカルな反基礎づけ主義、あるいはその同族である歴史の終わりのテーゼが、（わたしの意見では）浅薄な影響力をもっているとはいえ、それらは人間の行為性《エージェンシー》と労働が歴史を動かす力をもつことによって、十分に反駁されており、ここで細かく反論する必要もないだろう。変化こそ人間の歴史であり、人間の行動によって作られ、それに従って理解される歴史こそが人文学の基礎なのである。（前掲書、十三〜十四頁）

これまで私は、何度も本書を読み啓発されてきた。振り返ってみると、私が学生時代を送った一九八〇年代の日本の文学研究や批評界では、言語論的転回によるポストモダン思想の典型として人間の「主体」を置き去りにした反人文主義《アンチヒューマニズム》理論ともいうべきものが華やかに扱われていたが、本書第一章でも論じたように、いまや一巡りして「人間の行為性《エージェンシー》と労働が歴史を動かす力をもつこと」が取り戻されようとしているのではないだろうか。またそれは、反人文主義《アンチヒューマニズム》理論のみならず、一握りの特権者が享受するような、由緒正しい正典を称揚する規範的な人文学のことでもない。すべての人間の歴史と労働の世界がその対象となり、非西欧世界のアジアやアフリカの文学や文化、ジェンダーやマイノリティの文化が対象になるとサイードは述べている。「デモクラシーへと向かう、あらゆる階級と背景の人々に開かれた、終わることのない開示、発見、自己批判、解放の過程として理解すること」であり「人文学の力と重要性は、民主的で世俗的な、開かれた性質からきている」というわけだ。

デモクラシーという語は、先に見たように、もともと「群衆による下劣な統治」を表し、侮蔑の意味合いで使われた言葉であった。だが、ごく一部の限られた特権者ではなく、大衆が発言し大衆が「主人」となるデモクラシーは、何度でも発見されるべき概念であり、それが人文学の基本となる。「人民」を表す「demos」と「権力」を意味する「kratia」を結びつけたギリシャ語の「demokratia」を語源とするデモクラシーは、人民、大衆、民衆、人々、すなわちHumanが主体となって成立する人文学の基礎概念であり、ここに日本の戦前戦後の文化運動に関わった数多くの人々の仕事――それは、正典重視の文学史のうえでほとんど忘れられてしまっているけれども――を接合させても無理ではあるまい。本書の副題を「デモクラシーのために」としたのは、サイードのこの本の副題にならってのことである。ヨーロッパ近代の教養あるエリート、アジアでいえば知識階級としての士大夫層の独占物ではなくて、広く開かれたものとして人文学はある。そしてサイードはこうも言っている。

現代の人文学者にとりわけ求められるのは、多様な世界と伝統の複雑な相互作用についての感覚を養うこと、そして属しつつ距離を置き、受容しつつ抵抗するという、先ほど述べた避けがたい組み合わせだ。人文学者に課せられた仕事は、ただ或る地位や場所を占めてどこかに属することではなく、むしろ自分の社会や誰か他の人の社会や「他者」の社会で問題になっている広く流布した考えや価値観に対して、インサイダーであり、かつアウトサイダーであることだ。（前掲書、九五頁）

パレスチナ人としてアメリカで生活していたサイードの発言をそのまま日本の文脈に置き換えて安易に流用することは控えなければならないが、人文学研究としての共通基盤を見ることは可能である。ここで言われている、ある社会の価値観に対して「インサイダーであり、かつアウトサイダーであること」は、対象を構造的に理解し把握するための複眼的な視点を持つことを意味しているだろう。一面的な見方にとどまらずに、多角的に対象を分析し、多様な世界のありようを理解することが求められる。すなわち、オルタナティヴな視点の提供ということであり、対抗的な分析ということであるが、さきにプロレタリア文学のところで見たような日本文化史におけるデモクラシーや人権思想のあらわれ、貧困や階級やジェンダーの問題、アジアにおける戦争や植民地の問題を考えるとき、このような人文学研究の基本は、忘れてはならないことである。

東日本大震災の被害の実態を知らされたあと、怒りや無力感に囚われなかった人はいないだろう。また、近年の貧困や格差社会の問題、ヘイトスピーチなどの差別問題、狭隘なナショナリズムの強化や東アジアの混迷する状況を目の当たりにして、もどかしい思いを抱いている人は多いに違いない。ことに戦後七〇年の今年、あの無謀で残酷な戦争を常に振り返ることによって構築してきた戦後日本の歩みを、根本から覆そうとしている現政権への怒りは深い。これらの問題のみならず、どんな難問に対しても、大きな声で語られて表舞台にしゃしゃり出てくるような意見だけでなく、聞こえてこない声をも聞きわけ、忘れられている文献や証言をも掘り起こし、見えなくされているいくつもの課題を丁寧に分析することが大切だ。人文学はそのためにある。

「人文主義の理想」は、ほかでもないHumanの幸福のために掲げられる。そして、それは何度でも発見され、更新される。

＊

本書の刊行にあたっては、論創社の森下紀夫氏のお世話になり、初期社会主義研究会および日本社会文学会の大和田茂氏よりお力ぞえをいただきました。また、それぞれの論文を執筆する機会を与えて下さった方々に心より御礼を申し上げます。

二〇一五年八月

竹内 栄美子

初出一覧

第Ⅰ部

第一章　二律背反の構図――プロレタリア文学を再読するために／（「昭和文学研究」第61集　二〇一〇年九月　昭和文学会）

第二章　格差社会日本とプロレタリア文学の現在的意義／（「日語日文研究」第80巻第2号　二〇一二年二月　韓国日語日文学会）

読む　佐多稲子「怒り」／（「日本文学」二〇一二年五月号　日本文学協会）

第三章　「プロレタリア文学史」を再編する――アナキズムとの接合から／（「日本文学」二〇一四年一一月号　日本文学協会）

第Ⅱ部

第四章　女性であることの桎梏――松田解子『女性苦』に見る／（「国文学解釈と鑑賞」二〇一〇年四月号　至文堂）

第五章　「監獄の窓から見る空は何故青いか」――小林多喜二の獄中書簡／（「国文学解釈と鑑賞別冊「文学」としての小林多喜二」二〇〇六年九月　至文堂）

第六章　書くことを選ぶ娘たち――佐多稲子『機械のなかの青春』と一九五〇年代／（「社会文学」第33集　二〇一一年二月　日本社会文学会）

第七章　山代巴の文学／運動／（「原爆文学研究」第8号　二〇〇九年一二月　原爆文学研究会）

第八章　戦後文化運動への一視角――山代巴・中井正一の実践と論理／（「日本近代文学」第71集　二〇〇四年一〇月　日本近代文学会）

第Ⅲ部

第九章　戦後文化運動における中野重治――日本民主主義文化連盟のなかで／（「千葉工業大学研究報告人文編」第42号　二〇〇五年三月　千葉工業大学）

第一〇章　戦後文化運動と文連地方協議会／（「千葉工業大学研究報告人文編」第43号　二〇〇六年三月　千葉工業大学）

第一一章　戦後文化運動と詩誌「列島」／（「千葉工業大学研究報告人文編」第45号　二〇〇八年三月　千葉工業大学）

第一二章　中野重治と『松川詩集』／（「千葉工業大学研究報告人文編」第44号　二〇〇七年三月　千葉工業大学）

第一三章　占領下の明暗――中野重治の戦後小説「おどる男」「軍楽」を中心に／（「千葉工業大学研究報告人文編」第51号　二〇一四年一月　千葉工業大学）

第一四章　『中野重治全集』未収録文章『ハイネの文章』について（新資料発掘）／（「千葉工業大学研究報告人文編」第43号　二〇〇六年三月　千葉工業大学）

第一五章　森鷗外を救抜する――中野重治『鷗外その側面』／（「文学」二〇一三年一・二月号　岩波書店）

竹内栄美子（たけうち・えみこ）
1960年大分県生まれ。お茶の水女子大学大学院博士課程人間文化研究科単位取得退学。千葉工業大学教授。日本近代文学専攻。博士（人文科学）。おもな著書に『中野重治〈書く〉ことの倫理』（EDI、1998年11月）、『中野重治　人と文学』（勉誠出版、2004年10月）、『批評精神のかたち　中野重治・武田泰淳』（EDI、2005年3月）、『戦後日本、中野重治という良心』（平凡社新書、2009年10月）、『女性作家が書く』（日本古書通信社、2013年3月）、編著に『畔柳二美　三篇』（EDI、2005年5月）、『コレクション・都市モダニズム詩誌　第2巻　アナーキズム』（ゆまに書房、2009年5月）、共編著に『文学者の手紙　高見順』（日本近代文学館、2004年2月）、『中野重治書簡集』（平凡社、2012年4月）、『作家の原稿料』（八木書店、2015年2月）などがある。

中野重治と戦後文化運動——デモクラシーのために

2015年10月25日　初版第1刷印刷
2015年10月30日　初版第1刷発行

著　者　竹内栄美子
発行人　森下紀夫
発　行　論 創 社
〒101-0051 東京都千代田区神田神保町2-23　北井ビル
tel. 03（3264）5254　fax. 03（3264）5232　web. http://www.ronso.co.jp/
振替口座　00160-1-155266
印刷・製本／中央精版印刷　装幀／宗利淳一＋田中奈緒子
ISBN978-4-8460-1451-3